愁予的傳奇

蕭蕭、白靈、羅文玲　編著

感恩文化部的支持與補助

目次

編者序
用生命寫詩的仁俠詩人鄭愁予

詩人楊牧說：

> 他以清楚的白話，為我們傳達了一種時間的空間的悲劇情調。

詩人瘂弦提到：

> 鄭愁予飄逸而又矜持的韻緻，夢幻而又明麗的詩想，溫柔的旋律，纏綿的節奏，與貴族的、東方的、淡淡的哀愁的調子，造成一種雲一般的魅力，一種巨大的不可抗拒的影響。

鄭愁予，一九三三年出生於山東濟南，本名鄭文韜，河北人。「愁予」的筆名出自於《楚辭・湘夫人》：「帝子降兮北渚，目眇眇兮愁予」。幼年隨軍人父親轉戰大江南北，故閱歷豐富，自稱：「山川文物既入秉異之懷乃成跌宕宛轉之詩篇」。十六歲即出版詩集《草鞋與筏子》，來臺後，持續創作，有詩集《夢土上》、《衣缽》、《窗外的女奴》等，直至一九七九年洪範版《鄭愁予詩集I》，二〇〇四年洪範版《鄭愁予詩集II》，才呈現鄭愁予詩作的完整風貌。

二〇一一年周大觀文教基金會頒發「二〇一一年全球熱愛生命文學創作獎章」給有「仁俠詩人」美譽的鄭愁予，彰顯他長久以來詩寫和平、化詩為愛的精神。並出版得獎作品《和平的衣缽》，為「鄭愁予和平永續基金會」籌募基金。

甫辭世的樞機主教單國璽曾說，「凡人看事物用的是肉眼，而詩人看事物用的是靈魂，在詩人的筆下將事物賦予生命，詩詞是文學最

高結晶，鄭愁予創作《和平的衣缽》述說和平的意義，希望這本書能發揮能量，成為和平的催化劑。」

「仁俠」有超出常人的一面，這就體現為超越「齊家」的理念而以「治國」為其基本使命，當「齊家」與「治國」發生衝突的時候，要毫不猶豫地選擇後者，犧牲前者，是為「仁俠」。歷史上這樣的典型極多，也為人們所傳頌，就詩人而言，屈原就是最高典範，如鄭愁予所說「那是美的永恆！屈原回答了自己的天問！」。可見，中國詩人的歷史自覺性和使命感遠較西方詩人為早、為更強烈。西方詩人受形而上學的影響，更傾向於抽象哲思，直至二十世紀才由海德格爾（Martin Heidegger, 1898-1976）真正提出詩人現世的偉大使命：「這個時代是貧困的時代……然而詩人堅持在這黑夜的虛無之中。由於詩人如此這般獨自保持在對他的使命的極度孤立中，詩人就代表性地因而真正地為他的民族謀求真理。」，但這一聲音在中國激起的迴響反而可能比在西方更宏大。

鄭愁予與明道大學的深厚因緣，起於二〇〇八年十月，由蕭蕭所籌畫的「濁水溪詩歌節」，邀約鄭老師前來演出第一場，接著由明道大學中文系所規劃的二〇一一年湖北秭歸端午詩會，鄭愁予、隱地、白靈、蕭蕭等詩人以及彰化師大蘇慧霜教授，一起到長江三峽邊屈原故里秭歸參與盛會。二〇一二年五月在彰化屈家村舉辦「兩岸鄉親祭詩祖——屈原銅像致贈大典」再次邀約老師上台朗頌〈宇宙的花瓶〉，為屈原銅像渡海來台給予最好的祝福，活動結束後這一群曾經到過秭歸的朋友一起到新社「又見一炊煙」用餐，席中鄭老師曾言及瘂弦多年前跟他提議詩學論述集出版之重要，在那詩情畫意的山中夜晚，促成今日《鄭愁予詩學論集》叢書的問世。

《傳奇鄭愁予：鄭愁予詩學論集》，蒐集近五十年（1967-2013）論述鄭愁予詩作之重要論文七十餘篇，分為四部。第一部《〈錯誤〉

的驚喜》是鄭先生名聞遐邇、震動華人世界之名詩〈錯誤〉的品鑑與
賞讀，橫看側視，峰嶺盡露，尚有隱藏於雲霧霜雪之外者，猶待多竅
之心靈隨時神馳。第二部《無常的覺知》則為詩人詩作之所以興的最
初動心處的探尋，對於生命情懷與語言經營，總在無常的覺知下多所
儆醒，既然中外古今世事無常，詩篇論作觸鬚所及，還有算沙之餘、
雲外之思可以騁騖，可以賡續思索與觸悟。第三部《愁予的傳奇》與
第四部《衣缽的傳遞》收入系統性學術論述，運用古典詩學與西洋主
義流派，兼具感性與理性，在情意與情義之間出入，在游世與濟世之
間優遊，在意識與意韻之間吐納，既有今日鄭氏傳奇之細部描繪，復
有明日衣缽傳遞之重大期許，《傳奇鄭愁予：鄭愁予詩學論集》於焉
燦然完備。

　　　　　　　　　　　　蕭　蕭、羅文玲　謹誌
　　　　　　　　　　　　二〇一三年小滿之日於明道大學

鄭愁予傳奇

楊牧

一

　　鄭愁予是中國的中國詩人。自從現代了以後，中國也有一些外國詩人，用生疏惡劣的中國文字寫他們的「現代感覺」，但鄭愁予是中國的中國詩人，用良好的中國文字寫作，形像準確，聲籟華美，而且是絕對地現代的。有經驗的人一定同意，鄭愁予的詩最難英譯，例如：

〈錯誤〉
　　我打江南走過
　　那等在季節裡的容顏如蓮花的開落

　　東風不來，三月的柳絮不飛
　　你底心如小小的寂寞的城
　　恰若青石的街道向晚
　　跫音不響，三月的春帷不揭
　　你底心是小小的窗扉緊掩

　　我達達的馬蹄是美麗的錯誤
　　我不是歸人，是個過客……

愁予的節奏是中國的,非英語節奏所能替代。長句如「那等在季節裡的容顏如蓮花的開落」,講求的是單音節語字結合排比的「頓」的效果,並以音響的延伸暗示意義,季節漫長,等候亦乎漫長,蓮花的開落日復一日,時間在流淌,無聲的,悠遠的。愁予深知形式「決定」內容的奧妙。這種技巧是新詩的專利,古典格律詩無之,除非狂放如李白,或可偶爾為之:

　　君不見黃河之水天上來奔流到海不復還

我們一口氣讀完,也頗能體會到黃河之水的源遠流長。可惜新詩人多不甚了了,忽略了他們專利的技巧,刻意在「圖畫詩」、「投射詩」裡撿拾西洋人的牙慧,這是非常可怪的現象。五十年來,能在這方面積極嘗試的,前輩詩人中以徐志摩最為特出,「常州天寧寺聞禮懺聲」的肅穆圓滿,絕大部分是以段落的拉長變化表現出來的。徐志摩六次複沓「有如在……」的結構,把讀者帶入他創造的六種世界裡,接著高聲呼道:

　　我聽著了天寧寺的禮懺聲!

平凡的口言道白化為最動人心弦的詩句。徐志摩在中國新詩史上的地位是不容懷疑的。

愁予的「中國」文字美惟有在原文中看得出來。語言組織的差異,使英文翻譯萬分困難。〈錯誤〉詩中首二行低二格排列,其第一行短促,暗示過客之匆匆,這是愁予詩的特殊情緒,瀟灑的,不羈的心懷,〈情婦〉,〈客來小城〉,〈賦別〉,〈窗外的女奴〉,和對照的〈晨〉及〈下午〉都是這種浪子意識的變奏。新詩運動以來,愁予是最能把握這個題材的詩人。四十年代末期的辛笛稍稍觸及,如〈絃夢〉,〈夜別〉,和〈流浪人語〉,但辛笛誤在太露痕跡,且語言有過分

歐化之嫌：

〈流浪人語〉

流浪二十年我回來了

挺起胸來走在大街上

我高興地與每一個公民分取陽光想和他們握手

可是待我在公園裡靜靜地坐了下來

一整天眼前越看越是陌生

我錯疑若不是新從地球外的世界來

必是已然寫入了歷史

小鎮不是給不生根的人住的

那麼我還不想自殺就只有再去流浪

　　熟悉《手掌集》的人定會發現愁予和辛笛的血緣關係，四十年代之末期見證詩發展的斷裂，愁予是辛笛的延伸和擴大，超過了辛笛。以〈流浪人語〉而言，辛笛之第三行也頗得形式技巧的奧義，一種氣極敗壞的感覺凌乎興奮的語調。在這一方面，辛笛也是新詩發展正統裡的一座里程碑。論楊喚者，已因楊喚之過份貌似綠原而失望。在楊喚、綠原之間，我們不能不諱言前者之抄襲後者；但在愁予、辛笛之間，我們必須指出，愁予彷彿少陵，辛笛譬如庾信。愁予的成就是他繼承辛笛之將絕，為一九五○年以後的中國詩開創新局面。

　　〈錯誤〉的中國句法，亦見於其他。詩之忽然展開，以最傳統的意象撥見最現代的敏感：「東風」與「柳絮」之陳腐，因「不來」、「不飛」的定型變化而神奇。心如小城也並不驚人，但接著一句無可迴換的「恰若青石的街道向晚」，前者以飽和的音響收斂，後者文法完整，但失去了詩的漸進性和暗示性。詩人的觀察往往是平凡的，合乎自然的運行，文法家以形容詞置於名詞之前，詩人以時間的遞邅秩

序為基準，見青石街道漸漸「向晚」，揭起一幅寂寞小城的暮景，意象轉變：

> 你底心是小小的窗扉緊掩

「緊掩」對「向晚」，但並非駢偶的濫調，因為愁予不換主詞，只在形容詞片語中緩緩變奏，這是中國詩傳統裡的技巧革命。瘂弦的〈印度〉亦富於相似的趣味：

> 到倉房去，睡在麥子上感覺收穫的香味
>
> 到恒河去，去呼喚南風餵飽蝴蝶帆

大凡優秀的詩人，莫不善於扭曲詞性以應萬物的自然。所謂比喻的設想，常常是主觀而怪異的。優秀的詩人使讀者不以怪異為可憎，反而在驚訝中獲得喜悅。杜甫「七星在北戶，河漢聲西流」，或「魂來楓葉青，魂返關塞黑」都是例子。有時我們也可以在小說家的筆觸下看到相似的技巧。川端康成〈雪鄉〉之結尾處，島村想到就要回到妻子那邊了，但想到駒子，不禁「觀望著自己的寂寞」：

> 有如諦聽著飄落在自己心裡的雪花，島村聽著駒子碰撞在空虛的牆壁上那種近乎迴聲的餘音……島村倚靠在雪季將臨的火盆上，想著這次回東京以後，短時間內恐怕無法再到這個溫泉鄉來了，忽然聽到客店主人特別拿出來給他用的那只京城產的老鐵壺裡發出柔和的水沸聲。鐵壺上精巧的鑲嵌著銀飾的花鳥。水沸有雙重聲音，可以分得出遠的和近的。就好像比遠處沸聲還要稍遠的那邊，不停的響著一串小小的鈴鐺。島村把耳朵湊過去聆聽著那串鈴聲。無意中他看到駒子一雙小小的腳，踩著與鈴聲緩急相彷彿的碎步，從遠遠的，鈴聲響著不止的那邊走

來……（劉慕沙譯）

　　這一系列的比喻，彼此並無必然性，「自己心裡的雪花」是無聲的，但島村諦聽著，其實他聽到的是近乎迴聲的另外一種聲音，駒子碰撞在空虛的牆壁上發出的餘音。老鐵壺的水沸聲更遠處是一串鈴鐺，島村仔細去聽，卻「看」到一雙小小的腳配合著鈴聲向他走來。「島村吃了一驚，心想，事到如今，不能不離開這兒了。」在西方，有些學者稱這一類比喻法為「不切題的明喻」（irrelevant simile），由來甚古，荷馬之形容標槍戰便是此技巧的原始。希臘人和特洛人擲標槍作戰，荷馬說，標槍在天上飛，如雪花飄舞，接著他的想像讓「雪花」意象所引導，脫軌而出，開始描寫雪花飄落山澗、平原、溪畔，那種純粹無聲的美。讀者的判斷力往往是脆弱的，剎那之間，為詩人的幻想所說服，並不追究標槍戰的經過，反而在雪花的描繪裡得到詩的滿足。

　　在這個情形下，你底心一時「如小小的寂寞的城」，一時又「是小小的窗扉緊掩」。二者之間，小大互喻，其「不切題」明白可見，但經過「向晚」意象過程的讀者並不追究抗議，詩之催眠力多少便是如此了，而愁予是這種技巧的能手。再者，你底心初「如」小小的寂寞的城，又「是」小小的窗扉緊掩，則「如」之明喻轉進為「是」之隱喻，一方面指出詩中人物的認知過程，於數行之間，跌宕起伏，一方面又在對偶句法裡用功，所以「你底心是小小的窗扉緊掩」正好為下一段起句的隱喻預備了呼之即出的下聯：

　　　　我達達的馬蹄是美麗的錯誤
　　　　我不是歸人，是個過客……

　　二聯之間空了一格，故末段僅此二行。於緊張的意義發展中空一

格，往往是為了在思維上表示一沉重的「頓」，暗指此過程的領略極有待意識的轉承。「美麗的錯誤」是抽象的，原來是「達達的馬蹄」馳過緊掩的「小小的窗扉」。窗裡人怦然心動，以為我是歸人，其實我「是個過客」。這就是美麗的錯誤！

翻譯愁予，至此不能不擲筆浩歎。「達達的馬蹄」一如「叮叮的耳環」（〈如霧起時〉），又如「叮叮有聲的陶瓶」（〈天窗〉）在修辭學上屬於擬聲法（onomatopoeia）。擬聲法初看易譯，實則最為危險。一文化傳統之約定以「達達」形容馬蹄聲，是有其特殊理由的。詩人從之，其心中所蓄意引發的聯想亦繁複豐富，非另一文字遽爾所能替代表達。「馬鳴風『蕭蕭』」和「無邊落木『蕭蕭』下」之於「風『蕭蕭』兮易水寒」或可迂迴說明「達達」的馬蹄在中國讀者心中所點發的聯想，轉譯他文，隨即消逝。「歸人」「過客」亦復如此，猶有過之。「風雪夜歸人」，「五湖煙月引歸人」之於前者。「天地者，萬物之逆旅；光陰者，百代之過客」，或「過盡千帆皆不是，腸斷白蘋洲」之於後者，都不是平凡英語句式所能完全表達。愁予用語之豐富內容大略如此，字句多有來歷，來歷復又多義。讀愁予新詩，先覺得並不稀奇，因為「前人早已道過」，卻又萬分稀奇，因為「先得我心」，他能化腐朽為神奇，在平凡的字面上敷舖不平凡的聯想，始者以為他只囿於中國傳統，終者見其普遍性長久性。質而言之，詩的普遍性總非以地域性為起點不可。外國讀者應習中國傳統詩以解中國現代詩；中國詩人不可斷賣中國傳統，扭曲現代面貌以迎合外國讀者。島村在鐵水壺裡聽到更遠的細微的鈴聲，聽到駒子的腳步聲，有一天，西方的讀者也在鐵水壺裡聽到那鈴聲，那漸近的腳步聲。川端康成的日本風格或許可以讓我們的現代詩人做一個推演的參考。

二

　　鄭愁予出現在中國新詩壇的時間甚早，他傳誦一時的〈從晨景到雪線〉七首詩初見於現代詩刊第五期，一九五四年二月出版，這時他只是一個二十二歲的少年。同期方思發表他有名的〈百葉窗〉，紀弦發表〈花蓮港狂想曲〉，楚卿發表〈讚歌二章〉，瘂弦發表〈我是一勺靜美的小花朵〉。瘂弦與愁予同庚，但瘂弦起步較晚，當時尚未找到他自己的聲音，瘂弦風還沒有成型——但愁予的氣度與格調已經完全確立了。現代詩刊第六期，愁予發表〈港邊吟〉、〈殞石〉、〈小溪〉和〈小小的島〉。這樣的句子，連川端康成都得做會心的微笑：

　　　　妳住的那小小的島我正思念

　　　　那兒屬於熱帶，屬於常青的國度

　　　　淺沙上，老是棲息五色的魚群

　　　　小鳥跳響在枝上，如琴鍵的起落

　　這份少年愛戀中的歌詠，比川端的「無意中他看到駒子一雙小小的腳，踩著與鈴聲緩急相彷彿的碎步，從遠遠的，鈴聲響著不止的那邊走來」還生動。第六期現代詩刊出版時，楊喚已死，故有追悼專輯，從此楊喚以他的抒情詩和童話詩造成詩史上的疑案。同期方思又發表他揉古典與浪漫於一爐的〈生長〉和〈棲留〉，紀弦評介蓉子，稱她為「一顆新星的出現」。第七期出版，愁予發表《十一個新作品》，包括〈島谷〉、〈貝勒維爾〉、〈水手刀〉和〈船長的獨步〉，從此水手刀變成愁予的專利，一時使以海洋詩人知名的覃子豪望洋興歎，此時愁予也還只是二十二歲的少年，當時他的詩集籌備出版，現代詩刊上印的廣告說：「鄭愁予先生是自由中國青年詩人中出類拔萃的一

個」，紀弦的眼光是銳利的！這期現代詩刊除紀弦的「三十二年詩抄」第一部分（包括「7與6」）以外，沒有甚麼好詩，惟葉泥譯古爾蒙詩抄，一時使「西蒙，雪是妳的妹妹，在院子裡睡著」隱約開創了近代中國抒情詩的一種新感性，方莘的〈練習曲〉是這種感性最完整的發揚。值得注意的是，同期瘂弦的〈預言〉，毫無保留地把我們這位重要詩人和何其芳的血緣顯露了出來。瘂弦直到寫成〈懷人〉、〈秋歌〉、〈山神〉以後（1957）才毅然告別何其芳，完全奠定了他自己的風格。（一九五七年也是愁予語言轉變的一年。關心中國現代詩的讀者，不可不注意一九五七年的重要性，至於愁予、瘂弦二人的轉變是否因受一九五六年現代派成立蓬勃風雲的影響，則有待有心人的研究。）第八期的現代詩刊發表新人羅門詩三首，貝多芬的心靈開始流行。同期愁予兩首短作不甚出色，此後亦未收在詩集裡。方思發表〈海特爾堡〉，譯厄略脫（即艾略特）詩論三則。羅馬（即商禽）有兩首分行的短詩，他的超現實主義面貌也還沒有勾劃出來。這時，最重要的是創世紀詩刊的創刊，提倡「新詩民族路線」。

　　一九五五年，鄭愁予二十三歲，《夢土上》出版。《夢土上》是從預告過的「微塵」裡分割出來的一半。紀弦在廣告上說：「他的詩，長於形象的描繪，其表現手法十足的現代化」。現代詩社同時出版了方思的第二部詩集《夜》，藍星詩社出版覃子豪的《向日葵》。到一九五五年為止，臺灣的現代詩社已出版的重要詩集，只有紀弦《在飛揚的時代》（1951）、《紀弦詩甲集》（1952）、《紀弦詩乙集》（1952）、《摘星的少年》（1954），覃子豪《海洋詩抄》（1953），方思《時間》（1953），蓉子《青鳥集》（1953），楚卿《生之謳歌》（1953），楊喚《風景》（1954）和余光中的《舟子的悲歌》（1952）及《藍色的羽毛》（1954）。兩年後，即一九五七年一月，彭邦楨、墨人合編的《中國詩選》出版的時候，選三十二家，其中最年輕的是十九歲的白萩，

但是未選瘂弦和愁予。瘂弦未入選，或可了解，因為在一九五七年一月以前，瘂弦未有任何好詩發表（詩集《深淵》所收七十首，只有一首發表於一九五七年一月之前，可為明證），《中國詩選》出版後，瘂弦的好詩傾巢而出，一九五七年一年之內，發表了二、三十首，洛陽一時紙貴，二十五歲的瘂弦乃為萬方所矚目，其中收入詩集《深淵》的有二十二首，幾佔全集的三分之一。但《中國詩選》遺漏愁予，則是選詩上最不可思議的怪現象。

我們把《夢土上》放在這些詩集中衡量，才知道愁予的地位多麼特殊。《夢土上》所收五十四首詩，幾乎無一不可細讀。〈殘堡〉中，有跌宕蒼涼的：

趁夜色，我傳下悲戚的「將軍令」

自琴弦……

倒裝句法的使用，造成懸疑落合的效果。愁予繼承了古典中國詩的美德，以清楚乾淨的白話為我們傳達了一種時間和空間的悲劇情調。〈野店〉裡結尾一段連續使用三個「了」字，〈小河〉的首段四個「的」字，應使古代的詩人和現代的文法家豔羨。而〈落帆〉一詩積極使用文言語法的現象，古樸沉著，造成愁予後期詩風的線索。此詩亦隱隱顯示愁予所獲自辛笛的影響。一輯〈船長的獨步〉，足可使愁予永遠站在中國現代詩史的豐隆處。

我從海上來，帶回航海的二十二顆星。

你問我航海的事兒，我仰天笑了……

不知道許常惠在巴黎譜寫的〈昨從海上來〉，是不是和愁予這首膾炙人口的〈如霧起時〉有關？《夢土上》裡最震撼人心的抒情詩也許應數〈賦別〉。詩的首段輕巧溫柔，音色圓滿，五十年來少見如此

娓娓的男低音。我們把首段抄錄於後,高聲朗讀,終會了解這聲音的
把握遠勝過徐志摩的〈再別康橋〉。愁予:

> 這次我離開你,是風,是雨,是夜晚;
>
> 你笑了笑,我擺一擺手
>
> 一條寂寞的路便展向兩頭了。
>
> 念此際你已回到濱河的家居,
>
> 想你在梳理長髮或是整理濕了的外衣,
>
> 而我風雨的歸程還正長;
>
> 山退得很遠,平蕪拓得更大,
>
> 哎,這世界,怕黑暗已真的成形了……

〈再別康橋〉的音樂性主要依靠腳韻的協調。志摩的好處見於:

> 那河畔的金柳
>
> 　　是夕陽中的新娘
>
> 波光裡的豔影,
>
> 　　在我的心頭蕩漾。

音響排比交錯,二四兩行的參差互應,最見志摩的詩心。又如第
四節「那榆蔭下的一潭,不是清泉,是天上虹」,泉字以下一個逗
點,復以三音節的「天上虹」對照二音節的「清泉」,亦新奇可喜。
該節以夢字結,第四節竟以「尋夢?」一開始,遙遙呼應;第四節以
「在星輝斑爛裡放歌」結,第五節復以「但我不能放歌」始,頗具濟
慈〈夜鶯曲〉七、八節轉合之妙,志摩之深得浪漫詩藝的奧義,是不
可懷疑的。此濟慈技法尤其見於〈再別康橋〉的結尾二段:

> 但我不能放歌,

悄悄是別離的笙簫；
夏蟲也為我沉默，
　沉默是今晚的康橋！

悄悄的我走了，
　正如我悄悄的來；
我揮一揮衣袖，
　不帶走一片雲彩！

幾個重要辭句的重複，使一首白話詩可吟可唱，「沈默」的疊用，「悄悄」的彼此呼應，復回歸首節的「輕輕」，點出揮別康橋的主題，這是中國有新詩以來難得一見的金玉佳構。

但以愁予〈賦別〉比諸志摩〈再別康橋〉，亦頗可見近代新詩人在詩的音樂法則上的突破。愁予不依靠腳韻來協調節奏，但亦不完全避免天籟的韻腳。首行的「是風，是雨，是夜晚」不讓志摩「不是清泉，是天上虹」專美。愁予故意在第三行下以「了」收煞，使「手」、「頭」的牽強類韻消滅，卻又讓第四行的「家居」和第五行的「外衣」押韻，造成詩人一手左右宇宙的氣勢，讀者也不得不感到耳醉目迷。第六行以「而」字開端，隱約指示一思維的停頓復行，第八行又以感歎的「哎」字始，「賦別」第一段的迴轉奔流，都在這情感的放鬆裡造成架勢。這種「變化中的格律」，不是徐志摩「格律中的變化」所能比。〈賦別〉也像〈再別康橋〉，以末段呼應首段的結構來完成一首詩的有機性（organism）：

這次我離開你，便不再想見你了，
念此際你已靜靜入睡。
留我們未完的一切，留給這世界，

　　這世界，我仍體切地踏著，

　　而已是你底夢境了……

　　「你」字在第一行的重複出現，「留」字在第三行的強調，「這世界」的頂針突出，都與〈再別康橋〉的音色相似，但愁予到底並未像志摩那樣，以首節的輕度變化挪作末節，愁予在首節的音樂法則裡確實重寫主節。〈賦別〉的結尾是結尾，以其呼應開端；〈賦別〉的結尾又似開端，暗指新觀念新了解的產生，以其拓展了另一種感受，宣示了另一種知識——這種風格，徐志摩的〈再別康橋〉是沒有的。

三

　　詩至少有二種，一是困難的詩，一是不困難的詩。但不困難的詩並不一定是容易的詩，愁予寫的大略言之，乃是不困難的詩，此是相對於李金髮以降，形形色色的困難詩派而言的。

　　不困難的詩並非一定是好詩，但困難的詩大部分好像是壞詩，只有少數例外，我一時只想得起杜甫的〈秋興〉，勃郎寧的一些戲劇獨白體，和艾略特的〈荒原〉。愁予在《夢土上》時代，形象明白，意義朗爽，有時雖因形象發展一波三折，似有趨於隱晦之勢，但通常到最後一行出現時，總是雲撥日見，完美可懂。《夢土上》出版以後，愁予發表的新作大抵是前期風韻的迂迴展開，變化不多，通常一首詩是一個意象的旋轉分裂，點破一個剎那智慧的主題，這也是中國古典抒情傳統的必然餘緒，頗可見愁予的特質，如「貴族」，「生命」，而以「天窗」為代表。詩人仰臥觀察天窗，以為自己是在井底，而星子們是汲水的少女。詩的第二行明白道出：

　　好深的井啊

　　讀者遽然以為天窗自仰臥視之，便是深井了。同樣的手法也見於〈窗外的女奴〉、〈水巷〉、〈晨〉、〈下午〉、〈草履蟲〉、〈靜物〉、〈姊妹港〉。這些詩可以說是早期的作品〈鄉音〉、〈如霧起的〉、〈晨景〉、〈小小的島〉，和〈海灣〉的自然發展。而這一面的愁予之展開擴大，便是他有詩以來最見野心的〈草生原〉了。〈草生原〉作於一九六三年，發表在逐漸膨脹變化的創世紀詩刊。這首詩除了早期那種單線意象的特質以外，又加上愁予蓄意經營的交響效果，但這首詩竟亦脫離了一貫的愁予風格，使不困難的愁予偏向困難。愁予設事遣詞的常軌還在，可是單線發展的意象徒然增加了不少枝節，而這些枝節於意義的表現上頗難捉摸，因為愁予以這些枝節本為交響效果的骨幹，管絃齊奏，繁雜處，主調往往沉沒不可辨識，這是善寫短詩的人在「放大」作品時，常常遭遇的問題。《窗外的女奴》是愁予的第三部詩集，出版於一九六八年，以〈草生原〉為壓卷之作，可見詩人對此詩之重視。

　　我們今日讀《窗外的女奴》一集，覺得其中最可歡喜的，除了上述純粹單線意象發展的作品以外，應數集中部分傾向人物索引的詩，如〈媳婦〉，〈情婦〉，〈最後的春闈〉，〈騎電單車的漢子〉，〈厝骨塔〉，〈浪子麻沁〉等。在這幾首詩裡，愁予的語調和口氣不斷地順應人物場合而變化，頗近短篇小說的手法，時而戲謔，時而悲戚，時而冷漠，時而茫然。早年作品中的〈歸航曲〉，〈殘堡〉，〈野店〉，〈水手刀〉，〈鐘聲〉和〈錯誤〉可視為這一類作品的胚胎。這些詩和瘂弦的〈側面〉數首（《深淵》卷之五），商禽的〈長頸鹿〉及羅青的〈月亮，月亮〉屬於同一性質的中國現代詩，漸漸放逐了自我意識，侵略小說的領土，誰說這不是一條大可旅行的新路？愁予的敘述情趣復見於〈邊界酒店〉、〈旅程〉和〈醉溪流域〉。這其中尤以〈旅程〉的設事最動人，比許多現代小說還清晰可觀。去年，「我們窮過　在許多

友人家借了宿」;「而今年　我們沿著鐵道走」,終於妻「被黃昏的列車輾死了⋯⋯」

> 反正　大荒年以後　還要談戰爭
> 我不如仍去當傭兵
> （我不如仍去當傭兵）
> 我曾夫過　父過　也幾乎走到過

　　這種冷冷的極悲傷的聲音,早期的愁予裡是聽不到的。這首詩和瘂弦的〈鹽〉,商禽的〈長頸鹿〉,洛夫的〈湯姆之歌〉是二十年來少數屬於寓憐憫和批判於冷肅的新詩,值得關心詩的社會功能的道德家仔細玩味。

　　《窗外的女奴》詩集中,還有以山地寫景和敘事的〈五嶽記〉二十首。其中南湖大山輯六首,大霸尖山輯三首,玉山輯二首,雪山輯二首,大屯山彙三首,大武山輯三首。愁予是當代詩人中有名的登山能手,詩人登山而無詩,是不可思議的,故這二十首「五嶽紀遊」,是愁予詩發展中必然的現象。我們現在把這二十首詩放在愁予詩的發展過程中檢視,知其重要性約有二端。第一,在詩題材的把握上,這二十首短詩明白表示愁予創作方法的一貫性,愁予常以一事一地為重心,環繞此一事一地,以若干二十行左右的抒情詩刻意經營,使成一有機的總體,此見於第一部詩集中者十分顯然,《邊塞組曲》七首,《山居的日子》十六首,即其例。〈五嶽記〉二十首也是這種方法的實踐,以登山觀察與感受為中心,編織出一種完整的山嶽形象,揉寫景與敘事於一爐,已多少超越《山居的日子》時代的狹窄。〈卑亞南蕃社〉、〈浪子麻沁〉已經擺脫早期完全主觀抒情的聲音,開創了愁予詩的新境界,浪子麻沁確實是最「著人議論的靈魂」。但〈五嶽記〉中仍有許多作品未去早期山水詩太遠,〈牧羊星〉、〈努努嘎里台〉、

〈南湖居〉、〈鹿場大山〉、〈馬達拉溪谷〉、〈雲海居（一）〉、〈大武祠〉等作的語氣和觀點，其實和早期的〈俯拾〉、〈山外書〉、〈落帆〉、〈探險者〉、〈北投谷〉相差不遠。詩人十年間的奮勵成長，牽扯仍多，脫胎換骨豈是容易的事？

〈五嶽記〉二十首的第二重要性，是新語言的塑造。現在一般人最熟悉的愁予句法大都來自一九五七年以前的愁予，例如：

〈殘堡〉
百年前英雄繫馬的地方
百年前壯士磨劍的地方
這兒我黯然地卸了鞍
歷史的鎖啊沒有鑰匙
我的行囊也沒有劍
要一個鏗鏘的夢吧

趁夜色，我傳下悲戚的「將軍令」
自琴弦……

〈野店〉
是誰傳下這詩人的行業
黃昏裡掛起一盞燈

啊，來了──
…………

〈黃昏的來客〉
讓我點起燈來吧

像守更的雁
讓我的招呼迎你吧
但我已是老了的旅人
而老人的笑是生命的夕陽
孤飛的雁是愛情的殞星

〈船長的獨步〉
七洋的風雨送一葉小帆歸泊
但哪兒是您底「我」呀
昔日的紅衫子已淡，昔日的笑聲不在
而今日的腰刀已成鈍錯了

〈如霧起時〉
我從海上來，帶回航海的二十二顆星
妳問我航海的事兒，我仰天笑了

〈晚雲〉
又像是冬天，
匆忙的鵪鶉們走卅里積雪的夜路，
趕年關最後的集……

〈客來小城〉
客來小城，巷閭寂靜
客來門下，銅環的輕叩如鐘
滿天飄飛的雲絮與一階落花

〈錯誤〉

我達達的馬蹄是美麗的錯誤

我不是歸人,是個過客⋯⋯

〈允諾〉

那人,他來自遠方,在遠方友人的農場

曬最後一個秋季的陽光

〈天窗〉

自從有了天窗

　　就像親手揭開覆身的冰雪

　　──我是北地忍不住的春天

〈情婦〉

⋯⋯⋯⋯⋯

我想,寂寥與等待,對婦人是好的

所以,我去,總穿一襲藍衫子

我要她感覺,那是季節,或

候鳥的來臨

因我不是常常回家的那種人

〈草履蟲〉

這是一枚紅葉,一隻載霞的小舟

是我的渡,是草履蟲的多槳

是我的最初

　　在一九五七年以前，亦即愁予二十五歲以前，他的語言是和緩的，陰性的，甚至可以說是傳統地「詩的」。這以後，幾乎以〈窗外的女奴〉一詩開始，愁予突然蓄意放棄他陰性的語言，努力塑造陽性的新語言。他的方法是在傳統性的白話裡注入文言句式的因素，鑄創新辭，分裂古義，無形中使他的語言增加許多硬度。〈右邊的人〉開始一節頗可見詩人的匠心：

> 月光流著，已秋了，已秋得很久很久了
> 乳的河上，正凝為長又長的寒街
> 冥然間，兒時雙連船的紙藝挽臂漂來
> 莫是要接我們回去！去到最初的居地

　　「秋」因詩轉，變成動詞，「乳」變成形容詞，「長又長」是新鑄，「寒街」也是故意拼造的名詞，彷彿「大街」、「長街」；又以抽象的「紙藝」代表具象的雙連船，以「莫是」替順口的「莫不是」，而「居地」也是扭曲接合的新辭。其他例子，復見於〈清明〉、〈嘉義〉、〈左營〉諸作，例如：

> 〈清明〉
> 我醉著，靜的夜，流於我體內
> 容我掩耳之際，那奧秘在我體內迴響

> 〈嘉義〉
> 小立南方的玄關，儘多綠的雕飾
> 褪盡襪履，哪，流水予人疊席的軟柔

> 〈左營〉
> 那時，久久的沉寂之後，心中便孕了

　　黎明的聲響，因那是一小小的驛站

　　「靜的夜」是「靜靜的夜」或「靜夜」的轉化。「流水予人……」和「心中便孕了……」都是有意創造的拗口。我們不能否認愁予在這種努力下收穫的果實——是「果實」的艱澀，慢慢取代他早期開花的悠閒，他的語言轉為堅硬，漸趨陽剛。可是到底這種刻意的技巧是禍是福呢？觀諸〈一〇四病室〉的牽強斧鑿，愁予的讀者不得不感到懷疑了。

　　〈五嶽記〉中除〈玉山輯〉二首以外，都是愁予新語言下的產物。其積極者，有下列諸例的現象：

　　〈鹿場大山〉
　　蒼茫裡　唇與唇守護
　　惟呼暱名輕悄
　　互擊額際而成回聲

　　〈花季〉
　　此時小姑舞罷　彩縧自寬解
　　倦于靚粧的十指　弄些甚麼都不是

　　前例幾乎使人疑以為是洛夫，但洛夫與愁予的語言是絕對的兩極。「互擊額際而成回聲」何如「小鳥跳響在枝上，如琴鍵的起落」之明快？後例的「彩縧自寬解」亦嫌過分工整，「靚粧」則意義隱晦，頗不可取。愁予的工整趨向，甚至到了回歸格律的地步。〈霸上印象〉以下面三行結尾：

　　我們　總難忘襁褓的來路
　　茫茫後茫茫　不期再回首

頃渡彼世界　已邁回首處

這種創造，亦難令熱心的讀者心服。早期的愁予於字句安排最勝儕輩，深知形式「決定」內容之妙，但上例的五言句法，實難令人相信有何特殊奧義。愁予最可觀的詩，仍然要在他明快的語言裡找。陽性成分的注入往往並不損及他語言的優美，〈馬達拉溪谷〉的結尾兩行，也許是〈五嶽記〉二十首裡最「愁予風」的詩：

我們也許被歷史安頓了
如果帶來足夠的種子和健康的婦女

可惜這種句子並不多見。愁予新語言的產生，於詩人自己，本是可慶可賀的，但詩人探索的過程裡，淘汰修正，應是不可避免的事。我們循著他的發展觀察，乃知〈五嶽記〉和〈草生原〉的關係。〈草生原〉的題材與〈五嶽記〉無關，但〈草生原〉的語言，卻是〈五嶽記〉二十首的縮影。〈草生原〉難讀的第二因素在此。〈五嶽記〉在愁予近二十年的創作生涯裡的重要性亦在此。

四

鄭愁予近二十年的創作生涯裡，有詩集三卷，除了《夢土上》和《窗外的女奴》以外，便是一九六六年出版的《衣缽》。《衣缽》一集於愁予風格的發展上，並不如晚出的《窗外的女奴》明確。質言之，《窗外的女奴》似乎才是《夢土上》的變化延伸。當初預告過的《微塵》割裂了，《夢土上》所收集的據說只是原定《微塵》作品中的一部分。我們現在不知道另外一部分到哪裡去了。《衣缽》集中有〈想望〉六首，愁予自己說這些是他初到臺灣時的作品，莫非就是原來編

在《微塵》裡的詩？

　　近二十年裡，愁予從紀弦所稱「自由中國青年詩人中出類拔萃的一個」到以水手刀風行一時，以「美麗的錯誤」名噪一時的瘂弦筆下的「謫仙」，忽然變化，數度絕處逢生，通過〈五嶽記〉的起伏轉折，在〈草生原〉中尋獲他心目中最圓滿的詩。這過程是壯烈偉大的。我們以史的平淡檢查他，認為他在寫過〈草生原〉以後，應該有更冷肅、更廣闊的作品產生，但《燕雲集》十首（1964）似乎不能滿足我們的希望。到一九六四年，愁予滿三十二歲，此時現代派早已解散，紀弦已宣稱過要取消現代詩，方思、黃用、林泠、吳望堯早已出國擱筆，余光中在「蓮的聯想」中找到新聲音，藍星詩社因覃子豪一九六三年之死，從二分的局面整個移向廈門街，創世紀詩社確立了超現實主義的路線，洛夫在〈石室的死亡〉中提倡新感性，瘂弦正預備發表他《最後的》一組短詩，商禽和管管以散文詩飲譽於詩人之間，周夢蝶已經成為臺北市的傳奇人物。此時，「笠」詩社也已成立，白萩所代表的新詩運動為眾所矚目，當年的青年詩人，如今是雄姿英發的理論家。發表過〈草生原〉，寫完了《燕雲集》的愁予在想些甚麼呢？這一年愁予繼去年之悼子豪，為楊喚的十年祭寫了一首非常動人的〈召魂〉：

　　　　當長夜向黎明陡斜
　　　　其不禁漸漸滑入冥思的
　　　　是惘然佇候的召魂人
　　　　在多騎樓的臺北
　　　　猶須披起鞍一樣的上衣
　　　　我已中年的軀體畏懼早寒

　　三十二歲的愁予，已經覺得自己「中年的軀體畏懼早寒」了。通

常悼亡之作便是自傷之作，愁予此詩亦在所難免。但如果我們回頭看他十年前初悼楊喚的詩，「寄埋葬了的獵人」，我們知道詩人是多少有些「老態」了。在「寄埋葬了的獵人」裡，愁予尚維持著矜持的少年豪情，把悲悼的聲音沖淡在期待和希冀的顏色裡，我們不會看到過多的自憐自傷——楊喚地下有知，當然喜歡愁予說：

> 仰視著秋天的雲像春天的樹一樣向著高空生長。
> 朋友們都健康，祇是我想流浪……
> 你該相信我的騎術吧，獵人！
> 我正縫製家鄉式的冬裝，便於你的張望。

這樣從悼亡中振發的少年性情，在〈召魂〉裡已經消逝無蹤。十年的時光似乎真老去了一個「不怕寂寞」的詩人：

> 〈召魂〉
> 而此夜惟盼你這菊花客來
> 如與我結伴的信約一似十年前
> 要遨遊去（便不能讓你擔心）
> 我會多喝些酒　掩飾我衰老的雙膝

一種讓故人忽覺蒼涼的聲音。酒的詩意透過文字的佈置亦氾濫為多愁的江湖。〈野柳岬歸省〉的後記明白指出，飲酒使愁予在石林中常常不能自己。飲酒也是無可奈何的事，〈邊界酒店〉（1965）裡，他打遠道來，清醒地喝酒，「將歌聲吐出」自覺猶勝雛菊之沈默於一籌。〈邊界酒店〉以後，愁予詩作大大地減少，接著他去了美國。嚴格地說，〈邊界酒店〉以後，愁予只發表了兩首詩，即一九七二年的〈秋〉和〈『暖和死』之歌〉。其中〈秋〉的結尾是：

於是

你突然想死

那人就脫下彩衣來蓋你

天地多大

能包括的也就是這些些

余光中在一首懷念旅美朋友的詩裡，稱愁予為浪子。愁予當然是浪子，是我們二十五年來新詩人中最令人著迷的浪子，早年他曾經說過，展開在他頭上的是詩人的家譜，他知道「智慧的血系需要延續」，他說過：

〈偈〉

不再流浪了，我不願做空間的歌者

　　寧願是時間的石人。

然而，我又是宇宙的遊子，

　　地球你不需留我。

這土地我哭著來

　　將笑著離去。

但他還是在流浪，而且流浪出了詩的土地。我們每天都在期待他的新詩，等他回到我們詩的土地，把他在〈草生原〉裡允諾的東西兌現給我們，回到我們一同失落的斯培西阿海灣，或是汨羅江渚，如他自己在〈歸航曲〉裡說的，回來參加「星座們洗塵的酒宴」。我們等他再說一次：

漂泊得很久了，我想歸去了

彷彿，我不再屬於這裡的一切

我要摘下久懸的桅燈

摘下航程裡最後的信號

我要歸去了……

但我們又恐怕他不會兌現他的諾言，對中國現代詩的發展史來說，愁予造成的騷動和影響是鉅大，不可磨滅的，三卷詩集的份量，遠勝許多詩人的總合，但他為甚麼停筆於一九六五年？對於等在季節裡如蓮花的開落的朋友，愁予恐怕不會是「歸人」，至多是個「過客」了。

（一九七三年七月於西雅圖）

—— 選自《幼獅文藝》38卷3期（1973年9月）

淺析鄭愁予的境界觀
—— 中國現實與理想的藝術導向

白靈

　　自從王國維拈出境界一詞[1]，並謂「古今之成大事業大學問者，必經過三種境界」[2]，數十年來論釋闡發者已眾，但總嫌不夠落實，對現代寫作者的助益似乎不大；尤其王氏原文所謂「有境界，則自成高格」更是語病，已故的徐復觀先生早已指出應改為「有高境界，便自成高格」，徐氏認定境界有「高下大小之殊」，當為確論。然而這其中層次的高低、範圍的大小，究竟不同在何處？如用王國維的舉例去說明[3]則似霧裡看花，美誠美矣，要有感悟方可領會，不若詩人鄭愁予於數年前重新標出的「三境界」清楚，雖然這兩者闡釋境界的途徑不同，但似可相互發明，無疑地為境界一詞提供了更完備的註解。

　　鄭氏「三境界」略為：第一層界係個人自我，第二層界為國家民族，第三層界乃天地宇宙。鄭氏並謂，有由第一層界進入第二層界

1　境界等詞的出現，為時已久，滿清末葉，更到處流行，而王國維遲至一九〇九年發表「人間詞話」時才引用境界一語。見黃維樑著：《中國詩學縱橫論》，頁 40。

2　「人間詞話」有謂：「古今之成大事業、大學問者，必經過三種之境界『昨夜西風凋碧樹。獨上高樓，望盡天涯路。』此第一境也。『衣帶漸寬終不悔，為伊消得人憔悴。』此第二境也。『眾裡尋他千百度，回頭驀見，那人正在，燈火闌珊處。』此第三境也。……」所引分別為晏珠、柳永、辛棄疾的詞句。此三境表示一種理想常得經「失落、孤獨、守候」、「固執、不悔、憂心、憔悴」、「四處尋索、追求，最後方能驀見」。

3　同前註。

者，即由個人小我擴展為國家民族的大我，有由第一層界直入第三層界者，即由個人自我拓開為天地宇宙的大我，中間跳過第二層界，即與國家民族無關；又謂，又有由第三層界再返回第二層界者，則其胸臆恢宏，人道主義精神豐富，可說境界最高。上述流程即如左圖（一）所示。

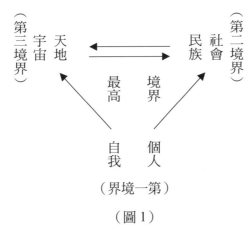

（圖1）

此三層境界其實也就是一般所說的個人、自然、社會的三層關係，鄭氏則是將其擴大範圍重新定義闡明，底下僅從詩創作一點略予闡發：

大抵寫詩初期多為年少，情感湧發如清泉暗流，卻常流為「傷他悶透」，憂鬱糾結，過分以自我為中心。表現於詩，則愛上層樓，為賦新詞強說愁，此愁無關國愁家愁，而係人人必經之淺淺薄薄如霧的輕愁，像看到鄰家漂亮小妞會為之心悸，回家後再三端鏡自照、自語的少年愁。很多人年輕時都為此主題寫過詩，及長，則又鄙夷臉紅，說：「怪呢，這哪是我寫的？」於是絕情棄詩而去，或改頭換臉寫小說，或洗筆清心寫散文，更有進入文學論述或投筆從戎者，而隨時代主流需求，浸淫於理工科學、入寶山沉潛而不復出者，更不計其數。這第一層界的範圍自然不止情愁一端，舉凡個人生活經驗所及均可概

括；但若試圖跳出自我，「設身處地，為他人想想」，則可謂已由第一
層界跳出，進入第二或躍到第三層界。第二層界的界域似可定得廣闊
些，而與第一層界有微微的交集，如下圖（二）下半部：

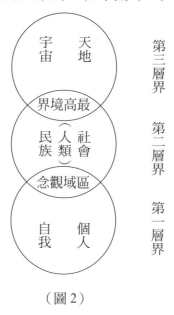

（圖 2）

即當個人的喜怒哀樂、家仇恩怨、權利私慾，成為進入第二層界的原
動力時，則易趨極端偏頗，淪為狹隘的社會改革者或區域主義者，表
現於詩或小說，則慷慨激越，憤怒橫眉，揭疤挖瘡，最末淪於為人所
用或自艾社會有眼無珠。而即使以正常情況進入第二層界，若創作本
身修養有限，意境不高，則易趨空洞八股，歌「德」肉麻，詩裡頭最
易有此現象的是朗誦詩。

　　寫詩大都不從第一層界進入第二層界，而乃直接進入第三層界，
這或許是抒情詩較不重視故事人物，寫人時又大致是一個人，這個人
若只是作者自己個人，那麼就只停留在第一層界，若這個人化身為你
或他，轉換成普遍性的人時（如「今日岩前坐／坐久煙雲收」、「孤舟
蓑笠翁／獨釣寒江雪」、或是「上最高的峰頂，將臉在群星之間隱

藏」），甚至是無人時（如「秋水共長天一色／落霞與孤鶩齊飛」、「落日照大旗／馬鳴風蕭蕭」），那麼就已由第一層界躍進第三層界，中間跳過了第二層界了。寫詩時若由第一層界直入第三層界不成，則易偏於風花雪月型，終其身但以詩人自命，搖扇赴宴，飲茶笑談，難以超遠。這年代寫詩想進入第三層界並非困難，且宇宙的視野也較古人寬廣，但內心要恆持此界卻不可能，不是被目為清高、孤芳自賞、超乎現實，即是維繫一段時候難免回墜凡塵，縱然能有好詩如鐘鼓清音，醒人耳目，也難一世堅秉此意境。詩還要繼續寫下去，就不得不突破，否則勢必被迫停筆，增廣旅歷是突破方法之一，但旅歷終有完結，因之設法返回第二層界方為上策。尤其現代，小說家可以一生寫小說，詩人能寫一生詩的則甚少，此即因小說家可輕易在第二層界裡落腳，詩人則難。

　　由第一層界直接躍入第三層界的人並不是不曾體認到人世的憂患，而常只是因為這些憂患層層壓住心頭，在其精神或肉體上構成苦悶、衝突，甚至鞭笞，但卻又無能解決終止它，由而或多或少有些「厭世」而想「超世」，由「憤世嫉俗」轉而「悠遊歲月」，或隱居山林、或遠走他鄉，讀書課子或者修身養性，但更多的是「站在附近山頭，俯瞰人間燈火煙囱」的，在山居的廟宇叢林裡對著「文明的窗口」（電視機）持著酒杯不時大發高論，因此不如更貼切的說，他們大多數不曾在第三層界中求得精神的上引，做形而上的追求，只是不時地由第二層界的邊境走過，有時還重重地踩過王公貴戚的青石板道，仍作著淑世的遐想。這也是朱孟實所謂「中國遊仙詩人」的「超世而無由超欲」的大矛盾，如阮籍、郭璞、李白均是。西方詩人則因社會開化較晚，與自然洪水猛獸搏鬥的時代較近，亦即離「怪力亂神」的自然背景仍然不遠，故而神話內容豐富、對哲學思想與宗教信仰的探求興趣極為濃厚，因此其精神的苦悶、內心的衝突常常能在進

入第三層界後求得抒解，而其抒解並不像中國遊仙詩人對天地宇宙或者仙境只有籠統含糊的要求，而是像但丁的《神曲》、密爾頓的《失樂園》、歌德的《浮士德》，將苦悶衝突象徵化，因而對天堂地獄都有極盡能事的描寫和刻劃。

然而落到近代，一如表現主義戲劇大師史特林堡（J. A. Strindberg, 1849-1912）一派所標示的：「廢止冷靜的觀察現實，主張直接的體驗；打破階級、種族、國家的觀念，尊崇人類全體與各個人的內在情感與意志之自由。」以及與其有密切關聯的柏格孫的直覺哲學，主張：「宇宙無所謂過去、現在與未來，只是我們而已。」「從而認定「宇宙不過如是，重複表揚它，簡直了無意味」、「文藝所負之重責大任應是於創作者之內心尋索探求新的宇宙，創造新的宇宙！」此後許多作者乃認為宇宙現象可完全委由現代科技來客觀地解釋，詩人在古代能扮演的「人與自然宇宙（第三層界）的神秘溝通者」的角色已全然不重要了（如月亮的神秘一朝解開，詩人想像力的導向完全不同）。因此需要在語言世界中自創一個宇宙世界，將現實外象世界所能提供的題材養料抽離，重新按放在此新宇宙中捶打敲擊，亦即「以內的觀點為真實，而以外的感覺為虛幻」、「現代詩的世界不是一個事實的世界，而是一個秩序的世界」（此二句為紀弦語）。西方或者中國現代主義者，或純粹經驗主義者、以及認為「潛意識是更真實的存在」的超現實主義者，大都是自這觀點出發或者離此範圍不遠。這當然已與中國傳統社會所欲表現的人與自然和諧合一的現象有很大的距離，但也可視為現代錯綜複雜的物質科技文明必然的導向，它在鄭氏三境界裡的位置或可重新標示如附圖三的範圍①（見本文後）。

關於第一層界躍到第三層界的要點之一或可以艾利提斯（波蘭詩人，曾獲諾貝爾文學獎）的幾句話來闡明：「詩到某一個成就的階段，既不是樂觀的也不是悲觀的，它代表的是精神的第三種境界，其

中所有的對立的極端都消失了。當詩提昇至某一層次之上，對立矛盾均不復成立。那樣的詩就像大自然本身，既不是好也不是壞，既不是美也不是醜——它只不過是存在，不復受日常習慣性的割劃牽制。」所謂習慣性的割劃牽制或可指：是非、對錯、強弱、大小、高低之分，當這些對立不存在時，則「一花可以是一世界」，呈現出共鳴和諧、均勻發展、沒有欺凌壓迫。如果以宇宙天文解釋，即小至行星、衛星、彗星，都有它自己可站立的位置、空間、和運轉的週期，這就是在第三層界中可表現的極致。

　　而將第三層界的「和諧」帶入第二層界，則寫作者對社會、國家、民族乃至人類全體的關切，是全身投入，而非只是詩的投入。當這人世已是和諧時，則詩人有責任維護現實、堅持保有。而當詩人面對的整個民族仍只有對立矛盾、欺凌壓迫，缺乏博愛和自由，亦即不是「和諧」時，則詩人有責任打破這個現實，將「達到和諧」立為一個理想，十年百年都立意要得到它。此「最高境界」的解釋自然不止於此，這裡僅舉一言之。它的範圍在圖三（見後）中可以③或④表示。④比③範圍更小，只是強調個人自我的獨特性一樣不可忽視。此中意思或可以佛洛斯特著名的詩作〈赤楊樹〉（Birches，落葉喬木，樺木科，高數丈）的一段來略作解說：

> ……人世才是表達愛的適當地方
> 我不知哪裡會比人世更好
> 我只願藉著爬赤楊暫時離開一下
> 爬到雪白樹幹的黑色高枝上
> 直向天堂，直到赤楊撐持不住
> 而垂下，將我送回地面。
> 而暫時離去和重新回轉，都是好的
> ……

　　佛洛斯特在這首詩裡認為生命有時像密不透風的森林，臉常遭蛛網牽擾，眼睛為掠過的細枝抽痛，因此他將攀爬赤楊樹當作短暫脫離俗世現實，在那裡獲得喘息、調養和沉思，但樹有盡頭，比喻理想中的天堂並不存在，終得再返人世，而人世正是適合表達愛的地方。另外像大陸作家白樺在其作品〈苦戀〉（原為一首長詩，改編成劇本）中不斷地引示雁飛翔的形象，他說：「我們前進著把人字寫在天上／啊，多麼輝煌／她是宇宙間最堅強的形象」，而偏偏「塵世間有很多事物的結果和善良的願望恰恰相反……」但白樺並不失望，他在劇本的一開始，便引用屈原的話：「路漫漫其修遠兮／吾將上下而求索」（此兩句吻合「衣帶漸寬終不悔」、「眾裡尋他千百度」之意[4]），這種將天地宇宙和諧的象徵（雁的排列成人字型）視為其漫漫長路中奮鬥爭求的「理想」，也正是試圖由第三層界返回第二層界，而將個人小我深沉的痛苦提昇並且「歡歌」。白樺曾經說：「種子就不怕泥土，種子埋在泥土裡不是適得其所嘛！」「歷史不會埋沒李白、杜甫、司馬遷，但歷史埋沒了和李白、杜甫、司馬遷同時代的顯赫、那些一時逆歷史潮流而動的權貴！」（一九七九年在作家會議上的發言）白樺在這裡提到杜甫是有其意義的。杜甫之被譽為「詩聖」，即是他有聖人的悲懷，有「憂端齊終南」（憂慮與終南山齊高）的苦難精神，將整個生命與其時代同其湧動，這廣高的悲心即是他不時由第三層界返回第二層界所造成的，因之才能筆力萬鈞，具大家氣象。而若由第一層界直入第三層界（逸），或先經第二層界再入第三層界（隱），或逸或隱，則李白的「虛步躡太清」，愛做逍遙遊，可作佳例。故李白近乎道，杜甫是真儒，東坡則似在儒、禪之間。

　　近期有人提倡「本土詩」，讓人易陷於「以臺灣本土為起點和終

4　同前註。

「點」的誤解。個人以為，如要說「本土」，則不妨明確標明「以中國本土文化為本位」，「以整個中國民族的現實與理想為起點和終點」。在詩創作面，則不妨多向發展，自由發展，不論「社會功效」之有無或直接間接，在「大植物園主義」的前提下，各以個性氣質所趨、興趣所好，執一或多棲，不必以己之所好即為主流，則蓬勃盛放的未來，當可預期。

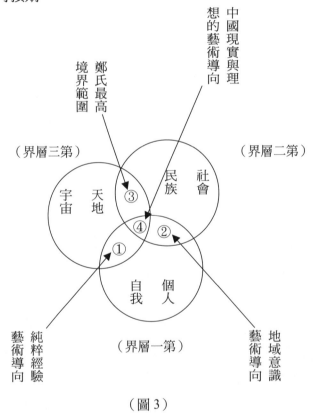

（圖 3）

註：此圖仿效三原色，色光的三原色為紅、綠、青。顏料的三原色為紅、黃、青。範圍④在色光裡則呈白色。

—— 選自《現代詩》1期（1982年6月）

浪子意識的變奏
——讀鄭愁予的詩

孟樊

一　前言：江湖寥落爾安歸

「君問歸期未有期，巴山夜雨漲秋池。何當共剪西窗燭，卻話巴山夜雨時？」李商隱的這首〈夜雨寄北〉透露了浪子沒有歸期的悲哀。真正的浪子是這樣「歸期未有期」的，長年漂泊在外，居無定所，始終沒個落腳處，縱一葦，無所如；策一馬，獨來往，行色匆匆，大涯任遊行。浪子美麗的馬蹄踩過山之巔、水之湄，那一方「小小的寂寞的城」，有達達的聲音響起；雪夜林畔，有佩鈴的聲音朗朗，穿過紛如鵝毛的雪片，留下旅人孤獨的足跡。

孤獨的旅人，好像永遠沒有歸宿，沒有任何的目的地，甚至也忘了他的根源，故鄉只在恍惚的夢中浮現，隨著歲月的消逝，和他愈離愈遠，而日復一日，他卻和孤獨愈來愈近，故鄉的陌生和孤獨的熟悉，被歲月劃成兩個不相連屬的時空，旅人成了浪子，而浪子只是個過客，不是歸人。被余光中稱為浪子詩人的鄭愁予，是不是也只是個「過客」？他的詩是不是在寫他的流浪？他那達達的馬蹄所造成的「美麗的錯誤」，又羨煞了多少青年男女？

二 浪子意識——一簑煙雨任平生

的確，鄭愁予堪稱為浪子詩人，他的詩，特別是早期的詩（七〇年代以前），頗具浪漫的流浪情懷，使我們讀他的詩，就像是在讀他的流浪。流浪——離我們現代那麼遙遠，多羅曼蒂克呀！又多麼古典喲！如果鄭愁予的詩有中國傳統的古典風味的話，則流浪的美和因流浪而造成的浪漫情懷，無疑是構成此種古典風味的最重要素質，儘管在他的詩中仍可以看到以古詩或傳統的題材入詩的色彩。其實，中國傳統古詩中，有流浪漂泊風味的詩，可謂俯拾皆是，這是因為旅居異鄉，或浪跡天涯，最易引起騷人墨客的「飄零之感」，而詩是個人生活經驗的轉化與呈現，自然使「獨在異鄉為異客」的詩人，將那難以排遣的遊子情懷宣洩入詩，如李白的〈夜思〉：「床前明月光，疑是地上霜。舉頭望明月，低頭思故鄉。」王維的〈雜詩〉：「君自故鄉來，應知故鄉事。來日綺窗前，寒梅著花未？」前者觸景生情，因月疑霜、由月思鄉；後者身在異地，仍心繫故鄉，他鄉逢故人，遂有如是之問。又如馬戴的「落葉他鄉樹，寒燈獨夜人。」、孟浩然的「鄉淚客中盡，孤帆天際看。迷津欲有問，平海夕漫漫。」、劉禹錫的「何處秋風至，蕭蕭送雁群。朝來入庭樹，孤客最先聞。」……均是遊子的漂泊心懷。鄭愁予的流浪詩風，或承襲自這一浪漫的古傳統，在他早期的詩集裡（《夢土上》、《窗外的女奴》、《衣缽》），隨處可以看到這些流浪的題材，嗅得浪子「僕僕風塵」的味道，楊牧在〈鄭愁予傳奇〉一文中，即認為「新詩運動以來，愁予是最能把握這個題材的詩人」。

這個題材就是「流浪」，這是早期「愁予風」的特殊情緒，這種「特殊情緒」隱含了瀟灑的、不羈的以及不回歸的「浪子意識」。這

「浪子意識」或「浪子意識的變奏」（楊牧語，見〈鄭愁予傳奇〉），隨時隨地潛伏在他早期的詩中，如：

〈歸航曲〉

漂泊得很久，我想歸去了／彷彿，我不再屬於這裡的一切／我要摘下久懸的桅燈／摘下航程裡最後的信號／我要歸去了⋯⋯

〈殘堡〉

百年前英雄繫馬的地方／百年前壯士磨劍的地方／這兒我黯然地卸下了鞍／歷史的鎖啊沒有鑰匙／我的行囊也沒有劍

〈黃昏的來客〉

但我已是老了的旅人／而老人的笑是生命的夕陽／孤飛的雁是愛情的殞星

〈山外書〉

我是來自海上的人／山是凝固的波浪／（不再相信海的消息）／我底歸心／不再湧動

〈結語〉

想起家鄉的雪壓斷了樹枝，／那是時間的靜的力。

〈港邊吟〉

這港的春呀／繫在旅人淡色的領結上／與牽動這畫的水手底紅衫子

〈雪線〉

別離的日子刻成標高；／我的離愁已聳出雲表了。

〈偈〉

不再流浪了，我不願做空間的歌者，／寧願是時間的石人。

〈錯誤〉

我達達的馬蹄是美麗的錯誤／我不是歸人，是個過客……

〈夢土上〉

雲在我底路上，在我底衣上，我在一個隱隱的思念上。

〈貴族〉

我不欲離去，我怎捨得，這美麗的臨刑的家居。

〈允諾〉

那人，他來自遠方，在遠方友人的農場／曬最後一個秋季的陽
光

〈梵音〉

雲遊了三千歲月／終將雲履脫在最西的峰上／而門掩著，獸環
有指音錯落／是誰歸來　在前階／是誰沿著每顆星托缽歸來

〈清明〉

許多許多眸子，在我的髮上流瞬／我要回歸，梳理滿身滿身的
植物」

　　這些流浪人語或遊子心聲，充斥在他五〇年代的詩作裡，予讀者一清晰活現的印象。

　　以《鄭愁予詩選集》（志文版）為例，該詩選收錄了鄭愁予早期（五、六〇年代）詩作共一百一十五首，據筆者粗略估計，其中與流浪或遊子情緒有關的詩，共得卅七首，約佔三分之一弱，而這只是比較狹義的估計，倘再將兼具流浪意味而含有「時間流逝感」的詩算入的話，這種具有浪子意識的詩，恐將佔該選集的半數詩作以上，足見「浪子意識」成了鄭愁予早期創作中的主軸。因此，若以廣義的時空漂泊感視作「浪子意識」的變奏，則瀰漫在鄭愁予詩中的，幾乎都是流浪的情懷，余光中稱他為浪子詩人是當之無愧的。鄭愁予這種「浪子意識」的變奏，如上所述，主調乃從下列兩方面顯現出來：

　　（1）**空間的漂泊感**──除了上所舉絕大部分的詩例外，又如：「浪子未老還家　豪情為歸渡流斷」（〈野柳岬歸省〉）；「所以，我去，總穿一襲藍衫子／我要她感覺，那是季節，或／候鳥的來臨／因我不是常常回家的那種人」（〈情婦〉）；「多想跨出去，一步即成鄉愁／那美麗的鄉愁，伸手可觸及」（〈邊界酒店〉）……這種浪跡天涯的漂泊感包括了思鄉之情、不回歸「主義」及矛盾的心態（思鄉又不回歸即構成矛盾）。詳言之，鄭愁予在詩中顯現的是一個抱著沒有歸宿心態的浪子，做的是一種徹底的流浪，這位浪子甚至有納西色斯（Narcissus）式的自戀症，特意（或無意）利用這種不回歸的心態，造成個人式的英雄主義，予閨閣中等候他歸來的伊人一種「美麗的錯覺」（〈錯誤〉一詩堪稱代表），然後馬蹄達達揚塵離去，雖然產生了緊張性的戲劇效果，但卻是一種「美麗的殘忍」，這種「美麗的殘忍」只是要伊人感覺「那是季節，或候鳥的來臨」，他不是歸人，只是個過客。這類詩除了膾炙人口的〈錯誤〉一詩外，尚有〈情婦〉、

〈窗外的女奴〉等，可說是傳統閨怨詩的變奏。

　　古詩中如李白的〈玉階怨〉、王昌齡的〈閨怨〉、金昌緒的〈春怨〉等都是傳統典型的閨怨詩，抒寫空閨女子的「怨」，卻不言「怨」字，由整體語言所釀造的意境透露出來，堪稱好詩；寫怨而不言怨，詩是較其他文體更宜於表達的。然而，鄭愁予的新閨怨詩，較諸上述，似更略勝一籌，蓋上述傳統的閨怨詩均從正面描寫，詩的視角（Point of view）是守空閨的少婦或女子，擺明的正是女子的怨；而鄭愁予的〈錯誤〉、〈情婦〉，詩的視角則移往浪子（女子思念的對象）身上，這是反面的或側面的描寫，必須經過一層轉折，讀者方能意會神領。傳統的閨怨詩鏡頭側重的是特寫、近景；鄭愁予的新閨怨詩則著重在遠景，鏡頭由遠至近，再由近到遠，而首先映現在讀者面前的乃一全景的「一青石的小城」，隨即鏡頭再移到窗口繼而少婦的身上（或臉部的表情）。前者是由內向外寫，觀眾早已有所期待；後者由外向內寫，觀眾的期待變成驚喜。其次，傳統的閨怨詩，整體語言呈現的似為靜態的畫面，純粹只表現少婦或閨女的怨或愁；但鄭愁予的新閨怨詩，給予我們的，乃一動態的畫面，除了顯現少婦的閨怨外（和傳統古詩一樣，也不點明「怨」字），更且透露了浪子式的漂泊，而這浪子式的漂泊感背後所隱藏的則是納西色斯式的英雄性格。

　　空間的漂泊感所造成的不回歸主義，除了〈錯誤〉、〈情婦〉等新閨怨詩外，尚可在下面這樣的句子中見到：「我是來自海上的人／山是凝固的波浪／（不再相信海的消息）／我底歸心／不再湧動」（同上）；然而，詩人的歸心，真的不再湧動了嗎？他抱的真是不回歸的心態嗎？漂泊日久，浪子也會有「彈性疲乏」的時候，故詩人不得已也有「我底心懶了／我底馬累了」（〈牧羊女〉）的心聲，此際思鄉懷舊之情便油然而生，於是「裊裊的鄉思焚為青煙／是酒浸過的，許是又香又衝的／星星聞了，便搖搖欲落」（〈努努嘎里臺〉）；而泛起思鄉

之情的「浪子未老還家」，豪情便「為歸渡流斷」詩人終於說：「漂泊得很久，我想歸去了／彷彿，我不再屬於這裡的一切／我要摘下久懸的桅燈／摘下航程裡最後的信號／我要歸去了……」（同上），浪子總該有碇泊之處吧？而這最終的避風港或許是浪子起程的故鄉，也是詩人的「最初」（見〈草履蟲〉）。人生似乎就是如此，每個人都是浪子，人生之旅就在同一個圓上打轉，起點也就是終點，而這兩點之間的距離就是一個「悟」字。為了這個「悟」字，不回歸心態與鄉思之情，造成了詩人的衝突與矛盾，而這兩元對立的糾結，在〈邊界酒店〉上的那一步──跨出「美麗的鄉愁」的那一步──造成最大的衝突，為祛解這種矛盾的苦悶，詩人「飲醉了也好」，要不，便「將歌聲吐出」，空間的漂泊感至此已變成最大的無奈。

（2）**時間的消逝感**──這是浪子意識的變奏。鄭愁予的浪子意識呈現給浪子意識的，不僅是空間移動的一次元，而且加進了時間流動的二次元，使浪子意識的主調表露無遺。這種時間的流逝感，或多或少隱伏在他早期絕大部分的詩裡，如：

〈鐘聲〉
經有一次鐘聲裡，／總有一個月份／也把我們靜靜地接了去……。

〈右邊的人〉
你知道，你一向是伴我的人／遲遲的步履，緩慢又確實的到達：／啊，我們已快到達了，那最初的居地／我們，老年的夫妻，以著白髮垂長的速度

〈靜物〉
「我也是木風為伴的靜物／在暗澹的時日，我是攤開扉頁的書

／標題已在昨夜掀過去

〈燕雲之八〉
只見　僧人焚葉如焚夢／投在紅蓮的花座內／那一頁頁的經
書……是已黃了的

此外，像〈除夕〉、〈崖上〉、〈生命〉、〈回憶〉……皆滲漏了時間
的消逝感，鄭愁予可謂擅用「時間流轉法」的高手。其中以〈雪線〉
一詩，揉合了時空交錯感：「別離的日子刻成標高；／我的離愁已聳
出雲表了。」這種離愁的感覺是立體的，把時間的消逝刻在空間的標
高上，鄉思之情不可謂不深。

倘浪子意識只藉空間的漂泊感來呈現，似不夠完全、徹底，畢竟
空間的流離必須加上時光流逝的無情，浪子才能產生莫可名狀的流浪
情懷；其實，這時空交織成的浪子的「失所感」，不也就是我們全部
人生的縮影嗎？「天地者，萬物之逆旅；光陰者，百代之過客」，人
類豈可遁形於宇宙，逃脫於時空之中？何況我們這纖細敏感的浪子詩
人？

由空間的漂泊感與時間的流逝所交織而成的雙重奏，使鄭愁予的
詩特別展現出動態的風貌，例如他描寫「嘉義」，也用這樣動態的句
子：「來自北方的小朵雲，一列一列的／便匆忙的死去，那時你踩過
／那流水，你的足趾便踩過，許多許多名字」，我們幾乎很難在他的
詩中找出靜態的意象，即連近期詩作亦是如此。由於動態意象的描
摹，使我們讀他的詩，有如欣賞電影的畫面、聆聽音樂的播放一樣，
那麼生動傳神，這大概是鄭愁予的詩令人著迷的原因之一吧？

浪子意識既藉時空的飄逝感以呈現，而這雙重奏的主唱人則以
「我」這個角色逕自展露，所以浪子詩人又是唯我主義（egoism）

的;換言之,鄭愁予(早期)所採取的詩的視角,是以第一人稱為主的,詩人本身的「我」並不避諱在詩中出現,我們較少在他早期的詩作裡看到以第三人稱(詩人本身遁形了)入詩的作品(如:〈望鄉人〉、〈小站之站〉、〈雨季的雲〉、〈醉溪流域(一)(二)〉、〈媳婦〉、〈牧羊星〉……),無論他是抒情、寫景甚或敘事,習慣性的以「我(或我們)」入詩。也許浪子意識乃屬於詩人本身所擁有,因而以第一人稱入詩便來得較為親切自然。

　　一般而言,以第一人稱入詩,作者與讀者雙方較有參與感,蓋就作者言,詩中人物事故是他的現身說法;就讀者言,比較能夠與詩中的「我」在情感上產生共鳴,而扣人心弦,甚而惺惺相惜,使其在欣賞之餘有「再經驗」的可能。不過,以「我」入詩者,予人的感覺卻較為主觀,而主觀者宜於抒情,不適於說理或敘事,所幸詩原本就是「思想染上情感的色彩」(林語堂語),因而鄭愁予唯我主義的流浪情懷,抒情之餘,便能緊緊抓住讀者──尤其是年輕讀者的情感了。然而,同是抒寫流浪,白萩的〈流浪人〉與羅門的〈流浪者〉便與「愁予風」不盡相同了。白萩的〈流浪人〉和羅門的〈流浪者〉均以第三人稱作為詩的視角,因而兩者所表現的浪子情緒都非常冷靜,不像愁予的「熱情」,更無瀟灑不羈的浪漫。前者藉著形式與空間感展現流浪的孤獨──在遠方的地平線上站著,像孤單的一株綠衫;而後者則以兩難式的抉擇透露了流浪人的徬徨和寂寞──帶著隨身帶的那條動物(他的影子),有不知何去何從的迷茫。由於這首詩均以第三人稱入詩,讀者在欣賞之餘,較無涉入的參與感,而感受不到詩人的熱情,可以知覺自己是以讀者的身分在閱讀詩人的詩──這自然是較客觀、冷靜了。相對於白、羅兩氏,美國詩人佛洛斯特(Robert Lee Frost)著名的〈雪夜林畔小駐〉(Stopping by Woods on a Snowy Eevening),描寫的雖然也是旅人的心懷,但由於採取的視角乃第一

人稱的獨白體，予人倍感親切，所不同於鄭愁予的是，他這首詩給予我們的是安詳、溫馨的感覺，由於馬的擬人化、沖淡了「但聞微風的拂吹／和紛如鵝毛的雪片」飄滿的森林中那位旅人的寂寞，雖然這森林黝黑而深邃，可是詩人仍感覺「這森林真可愛」。所以，同樣是以「我」為中心的獨白體的詩，「愁予風」仍不同於「佛洛斯特風」。

鄭愁予為何偏愛這流浪的題材？或許跟詩人的生活經驗有關吧？詩人生於一個軍人家庭，幼年即隨父親轉戰馳徙於大江南北，戎馬倥傯、輾轉播遷的生涯，增長了他的閱歷與見聞，所謂「讀萬卷書不如行萬里路」正是；但卻也因此無形之中孕育了詩人的流浪情懷，而早期的這種生活經驗可能影響他後來寫作的心態，至少在詩中偶爾添人一點懷鄉之情，總是難以避免的（如〈野柳岬歸省〉）。其次，詩人來臺後，曾在基隆港工作多年，而港口原本就和遊子、旅人、水手等居無定所或往來盤旋的人，有相當密切的關係，就詩人而言，在這樣的創作背景下，港口予他的充其量只是一個暫時的避風港，既非故鄉，更非歸宿；何況基隆港正處於東北季風，的過境地帶，長年雨霧濛濛，更助長了那種漂泊迷離的氣氛，詩人工作在此，生活在此，焉能不有所感而發？故像〈晨景〉、〈夜歌〉、〈姊妹港〉等，即是直接以基隆港為背景所寫的詩，特別是〈夜歌〉一首，詩的背景正是基隆港的十四號碼頭，筆者服役時更寄居於此，「撩起你心底輕愁的是海上徐徐的一級風／一個小小的潮正拍著我們港的千條護木，所有的船你將看不清她們的名字，而你又覺得所有的燈都熟悉／每一盞都像一個往事，一次愛情」──真是感同身受。此外，像〈船長的獨步〉、〈貝勒維爾〉、〈如霧起時〉……諸詩寫作的背景，可能都在基隆港口。

然而，鄭愁予自去了美國，執教於耶魯大學後，不僅創作量銳減，且由於生活環境的驟變，在為數不多的作品中，詩的焦距顯然已經有了轉變──詩人的「浪子意識」真真正正變奏，從浪子意識到

「浪子意識的變奏」，鄭愁予的創作大體上可分為兩個階段：五、六○年代為一個時期；七○年代以後為另一個時期。前一個時期？主要的詩作皆已收錄在《鄭愁予詩選》（志文版、洪範版）中；後一個時期，詩人的作品全收集在他去了美國之後所出版的《燕人行》、《雪的可能》兩本詩集裡。

七○年代以後的鄭愁予，溫婉的詩風大體依舊，但詩的主調則顯然不同於以往，最主要的是詩人浪子意識的隱退，我們再難以嗅出風塵僕僕的味道了，即使《燕人行》及《雪的可能》兩本詩集裡，均收錄有詩人的遊記——散詩紀旅（《燕》書）與散詩紀遊（《雪》書），隱約透露一點旅居異地的思鄉情懷（如〈青空〉：「青，／其實是距離的色彩／是草，在對岸的色彩／是山脈，在關外的色彩／一點點方言的距離，聽著，就因此而有些／鄉愁了」；「臨別一瞥馴獸人」：「對風塵這般地知心會意，除卻我／除卻浪子誰能識得？／除卻浪子，又誰會／這樣的倥傯一瞥就又挑動了／遊思？」）；但已缺少早期少年詩人那種浪漫的熱情了。其實，鄭愁予的轉變，在六○年代末期隱約已可看出端倪，〈草生原〉一詩可謂詩人兩個創作階段的轉捩點，對於這個階段中的轉變，楊牧在〈鄭愁予傳奇〉一文中已有詳細的分析，在此不擬再贅語；這其間詩人浪子情懷的轉變，從他慣用的第一人稱視角，轉變為第三人稱的視角，就可見一斑；即連〈旅程〉一詩（一九六五年），雖亦為獨白體，但其整體語言的經營；已隱去年少的熱情，取而代之的是悲劇般「冷靜的風情」和悲憫。

在《雪的可能》與《燕人行》中的鄭愁予，呈現給我們的是穩重、成熟，浪漫的時空漂泊感一掃而空，詩人過的是「搬書運動」的「書齋生活」；因為成熟與穩重，以第三人稱入詩的比例，便大大的增加。這時，以第三人稱入詩的愁予，已較早期客觀、沈穩，予人一種「冷靜的智慧」的印象，而早期在詩中慣用的充滿熱情的「口頭

禪」──啊、哎的口氣,很少再出現。詩人有所感而入詩的,除了一般遊記外,舉手投足之間都是日常生活中的「瑣事」,如〈藍眼的同事〉、〈晨睡〉、〈疊衫記〉、〈蒔花剎那〉、〈十月有麗日候其人至日暮未至〉、〈NYC飲酒〉……浪子似乎在北美的異地Settle down了。這種心境的轉換,可從詩人早期的〈錯誤〉、〈情婦〉與晚近的〈舊港〉(一九八四年)兩相對照之下看出。「錯誤時代」的浪子,達達的馬蹄造成「情婦」的望穿秋水,雖非「過盡千帆皆不是」的失望,卻也是希望的落空,因為風塵僕僕的美少年是愛流浪的;然而,「舊港時代」的返鄉遊子,佳人已杳,「廿年勞積的聘禮,只換得一灑大海的╱苦趣」,希望落空的不是伊人而是欲歸的浪子,「雕欄玉砌應猶在,只是朱顏改」──今非昔比;一切都變了。〈錯誤〉的少女與〈舊港〉的歸人,恰成一鮮明的對比。

可是令我們詫異的是,詩人自大陸到臺灣,再從臺灣到北美,旅人的足跡跋涉得更長更遠,按理,其浪跡天涯的心境不僅不該變,而浪子意識更應加深一層才對。但鄭愁予的心境卻「定居」下來了,也有所謂自己的「書齋生活」,我們再難以從他身上聞到那股風沙滾滾的味道。唯一可以解釋的是:光陰荏苒,歲月的增長使他「定」了下來,空間的漂泊感已被時間增長的智慧和定見擊垮。漂泊、浪漫似乎總是年輕時代專有的權利;老人只希望安定、有個依靠,因而進入壯年之後的鄭愁予,也從浪漫走向穩定,自絢爛歸於平淡。〈白髮〉、〈HOLOGRAM〉、〈疊衫記〉諸詩,便摻有詩人對時間消逝的感傷,可窺見詩人心境轉變之一斑。

儘管寄居北美的浪子詩人,他的流浪意識已經變奏,但畢竟是身在異鄉,如上所述,家國之思是無法避免的,如〈踏青即事〉、〈青空〉、〈一張空白的卡片〉、〈在溫暖的土壤上跪出兩個窩〉……其實,這種家國之思,凡是旅居異國的人都難以避免,這可從每位海外的詩

人幾乎都有懷鄉之作看出，何獨我們這位浪子詩人呢？然而，定居之後的浪子詩人，卻顯現出另一種客居遊子的悲哀：「一個完全成熟的科學家，／是一個蘊育了滿懷秋陽的蜜瓜，／睡在遠離泥土而標價顯明的／超級市場裡。／豈不正是異國人的雜物？」也許這就是所謂「楚材晉用」的悲哀吧？浪子詩人何時歸鄉啊！浪子「未老莫還鄉，還鄉須斷腸」。

三　流浪人語——踏花歸去馬蹄香

　　鄭愁予的詩，特別是早期浪子時代的詩，率以抒情為主，也以抒情取勝，因而即使詩的主旨在描人、寫景或敘事，均含有濃濃的感動，可謂擅寫「抒情詩」的高手（高準即把他歸為「結合抒情本質與現代技巧的現代抒情派」）。雖說詩的本質，不論在說理、描人、寫景或敘事，仍不出抒情的範圍，但抒情詩本身仍有其特點，即其「把抒情的成分凝聚在一個焦點上」、「由一個頂點去俯瞰事物和意念的全體」（覃子豪語），詩的氣氛極為濃郁，且詩質容易凝固。因此，抒情詩和敘事詩或詩劇就有所不同，後者完全藉韻律來發展它本身的故事或劇情，抒情的意味較淡薄（〈浪子麻沁〉、〈旅程〉、〈獨樹屯〉等可作為代表）。由於鄭愁予的詩具有這種特性，所以楊牧在分析早期的「愁予風」時，便認為：通常詩人的「一首詩是一個意象的旅轉分裂，點破一個剎那智慧的主題，這也是中國古典抒情傳統的必然餘緒，頗可見愁予的特質，如『貴族』、『生命』，而以『天窗』為代表。」

　　而由浪子意識所呈現的這種抒情本質，使得「愁予風」頗明陰柔之美。姚鼐曾論文謂：「天地之道，陰陽剛柔而已。文者天地之精英而陰陽剛柔之發也。……其得於陽與剛之美者，則其文如霆，如電，

如長風之出谷，如崇山峻崖，如決大川，如奔騏驥。……其得於陰與柔之美者，則其文如升初日，如清風，如雲，如霞，如煙，如幽林曲澗，如淪，如漾，如珠玉之輝，如鴻鵠之鳴而入寥廓。」鄭愁予的詩或許可以歸為「陰柔」一類，只是五〇年代的詩人是屬於少年式的浪漫，而六〇年代末期的詩人已有轉向「悲切」的趨向，如〈邊界酒店〉、〈旅程〉。

造成詩人這種「陰柔美」的特性，主要是詩人的語言是和緩的、陰性的，雖然楊牧認為一九五七年以後，「幾乎以《窗外的女奴》一詩開始，愁予突然蓄意放棄他陰性的語言，努力塑造陽性的新語言。他的方法是在傳統性的白話裡注入文言句式的因素，鑄創新辭，分裂古義，無形中使他的語言增加許多硬度。」但語言增加許多硬度後的愁予，仍不失其予人陰柔之美，即使在近期寫景、描人、敘事成分逐漸增加的詩作裡，這種陰柔美的特質也還隱約可見。最主要原因，乃「愁予風」整體語言所釀造出來的「神韻」，易使人有情緒被撥動般的感覺，而不慍不火，所以儘管他的詩，「語言鮮活貼切、易懂，但不是無味的平白，而有一種難以捕捉的美。」（季紅語）也就因為這種陰性語言所造成的陰柔美，黃維樑乃認為鄭愁予的詩「純清利落，清新輕靈」。明張世文謂：「詞體大略有二：一婉約，一豪放。蓋詞情蘊藉，氣象恢宏之謂耳。然亦存乎其人。」以此觀之，鄭愁予的詩略近唐宋詞「婉約派」的風格。

陰柔之所以能予我們「美感」，最主要的原因之一，乃鄭愁予的詩形象鮮活、生動，所謂「詩中有畫」，讀他的詩，正有這種感覺，這種「栩栩如生」的形象，在他的詩中俯拾皆是，如：

　　〈垂直的泥土〉
　　背著海馳車／朝陽在公路上滾來／路樹馱著路樹直高到遠方去

〈島谷〉

眾溪是海洋的手指／索水源於大山……——／這裡是最細小的
一流／很清，很淺，很活潑與愛唱歌

〈俯拾〉

基隆河谷像把聲音的鎖／陽光的金鑰匙不停地撥弄

〈紐罕布什爾絕早過雙峰山〉

朝陽突然向雲介入，並使之成孕／天地間倏乎誕生了千山萬壑

〈穿彩霞的新衣〉

東方日出是一枚鈕扣，釘上／新衣的左襟，西方呢？／殘月是
一彎鈕孔，約莫兩寸吧，／隱約地綻開在右襟上。

〈側影的捕捉術〉

風，用了童話的手法／把兩岸的側影捕捉下來／交給江水一波
一波地印

所以紀弦說：「他的詩，長於形象的描繪，其表現手法十足的現
代化。」若進一步分析，他的詩形象之所以能鮮活、生動，主要在
於：①用字精確、生動、優美。如上舉「朝陽在公路上滾來」的
「滾」字，詩人驅車迎向朝陽，陽光從正面照射過來，詩人卻不言
「照射」而用「滾」字，頗能旁襯車子在公路上疾駛的動態，倘用
「照射」或單用「照」、「射」來描繪，雖「精確」卻不生動、優美，
變成一般散文的語言。②比喻（兼指暗喻與明喻）活潑、貼切、新

奇。如上所舉「穿彩霞的新衣」，詩人把旭陽比喻為新衣左襟上的一枚鈕扣，把殘月比喻為新衣右襟上的鈕孔——這種以物擬物的手法，頗為新鮮；又如〈島谷〉，眾溪暗喻為海洋的手指，索水源於大山，而小溪潺潺的流水聲，用「很活潑與愛唱歌」來形容，極新鮮貼切；再如〈卑亞南蕃社〉：「我底妻子是樹，我也是的；／而我底妻是架很好的紡織機，／松鼠的梭，紡著縹緲的雲；／在高處，她愛紡的就是那些雲」，比喻亦極為新鮮生動。我們可以說「長於形象的描繪」的詩人，又是寫景的高手。

「詩中有畫」一向是中國古詩的一項傳統，如李白的「山從人面起，雲傍馬頭生」；劉禹錫的「清光門外一渠水，秋色牆頭數點山」；王維的「山中一夜雨，樹梢百重泉」——都是寫景的佳詩，鄭愁予在這點上繼承了傳統的詩風，使他擅於「形象的描繪」；此外，他也不避諱文言句法的使用，如：「離別十年的荊窗，欲贏歸眩目朱楣」（〈最後的春闈〉）；「茫茫復茫茫　不期再回首／頃渡彼世界　已邁回首處」（〈霸上印象〉）；「念你的時候我便／擲書三尺，披裘出戶／北地望天格外清朗」（〈祝福楚戈〉）；「終不敢修書遺你／胡馬豈敢放羈向北／只怕這信使飽飲窟泉／一直耽到風迴年轉」（〈遠道〉）……甚至間而以古典素材入詩，如〈錯誤〉、〈遠道〉、〈七夕〉、〈節操的造型〉、〈六月夜飲〉、〈舊港〉等；再加上一些經常出現的「具有古典風味的」意象（如〈殘堡〉、〈野店〉、〈黃昏的來客〉、〈客來小城〉、〈錯誤〉、〈貴族〉、〈度牒〉、〈梵音〉、〈媳婦〉、〈情婦〉……），使他十足成了楊牧筆下所謂的「中國的中國詩人」。

然而，鄭愁予雖是「中國的中國詩人」，卻也是「絕對地現代的」。前所述，具有古典風味的意象雖常在他的詩中出現（特別是早期），但晚近的愁予，或許旅居北美而「入境隨俗」的關係，現代感一直在增強，相對地，古典的意象逐漸隱去，即如〈寺鐘〉這樣一首

原來具有古典美意象的詩，也因為加了一個英文字（Galway）及「將朝陽的光譜析成七種白」這個頗具現代感的意象，而整個被破壞了。另外，同樣是早期的愁予，〈水手刀〉時代的他，描摹「港」的流浪意象，還是十足的現代的。更且，他亦不忘用西化語法，如「結語」的「那是時間的靜的力」（「時間的」的「的」字可以省略）；〈厝骨塔〉的「我的成了年的兒子竟是今日的遊客呢」（「我的」的「的」字可以省略）──此種語調類似英語中的of──of雙重所有格──以及〈嘉義〉的「匆忙的旅者，被招待在自己的影子上」（西化的被動態：「被招待」）；〈夜宴木積屯〉的「善於打扮並不妨礙做為熱切的／女主人」（「做為……的……」亦為西化語法）……。甚至執教於耶魯大學後的他，全不避諱以英文字入詩、題詩，（如〈松生藍菱書齋留宿〉、〈晨睡〉、〈山間偶遇〉、〈EXCALIBUR〉、〈HOLOGRAM〉等），而早期有英文字入詩的，只見〈草履蟲〉一首。

　　浪子詩人之所以「絕對地現代」，最主要者，乃鄭愁予的詩，語言相當散文化（尤其是早期），甚至是口語化，例如下面這些句子：

〈小小的島〉
如果，我去了，將帶著我的笛杖／那時我是牧童而你是小羊／要不，我去了，我便化做螢火蟲／以我的一生為你點盞燈

〈一碟兒詩話〉
甚麼？竟是使人相思不已的／南國生紅豆……」、「還是　還是到文學系請個小妹妹來／一顆一顆地嚼成紅茸吧！

〈四月贈禮〉
誰願掛起一盞燈呢？／一盞太陽的燈！一盞月亮的燈！／──

都不行，／燃燈的時候，那植物已凋萎了。

〈青空〉
是誰說的／這樣的青空其實就是加拿大的高壓氣團呢／可不是
嘛，不正是有點兒像／魁北克異樣的法語發音嗎？

〈北極光……〉
太美，太美了／想笑，想大聲叫，想找心愛的人來一塊兒看，
想／一塊兒飛起去

這些散文式、口語化的詩句，就是我們平常所使用的白話，所以
楊牧才會說：「愁予繼承了古典中國詩的美德，以清楚乾淨的白
話……為我們傳達了一種時間和空間的悲劇情調。」不僅如此，季紅
更且讚美「愁予語源的寬廣及他對不同語材──舊典、俗語、文言、
俚語、甚至外來語予以換用、改鑄的能力。」並能「依需要將不同層
次的語言（如文言和白話）揉合在一起。」（見〈鄭愁予《雪的可
能》中的語言經營〉一文）

不過，近期的鄭愁予，雖然仍有散文化的語言，但大體言之，語
言有濃縮的趨向，他的方法如前楊牧所言，「是在傳統性的白話裡注
入文言句式的因素」，〈五嶽記〉中的愁予就有這種徵象，晚近這種濃
縮的文言現象更明顯可見，如〈七夕〉、〈祝福楚戈〉、
〈EXCALIBUR〉、〈HOLOGRAM〉、〈遠道〉、〈曇花再開〉、〈元月夜
飲〉等，均有文言式的句子，這或許是詩人對塑造自己新語言的嘗
試。這種努力，也可在他愈來愈多的西化語法中窺出（如「造物之主
的不可測的洞視」這樣的句子），其他像增加贅語（如〈草地〉中的
「那個人向著草地的那端走向……」句，「個」字可以略去；〈觸及的

欣喜〉中的「於是，想喝一杯酒了」句，「酒」可以省略，因為隔段
接著一句便有「好酒」的「酒」字出現）或使語句拗口、不順暢（如
〈疊衫記〉中的「一具稻草人之未曾紮實」句，似應為「一具未曾紮
實的稻草人」；〈烈日〉中欠缺標點符號的「已傾巢飄潑向江漢其時柳
已殘稞果都顫在枝上」句），甚或不合語法（如〈獨樹屯〉中的「歷
史，是後來的人寫」句，合乎語法應改為「歷史，是後來人寫的」或
「歷史，是後來的人寫的」）；而〈NYC飲酒（二）〉一詩，才十五行
而已，詩人卻故意用了六行「……是……的」這樣的句型，詩人意匠
經營足可見一斑。如果我們再進一步分析，詩人這種試求塑造新語言
的企圖，更昭然若揭，詩人在《燕人行》與《雪的可能》兩本詩集
中，以形式決定語言及節奏的趨向，相當明顯，如〈『暖和死』之
歌〉、〈山路〉、〈雪的可能〉、〈獨樹屯〉、〈落馬洲〉等詩；而〈零的遞
減──煙後懷友〉一詩，甚至用圖畫式的阿拉伯數字做語言。

　　以形式決定語言和節奏，鄭愁予主要表現在對仗等手法的運用
上，早期有〈小詩錦〉、〈生命〉、〈天窗〉、〈霸上印象〉等詩，晚期如
〈雨說〉（利用類疊、排比）、〈『暖和死』之歌〉（利用類疊、排比、
對仗、頂真）、〈手術室初冬〉（利用排比）、〈一碟兒詩話〉（利用對
仗）、〈冬〉（利用類疊、排比）、〈山路〉（利用排比）、〈查爾斯河左
岸〉（利用對仗、倒裝）、〈踏青即事（三）〉（利用對仗）……利用這
些「人工化」的技巧造成的「格律式」節奏和尾韻，雖亦鏗鏘甜美，
（如〈雨說〉：「我來了，我走得很輕，而且溫聲細語地／我的愛心像
絲縷那樣把天地織在一起／我呼喚每一個孩子的乳名又甜又準／我來
了，雷電不喧嚷，風也不擁擠」；又如〈遊仙眠地〉：「他住澗的那邊
也是小山／也是小仙　也是／整天相互著採笑／煉一爐喜歡」；再如
〈賦別〉：「這次我離開你，是風，是雨，是夜晚；／你笑了笑，我擺
一擺手／一條寂寞的路便展向兩頭了。」），卻未必勝於佳韻天成的自

然節奏（如〈一〇四病堂〉：「妹子　總要分住／便分住長江頭尾／那時酒約仍在　在舟上／重量像仙那麼輕少」）。不過，大致說來，鄭愁予的詩之所以節奏輕快、聲調甜美，多半歸功於類疊（疊字、疊句」及排比、對仗等形式效果——祇是詩人匠心獨運，不落「雕刻」痕跡，譬如〈小小的島〉一詩最後的一段，聲音抑揚頓挫，節奏自然甜美，絲毫不露人工的痕跡：「如果，我去了，將帶著我的笛杖／那時我是牧童而你是小羊／要不，我去了，我便化做螢火蟲／以我的一生為你點盞燈」。

　　浪子詩人的詩如上所述，有那些特點，所以楊牧在〈鄭愁予傳奇〉長文中，開頭便開門見山地下結論說：「鄭愁予是中國的中國詩人，用良好的中國文字寫作，形像準確、聲籟華美，而且是絕對地現代的。」詩人自己亦認為：「文字，對新詩來說，主要是用來製造意象，構成音節和旋律感，其次是用藝術的手法使文字的歧義更加延伸，以擴大聯想的範圍和效果，新詩的文字是表現的工具，而不是拿來作敘事和說理用用的⋯⋯」（見今年六月十一日中國時報人間副刊詩人節專輯，楊澤訪鄭愁予部分），就因為詩人自己堅持這樣的信念，所以，詩人的語言相當平凡、精緻，極少有轉品和夸飾的語句（雖近期有些詩作，句法有扭曲的現象），像「創世紀詩風」這樣的句子並不多見：「你屢種於我肩上的每日的棲息，已結實為長眠」（〈右邊的人〉）、「蒼茫自腋下昇起　這時份／多麼多麼地思飲／待捧隻圓月那種巨樽／在諸神⋯⋯我的弟兄間傳遞」（〈野柳岬歸省〉）——〈草生原〉一詩可謂「例外」——因而，在六〇年代超現實主義詩風大行其道時，浪子詩人鄭愁予的詩，仍能獨幟一格，獲得愛詩人的青睞；甚至到了今天，我們這位「踏花歸去馬蹄香」而擅於描繪形象的浪子詩人，其魅力仍風行不衰。

四　結語：也無風雨也無晴

「這次我離開你，是風，是雨，是夜晚；／你笑了笑，我擺一擺手／一條寂寞的路便展向兩頭了。」──賦別時的愁予，是這般的瀟灑，但比起徐志摩的「我揮一揮衣袖，／不帶走一片雲彩」，他還是帶走了「寂寞」；寂寞與他形影不離（就像羅門的〈流浪者〉所帶的那條影子），則無論千山萬水、遠渡重洋，浪子情懷總是無時不刻要宣洩的，縱使鄉愁是那麼輕、那麼細，卻是絲絲入扣。詩人這樣吶喊著：「盼望啊／鄉國的土壤有一天／也這麼地／連天越野地／肥沃起來／也這麼溫暖的／讓我／跪著」（〈在溫暖的土壤上跪出兩個窩〉），這種感情直接、強烈的宣洩，是「身在異邦，心在大漢」的暗示嘛？「愛荷華」（Iowa）那片白茫茫的瑞雪，可是詩人的召喚？

十三年前，楊牧曾謂鄭愁予「是我們二十五年來的新詩人中最令人著迷的浪子」；十三年後的今天，浪子時代的愁予，已「揮一揮衣袖，不帶走一片雲彩」地去了，一、二十年的光陰統治了一切，畢竟現在的浪子詩人已安居下來了，風沙滾滾與風塵僕僕的江湖已日益陌生，孰云「人在江湖，身不由己」？對詩人愈來愈有意義的，恐怕是時間了；儘管有「變形鏡」裡的迷惑，在〈側影的捕捉術〉中，詩人卻「怯生生的說：歲月，好美喲！」，令人迷惑的歲月，也是令人著迷的歲月，這是〈邊界酒店〉之外的另一種糾結，在亦悲亦喜的情況下，詩人必須面對這一矛盾，或許卅二年前詩人的「偈」早已揭示了他的「未來之路」──「不再流浪了，我不願做空間的歌者，／寧願是時間的石人。」超越時間才能跨超歲月的矛盾，否則這豈不又是「浪子意識」變奏的另一章？不過，無論如何，回顧過去，「踏花歸去馬蹄香」的愁予，該是「回首向來蕭瑟處；歸去，也無風雨也無

晴」的呀！三十多年來，「浪子詩人」這頂桂冠，在面對未來之際，
是可以「擲地有聲」了。

——選自《文訊》30期（1987年6月）

江晚正愁予

——鄭愁予與詞

黃維樑作
曾焯文譯

詩人鄭愁予（1933—）[1]多年來甚受歡迎，他以秀麗動人的抒情詩見稱，其中表表者有〈錯誤〉：

　　我打江南走過
　　那等在季節裡的容顏如蓮花的開落

　　東風不來，三月的柳絮不飛
　　你底心如小小的寂寞的城
　　恰若青石的街道向晚
　　跫音不響，三月的春帷不揭
　　你底心是小小的窗扉緊掩

1　鄭愁予，真名鄭文韜，一九三三年出生於湖北。中興大學畢業之後，在基隆港工作，並在那裡寫下他著名的海洋詩。一九六八年，參加愛荷華大學的國際寫作訓練計畫，目下在耶魯大學教授中文。詩作收進《鄭愁予詩選集》（臺北市：志文出版社，1974 年），由楊牧（王靖獻的筆名）寫導言。導言長逾三十頁，充滿對鄭詩獨到的見解。自以詩選集出版以來，鄭氏只再發表過幾首詩。本文將近完成的時候，一部新的鄭詩版本剛剛面世。此書，書名為《鄭愁予詩集》（臺北市：洪範書局，1979 年），號稱「詩人親自編定的權威版本」，共收五一至六八年間所作的一百五十三首。

　　　　我達達的馬蹄是美麗的錯誤

　　　　我不是歸人，是個過客

　　〈錯誤〉這首詩，如果放在一本英譯宋詞選集裡，對中國新詩認識不深的讀者，一定會以為它就是一首詞，無法與集中其他作品區分。事實上，在意象以及感情方面，〈錯誤〉都酷似詞中婉約派——相對豪放派而言。

　　婉約派的詞是怎樣的呢？繆鉞認為詞的其中一項特徵為其「文小」。據繆氏所云，念詞時通常遇見的詞藻有「和風」、「斷雲」、「疏星」、「遠峰」、「煙渚」、「流鶯」、「殘紅」、「飛絮」等等，均精美細巧者[2]。為證明這一點，繆氏舉了秦觀的〈浣溪沙〉為例：

　　　　漠漠輕寒上小樓，曉陰無賴似窮秋。淡煙流水畫屏幽。　自在飛花輕似夢，無邊絲雨細如愁，寶簾閒掛小銀鉤。

　　這首婉約派的詞令人想起鄭愁予的〈錯誤〉。〈錯誤〉充滿了細巧之辭如「蓮花」、「飛絮」、「小小的寂寞的城」、「青石的街道」、「春帷」以及「小小的窗扉」。

　　繆氏又認為詞體質「輕」，其徑「狹」，其境「隱」。「輕」字的用法有物理上，也有心理上的意義[3]。物理上，因為「小」所以「輕」。詞的作用不在於引起讀者敬畏或強烈的情緒，因此在心理上為「輕」。由於在古典抒情詩歌以及鄭詩中都可以輕易找到許多例子來支持質「輕」之說，這一點也就不需多言。

2　繆鉞：《詩詞散論》（臺北市：開明書局，1953 年），頁 5。繆氏以總體上說詞體，然而，筆者認為繆氏見解最合闡明詞中婉約派，但卻不是所有的詞。

3　同前註，頁 6-10。

　　繆氏說詞境「隱約迷離」，對此，筆者決定擱置不談，原因有二。其一，透澈之討論需要極多篇幅。其二，筆者對繆氏此說有所保留。在這裡，筆者只能夠說中國文學有很多隱晦的詩和詞，但很難說何者更為隱晦。

　　關於詞之「徑狹」，繆氏指出，「詞只能言情寫景，而說理敘事絕非所宜」。[4]在這裡，繆鉞其實在規限詞的本質。無疑，許多有名的詞作都是描寫情景而非說理敘事；然而說詞絕不能議論敘事，則有欠公允。繆氏認為「詞為中國文學體裁中之最精美者，幽約怨悱之思，非此不能達。」[5]對於此語，筆者同樣有保留，尤其是下半截，因為要表達幽約怨悱之思，不一定要填詞。然而，儘管整句話有修正的必要，繆氏畢竟指出了詞的一項重要特點：愁思。事實上，若謂愁思乃詞這種文體的主導情緒，一點也不誇張。下文將討論到愁思的主題如何支配詞與鄭愁予的新詩，並將檢視與此主題有關的種種意象。

　　在詩以及其他中國文體中，肯定也可以找到愁思，但愁思在詞中獨領風騷，而這種愁思通常皆為柔婉而悠長。憂時憂國，朝代興亡，以及其他類似情況，通常引致較為激烈的哀傷情緒，悲壯有如屈原、杜甫的詩歌，以至辛棄疾及其他愛國詞人的作品。然而，在婉約派的詞裡不會碰見此類愁緒；通常我們會發現直接或間接由愛情引起的幽怨——或為對戀愛的渴求，或為相思，或為愛侶分離。譬如，溫庭筠的〈菩薩蠻〉就描寫一婦人對戀愛的渴求：

　　　小山重疊金明滅，雲鬢欲度香腮雪，嬾起畫娥眉，弄妝梳洗遲。　照花前后鏡，花面交相映。新貼繡羅襦，雙雙金鷓鴣。

4　同前註，頁8。
5　同前註。

詞中的婦人早上遲起，嬌慵寂寥。詞人把焦點放在一對金鷓鴣上，以暗示這個女子寂寞難耐，渴求愛侶。在李清照的〈一剪梅〉中，讀者也可以發現同樣的情懷：

> 紅藕香殘玉簟秋，輕解羅裳，獨上藍舟。雲中誰寄錦書來，雁字回時，月滿西樓。　花自飄零水自流，一種相思，兩處閒愁。此情無計可消除，才下眉頭，卻上心頭。

詞人是在丈夫離家遠行後填下這首詞，於是有兩地相思之苦。溫庭筠的〈憶江南〉所處理的也是類似情況，在詞中，「說話者」是久待情郎不至的婦人：

> 梳洗罷，獨倚望江樓，過盡千帆皆不是，斜暉脈脈水悠悠，腸斷白蘋洲。

詞中婦人，由早上梳洗罷，一直到黃昏，已經等了一整天的工夫。婦人所倚傍的欄杆當生溫矣！正如但丁・羅色蒂（Dante Rosetti）〈天之驕女〉（*The Blessed Damozel*）中的金檳一樣：

> 天之驕女斜伸出
> 天宮金檳；
> ……
> 但仍俯首彎腰
> 自環形魅力
> 以迄金檳久倚
> 終為玉脯所暖

唯是久待不果，此婦必愈趨心灰意冷。除了上述久待不果的相同主題，鄭愁予的〈錯誤〉亦在情節上與溫庭筠的〈憶江南〉類似，只是

溫詞的婦人僥倖不用經歷〈錯誤〉中怨婦的另一種悲哀。在〈錯誤〉中，當馬背上的男子宣稱，「我不是歸人，是個過客」時，女人歡迎男人回家的一腔熱望馬上戲劇性地化為泡影。然而，雖然在其他方面有所差異，以上的幾首詞，溫庭筠的佔其二，李清照佔其一，以及鄭愁予的〈錯誤〉都屬於閨怨類，而閨怨詩詞在中國文學中為數不少。

第三種愁緒來自愛侶分離，著名的例子有柳永的〈雨霖鈴〉：

> 寒蟬淒切，對長亭晚，驟雨初歇；都門帳飲無緒，方留戀處，
> 蘭舟催發；執手相看淚眼，竟無語凝噎。念去去千里煙波，暮
> 靄沉沉楚天闊。　　多情自古傷離別，更那堪冷落清秋節；今宵
> 酒醒何處，楊柳岸，曉風殘月；此去經年，應是良辰好景虛
> 設，便縱有千種風情，更與何人說？

除了上述三種與愛情有關的愁緒，另有一種愁緒，不易界定。先前所引秦觀的〈浣溪沙〉，正屬此類。在這類詞裡，不快的情緒乃由無聊、懷舊、自憐或自怨引起，例子多不勝數[6]。

由是觀之，愁緒是婉約詞之基型（archetypal）情緒。鄭愁予與許多傳統詞人表達出一樣的愁緒。〈錯誤〉中的婦人久待情郎不至；寂寞的心不啻「小小的窗扉緊掩」。在情緒方面，這首詩與溫庭筠及其他詞人的閨怨詞甚為接近。然而在藝術造詣方面，詩中的妙句：

> 我達達的馬蹄是美麗的錯誤
> 我不是歸人，是個過客……

戲劇性極強，十分精練，鋒芒蓋過了許多同類的詩詞。

6　參照 James J. Y. Liu, "Some Literary Qualities of the Lyric (Tz'u),"in Cyril Birch ed., *Studies in Chinese Literary Genres* (Berkeley: University of California Press, 1974), pp.137-143.

　　鄭氏不少詩中的女主角都是典型的怨婦，無止境地等待著。有時，怨婦的寂寥是由一個驕傲自私的漢子造成的，例如〈情婦〉一首：

　　在一青石的小城，住著我的情婦
　　而我什麼也不留給她
　　祇有一畦金線菊，和一個高高細窗口
　　或許，透一點長空的寂寥進來
　　或許……而金線菊是善於等待的
　　我想，寂寥與等待，對婦人是好的
　　所以，我去，總穿一襲藍衫子
　　我要她感覺，那是季節，或
　　候鳥的來臨
　　因我不是常常回家的那種人

以下又是那傲慢自大的漢子在大言不慚：

　　小小的姊妹港，寄泊的人都沉醉
　　那時，你與一個小小的潮
　　是少女熱淚的盈滿
　　偎著所有的舵，攀著所有泊者的夢緣
　　那時，或將我感動，便禁不住把長錨徐徐下碇

　　這種大男人主義在〈窗外的女奴〉中表露至為明顯，詩中的漢子透過隱喻，視自家的那群女人為奴為婢：

　　我是南面的神，裸著臂用紗樣的黑夜纏繞，於是垂在腕上的星星是我的女奴。

這些詩所表現的大男人心態，可能令部分現代讀者不滿，但這是鄭愁予的風格。

鄭氏的詩，也有像傳統「婉約」詞那些關於情侶分離的。以下詩句引自鄭氏所作之〈賦別〉：

> 這次我離開你，是風，是雨，是夜晚；
> 你笑了一笑，我擺一擺手，
> 一條寂寞的路便展向兩頭了。
> 念此際你已回到濱河的家居。
> 想你在梳理長髮或是整理濕了的外衣，
> 而我風雨的歸程還正長，
> 山退得很遠，平蕪拓得更大，
> 哎，這世界，怕黑暗真的成形了⋯⋯

此詩的背景——「是風，是雨，是夜晚」——與柳永〈雨霖鈴〉的一模一樣。

鄭愁予是鄭文韜的筆名。愁予二字至少在兩首中國舊詩詞中出現過。其一為〈楚辭〉中之〈湘夫人〉，另一首為〈菩薩蠻：書江西造口壁〉，作者辛棄疾茲引兩首詩詞中有關部分分別如下：

> 帝子降兮北渚，目眇眇兮愁予，嫋嫋兮秋風，洞庭波兮木葉下。
> 江晚正愁予，山深聞鷓鴣。

「江晚正愁予」這句對我們正在進行的討論特別重要。原因有二。第一，詩人的姓「鄭」與「正愁予」的「正」同音；很可能鄭愁予的筆名就是出自此句。第二，「晚」這個字與一大串意義相似的字不單在詞作中普遍地重複出現，在鄭愁予的詩中也特別多見。「晚」

作為一個重複意象是了解詞的獨特氣氛與情緒的關鍵；也是了解鄭愁予作品與詞的抒情性質相似之處的關鍵。

本文已徵引過的詞作共有六首，全都是從詞集中隨機抽出：

（一）秦觀的〈浣溪沙〉

（二）溫庭筠的〈菩薩蠻〉

（三）李清照的〈憶秦娥〉

（四）溫庭筠的〈憶江南〉

（五）柳永的〈雨霖鈴〉

（六）辛棄疾的〈菩薩蠻〉

這六首詞當中有四首（第三至第六）──即三分之二之多──都是刻劃黃昏或夜晚所發生的事。事實上，凡時間可確定者，大部分的詞作都是描繪黃昏或夜裡所發生的事物。黃昏或夜晚乃詞的基型時間。

弗來（Northrop Frye），基型批評之父，正確地指出悲劇的主題模式乃衰落與死亡；悲劇好比一日之黃昏，又好比一年的秋季。（相對來說，據弗萊云，喜劇好比晨早或春天，而浪漫故事則如中午或夏天。）弗氏之基型批評是一個龐大的架構，在這架構中，批評家建立起一個層次分明的文學世界[7]。雖然弗萊很少徵引中國文學的例子來建立其理論架構，然而這並不表示中國文學不能適合其架構。在中國文學中，黃昏的愁緒有悠久的傳統；秋愁亦如是。一日之將盡，太陽下山，然後在西邊消失。一年之將盡，秋天來臨的時候，各種植物枯萎，鳥獸藏身。在傳統中國，罪犯常常在秋天處決。很自然，黃昏與秋天乃愁緒的「客觀投射」。愁緒，秋天、黃昏的混合就是「情景交

7　見 Northrop Frye, *Anatomy of Criticism* (Princeton, New Jersey: Princeton University Press, 1957) 中的第三篇文章。

融」——中國詩學中其中一個最重要的原則[8]。以愁緒代替悲劇性，我們會發覺弗萊的基型理論，對了解詞的情緒與意象之間的關係，很有幫助。黃昏、秋季、以及所有哀愁的因素往往會在同一首詩歌中出現。譬如，四首「黃昏」詞中有兩首（第三及第五首）的季節都可確認為秋天。

雖然文學中有基型，文學創作卻絕不僅僅盲目遵循死板生硬的公式。春天，不一定是秋天，也可令人產生愁緒；但效果永遠由反諷對比或強調季節的遲暮造成。以下是秦觀〈踏沙行〉的前半截：

> 霧失樓台，月迷津渡，桃源望斷無尋處；可堪孤館閉春寒；杜鵑聲裡斜陽暮。

季節是春季，但是寒春，天氣與基型春天的風和日麗恰恰相反。此外，暮春惹愁，例如晏殊著名的〈浣溪沙〉：

> 一曲新詞酒一杯，去年天氣舊亭台，夕陽西下幾時回。　無可奈何花落去，似曾相識燕歸來，小園香徑獨徘徊。

早晨，不一定要黃昏，亦可惹起愁緒；但是，同樣地，效果永遠都是反諷對比或強調早晨之將盡造成。在上引的秦觀之〈浣溪沙〉中，早晨不是風和日麗的基型早晨；而是一個多雲料峭的早晨：「似窮秋」。在上引的溫庭筠之〈菩薩蠻〉中，動作開始的時候，不是破曉清晨，而是日上三竿（「弄妝梳洗遲」）。借用弗萊的移置理論（displacement）[9]，我們可以說，在這些詞裡，由於春寒料峭，曉陰

8　意象群與情感之間的關係討論，可參見《中國詩學史上的言外之意說》，收入拙作《中國詩學縱橫論》（臺北市：洪範書局，1977 年）。

9　弗萊「移置」之意為「修改神話與隱喻以適合道德或可能性的準則」；見 Frye, 頁365。

無賴，由於春天及晨早都在將盡的階段，氣氛其實等同秋季與黃昏。

　　回到鄭愁予的詩。〈錯誤〉的時間是「向晚」。雖然此詩的季節為春天，但由於「東風不來」，「三月的柳絮不飛……三月的春帷不揭」，氣氛可不是春天的。又〈賦別〉的時間，如第一句顯示，明顯是黃昏，而黃昏是鄭愁予詩作最喜用的時分。

　　鄭詩中的發言人通常是個流浪詩人，離開了自家的女人，單身遠遊，飲酒賦詩。如在〈殘堡〉中，說話者曾見過一個殘堡，城堡周遭是──

　　　　怔忡而空曠的箭眼
　　　　掛過號角的鐵釘
　　　　被黃昏和望鄉的靴子磨平的
　　　　戍樓的石垛啊

詩中主角嘆息殘堡的衰敗，追思城堡往昔的英雄戰士，然後──

　　　　趁月色，我傳下悲戚的「將軍令」
　　　　自琴絃……

這兒的時分又是鄭愁予喜用的黃昏，另一回，又是在黃昏，詩人在一間夜店中與一群孤寒的旅客混在一起，那裡是一個營火照亮的「家」，有酒肉供應，過客相互訴說自家的浪蕩事蹟。這就是鄭氏的〈野店〉，首二行如下：

　　　　是誰傳下這詩人的行業
　　　　黃昏裡掛起一盞燈

　　黃昏時，天空顏色迅速變化，時間的消逝十分明顯。時光流逝，淘盡了英雄美人，甚至歷史人生。鄭愁予許多詩作有各種惹愁的原

因。然而喜沉思的詩人鄭愁予，有時僅僅為黃昏一個彩色繽紛景緻的流逝而著迷。在〈晚虹之逝〉中，短暫的晚虹原處西天，

> 但黃昏說是冷了
> 用灰色的大翻襟蓋上那條美麗的紅領帶

另一首黃昏詩是〈晚雲〉：

> 七月來了，七月的晚雲如山，
> 仰視那藍河多峽而柔緩。
>
> 突然，秋垂落其飄帶，解其錦囊，
> 搖擺在整個大平原的小手都握滿了黃金
>
> 又像是冬天
> 匆忙的鵪鶉走三十里積雪的夜路，
> 趕年關最後的集……

　　像前面那一首，這首詩純然是黃昏景象的描寫。由是可見鄭愁予像傳統詞人一般對黃昏特別喜好；這位現代詩人和古代的「同志」皆使用「細巧」的詞彙，而二者作品通常俱質「輕」。鄭氏醉心黃昏和「文小」是否繼承詞的傳統？抑或純屬巧合？很難說。但單就傳統來說，鄭愁予很可能從一些最著名的詞作裡借來了不少詞語和意念。例如，除了上述的筆名之外，〈晚雲〉中的「秋垂落其飄帶，解其錦囊」就和秦觀〈滿庭芳〉之「香囊暗解，羅帶輕分」有類似意象。

　　秋天也在鄭詩中出現，例如〈當西風走過〉，〈草履蟲〉，但沒有黃昏那般頻密。當詩人寫秋夜時，詩中愁緒就更濃了。可是，如上所示，哀愁只是主導鄭詩的一部分。鄭不是蘇軾或辛棄疾那樣的豪放派

詩人；但他亦非秦觀第二，整天只知吟詠著幽幽的「婉約」詩詞。鄭詩無疑「婉約」，但只是偶爾懷愁。很少當代中國詩人像鄭愁予那般接近傳統詞人，宋詞可謂後繼有人矣。然而一個完全仿效前人的詩人將失去自己的個性風格。鄭並非這樣的一個詩人。鄭愁予的修辭句式，以及觸覺技巧，自成一格。鄭從傳統中借取詞語概念。但在自己創作中卻獨闢蹊徑，特別是創造比喻。

自從文學革命以來，中國新詩的語言基本上是白話，而非文言。白話文使用現代句式、現代詞彙，真的為文言注入了新的生命活力。可是，在平庸作家手裡，白話文，對明眼人來說，時常顯得粗糙累贅，有時甚至令人側目。

我們發覺鄭愁予的語言並無上述毛病。如鄭氏之〈小小的島〉是首可愛的小詩，令人憶起葉慈的〈茵士菲湖島〉，其中用字、修辭、造句無疑是現代的，然用字清麗簡潔，例如首節：

> 你住的小小的島我正思念
> 那兒屬於熱帶，屬於青青的國度
> 淺沙上，老是棲息著五色的魚群
> 小島跳響在枝上，如琴鍵的起落

另一例證為鄭氏著名的一句半，用字同樣精警美妙，上面也曾徵引過：

> 趁月色，我傳下悲戚的「將軍令」
> 自琴絃……

以下兩行警句引自〈邊界酒店〉，又是現代白話與凝鍊詩詞的結晶：

> 多想跨出去，一步即成鄉愁

　　那美麗的鄉愁，伸手可觸及

這些詩句落在平庸之手，恐怕就要變成：

　　他多麼地想要跨出他的腿啊，他的一個步伐
　　就可以使他感染到鄉愁了
　　那個美麗的鄉愁呀，他的一隻手伸出去
　　就可以觸摸到它了

　　鄭愁予工於創造比喻，而這種能力人皆公認為詩才的標記。鄭將晚虹比作「美麗的紅領帶」，將彩虹的消逝比作領帶的給「灰色的大翻襟」掩蓋（〈晚虹的消逝〉）。〈夜歌〉的第一節亦是基於一個比喻：

　　這時，我們的港是靜了
　　高架起重機的長鼻指著天
　　恰似匹匹採食的巨象
　　而滿天欲墜的星斗如果實

大象採果的意象相當可愛；滿懷反工業文明的現代詩人〔如羅拔・洛厄爾（Robert Lowell）〕很難從這種角度看待「醜陋」的起重機的操作。然而，鄭愁予在基隆港工作的時候曾收集了不少美麗的意象，他步著傳統詞人的後塵，傾向將眼前事物浪漫化，於是選擇以友善的眼光來看工業文明。

　　鄭愁予在海港所寫的所有詩當中，〈如霧起時〉可能是最美妙的：

　　我從海上來，帶回航海的二十二顆星
　　你問我般的事兒，我仰天笑了……
　　如霧起時

敲叮叮的耳環在濃密的髮叢找航路；

用最細最細的噓息，吹開睫毛引燈塔的光

赤道是一痕潤紅的線，你笑時不見。

子午線是一串暗藍的珍珠，

當你思念時即為時間的分隔而滴落。

我從海上來，你有海上的珍奇太多⋯⋯

迎人的編貝，嗔人的晚雲，

和使我不敢輕易近航的珊瑚的礁區。

　　在此詩中，讀者仍可找到類似傳統的細巧字眼如「星」、「耳
環」、「最細」、「一痕」、「珍珠」與編貝。可是整體來說，此詩絕不相
似婉約詞。好像「燈塔」、「赤道」、「子午線」以及「珊瑚」的「礁
區」等名詞，一千年前的古人簡直聞所未聞，只有現代人才會使用。
又海員的生活，照筆者所知，從未作為主題在宋詞中出現過。因此，
這首詩不但富有現代氣息，而且更成功地吸收了傳統詞的小令技巧。
詩開始時，一名海員從海上歸來，與情人相會。情人問他航海的事，
他笑了。兩人情濃意蜜，耳鬢廝磨。海員邊笑邊答，說如何在霧中敲
出叮叮的聲音找航路，覓燈塔的光；赤道和子午線是什麼樣子；貝
殼、晚雲、珊瑚礁區又如何如何。原來海員所敘述的事物都是比喻，
霧就是情人的濃髮，叮叮是耳環的聲音，燈塔的光是她明亮的眼睛，
赤道是紅色雙唇中間那條線，暗藍的子午線是眼淚，編貝是皓齒，晚
雲是紅豔的容顏，珊瑚的礁區（海員所不敢輕易接近者）是情人的嬌
軀。海員出海時，所見所聞，所作所為，無不跟情人掛上了鉤。在這
樣短的一首詩裡，顏色（黑、白、紅、藍）、線條（縱、橫）以及聲
音情感（哀愁、愉快）互相交織。此詩語言精鍊優美，意象惹人遐

想，肯定可以名列最美的中文情詩中。事實上，此詩可視為比喻運用的一大成就。

在文首所引的〈錯誤〉裡，比喻也擔當重要的角色。「那等在季節裡的容顏如蓮花的開落」、「你底心如小小的寂寞的城／恰若青石的街道向晚」以及「你底心是小小的窗扉緊掩」都是比喻。然而鄭愁予在〈錯誤〉中的成就不僅是詩的比喻語言。此詩的結構與詩末的佯謬（Paradox）也不可多得。此詩開始時以廣大的江南為背景，跟著焦點移至小城，然後至街道、至帷幕、至窗扉，至不可見卻舉足輕重的中心人物——那等在季節裡的寂寞婦人——然後鏡頭移至婦人與漢子的戲劇性相遇。當「美麗」的希望粉碎時，故事的高潮來得短暫而有力：婦人的希望雖然「美麗」卻是個「錯誤」，因為那漢子並不打算回家。此詩沒有告訴我們那無情的漢子如何離開他的女人繼續上路，但從「過客」這個字眼，我們可以想像到他走的時候，鏡頭拉遠，窗扉、街道、小城、……最後回到江南廣袤的空間，由是故事的終點也就是故事的起點。首行的「過」字與詩末的「過客」互相呼應，完成了詩的循環結構，而「小小的寂寞的城」、「青石的街道」以及「小小的窗扉緊掩」，尺寸由而大小，佔據了這結構的戰略性位置。那些物體，無論大小，無論「小小」，「緊掩」或「青綠」（很明顯是種冷的顏色），除了為此詩提供背景之外，同時亦形容婦人的孤獨感和疏離感。這些字眼既具雙重功用，就足以證明鄭愁予匠心獨運，巧奪天工。〈錯誤〉一詩的主題與情感十分傳統，是無數閨怨詩之一，描寫寂寞的婦人無止境地等待男人。詩中婦人與宋詞中的那些婦人無大分別。例如，我們很難將〈錯誤〉中的婦人與溫庭筠〈憶江南〉中的怨婦區分開來。話雖如此，〈錯誤〉用的是現代句式與詞語佯謬（「美麗的錯誤」），無可置疑具有現代之氣息。詞語佯謬雖然是現代西洋詩與中國新詩常用的修辭技巧，在傳統中國詩詞卻較為少見。〈錯誤〉及

鄭氏其他詩作，正是在這層意義上，不愧是現代的產品。

〔本文的英文原文，發表於一九八〇年出版的*Renditions*，此刊由香港中文大學的翻譯中心編輯及出版。這一期的*Renditions*為「詞專號」，這專號後來也以單行本發行，書名為*Song Without Music: Chinese Tz'u Poetry*，編者為宋淇。又：八十年代鄭愁予的詩，多了起來，出過幾本詩集。譯者附誌〕

——選自《中外文學》21卷4期（1992年9月）

鄭愁予旅美前詩作研究

商瑜容

一 前言

　　一九五一年起，鄭愁予（1933-）開始在臺灣的報刊上發表詩歌，到一九六五年止所發表的作品，先後收錄於《夢土上》、《衣缽》、及《窗外的女奴》三部詩集當中。一九六八年鄭愁予離臺赴美，其後便沈潛多時，雖間有《鄭愁予詩選集》、《鄭愁予詩集》兩部選集問世，但直到一九八〇年才又推出新作《燕人行》。由於《燕人行》及其後《雪的可能》、《刺繡的歌謠》、《寂寞的人坐著看花》等詩集，已呈現出異於早期作品的風貌，則以《窗外的女奴》出版及詩人離臺的一九六八年為界線，鄭愁予的創作生涯可概分為旅美前、後兩個不同的階段。

　　本文焦點集中於鄭愁予旅美的詩作，首先將深究鄭愁予旅美前詩作中，反覆出現的核心主題為何，再進一步觀察詩人如何創造意象，使這些主題能清楚地呈現，以及在語言的使用上具有何種特色。透過對主題、意象和語言特色的一連串分析，本文最後將嘗試歸結出鄭愁予前期詩作的藝術風格，以突顯詩人在文體上經營的成果。

二　鄭愁予詩作的主題

> 對著這細雨的黃昏
>
> 靜靜的城角
>
> 兩排榕樹掩映下的小街道
>
> 你不懂
>
> 但你很熟悉
>
> 　　　　　　（〈老水手〉,《衣缽》,頁96）

〈老水手〉是鄭愁予來到臺灣後發表的第一首詩。[1]水手經年遷徙,
遠離家園,詩人自己的成長經歷亦如是,由此引生的羈旅之思,遂成
為他詩中至要的主題。鄭愁予祖籍河北寧河,童年時期逢中日戰爭,
隨軍人父親轉遷各地,從接近邊塞的北方鄉間到湘桂粵諸省,大江南
北的風物都潤澤他年幼的心靈,日後也讓他在詩中切切追念:

> 我想著那邊城的槍和馬的故事
>
> 上方原野上高粱起帳的季節
>
> 我想著
>
> 那灰色的城角閃金的閣樓
>
> 一步一個痕跡的駱駝蹄子
>
> 而我也想著江南流水的黃昏
>
> 湘江岸上小茶館的夜

1　一九五一年,鄭愁予在臺灣的《野風》雜誌發表〈老水手〉一詩。參看廖祥荏:
　「鄭愁予詩研究」(臺北市:東吳大學中文研究所碩士論文,1998年5月),頁8。

　　和黔桂山間抒情的角笛

（〈想望〉，《衣缽》，頁99）

詩人「髫齡渡海」，[2]遠離北地邊疆，也告別江南流水。他在臺灣求
學、服役，繼而在基隆碼頭任職多年，但是安居的日子並不能使他平
靜：

　　我在溫暖的地球已有了名姓，

　　而我失去了舊日的旅伴，我很孤獨。

（〈鄉音〉，《夢土上》，頁75）

這份孤寂伴隨著童年的點點滴滴經常湧上心頭，或「想起家鄉的雪壓
斷了樹枝」，[3]或憶及「在偎著遠雲的家鄉／我的小名被喚著」，[4]在隔
海的凝望中，深刻的回憶與豐富的想像交織，詩人體會到故鄉的意
義：

　　它就是地球的太陽，一切的熱源；

　　而為什麼挨近時冷，遠離時反暖，我也深深納悶著。

（〈鄉音〉，《夢土上》，頁75）

在他筆下不論是生活在海上的水手，還是踏在異鄉土地上的旅人，都
帶著鄉愁流浪，渴望能「把異地的塵土，掉落在自己的家門」，[5]但現
實的阻斷卻使隔著一海之遙的故地難以迄及，遭受禁錮的感覺隨著時

2　鄭愁予〈衣缽〉：「我　成長在祖國的多難中／曾是髫齡渡海的遺民／父兄挫敗的悲
　　戚在我每寸發育中孕著」。詩見鄭愁予：《衣缽》（臺北市：臺灣商務印書館，1966
　　年 10 月），頁 24。

3　鄭愁予：〈結語〉，《夢土上》（臺北市：現代詩社，1955 年 4 月），頁 34。

4　鄭愁予：〈無終站列車〉，《衣缽》，頁 31。

5　鄭愁予：〈旅美〉，《衣缽》，頁 102。

間流逝增生，詩人憂傷地詢問：「何以我們千百個窗戶的籬笆／仍無一扇門？」，[6] 他尋覓的是歸返的入口也是鄉愁的出口，「宇宙的遊子」必得通過這扇門才能安憩，[7] 才能卸下滿身的疲憊。

在離鄉背井的歲月裡，多少「醉過一夜的小鎮從不知名字」，[8] 彷彿漫不經心的生活態度，其實隱藏著極深的疏離感，對於所處的時空詩人是寧願醉了忘了，他只要記得「在春天　母親總是穿著藍袍子」就已足夠。[9] 對親情的追思與對故里的懷想在鄭愁予詩中密不可分，當他在〈隕石〉（《夢土上》，頁43）中勾寫故鄉的河邊，也不禁憶及：「那藍色天原的盡頭，一間小小的茅屋／記得那母親喚我的窗外／那太空的黑與冷以及回聲的清晰與遼闊」。記憶的回聲甜美又痛苦，流光已逝不能復返，空間隔阻難以越渡，或許唯有斷了歸思，才能絕了鄉愁：

> 我是來自海上的人
>
> 山是凝固的波浪
>
> （不再相信海的消息）
>
> 我底歸心
>
> 不再湧動
>
> （〈山外書〉，《夢土上》，頁29）

詩人曾經相信的是終有一日能返回故鄉嗎？也許是的，在他的詩中有如此多歸心湧動的痕跡，他嘆著：「漂泊得很久，我想歸去了／彷

6　鄭愁予：〈三年〉，《夢土上》，頁 46。

7　鄭愁予〈偈〉：「不再流浪了，我不願做空間的歌者／寧願是時間的石人。／然而我又是宇宙的遊子」。詩見鄭愁予：《夢土上》，頁 76。

8　鄭愁予：〈繚手〉，《衣缽》，頁 41。

9　鄭愁予：〈無終站列車〉，《衣缽》，頁 31。

佛，我不再屬於這裡的一切」，[10]在歸與不歸的矛盾中，詩人道出自己
的希望與絕望，也為與他同處於時代命運下的旅人，編織出一個個
「無驚喜的夢」，[11]夢中沒有歸人，只有過客。

　　鄭愁予詩中的羈旅之思源生於渡海離鄉的境遇，在戰亂中成長的
經歷也帶給他許多體悟，例如從母親身上，他看到等待中的婦人飽嚐
心酸，[12]因而在多首詩作中表現出對女性的關懷。〈錯誤〉(《夢土
上》，頁79)中「等在季節裡的容顏」盼著歸人，還有〈騎電單車的
漢子〉(《窗外的女奴》，頁49)裡，「戰爭年代的倚門婦人／愛看急急
的行色」，詩人描繪出時代女性的側影，不論倚著門或守著窗口，她
們等待征人歸返，也等待太平。

　　鄭愁予另有一部分情感洋溢的戀歌，以溫柔的筆調述寫情愛的悲
喜，輕輕推開讀者的心門：

> 我想以這輕歌試探你，
>
> 我聽過你的鈴聲，你的槳聲，
>
> 你悄悄地自言自語……
>
> 　　　　　　　　(〈我以這輕歌試探你〉，《夢土上》，頁54)

呢喃的絮語伴隨著鈴聲、槳聲，交響出時而低緩、時而明快的節奏，
彷彿戀人起伏不定的心緒。詩人歡唱綿綿的情意時，也歌詠自然的景
致，情景交融引生的美感無比諧和，有如仙境：

---

10 鄭愁予：〈歸航曲〉，《夢土上》，頁 9。

11 〈小站之站〉末尾塊：「這年代一如旅人的夢是無驚喜的」，詩見鄭愁予：《窗外的
　女奴》(臺北市：十月出版社，1968)，頁 51。

12 鄭愁予謂：「自己因為逃避敵人，走過許多地方，看到不同的情景，如等待中的婦
　人，我母親就是一個很好的例子。那時候，父親在前線作戰，她便跟我相依為
　命……」語見張灼祥撰：《作家訪談錄》(香港新界：素葉出版社，1994 年 12
　月)，頁 153。

> 我們並比著出雲，
>
> 人間不復仰及，
>
> 則彩虹是垂落的菀蔓
>
> 銀河是遺下的枝子……

（〈戀〉，《夢土上》，頁67）

彩虹、銀河襯托著雲朵，戀情純白無瑕，愛欲苦痛都不存在。詩人吟哦熱戀的美妙，但是對於情愛的苦楚也有深刻的感觸：

> 我們底戀啊，像雨絲，
>
> 斜斜地，斜斜地織成淡的記憶。
>
> 而是否淡的記憶
>
> 就永留於星斗之間呢？
>
> 如今已是摔碎的珍珠
>
> 流滿人世了……。

（〈雨絲〉，《夢土上》，頁3）

詩人以摔碎的珍珠流滿人世，比喻戀情難再復原，將情愛述寫得極為淒美。〈賦別〉（《夢土上》，頁84）中生別離的無奈也同樣令人心折：

> 這次我離開妳，便不再想見妳了，
>
> 念此際妳已靜靜入睡。
>
> 留我們未完的一切，留給這世界，
>
> 這世界，我仍體切地踏著，
>
> 而已是妳底夢境了……

悲歡離合是人生最真實的面貌，戀情難圓固然遺憾，但生命仍要繼續。面對這個深刻的命題，鄭愁予演示情愛的至美與極苦，帶讀者走

過天上人間。

　　鄭愁予寫人世的情，也寫自然的景，《衣缽》中的〈大韓集〉、〈燕雲集〉，和《窗外的女奴》中的〈五嶽記〉，都是一系列寫景紀遊的作品。[13]這項主題在《夢土上》只零星出現，但於接下來的兩本詩集卻大量出現且編合成輯，值得留意。尤其〈燕雲集〉的出現，一方面紹繼中國山水詩的悠遠傳統，[14]呈現詩人觀照山水的美感經驗，一方面則在現代詩的體制中，發展山水詩的表現方式，貢獻卓越。

　　在鄭愁予的山水詩中，不僅對景物有形象化的摹擬，同時能點出山水靈動的氣韻，如「草苔肆意地題畫於扇子亭／而早餐時　承露盤會舉起新謫的星星」，[15]形神兼備，捕捉到大自然與時遞變的化貌，充滿清新的美感。而在人與山水之間的物我關係上，鄭愁予全神貫注於景物的樣態，達到渾然忘我的諧和之境，在〈燕雲集〉十首詩中，無一句提及「我」，卻能通過對自然風景的描寫，傳達詩人投身自然的感悟，如「石路在棲霞的谷中沒有流泉／向上會寂寞」，[16]摹景中寓有生命的哲思，即為一例。

　　此外，鄭愁予在面對山水的空間經驗中，往往切入歷時性的思維，使景物不僅具有當下的形態美感，更隱含豐富的歷史意涵。如〈燕雲之一〉（《衣缽》，頁72），詩人於傳為古代海灣的北平郊區，見螺貝碎亮，「竟把海憶成如一閃花的開謝」，面對時空改易的遺跡，歷

13　〈大韓集〉計有四首詩作、〈燕雲集〉則收十首；〈五嶽記〉共詩二十首，當中包含南湖大山輯、大霸尖山輯、玉山輯、雪山輯、大屯山輯與大武山輯。

14　王國瓔：《中國山水詩研究》探討中國山水詩的淵源，溯至《詩經》和《楚辭》中山水景物的描寫，而山水詩的正式出現則在魏晉時代，其後隨著時代環境的改變，發展出不同典型的山水詩。見《中國山水詩研究》（臺北市：聯經出版事業公司，1986年），頁11-255。

15　鄭愁予：〈燕雲之九〉，《衣缽》，頁88。

16　鄭愁予：〈燕雲之十〉，《衣缽》，頁90。

史興衰的滄桑之感油然而生，在亙古的宇宙間，萬年光陰與花之一閃
而謝又有何異？相似的例子還有「狼煙的花早就開不成朵了」、「朽了
千年的城垣被火車鋸著」、[17]「畫眉唱遍酒樓／歷史在單弦上跳」，[18]
詩人以主觀精神把握客觀景物，游目所及便是美感經驗的開始，[19]這
些充滿思古之幽情的短詩，一字一句無不飽涵寓意，不僅傳達出曠朗
的靈思，也創造出高然的意境。

在其他寫景的作品中，鄭愁予同樣表達了深切的體悟。「五嶽
記」以登山的所見所感為中心，揉合情景的描摹與對生命的靈思，臻
至情與景交融為一的境界。如「風停，月沒，火花溶入飛霜／而飛霜
潤了草木／草木亦如我，那時，我的遺骸就會這麼想」，[20]身處大自然
的律動中，風的止息與月的隱沒暗含宇宙間的奧秘，火花與霜露的相
容相剋，帶出一切生滅即是永恆的循環。

在一系列以山水紀遊為中心的作品中，鄭愁予通過對自然形象化
的摹寫，傳達獨特的美感經驗，同時在物我冥合的境界中，體現對宇
宙生命的感悟。此番由抒寫情志到觀照山水的變換，為鄭愁予的藝術
表現開創了新的格局，而詩人超越自我的用心誠然可敬。

鄭愁予在詩中追憶故里，表達返鄉的渴念；關於人間情愛的悲
喜，他的詠嘆也真摯感人；而一些即景生情的遊歷之作，彰顯出他高
遠的視境。抒發羈旅之思、述寫情愛及紀遊山水是鄭愁予旅美前詩作
的重要主題，繼續深入觀察詩人創造、織合意象的方式，這些主題將

---

17 鄭愁予：〈燕雲之四〉，《衣缽》，頁78。

18 鄭愁予：〈燕雲之五〉，《衣缽》，頁80。

19 宗白華〈中國藝術意境之誕生〉云：「藝術家以心靈映射萬象，代山川而立言，他
　　所表現的是主觀生命情調與客觀的自然景象交融互滲，成就一個鳶飛魚躍，活潑
　　玲瓏，淵然而深的靈境。」語見《美學的散步 I》（臺北市：洪範書店，1971 年 8
　　月），頁4。

20 鄭愁予：〈努努嘎里台〉，《窗外的女奴》，頁58。

更清楚地呈現。

三　鄭愁予詩作的意象模式

　　意象派詩人龐德（Ezra Pond, 1885-1972）曾經界定「一個意象是在瞬間表現智慧和情感的複合體」，[21]則作為完整的載審，意象具有感性與知性的內容，同時它不僅是具體的描述，也包含各種修辭的策略、心理的效果。[22]

　　意象經營考驗詩人的才情，鄭愁予這方面的成就極受肯定，[23]展現不可抗拒的藝術魅力。首先舉〈水手刀〉（《夢土上》，頁60）為例：

> 一把古老的水手刀
> 被離別磨亮
> 被用於寂寞，被用於歡樂
> 被用於航向一切逆風的
> 檣篷與繩索

水手刀歷經無數航渡，理應陳舊卻被磨得晶亮，「磨」這項動作帶有重複性，與「古老」一詞延伸出「離別」是長期且一而再的聯想。但

21　引自拉曼・塞爾登（Raman Selden）編、劉象愚等譯：《文學批評理論——從柏拉圖到現在》（北京市：北京大學出版社，2000 年 5 月），頁 329。

22　參見 Alex Preminger and T. V. F. Brogan, *The New Princeton Encyclopedia of Poetry and Poetics*, Princeton University Press, 1993]，頁 557。

23　如沈奇〈美麗的錯位——鄭愁予論〉云：「語詞的運用，意象的營造，聲韻的把握，都有著古瓷釉一般的典雅、清明、內斂和超逸，而內在的蘊藉卻又是完全飽含現代意識的。這樣的一種感受在鄭愁予詩中處處可見。」語見沈奇：《臺灣詩人散論》（臺北市：爾雅出版社，1996 年 11 月），頁 252。

真正能被離別磨亮的不是刀，是水手受傷感折磨的心，古老又鋒利的
水手刀在此形成一個隱喻，不論是對往後寂寞的恐懼，還是對過往歡
樂的不捨，在離別的那一刻，都必須狠下心剔除。而難以逆風航行，
如同難以歸返鄉岸，是以航向家園的渴望須斬斷，連繫一切的繩索亦
然。水手的心在離別一次次的磨練下，變得堅強果決，如一把銳利的
刀，但當他所面對的最大困境，是內心不斷湧現寂寞和想望時，只能
選擇割傷自己，在這個深刻的隱喻之中，旅人的心是最堅強也最脆弱
的。

　　在〈隕石〉（《夢土上》，頁43）一詩中，詩人則通過隱喻轉變物
我的關係，[24]寫來自天上的隕石「在河邊拘謹地坐著，冷冷地談著往
事」，當潮汐輕輕拍擊，「偎依水草的隕石們乃有了短短的睡眠」，在
這些意象當中石頭具有人情人性，自我壓抑而且不得安穩，是旅人淒
涼的寫照，而「我」也徘徊河邊，興起無限想念：

　　　自然，我常走過，而且常常停留

　　　竊聽一些我忘了的童年，而且回憶那些沈默

　　　那藍色天原盡頭，一間小小的茅屋

　　　記得那母親喚我的窗外

　　　那太空的黑與冷以及回聲的清晰與遼闊

廣闊的天空與小小的茅屋形成對比，夜晚又黑又冷，與母親溫暖的呼
喚再度形成對比，在視覺與聽覺意象的交感之下，在「忘了」與「記
得」的童年之中，雙重對比的張力突顯出這份回憶的沈重。對孩子而
言，母親呼喚表示遊戲時間結束，本不樂於聽見，然而當成年後離開

---

24 廖炳惠謂：「隱喻將兩種事物加以轉換融合，使它們產生移替與互動，使正規的語
　　言從平鋪直述邁向比喻象徵的活潑與多義性……」語見廖炳惠：《里柯》（臺北
　　市：東大出版社，1993年），頁120。

母親身邊，想聽她喊一聲意象的名字已不可能，這樣一件曾視為尋常的小事，自然並非特別深刻的記憶，然而當記起這「忘了的童年」，母親的呼喚猶在耳邊，思親的遊子只能在回憶中沈默了。

　　相較於前例，〈邊界酒店〉（《窗外的女奴》，頁28）以更直抒的方式表現鄉愁：

> 秋天的疆土，分界在同一個夕陽下
> 接壤處，默立些黃菊花
> 而他打遠道來，清醒著喝酒
> 窗外是異國

秋天是蕭瑟的季節，轉將邁入嚴冬，而夕陽代表白日將盡，秋天與夕陽營造出的氣氛，使邊界充滿清寂之感。而「同一個夕陽」與「疆土的分界」形成一股張力，站在同一方土地，頂上是同一片天，季節是一樣的季節，在邊界的這邊或那邊卻有著天壤之別。「默立」在接壤處的菊花，帶有默哀之意，花朵的脆弱更加凸顯邊界的剛性，而菊花與秋天、夕陽、黃土，在色澤上的統一，使整個畫面浸在黯淡的黃色調理。這樣的情景，正是酒店內的「他」所看到的，「窗外是異國」，不遠處有他想跨越卻不能的邊界，愈是近在咫尺，愈是令人苦痛，是以：

> 多想跨出去，一步即成鄉愁
> 那美麗的鄉愁，伸手可觸及

難以跨出去的這「一步」，比千萬里更遙遠，他只能靠著邊界「清醒的喝酒」。無形的鄉愁，他可以實實在在感覺得到，反而邊界的另一端，虛無縹緲恍惚難至，相較之下，這苦苦的鄉愁竟也美麗起來了。他不禁想著：

> 或者，就飲醉了也好
>
> （他是熱心的納稅人）
>
> 或者，將歌聲吐出
>
> 並不只是立著像那雛菊
>
> 只憑邊界立著

在邊界酒店內他，他飲著思鄉的滋味，希望就此「醉了也好」，或再「將歌聲吐出」，醉酒嘔吐的動作，因「歌聲」兩字而使整個意象有了成功的轉化，一個難受的動作竟帶有聽覺上的美感，衍生出悲壯的情調，也道出詩人的心聲。他不想如雛菊般脆弱，默默地立在那裡，除了哀傷什麼也不做，他選擇飲下苦澀的鄉愁，讓鄉愁成為生命中的一部分，再一個字一個字吐出來，唱成動人的詩篇。

前引的三個詩例皆抒寫離鄉的愁思，表現方式卻各具特色，且能能改變和加深既有的印象，帶來特殊的感受，這種藝術技巧的變化創造力強大，在表現其他主題時也產生驚人的效果。舉〈如霧起時〉為例，詩人和在〈水手刀〉、〈隕石〉中一樣使用隱喻性意象，卻不再環繞同一個隱喻經營，而是發展出一系列連貫的隱喻，形成有機的整體。首先詩人以奇幻的開頭：「我從海上來，帶回航海的二十二顆星。」營造出如夢的氣氛。緊接著「妳問我航海事兒，我仰天笑了……」有動感也有聽覺的描繪，勾勒出男子的豪邁，也將讀者帶到濛霧的海上：

> 敲叮叮的耳環在濃密的髮叢找航路
>
> 用最細最細的噓息，吹開睫毛引燈塔的光

詩人巧妙地以航海的探險隱喻情愛的追求，情人眼眸透露的每個訊息，正有如燈塔的光指領著航向，吸引那最細最輕的噓息溫柔貼近。

而「赤道是一痕潤紅的線，妳笑時不見。／子午線是一串暗藍的珍珠，／當你思念時即為時間的分隔而滴落。」以珍珠比喻淚滴原本即為尋常，但是與「子午線」結合即產生新意，子午線與情人多日的分隔、珍珠與思念淚水的滑落交互修飾，將這份情感表現得曲緻唯美，最後詩人詠嘆：

> 我從海上來，妳有海上的珍奇太多了……
> 迎人的編貝，嗔人的晚雲，
> 和使我不敢輕意近航的珊瑚礁區

珍奇的海景類比情人的貝齒、粉頰，傳達出熱切的思慕，而「珊瑚礁區」美麗又危險，不可輕易近航，有《詩經》〈蒹葭〉中「宛在水中央」那份若即若離的悵惘。在這首詩當中，詩人以一系列相關的意象，詮寫仰慕、思念、患得患失的情愫，絲絲入扣，婉轉而朦朧的美感，更讓全詩的情調猶如籠罩在霧裡。

鄭愁予詩情洋溢，在編織自然景物的形象時，也充滿感性的魅力：「夜寒如星子冷漠的語言／說出遠年震慄的感覺」，[25]夜寒的淒冷與星光的森然，感覺上諧和統一，在這個基礎上，詩人將己身的不勝寒意投射到天上星宿，想像星星閃耀是因冷而顫抖，也彷彿通過這個新奇的比喻，說出他即景而生的同情與自憐。

又如「沒有河如此年青　年青得不堪舟楫」，[26]將青春驕傲、脆弱的特性，比附河川湍急，使涓絲瀧頓時靈動起來，充滿強烈的生命力。在〈燕雲之三〉（《衣缽》，頁76）中，詩人繼續以有情的眼光看待萬物：

---

25 鄭愁予：〈雪山莊〉，《窗外的女奴》，頁 67。
26 鄭愁予：〈絹絲瀧〉，《窗外的女奴》，頁 75。

> 依然是那一列城碟
>
> 將久年的灰
>
> 石印在藍天的這一邊
>
> 而藍天的那邊
>
> 遠山欲溶的雪有些泫然

遠山、藍天等意象，使整個畫面顯得廣闊，人也份外渺小。詩人面對
古老的城碟，因人生須臾而宇宙無限感到微微惆悵，卻讓遠山代他泫
然欲泣，彷彿天地也懂得人世的悲戚。

　　鄭愁予以豐富的想像力創造意象，也讓意象彼此摩擦撞擊，迸出
明亮的火花，每個巧妙的比喻、每個充滿張力的對比，都帶來驚奇的
感受，都是詩人感知與才力的結晶。深入評賞這些意象的結晶，將可
看見鄭愁予詩歌語言閃耀的奇彩光芒。

四　鄭愁予詩作的語言特色

　　現代詩社成立之初，創辦人紀弦（1913-）曾制定「六大信條」，
當中強調新詩乃是「橫的移植」而非「縱的繼承」，[27]他亦曾讚美鄭愁
予的詩「長於形象的描繪，其表現手法十足的現代化」。[28]事實上鄭愁
予雖作為現代詩社的一員大將，但並未放棄中國文學的傳統，他汲取
古詩詞的精華，鎔鑄進現代詩的形式裡，使他的詩歌語言飽滿而典
雅。詩人管管（1929-）即認為鄭愁予「能將古詩與現代協調而趨向

---

27 「橫的移植」之說為第二條，呼應首條「我們是有所揚棄並發揚光大地包含了自
　　波特萊爾以降，一切新興詩派之精神與要素的現代派之一群。」見古繼堂：《臺灣
　　新詩發展史》（臺北市：文史哲出版社，1989 年 7 月），頁 107、108。

28 轉引自楊牧：〈鄭愁予傳奇〉，收入《鄭愁予詩選集》（臺北市：志文出版社，1974
　　年 3 月），頁 21。

完善，有中國古詩詞的味道，但能根植於現代生活，不是抱殘守缺之流」。[29]針對這項特質，首先舉〈殘堡〉(《夢土上》，頁13)末節言之：

> 百年前英雄繫馬的地方
> 百年前壯士磨劍的地方
> 這兒我黯然地卸了鞍
> 歷史的鎖啊沒有鑰匙
> 我的行囊也沒有劍
> 耍一個鏗鏘的夢吧
> 趁月色，我傳下悲戚的將軍令
> 自琴弦……

遙想曾在此匯聚的英雄，繫馬磨劍豪情干雲，如今前人已去，徒留邊地的殘堡訴說那段歷史，而湮沒在大漠風沙中的舊事，就像被存放於不能開啟的箱籠中，只能揣測卻無由得見，「沒有鑰匙的鎖」這一意象，道盡了歷史的無奈。在這節詩中，「英雄」、「壯士」、「繫手」、「磨劍」、「將軍令」等帶有古意的詞彙，與主題緊密地結合，烘托歷史的輝煌也表現詩人的嚮往，而末尾「自琴弦……」更讓詩情繚繞不絕，讀者彷彿也聽見哀婉的弦音自古琴緩緩流洩，響在清寂的月色裡。

又如「別以陽光的手，探我春雨的簾子」、[30]「我打江南走過／那等在季節裡的容顏如蓮花的開落」這些句子，[31]都將古典詞語的成分嵌入白話句法裡，全然不著痕跡。也由於詩人對語句的鍛鍊渾然天

---

29 參見蕭蕭：《現代詩縱橫觀》(臺北市：文史哲出版社，1991年6月)，頁359。
30 鄭愁予：〈貴族〉，《窗外的女奴》，頁13。
31 鄭愁予：〈錯誤〉，《夢土上》，頁79。

成，在〈當西風走過〉（《窗外的女奴》，頁14）中，「當落桐飄如遠年
的回音，恰似指間輕掩的一葉／當晚景的情愁因燭火的冥滅而凝於眼
底」的古典眷懷，與「我是這樣油然地記取，那年少的時光，哎，那
時光，愛情的走過一如西風的走過」的淺淡低語，接合在一起並不顯
得突兀，反能使這份悵惘之情更為悠長，讀來彷彿一脈古泉匯入現代
的溪流，在詩情的漩渦中旋轉不已，湧出清新的美感！

　　讀鄭愁予的詩，還可以感受到諧和自在的音響、款款律動的節
奏，與詩的內容緊密、親近地結合，達到聲韻與詩情並美的高境。舉
〈小小的島〉（《夢土上》，頁56）為例，疊字的使用與句法的反覆產
生一種韻律：

　　　　你住的小小的島我正思念
　　　　那兒屬於熱帶，屬於青青的國度

這種明快的節奏呼應「淺沙上，老是棲息著五色魚群？／小鳥跳響在
枝上，如琴鍵的起落」，「上」字高揚的音韻，使這幅色彩鮮濃的畫面
更顯生動。詩人深曉讀者還想知道更多，進一步描述：

　　　　那兒的山崖都愛凝望，披垂著長藤如髮
　　　　那兒的草地都善等待，鋪綴著野花如果盤
　　　　那兒浴你的陽光是藍的，海風是綠的
　　　　那你的健康是鬱鬱的，愛情是徐徐的

在這個段落中，詩人繼續使用相同的句式，但絲毫不顯累贅，山崖草
地的擬人化，使凝望、等待的鍾情包裹著迷人的外衣，也帶出一段溫
柔的旋律，緊接著詩人改以另一個句式寫陽光、寫海風、寫「你」的
健康和愛情，但是他並非機械地反覆，形容詞從「藍的」、「綠的」到
「鬱鬱的」、「徐徐的」，節奏由於疊字的使用有些微變化，而且趨於

和緩，加之音韻效果的諧和，意象的感覺均衡而統一，太陽照射海面閃耀藍色波光，風吹過山崖、草地帶來綠色的氣息，而愛情與風的感覺都是徐徐的。在下節的詩行中，「雲的幽默和隱隱的雷笑／林叢的舞樂與冷冷的流歌／你住的那小小的島我難描繪／難繪那兒的午寐有輕輕的地震」，相同的詞語、句式及疊字形容詞繼續反覆出現，這個手法使全詩能維持一貫的韻律，驚人的是，詩人運用相同的方式卻能推陳出新，產生絕妙的詞語搭配，「隱隱的雷笑」、「輕輕的地震」形容自然的變化如此微妙，無常的天使、地震在這小島上竟也變得可親了。

鄭愁予還有許多押韻的詩句，不僅聲音諧美，也使語義得到強調，這種有韻律的停頓在詩節中產生美感的空間，[32]使讀者更能脫離現實進行藝術的想像裡，[33]如「朋友們都健康，只是我想流浪」，[34]「健康」語音的上揚與「流浪」語音的下挫，加深了自我放逐的疏離感；「隕石打在粗布的肩上／水聲傳自星子的舊鄉」中，[35]聲音序列的諧和，對應自然景物共存的諧和，意象語靈動而飽滿；以及「今夜你同誰來呢？同著／來自風雨的不羈，亦來自往歲的記憶」，[36]音義交叉互滲，各個意象統合在一起，記憶的風雨、往歲的不羈與等待的故人

---

32 René & Wellek：押韻在格律上的作用，即表示出詩歌中一行的完結，或即成為詩節形式的組織要素。參看雷恩、魏理克（René & Wellek）著、梁伯傑譯：《文學理論》（臺北市：水牛出版社，1991 年 11 月），頁 231。

33 奧古斯特・威廉・史雷格爾對語音重複的闡述：「（詩歌）為了表明它是以自身為目的的語言、並不聽命於任何外在事物，為了能在受他物限制的時間序列中出現，它就該形成意象的時間順序。只有這樣，聽眾才能擺脫現實而進入一個想像的時間序列……」。參看托多洛夫（Tzvetan Todorov）著，王東亮、王晨陽譯：《批評的批評》（臺北市：桂冠圖書公司，1997 年 9 月），頁 10。

34 鄭愁予：〈寄埋葬了的獵人〉，《窗外的女奴》，頁 46。

35 鄭愁予：〈霸上印象〉，《窗外的女奴》，頁 63。

36 鄭愁予：〈度牒〉，《窗外的女奴》，頁 17。

之間，引發豐盈的聯想。這些韻律的變化都使鄭愁予的詩歌語言音響
流麗悅人。

鎔鑄古語及聲籟華美是鄭愁予旅美前詩歌的一貫特色，但是早期
《夢土上》有造語平易的特點，到《衣缽》、《窗外的女奴》兩集則有
所轉變。

先觀《夢土上》語言自然的表現，諸如「我們底戀啊，像雨
絲」、「黃昏已重了／我又低泣了」這些詩語，[37]語尾「啊」、「了」的
使用近乎口語，使詩帶有真誠流露的率性，這種特質也表現在用字遣
詞上，詩中不見精心雕飾的語言，只有明白如話的字詞，如〈黃昏的
來客〉(《夢土上》，頁18)：

> 然而，你有輕輕的哨音啊
> 輕輕地──
> 撩起沉重的黃昏
> 讓我點起燈來吧
> 像守更的雁
> 讓我以招呼迎你吧
> 但我已是老了的旅人

上節詩行中，去掉「然而」、「啊」、「吧」對整首詩的意義並無影響，
但是如此一來，慨嘆的感覺就完全流失了，此外，當中沒有繁複的語
彙，修飾名詞「哨音」、「黃昏」時，詩人只純粹採用形容詞「輕輕
的」、「沉重的」，而未刻意鑄造新穎的用詞，「像守更的雁」也是一個
單純的明喻，詩人所欲表達的內涵並不曲折。但是這絕非詩人缺乏創
造力的表徵，相反地，惟因詩中一字一句都如此平易，卻能將垂老旅

---

37 鄭愁予：〈牧羊女〉，《夢土上》，頁 16。

人的滄桑表露無疑，更彰顯出詩人情感的真摯與充沛，當十八歲的鄭愁予寫下「但我已是老了的旅人」，奇異地全無強說愁的味道，濃濃的鄉愁讓這位青春正盛的少年感到衰老，也讓讀者心有戚戚。相似的例子還有「我所知道的，／都是些古老的事了：／我像從墓地醒過來……」、[38]「漂泊得很久，我想歸去了／彷彿，我不再屬於這裡的一切」、[39]「當妳唱起我這支歌的時候／我底心懶了／我底馬累了」，[40]早熟的詩人用直白的語言，陳述蒼涼心境，彷彿情思波動即脫口而出，不及雕飾，此種平實的表現方式，配合詩人易感的心靈，創造出璞玉般真切自然的詩篇。

楊牧先生曾指出：「在一九五七年以前，亦即愁予二十五歲以前，他的語言是和緩的，陰性的，甚至可以說是傳統地『詩的』。這以後，幾乎以〈窗外的女奴〉一詩開始，愁予突然蓄意放棄他陰性的語言，努力塑造陽性的新語言」，[41]細觀《衣缽》、《窗外的女奴》兩集，[42]脫口而出的詩語確實漸漸減少，這種語言的轉變是可以對比而出的。

《衣缽》中的〈想望集〉是詩人初到臺灣時所作的詩，[43]當中「唉，我從雨地來／我底眼是濕潤而模糊的」、[44]「那帶著慰問和離緒

---

38 鄭愁予：〈自由底歌〉，《夢土上》，頁 5。

39 鄭愁予：〈歸行曲〉，《夢土上》，頁 9。

40 鄭愁予：〈牧羊女〉，《夢土上》，頁 16。

41 語見楊牧：〈鄭愁予傳奇〉，收入鄭愁予：《鄭愁予詩選集》（臺北市：志文出版社，1974 年 3 月），頁 36。

42 《衣缽》及《窗外的女奴》收錄鄭愁予一九五七年至一九六五年間的作品。作品的寫作年代參考《鄭愁予詩選集》中的紀錄。

43 鄭愁予於《衣缽》後記中謂：「這一輯詩中所收容作品：前面三個集子都是近一年來所寫，而最後『想望』集則是我來臺時（十五年前）最初的作品。」語見《衣缽》，頁 112。

44 鄭愁予：〈旅夢〉，《衣缽》，頁 101。

的／出出進進的檣帆，我愛呀」等句子都簡單而明晰，[45]《衣缽》中
其他晚出的作品雖也有維持這種特色的，如「而列車已行在意自己的
軌道上／在遠離家鄉的一個地方／有人在小站下去了」，[46]但也出現趨
向精練的筆觸：

> 浪子未老還家　豪情為歸渡流斷
> 飛直的長髮　響入鼓鼓的大風
> 翻使如幕的北海倒捲
>
> 　　　　　　　　　（〈野柳岬歸省〉，《衣缽》，頁76）

「歸渡」、「飛直」都經過壓縮鍛鍊，連接詞和感嘆詞皆未出現，完全
褪去口語的簡白。再如「粉痕宛然」、[47]「笙的諸指將風捏為讖語」這
些句子，[48]都是詩人悉心刻琢的精品，呈現一種精緻的美感，早期詩
人筆下「最淺的藍」[49]到此時已轉為「冰質的藍」[50]，捨去樸實而轉
為晶瑩。

　　在《窗外的女奴》當中，洗練的語言達到更突出的藝術效果，如
「我醉著，靜的夜，流於我體內／容我掩耳之際，那奧秘在我體內迴
響」，[51]早期詩人常使用的疊字、感嘆詞已不復見，靜靜的、寂靜的都
不比「靜的夜」凝縮有力，而同樣鎔鑄古語，「容我掩耳之際」在句
法上都採用文言，與零星地將古語穿插在白話句子中不同，效果更為
簡練。

---

45 鄭愁予：〈想望〉，《衣缽》，頁 98。
46 鄭愁予：〈無終站列車〉，《衣缽》，頁 30。
47 鄭愁予：〈四月〉，《衣缽》，頁 62。
48 鄭愁予：〈望鄉人〉，《衣缽》，頁 36。
49 鄭愁予：〈晚虹之逝〉，《夢土上》，頁 69。
50 鄭愁予：〈南海上空〉，《衣缽》，頁 51。
51 鄭愁予：〈清明〉，《窗外的女奴》，頁 10。

又如「終日行行於山的襟前／森林偶把天色漏給旅人的目」,[52]不寫衣襟而用「襟」;「我是面南的神,裸著的臂用紗樣的黑夜纏綿」中,[53]「紗樣」是「像紗一樣」的濃縮,用語和句法上的精簡,使這些詩句增加楊牧先生所說的「硬度」。

鄭愁予有時率意揮灑他的詩情,將字詞隨意地「擲出去」;[54]有時又著意雕製精美的語句,將字詞一個一個結實地堆疊。技巧的更易也標誌著詩人藝術態度的轉變,在這個過程當中也顯示出風格的變化,而文體上一貫的特色與這種變化同樣重要。

五　鄭愁予詩作的風格

在鄭愁予語言簡明的詩作當中,表現出一種恣意而為的率性,這些作品意象單純,如「雨季像一條河,自四月的港邊流過／我散著步,像小小的鮀魚」,[55]沒有複雜的技巧,也沒有曲折的隱意,詩人直捷地表達他的感覺喚想像,流露出渾樸的天真。令人可喜的是技巧上的簡約並未造成意味的薄弱,在「別離的日子刻成標高／我的離愁已聳出雲表了」這樣淺明的句子當中,[56]沉重的鄉思傾露無遺。詩人用平易的語言,真誠地表現出內在情感,風格純任自然,最能直指人心。

鄭愁予的意象語言趨向洗練後,風格也有所轉變。詩人改以沉靜

52　鄭愁予:〈古南樓〉,《窗外的女奴》,頁 78。

53　鄭愁予:〈窗外的女奴〉,《窗外的女奴》,頁 28。

54　瘂弦先生謂:「他(鄭愁予)認為那些詩發表了與擲去了是差不多的」,參看《六十年詩選,鄭愁予評傳》(高雄市:大業出版社,1961 年 1 月),頁 200。

55　鄭愁予:〈港邊吟〉,《夢土上》,頁 41。

56　鄭愁予:〈雪線〉,《夢土上》,頁 70。

的靈魂面對一切激情，用輕筆薄彩寫深厚的感覺，營造出蒼茫的詩境。如「清晨像躡足的女孩子，來到／窺我少年時的剃度，以一種惋惜」，[57]將悵然若失的感覺表現得極微，美感非如奔雷驟至，而是像一陣風輕輕襲來，撫動心弦。又如寫男子在戰亂中失去妻兒的不幸：「我曾夫過　父過　也幾乎走到過」，[58]平靜的陳述讓這行詩更顯哀戚，男子將生命的至痛當作過往雲煙，無可奈何地接受了命運，他沒有怨懟也不再有夢，只能孤獨活在亂世之中。這種輕淡的筆墨，讀來總令人百端交集卻又捉摸不定，如〈召魂〉（《衣缽》，頁28）：「在多騎樓的台北／猶須披起鞍一樣的上衣」，這首詩為楊喚十年祭而作，「騎」與「鞍」有隱約的聯繫，詩人彷彿準備要離開了，又好似還存著年輕時的豪氣，但事實上，多年的風霜讓「我已中年的軀體畏懼早寒」，令人微微顫慄的不僅是寒意，也是生死兩茫茫的傷感！

有時也有一種古樸的風格，表現在鄭愁予鎔鑄古語及帶有歷史感的作品當中。如「被黃昏和望歸的靴子磨平的／戍樓的石垛啊／一切都老了／一切都抹上風沙的銹」，[59]詩人站在今古的交界，以古典而素樸的語詞，發抒人逝景非的慨歎，將讀者引至悲涼的靈境。又如「有松火低歌的地方啊／有燒酒羊肉的地方啊／有人交換著流浪的方向……」，[60]大漠上行旅來去，偶然在野店聚首，又朝著不同方向離散，詩人描述的這個場景屬於遙遠的時空，卻可能傳達人事變遷的理則，不論何時何地，人情分合總有如飄萍。

依藝術效果的需要，鄭愁予在古語的撿選上也有所調整，產生一些典雅婉約的詩作。如〈客來小城〉（《夢土上》，頁78）中：「客來小

---

57 鄭愁予：〈晨〉，《窗外的女奴》，頁 1。
58 鄭愁予：〈旅程〉，《窗外的女奴》，頁 84。
59 鄭愁予：〈殘堡〉，《夢土上》，頁 13。
60 鄭愁予：〈野店〉，《夢土上》，頁 15。

城，巷閭寂靜／客來門下，銅環的輕扣如鐘／滿天飄飛的雲絮與一階落花」，朦朧的詩意，虛靈如夢的情境，在在都形成迷離的美感。

在表達滄海桑田的感思時，古樸的文體是至為恰切的，但是心靈底境的幽微情感，婉轉抒發更為動人，〈錯誤〉（《夢土上》，頁79）一詩即是透過曲折的方式，處理傳統的閨怨題材，成功地加深讀者的感受：

> 我打江南走過
> 那等在季節裡的容顏如蓮花的開落
>
> 東風不來，三月的柳絮不飛
> 你底心如小小的寂寞的城
> 恰若青石的街道向晚
> 跫音不響，三月的春帷不揭
> 你底心是小小的窗扉緊掩
>
> 我達達的馬蹄是美麗的錯誤
> 我不是歸人，是個過客……

鄭愁予擷取傳統詩詞的詞彙加以活用，此詩中「江南」、「蓮花」、「東風」、「柳絮」、「青石」、「跫音」、「春帷」等都是古典詩詞中習見的意象，詩人以此鋪排出婉約之美，對思婦的憐惜也具有強大的感染力。柳絮不飛、春帷不揭的凝止與小城向晚的靜謐，含蓄道出女子的專一與孤寂，更襯托出達達馬蹄踏響青石的震撼，然而這個美麗的錯誤帶來的是更深的傷感，「我不是歸人，是個過客……」充滿無盡的遺憾，在「如蓮花的開落」的比喻中，女子溢於言表的喜悅落寞，委曲

別致的刻劃出來，這「過盡千帆皆不是」的情景，[61]怎不讓人酸惻。這首詩不說愁卻無一字不愁，心靈最秘處的情絲綿密地纏繞，愈是婉轉愈是體會不盡。

即便未使用古典意象，這種婉轉的風格依然存在於鄭愁予眾多詩作中，如寫欲訴難言的寂寞：「那時，我是一隻布穀／夢見春天不來，我久久沒有話說」；[62]表達時光流逝：「流螢悄悄飄過去／落葉摟著風也舞過去了」；[63]寫夢想的追求：「森林已在我腳下了，我底小屋仍在上頭／那籬笆已見到，轉彎卻又隱去了」；[64]述說戀情的挫敗：「傘落之後，我們都像濕土的葵蓮／各懷著陽光的夢等待」[65]……這些情思都曲折地表現出來，顯得婉約低迴，令人回味不已。

鄭愁予的詩情淡泊，在他的作品中，許多明麗鮮潔、晶瑩發亮的意象，表現出超脫絕俗的藝術風格，但內容卻完全根植於真實的人生，如寫南湖大山的樹木：「我底妻是架很好的紡織機／松鼠的梭，紡著縹邈的雲」，[66]只有最純淨的心境，才能有這樣空靈的現象。又如「隕石打在粗布的肩上／水聲傳自星子舊鄉／而峰巒　蕾一樣地禁錮著花」，[67]以鮮活的意象寫山石泉水，寫峰巒半開的花，出入太空上下深淵，展現超然自得的氣韻，類似的佳例還有「在雪埋的熱帶　我們的心也是星子」、[68]「自從有了天窗／就像親手揭開覆身的冰雪／我是

61 五代詞家溫庭筠〈夢江南〉：「梳洗罷，獨倚望江樓。過盡千帆皆不是，斜暉脈脈水悠悠。腸斷白蘋洲。」參看鄭騫編注：《詞選》（臺北市：中國文化大學出版部，1982 年 4 月），頁 4。

62 鄭愁予：〈小溪〉，《夢土上》，頁 42。

63 鄭愁予：〈三年〉，《夢土上》，頁 46。

64 鄭愁予：〈夢土上〉，《夢土上》，頁 81。

65 鄭愁予：〈風雨憶〉，《夢土上》，頁 83。

66 鄭愁予：〈卑亞南蕃社〉，《窗外的女奴》，頁 54。

67 鄭愁予：〈霸上印象〉，《窗外的女奴》，頁 63。

68 鄭愁予：〈雪山莊〉，《窗外的女奴》，頁 67。

北地忍不住的春天」，[69]詩人的靈視將自然與人的界線泯除，透露一種
高貴的單純。

　　整體而言，鄭愁予旅美前詩作隨著語言特色的改易，風格也發生
變化。早期的詩作語言淺白，直覺的表現率性天真。意象語言趨向洗
練後，深刻的情感壓縮在精簡的文字裡，風格轉為沉抑而蒼涼。此
外，在帶有歷史意涵的作品中，鎔鑄古語帶來古樸的效果；在抒寫隱
微的情思時，詩人含蓄的刻劃方式形成婉約的風格。而不論在純任天
真的作品裡，還是沉靜、古樸的詩篇中，甚或那一絲絲婉轉的詩情，
都有絕離俗世塵囂的特點，詩人總是帶領讀者攀向高處，到天上的夢
上，也返入深處，回到古典的世界，讀者因而得以脫離現實的憂悶，
讓心靈的視野更為清亮，此種超脫的風格是鄭愁予旅美前詩作的底
蘊。

六　結論

　　鄭愁予崛起於戰後渾沌的年代，彼時臺灣詩壇風起雲湧，一方面
受到政治力量的牽制，反共文藝盛行；一方面有「現代派」高舉西化
大旗，積極向西方文藝取經。[70]然而鄭愁予不論是在題材的開發或是
語言的煉擇上，都能汲取古典詩歌的精華，予以創造性的變造；作品
呈現的情感和意境，則多歸本於真心真性，不為反共意識所侷限。鄭
愁予對藝術的堅持與追求，使他的作品獨樹一格，特色鮮明，在臺灣

69　鄭愁予：〈天窗〉，《窗外的女奴》，頁 23。

70　林淇瀁探討臺灣新詩風潮的發展，指出五〇年代來臺詩人與本土詩人在現代派的
　　大纛之下，共通推動向西方效法的詩朝，以抗拒官方反共戰鬥的反撲。參見林淇
　　瀁：〈長廊與地圖——臺灣新詩風潮的溯源與鳥瞰〉，收錄於林明德編：《臺灣現代
　　詩經緯》（臺北市：聯合文學，2001 年），頁 9-63。

現代詩史取得代表性的地位。

本文針對鄭愁予旅美前的詩作進行討論，嘗試歸納此一時期的作品特色和藝術成就，而鄭愁予自《燕人行》後，如何更新表現手法，攀向個人創作的新高點，尚須另文撰述。

鄭愁予旅美前詩作的主題，以抒發羈旅之思、述寫情愛和山水紀行最為重要。其中遊子情懷與詩人的成長背景有關，具有深刻的時代意義；情愛悲歡在詩人的刻劃下，真摯動人，深具感染力；寫景紀遊的作品，在情景融合的境界中呈現靈思，開創詩人藝術表現的新格局。

在鄭愁予的詩歌世界裡，處處可見巧妙的藝術構思，其意象往往能引發豐富的聯想，並以精巧的隱喻轉變物我關係；詩人也擅於將意象串聯為有機整體，使意象的組合和諧統一。

在語言的使用上，鎔鑄古語及音響流麗是鄭愁予詩作突出的語言特色；而其造語方式在初期顯得明白如話，隨後漸趨洗練簡潔，顯示詩人著力更新藝術手法的努力。

從意象的創造及語言的經營，可探知詩人獨特的藝術風格，其風格是隨語言特色的變化，由率真趨向沉抑，依主題的需求，時而古樸時而婉轉，但在風格的變易之中，超然脫俗是其不變的底蘊。

五十年代在中國詩壇輕輕吹起的愁予風，捎來思鄉旅人的消息、訴說一段段動人的愛情，也吹開一片好山好水，展現遊歷心境。如果沒有這陣愁予風，中國詩壇就少了淡雅的詩意，也再沒有人知道，通往夢土的曲徑。

——選自《文與哲》1期（2002年12月）

鄭愁予詩語言的構成物件及其技法

張梅芳

一　前言

　　二〇〇四年《鄭愁予詩集I》、《鄭愁予詩集II》在臺灣洪範重新整理後出版，收錄一九五一年至一九八六年間近三百首作品，搭配詩人在《聯合文學》自二〇〇二年五月份起，陸續發表的詩作自剖約四萬字散文，橫逾半個世紀以來，詩人所引動的「愁予風」，堪稱華文文壇可供細究的現象。而在現代詩創作的領域中，亦少有人不受此風浸染，而形成詩界折衝樽俎的對象之一，更有甚者，鄭愁予幾已成為現代詩的「經典」，列為後輩首要致意或超越的標的。

　　作為鄭愁予的研究者之一，儘管已嘗試從學術論文的角度，潛心探勘過愁予的「意象」與「心靈曲線」，然而自一九九七年筆者碩士論文[1]完成以來，鄭愁予所引動的研究風潮迄未止歇，新增近三十筆的研究資料[2]，包括學術論文或隨筆札記等評論篇章。當再度拾讀愁予的文字，詩人五十年來的藝術成果，仍使人感到其中文化含攝的能量，足以撫慰當代苦無出路的存在感受，若再銜接中國古典的抒情傳

---

[1]　張梅芳著：《鄭愁予詩的想像世界》（臺北市：文化大學中文研究所，1997年6月）。後經臺北萬卷樓圖書公司，於2001年9月出版。

[2]　資料來源可從國家圖書館網頁「中文期刊篇目索引影像系統」，搜尋「鄭愁予」關鍵字查核。

統，放諸當今華文創作場域，鄭愁予在詩中所體現的文化精神，堪稱中國抒情傳統的當代傳人。極為幸運地，我們與詩人身處同在，能就近目睹一個詩人生成到圓熟的優美歷程。

筆者或眾人不斷追問的是，何以鄭愁予的作品能吸引為數眾多的文藝愛好者？從年輕時代便熟知他「達達的馬蹄」，想望「那等在季節裡的容顏」；中年詩風沉潛的轉向，將浪漫的情意收攝成美學的抽象深度；到如今主體淬煉後，無常而了然的心境呈現，當我們讀罷當代焦灼的呼喊、個體的伸張，或爭奇鬥豔、標新立異的風格之後，再回頭面對大師級的作品，能否靜心領略匯同於文化江流、神貌清寂的鄭愁予呢？

因而本文擬由三個層次，由淺入深的說明、闡釋並評論鄭愁予抒情創作，分別是詩人所慣常使用的物件、構成技法、及詩人主體的心理歷程分析等面向。最後試圖將鄭愁予的詩作置入中國抒情傳統的背景之下加以觀察，甚而與當代其他詩人相較，何以鄭愁予的作品具有強大的閱讀魅力，是否正由於他的作品帶給讀者難以言喻的感動，以致使人沉迷於鄭愁予的文字世界而不忍離去？期能藉由以下評析，提供可能的詮釋方向。

二　鄭愁予詩中「物件」的選擇傾向

筆者的碩士論文曾以鄭愁予詩中最常出現的三個「意象」——「窗」、「女性」、「白色」，作為討論依據，如果不單就「意象」，而將所有作者慣常使用的語詞全部打散，再簡單區分成「人物形象」與「景物」兩類，則可綜整如下，並進而發現一些可供思索的現象。

例如在人物形象方面，鄭愁予描述最多的當屬各類女性：例如〈採貝〉中的少女、〈錯誤〉、〈情婦〉、〈秋分柳〉中深情而等待的女

性、〈談禪與微雨〉、〈持咒的綠度母〉兼具哲學與美學的形象、或日常中〈寧馨如此〉、〈佛外緣〉中虛實莫辨的親切之感，山水詩中大量擬人的嫵媚風物，皆如同一幅幅仕女圖卷，典麗而雋永。

除此之外，鄭愁予描畫庶民階層，有時以第一人稱切近各人物的生活、有時以第三人稱，客觀呈顯人物與自我之間的觀照，展現詩人的人道關懷，我們可從詩行的回想中一一浮出人物：老水手、船長、〈野店〉中的商旅過客、〈浪子麻沁〉裡的原住民、〈颱風板車〉中的「阿爹」和「阿牛」、或者是〈來生的事件〉裡當兵七年的軍伕……，詩的觸角廣及庶民的生活樣態及情感體驗，但這一部分似也較少被論者所留意。

中期之後，新增許多交遊往來的作品：朱橋、林雲、楊牧、管管、楚戈、許世旭、松生藍菱、藍眼同事、芥昱……等等友人，藉由贈答應對，一方面顯現詩人與他者的情誼，另一方面也塑造出友朋的形象、及個人對生命的體悟，例如〈手術室初冬〉寫朱橋最後消逝的背影：「那人窺望　彤眉含煙／那人轉身　皂衣小帽」，以近似對句的凝練，為離世的友人送別，筆觸冷肅且鮮明，即令人一見難忘。

或者鄭愁予在詩中引用歷史名流，如：雪萊、梵谷、米勒、國父、李白、羅丹、海明威、馬內……等，顯見詩人對人文藝術領域的廣泛涉獵，彷彿信手拈來便有情味。而鄭愁予的長篇詩作〈衣缽〉，特寫國父革命的理想志業，在詩人多數作品中，難得流露如此激昂動情的聲調，對時代的承擔與關懷顯出詩人社會寫實的另一面向。

此外，詩中各處皆有作者自我投射的形象：〈武士夢〉中的軍人、〈牧羊女〉中深情的少年、〈偈〉中的遊子、〈賦別〉中長嘆的失戀者、〈度牒〉、〈梵音〉裡的知客、遊方僧、或書生、美之賞鑑者、談禪者……，直至〈寂寞的人坐著看花〉出世靜觀的羈旅之感，鄭愁予詩中「自我」的變遷亦是繁複而深邃的。

又如在景物的造設之中，山水風物是大宗，時有邊塞風光、江南、熱帶島嶼或登山賦詩之作，各地宛如畫片精緻呈覽；中後期有書齋、日常景物、西方事典、或極具中國意味的地名，如：長安、咸陽、嘉峪關、紹興、黃河……等地。鄭愁予不僅以現實固有的場景設事，更注意虛實的變幻，往往在景物描繪的同時，不著痕跡地帶入心象虛擬的境地，在疑幻疑真之中，延展知覺經驗中未曾造訪的領地。

若綜觀詩人慣常使用的物件，除上述的人物、景物之外，可發現鄭愁予甚少使用僻典或生難語詞藉以提高作品知識層面的位階，中後期作品更常體貼地於詩末加上詳細標註，使讀者易於融入詩境。

另在作品的主題上，最為人所熟知的是早年浪漫的情詩，鄉愁亦不時穿梭在字裡行間，但實則山水遊記橫跨鄭愁予各個時期，日常書齋生活從留美之後便自然出現，寫時代、寫死亡、寫孤寂、或寫個人領悟，也不過度耽溺其中，反表現詩人的節制、承擔與美感體驗。當與溫和的物件質地相配合，主題正可以顯得從容不迫，徐徐湧現。

儘管各個符號是詩語言構成的外在「零件」，但在選擇的過程中即呈現詩人的品味與愛好，鄭愁予文字的質感與這些物件的關係是裸露在外、不容遮飾的，極易為讀詩者察覺，上述概要式地瀏覽詩人文字的偏好，雖不夠詳盡，但也不失為可供思索的途徑。當然更重要的是，究竟詩人是如何來處理內在所欲抒發的情性，在構建作品的過程，顯示其技法與性格，將是以下本文所探討的核心議題。

三　鄭愁予的抒情技法

一個優秀詩人處理語言的能力，顯現在對各種材料的處理方式上，上一小節提出鄭愁予所偏好的人物形象、景物、與主題內容，接下來進一步討論他如何安排這些文字以構成驚人的佳作，筆者約略歸

納出以下特徵。

（一）形象聯想的譬喻方式

　　一般人對事件的描述慣常以「寫實」的方式交代過程，去除了文學中所必備的想像與轉化。我們所熟知的〈錯誤〉一詩中：「我達達的馬蹄／是美麗的錯誤」，在詩人的解說裡，還原成童年的某次經歷：乃偶然行經市街，馬匹倉皇經過引起的驚嚇，留存在記憶裡而重新鍛造之後的成品[3]。假若真如愁予所言，從「現實」事件到「虛構」的作品中間，究竟藏有什麼樣的魔術手法，才使一個日常經歷能轉化為詩的語言呢？筆者舉下列詩例加以說明。

　　例如〈相思〉[4]：

　　　　我底，

　　　　你底，

　　　　在遙遠的兩地，

　　　　卻如對口的剪子

　　　　絞住了……

　　　　莫放進離愁吧！

　　　　莫放進歡愉吧！

　　　　祇要輕輕地

　　　　把夢剪斷

　　　　你一半，我一半……。

3　為鄭愁予公開演講內容，筆者據原意陳述。

4　鄭愁予著，2004 年。《鄭愁予詩集 I：一九五一～一九八六》（臺北市：洪範書店，2003 年 8 月二版一刷），頁 82。

此詩如果以一般散文描述的語言，可能如下所述：「我非常思念我的情人，我因此覺得很痛苦」，但是詩人找到一個具體形象的譬喻，就是一個「剪子」的意象，用以托喻兩人相思的苦楚，此意象極具日常性，多數人都能憑藉「剪子」的鋒利和絞囓的狀態，進而輕易地想像出「相思」的感覺。詩人僅僅使用最古老的譬喻手法，便傳導最深切的情意，此詩並未使用繁複的技巧，卻依舊創造驚人的語言效果。

再以〈戀〉[5]一詩為例：

> 傳說：
> 宇宙是個透藍的瓶子，
> 則你的想像是花，
> 我的遐想是葉……
>
> 我們並比著出雲，
> 人間不復仰及，
> 則彩虹是垂落的菀蔓
> 銀河是遺下的枝子……

此詩的每一句幾乎都有形象的譬喻加以轉化，單講「宇宙」、「想像」、「遐想」、「彩虹」、「銀河」這些描述，都不具有詩人獨特想像的意味，看起來便只是平常使用的詞彙，可一旦「宇宙」變成「透藍的瓶子」、「想像」是「花」、「遐想」是「葉」、「我們」成為不斷生長向上的植物、「彩虹」是「菀蔓」、「銀河」為「枝子」……，連續的譬喻在詩人獨特的想像中構成「詩境」的擬態，平凡的語彙便如同魔術

---

5 同前註，頁 83。

一般具有仿擬的效果，語言的加工使看來平凡無奇的字句，鍛造成晶亮的小品。

鄭愁予對語言精緻的處理能力，往往就展現在從「現實」到「想像」具體形象的譬喻效果之中。

（二）戲劇性鋪陳的張力

鄭愁予有幾首長詩，例如：〈颱風板車〉、〈浪子麻沁〉、〈草生原〉、〈衣缽〉、〈春之組曲〉、〈獨樹屯〉、〈山間偶遇〉等，在形製上至少都在四十行以上，不同於組詩各篇可以集中凝注意念而抒發情性、分散結構，長詩為求一氣呵成，便生出角色、情節、場景等具有戲劇性質的發展，以鋪陳放大的骨架。其中〈草生原〉畫質躍動穿織，頗有後現代破碎拼貼的效果，戲劇化的張力延展，使詩作呈現如九〇年代王家衛《重慶森林》電影中切割晃動的不穩定性，因之具有「前衛」的質地，而此詩的成詩年代卻早在一九六三年。鄭愁予一向被視為是具有古典傾向的詩人，〈草生原〉的劇場效果，卻使詩人與「前衛」並置齊觀。原詩節錄如下[6]：

> 春　春　數落快板的春　春　猶是歌的更鳥
> 走著草的靚女　白杜鵑跳過足趾
> 　　　　　　　紅杜鵑跳過足趾
> 便裸臥於獸懷中　便假遊素手於胸毛
> 　　　　　風一樣的胸毛　變奏一樣的風
> 把如笙的指節吹響

此詩搭配如說書人快板的節奏、變化的意象、隱晦的主旨、和戲

6　同前註，頁 206。

劇性的場景、人物、時程調度，使「靚女」呈現各種角度的流動形象，張力十足，可算是鄭愁予作品中鮮明特出的句子。

再看〈山間偶遇〉[7]：

> ……
>
> 我早已在心中稱是　參與守候預計的死亡
> 他　朝西坐著　像環抱篝火在自焚
> 她面東
> 不遮黑巾的面龐
> 雕像美的淒冷
>
> 之後
> 我倆開始攀下連峰的稜線　尋水
> 露宿　日間在天風中豪壯地
> 遂行葬事　此刻
> 焚化遺物一如焚化生的信心
> 而我存下他的詩集收在篋囊中緊靠我的
> 詩集　我揹著她的篋囊與我的篋囊
> 併放肩上……
> 「走罷，朋友！」
>
> 突然她有一些笑意使人驚驚
> 我不禁在心中喊著——
> 年輕的相知啊

7　鄭愁予著：《鄭愁予詩集 II：一九六九～一九八六》（臺北市：洪範書店，2004 年 1 月），頁 212。

> 我是中國　經驗了
>
> 所有可能的民族的傷痛
>
> 我不再解說使命了　讓我
>
> 包容和揹負你們
>
> 在歷史一樣崎嶇的路上一步一步地
>
> 走出去吧

　　此詩三個主要角色分別是「她」、「他」、「我」，場景是深山露營之地，透過人物彼此間的對話與「我」的陳述，鋪排詩意的結構，最後戲劇性地只剩下「我」，「他」解脫了、「她」成為永遠的守候者，角色隱喻著國族的使命和歷史的傷痛。詩的故事架構未必是現實真有其事的相遇，戲劇的手法只不過是作者強化的技法之一，以鋪陳大敘事的史詩背景。

（三）虛與實的交感變化

　　翁文嫻教授在〈鄭愁予詩中轉動「文化」的能力〉[8]曾指出鄭愁予的想像方式，「很著重非現實一半與現實一半的均衡」，她將〈青空〉一詩虛實變化的發想，置入文化層面加以思考，以突出鄭氏運轉想像的能力及擴張幅度。筆者在《鄭愁予詩的想像世界》中亦曾就詩人虛實變化的特徵加以分期，並詳盡舉證筆者閱讀時的體驗。

　　若檢視中國的文學經典，在《詩經‧秦風‧蒹葭》有：「蒹葭蒼蒼，白露為霜。所謂伊人，在水一方。溯洄從之，道阻且長，溯游從之，宛在水中央」，由眼前的「實景」進入遙遠的「虛象」，增添伊人飄忽不可切近的美感，《楚辭》的〈九歌〉雖以神靈來降為多，事涉

8　本文收在《臺灣前行代詩家論──第六屆現代詩學研討會論文集》（臺北市：萬卷樓圖書公司，2003 年 11 月），頁 87。

巫祝，但也安排許多現實中香草美人的線索，供讀者攀越，如〈九歌‧少司命〉中：「秋蘭兮青青，綠葉兮此。滿堂兮美人，忽獨與余兮目成」，在虛象中仍保有與現實的接點，而不完全置於漫衍無稽的語感空間。曹植〈洛神賦〉在中段雖亦整個傾向「虛」的線索，但作者也有意在前段加上和「御者」的對話，便與現實有連接的可能性。陶潛的〈桃花源記〉也可注意這手法的流變，陶潛使武陵人的尋訪幾成為《搜神記》的變體，而具備疑真似幻的情境。甚或是《紅樓夢》裡以「絳珠仙草」、「神瑛侍者」的神話作為故事底蘊，都有虛實相生的痕跡存在。

　　鄭愁予的「虛實變易」，廣泛說來也可視為語感狀態的更易，在細微處，便將事態悄悄挪轉，有時明顯地以段落和段落間的分隔，由虛入實或由實入虛。

　　例如下列這首〈驚夢（一）〉[9]：

> 山行一日
> 透濕的帆布衣應是風雨之歸帆
> 就乘著新霽的月色
> 懸在帳外的高處晾一晾吧
>
> 而突起了山風
> 灌滿長褲　使之踢踏如一舞者
> 且影隨一羽衣的女子
> 飛越夜空舞入冰亮的大月門
>
> 這事自發生後

9　同前註，頁 192。

　　　　我自深睡中一覺醒來

　　　　腰間雖還留有舞興

　　　　只是自臍以下

　　　　月光覆著

　　　　好一片廣寒的冷

　　詩分三段，開頭是露宿山中的實境，第二段由「山風」開始將想像推移成「舞者」、「羽衣的女子」、「冰亮的大月門」，詩人將硬性的現實變化為軟調的詩境，但並不沈耽放縱，在第三段又收攝回來，只說「自臍以下／月光覆著」，創造回味的效果，也不直接斬斷想像的線索。「虛」與「實」的調和功力，往往不著痕跡。

　　而這樣語言的經營方式，與中國古典文學語感的呈現恰可呼應，不論詩人是否有意為之，都與此語系中的經典作品，有著傳承與創新的關係。

（四）語言張力的緩衝

　　如果將鄭愁予處理語言或情感的方式與其他詩人比較，洛夫對語言是「降伏」，例如〈石室之死亡〉的名句：「任一條黑色支流咆哮橫過他的脈管／我便怔住，我以目光掃過那座石壁／上面即鑿成兩道血槽」，由「目光」而「血槽」，中間強力地對意象拗折，具有破壞語言身世的能量。

　　商禽則誘發語言的「醺醉」狀態，他在〈阿米巴弟弟〉一詩中說：「我奇怪人有一個這樣的弟弟『是既乾淨又髒的？』像一隻手，浣熊的，我想其掌心一定像穿山甲的前爪」，從「弟弟」到「手」到「浣熊」，再到「穿山甲的前爪」，影像不斷流動到下個形狀，像是迷幻電音的派對，流質似地催眠你僵直的感官世界。

　　林亨泰貫徹現代主義的極簡風格，把語言「幾何構造」，他著名的〈風景No.2〉：「防風林　的／外邊　還有／防風林　的／外邊　還有／防風林　的／外邊　還有／／然而海　以及波的羅列／然而海　以及波的羅列」，看不見情緒波動的字眼，主體消隱，語言的裝飾也盡力剗除。

　　鄭愁予則將語言輕輕推出，聲音柔緩而從容、意象精細凝注、語法的調動亦不張揚高調，若遇見緊張沉重或難解紛擾的情緒，詩人有時以探詢的問句、猶疑的設想（「也許」）、或者回到自身的感喟、主體的退讓、迴避、詩境的虛化或安然復返至現實，輕巧的卸去詩裡的重量，甚或提升至美學的境界而不過分親狎褻玩，即使是〈情婦〉中的「浪子」形象，都是瀟灑而有品味的（窗口、金線菊、藍衫子、候鳥……），使你難以痛恨，像是將語言帶回至古典風流蘊藉的境界，使之成為具有美感深度的收藏品。這無疑建立了詩人作品獨有的魅力，而自有其迷人韻致。

　　例如〈從內部雕刻〉[10]，節引後半首：

　　……
　　等到鐘成形　讓我歌手
　　緩緩地把你的聲音釋放出來
　　跳躍銘文的禽鳥以及游泳銘文的蛇龍
　　釋放出來　正是
　　晨鐘響起

　　我把你還給女媧
　　（無花果終於環抱自己的文明）

---

10 同前註，頁 20。

　　　至於宇宙　　只留下那個聲音

　　　像名字一樣的聲音你曾輕輕呼叫過

　　「讓」、「緩緩」、「輕輕」都在緩和字句的張力，當意象「釋放出來／……釋放出來」，你以為有什麼事物在失控之中，但作者卻以「晨鐘響起」，去提升詩境，而不再朝「禽鳥」、「蛇龍」而去。最後「留下那個聲音」，語意變得孤單，但作者卻保留「你曾經輕呼叫過」，而維持了詩尾淡淡的暖意。

（五）文言白話的鬆緊調度

　　楊牧曾在〈鄭愁予傳奇〉[11]一文中點明詩人融鑄語言的方法之一，「是在傳統性的白話裡注入文言句式的因素，鑄創新辭，分裂古義，無形中使他的語言增加許多硬度。」

　　鄭愁予也在〈引言　九九九九九〉[12]兩度提及，在創作時賦予文言與白話並行調度的作用，他說道：

　　　……登山詩的語言必須簡樸，襯出境界且有文化感，必須酌使
　　　文言的結構與白話並行，這樣寫下來，詩句便接近圖畫。

　　又提及：

　　　……〈散詩記述〉、〈書齋生活〉是外射和內省的對照，〈紐英
　　　倫畫卷〉的語言不用心讀便難以體會漢語文言與白話相輔造美
　　　的功能。

　　對照鄭愁予作品中不時出現的文言與白話交揉的現象，的確形成

11　此文收入《鄭愁予詩選集》（臺北市：志文出版社，1999 年 2 月），頁 39。
12　此文收入《聯合文學》211 期（2002 年 5 月），頁 12-14。

語言伸縮的效果，例如在〈五嶽記〉系列詩作中，〈雪山莊〉[13]有：
「萬呎的高牆　築成別世的露臺／落葉以體溫　苔化了入土的榱樑／
喬木停停　間植的莊稼白如秋雲／那即是秋雲女校書般飄逸地撫過／
群山慵慵悄悄」、〈絹絲瀧〉[14]有：「沒有河如此年青　年青得不堪舟楫
／且自削骨成為丹墀那種傾斜／且將聳如華表的兩峰之間／留給今夜
七星必從斯處凡謫／必將長袂相結地一躍而出瀧外」、〈風城〉[15]：「漫
踱過星星的芒翅／琉瓦的天外　想起／響屧的廊子／一手扶著虹　將
髻兒絲絲的拆落／而行行漸遠了而行行漸渺了／遺下　響屧的日
子」。詩行中以文言文凝煉的語句，壓縮文字的密度，配合口語白話
的調度，使語感緊嚴而不過度散化。

　　以〈京都系列八首〉中的〈池之沿 —— 戊寅初春遊京都龍安
寺〉[16]，則更自信優雅：

> 有薄雪之膚色嗎？
> 一層涓絲敷衍……
> 春光就眠在不可觸覺的
> 池水裡　淨如初戒的比丘
> 其弱質只能容得
> 香喘極細的飄花
> 伴隨極其游絲的鳥聲
> 而潋灩之姿是不可期的了

13　同前註，頁 178。
14　同前註，頁 188。
15　同前註，頁 190。
16　鄭愁予：〈祇園初燈——京都系列，一組靜的詩〉，《聯合文學》213 期（2002 年 7
　　月），頁 27-31。

　　　　池之沿　　不忍佇立

　　　　我這僧人之褐豈不被春水

　　　　映出泥土原塑的痴相

　　我們可仔細挑出「眠」、「淨如初戒」、「其弱質」、「飄花」、「游絲」、「潋灩之姿」、「池之沿」、「僧之人褐」等與文言相仿的詞彙，使一首當代詩歌亦保有古雅的餘味，令人低迴不已。再搭配濃淡相間的配色，「薄雪」的底色、「涓絲」的透明感、「春光」的遐想、「飄花」的鮮豔點綴、「僧人之褐」的沖淡、「泥土」厚重質感，透過分析，我們更可以精細的設想詩國的圖景氛圍。

　　因而鄭愁予的抒情技法，往往隱藏在詩句的幽微深處，不易察覺，有形象的譬喻的變化，戲劇性的鋪陳、虛與實的掉換、張力的緩衝、以及文言白話的鬆緊調度等，使詩人作品總維持某種想像擺盪的幅度與深度，風格自然流暢亦不失之呆板，能顯得靈動而富有語言的生機。

四　創作主體心理歷程所顯現的詩人情性

　　詩人的情性從文本浮出的時刻，善於捕捉的古典評論家，是毋需如學術論文的冗長而繁瑣的論辯舉證，他們使用精美的古文寫成詩話、詞話，薄薄一冊卻興味無盡。例如王國維在《人間詞話》[17]說道：

　　　　《詩・蒹葭》一篇最得風人深致。晏同叔之「昨夜西風凋碧

17　王國維著、滕咸惠校注：《人間詞話新注》（臺北市：里仁書局，1987 年 8 月），頁
　　27。

樹。獨上高樓，望盡天涯路」意頗近之。但一灑落，一悲壯耳。

詞話家以精煉的語言表露詩人情性，閱讀時接受便接受、悟道便悟道，互無罣礙，頗令筆者豔羨，可惜以學術眼光觀之，恐將失之空泛唯心。

然而王國維究竟從何體驗詩之「灑落」與「悲壯」呢？回到作品本身，他如何慧眼獨具透析詩人的情性呢？詞話裡渾樸宏觀的制高點，是不定分別細目而加以討論的結果，但卻表現出文學批評系統中，對詩人情性的重視。而情性又如何以當代的學術分析性去突出這項重點呢？筆者嘗試從觀察詩人處理題材的心理歷程，以回應「詩人性格」的探索議題。

以通俗的愛情主題為例，早期鄭愁予的情詩便頗受注目，〈賦別〉寫分手情狀，並不強求對方一定要留下，只疑問：「一切都開始了，而海洋在何處？」或感喟：「而我不錯入金果的園林，／卻誤入維特的墓地……」也並不直接表露傷痛，只在結尾中說：「這世界，我仍體切地踏著，／而已是你底夢境了……」，詩中所顯示的自持與承擔，是否也有「哀而不傷」的情性呢？

又如詩人寫悼詩，觸及死亡的議題，既無迴避、也不過度動情介入，以內心沉靜的觀照體察「無常」，偶有「自傷」的情緒，卻也不輕易吐露外放[18]，而維持詩意的靜肅以體察生命消逝的哲學意涵，將痛切的事件昇華成更醇厚的反思或美學高度。例如在〈曇花〉中：「且察得星殞的聲音／虹逝的聲音／（那花朵又突然萎謝……）／我反覆聽見／月升月沒」，將美的凋萎細細聆賞而不過分淒楚；〈零的遞

---

18 鄭愁予：〈悼亡與傷逝（一）〉，《聯合文學》214 期（2003 年 6 月），頁 72-76，自陳唯有悼念朱沉冬的〈神卻賜你死亡〉一詩，是少數難以自持的傷逝之作。

減〉中：「那年舊雪深深／新雪又落著／看著　一圈圈繞著墓的／足印　淡沒／當是／零的／遞／　減」，以短而簡潔的語調回應生之叩問；再如〈手術室初冬〉：「那人去了／白色比別的多／死亡的白　是／介於護士白與雪白之間的」，彷彿死亡就在身側，溶解在清冷的空氣中，情懷是隔而不隔、極其明晰透視的。在不同死亡的層次中，靜肅理解生之奧義。

面對大時代的歷史變局，詩人顯得特別容易激動，其他題材表現出來的寧靜，往往在人民的苦難中突顯急切的字用和情緒，但卻也同時反映鄭愁予儒者的懷抱。以鄭愁予〈我五十年前就骨董了〉[19]一文，加以佐證：

> 那年抗戰甫結束，在生活過困頓的大後方和居留過驚懼的淪陷區之後，我回到文化的故鄉北平，十二歲正是感性向八方成長，心靈觸角伸入天地，幼年唸過的私塾，讀過的詩詞，在廟中與和尚弈棋的離世的感覺，一下子便與北平的古典融洽起來，我一有空便騎了自行車，不倦地尋訪古蹟、舊京遺勝，就連名人墳塚和八大胡同沒落的名堂都去尋遍了，我不知是否是「氣質」之使然，在置身形將廢墟之境，靠著一堵古牆坐著，心境並不頹廢，卻得來與繁華有著距離的寧靜。稍長我住讀教會學校，初識基督教的人道精神，又由於遍讀三〇年代的和舊俄時代的文學作品，以及在北大紅樓受到的激發，我「氣質」中的另一組基因又相應而出，那是熾熱的一團意氣可以為獻身而燃燒，因之我參與學運相當地投入，當置身風潮之中，心境是惴惴地顧及著大眾……蓄勢而焦灼，這就是前段所指的熱能了，若與疏離的「寧靜」相比，則不啻是將火比水，兩者就這

---

19 此文收入《聯合文學》221 期（2003 年 3 月），頁 70-76。

麼地並藏在我少年的性向中。

　　詩人自言性向中兩組基因，一是「寧靜」，另一是「熱能」。寫情愛、山水、死亡、孤寂，較為讀者所熟悉的作品，往往以一種「距離」的美感觀照來呈現，但寫國族、歷史、時代等關乎眾人的議題，我們便可以發現詩人「熱能」的燃燒，甚而「獻身」也無所畏懼。而此一層面的性格若非詩人自行揭示，我們如何想像曾被論者誤封為「婉約派」的鄭愁予，在少年時代便曾熱衷於「學運」？並且將此無處傾訴的熱能化為寫詩的動力呢？想來讀者對不食人間煙火的詩人形象，有時容易產生極大的誤解。

　　早年的作品〈衣缽〉，可謂此類性格的代表作，近期有〈猜想黎明的顏色〉[20]小輯抒發六四事件的悲痛，鄭愁予提示此輯的創作靈感，節錄如下[21]：

> 　　一九九〇年走訪華沙大學，甫進校門即為校苑絃歌中的哀音驚住，波蘭學子正聚集在一個廳樓前進行追悼紀念會，才提醒我今天是六月四日。一週年了，舉世的熱血青年為遠在東方一個國度的流血悲劇而哀戚，他們演講、朗誦詩和舉行照片展覽。爭取民權自由，這賦義最高的人類文明，使國際一詞已成為共同命運的象徵。次日預定要趕赴布拉格，是受邀參訪「捷克斯拉瓦克」掙脫強權控制後的首度總統大選，心中戚戚然地仍念著六四，不禁又神往一個糾連歷史的幻境，便知道這是詩的感應到了。

---

20 〈猜想黎明的顏色〉系列小輯見於鄭愁予：《寂寞的人坐著看花》（臺北市：洪範書店，1993 年 2 月）。

21 節錄文字乃引用〈猜想黎明的顏色〉一文，收入《聯合文學》212 期（2002 年 6 月），頁 12-17。

莊嚴與悲壯的美對我有擊痛肺腑的感應,「莊壯之美」絕少容許輕佻、俏弄的介入,在人類狀況中是情之最摯、感之最初,其境界必須以宏觀景象直接呈出……則一個詩人悲不自勝的情懷也就迴盪其中了。

因而我們從〈猜想黎明的顏色〉系列作品中,觀察詩人以景寓情的表現方式,在六四事件過後,鄭愁予在造訪東歐的旅次中,為外邦紀念會所觸動的情感,儘管不是寫實的在天安門廣場之中,但詩意的聯結卻可以借實景代為虛境,寄託詩人的發想,在〈VACLAVSKE廣場之永恆〉[22]的末段道出:

> 直至……
> 風停了　布拉格的市民呼應地歡唱
> 春天的熱源　不是來自天外
> 是每一粒種籽從心中釋出久藏的溫暖
> 此際　那個外邦人
> 默立著　衫袖下垂　如一支失神的蠟燭
> 而火　向內燒去……
> 卻灼痛的想起清冷的黃花崗
> 森羅悽屬的天安門
> 想著連上墳也要偷著飲泣的北京市民
> 亦如蠟燭向內燒去……
> 五臟啊　將永生消化這火燙的淚水?

歷史的迴盪痛切地深入詩人的感應,雖未能參與當時的行動,卻從更廣泛的基礎,反思時代「廣場」的永恆意義。

---

22 同前註,頁 68-71。

在「冷」與「熱」的情性激盪之下，文字近乎淬煉的質地，詩人高度完熟的作品品質，是否來自於這兩組潛藏的性格基因呢？這議題已牽涉到鄭愁予抒情主體的本質傾向，究竟為何？從詩語言使用的物件、方式、直到性格的呈露，我們或許可以探究出一些外在的面向，從技巧到精神層次的討論，應有助於對詩人詩作的深入理解。

五　與中國抒情傳統的呼應

陳世驤〈中國抒情傳統〉[23]一文中，曾提及許多龐大的概念，例如：「中國抒情道統」、「文學道統」、「中國心理剖析或中國精神意識」、或「中國抒情傳統」等語，這些詞語背後所涵蘊的訊息，並不單只文學史表面出現的作家及作品，還直指這些作品的精神共向，極為繁雜不易梳理。陳世驤舉出《詩經》、《楚辭》兩大經典定下基調，再一路沿文學發展談樂府、賦，及一路下來的戲劇、小說。他直指抒情詩的兩大要素是：「以字的音樂做組織」和「內心自白做意旨」（頁32），分別道出音樂形式、自白內容的兩個面向，企圖將龐大的抒情詩傳統做一歸納。至於古代在批評和美學的關注上，則注意「詩的音質」、「情感的流露」、以及「私下或公眾場合的自我傾吐」，他以孔子論詩的話語為例，並表達「情的流露便是詩的『品質說明』」（頁35-36）。

「中國抒情傳統」的實質內涵包容廣泛，在當代詩歌使用同一套語言體系的連結之下，即使幾乎已全然捨去舊有文言文的創作方式，而代之以白話文作為主要工具，然而暗藏於精神主體內的影響卻不易

23　此文收入陳世驤著：《陳世驤文存》（臺北市：志文出版社，1972 年 7 月初版），頁31-37。

消除盡淨，東西方文化的衝擊與交流幾乎佔領上個世紀的創作活動，詩歌的變革最為劇烈，卻也引動最根本性的裂解與糾結。詩騷以降的詩歌抒情傳統，是否還存在於當代詩歌的形式或主體之內呢？

楊牧曾直接「鄭愁予是中國的中國詩人」[24]，從聲調、意象及語法的變化申述詩人的作品特質，並點明能在「意象的旋轉分裂，點破一個剎那智慧的主題」，是「中國古典抒情的必然餘緒」，從意象的處理方式，指出詩作本身興發的效能，往往具有智慧的了悟，使讀者同時切近詩人主體的內在活動之中。

本文則舉詩語言慣常出現的「物件」及「技法」為例，詩人橫跨諸多物象題材，其中不乏中國文學傳統中，我們所熟悉的女性美感形象、庶民關懷、文人交遊、山川遊記等題材。所表現的技法，以形象譬喻、戲劇張力、虛實交感、語言緩衝、及文白鬆緊的調度，在白話文新興的體式中，進行各種詩語言的鍛造：有傳統的譬喻之法，也有史詩敘事的鋪張；虛實的語境變化最顯出中文的延展和想像的優越性能；語言的緩衝則流露出內在溫厚的情性，文言白話的交錯則最能看出詩語言的承繼與創新。

若再回到鄭愁予的詩人主體討論，他一方面冷（虛靜）、另一方面熱（歸仁），雖然未必只單純是儒、道的氣質使然，應有更駁雜而豐富的來源（如詩人所自述）。但在中國抒情傳統的大背景之下，也很難不從此去加以聯想。當詩人同時創造「虛靜」的游移空間，也在作品中承擔家國而有「天下歸仁」的悲憫情操，由文字的外部與內部體現抒情傳統之於當代的發明，在當代詩歌的表現上，其實應未止於此，但本文未遑論及，且待來者。

---

24 同前註。

六 結論

當代其他詩人在作品中的主體傾向,洛夫的暴烈、夢蝶的悲苦、瘂弦的人道關懷、商禽變化現實的想像力、楊牧的博學與浪漫、黃荷生的抽象思維,管管的小調民風⋯⋯,各有其特性。「愁予風」無疑具有直接承繼中國抒情傳統的精神與表現,有集儒、道、佛、俠者流,融為新體的企圖,再以形象具體的譬喻、戲劇性的催化效果、虛實變易、語言張力的緩衝、及文言白話的伸縮配置,甚而兼容西方文學與當代抽象美學之節制與知性,以現代的新貌融鑄詩體。

從愁予詩中,較少見流行挪用的文學主張:例如超現實主義、鄉土文學、或所謂後現代,愁予一逕是古典雍容、舒緩自然的抒情之美,時有對時代的承擔而激起的熱望,亟欲奮不顧身,而這一部分卻又顯得理所當然而不用刻意去張揚標榜的。

本文最後從中國抒情傳統的線索,檢視鄭愁予作品隱現的情性與之呼應的接點,梳理此一脈絡在當代的詩歌轉化。若回顧鄭愁予所慣常使用的物件題材、及其較為顯著的技法處理,加之詩人主體的探究,或者更可以在此宏大的背景之下,看見抒情的脈流。

翁文嫻教授曾評論[25]:

> 在詩的表達中,愁予將他特殊的生命氣質,吐納在語句上,遂有了如上面分析過的:現實與非現實的律動、和緩與張力之交替、冷與熱調子的拿捏。愁予詩節奏遂常呈現不疾不徐、溫溫潤潤,⋯⋯。

---

25 同前註,頁 90-93。

「中國式情意」，是一項更隱微又牽連廣大的議題，非常不易說清楚，可能要加上許多別的詩人的比對，加上古詩的傳統，專文疏解。本文只能呈現若干現象，例如上文提到〈青空〉各意象間，所用連接語詞的「虛」之品質，不確定性令每一項意象畫面自轉，亦與相鄰的左右有互動能力，令這些畫面的真實與非真實保持均衡，讀者情緒永遠不會被扯得太激烈太極端。甚至愁予的每一個意象，讀者都似曾相識，文化長空中的物，生活中的可觀感物，如此，讀者很容易進入，或許很容易回到自己周圍碰觸到的物，只是，鄭愁予可以上天下地將它們編連一起，轉動。

〈青空〉已為翁教授詳盡分析，更在鄭愁予自行注疏的〈色（二）青，是距離的色彩〉[26]一文中，成為「抒情境界的基型之一」，甚而可研究「青的美學系統」、「青的抒情脈絡」、「青的現代性」……等等，這些都可從整個抒情傳統的系譜之下，再更進一步探索的試題。

如果僅一「青」字，即顯現出某種文化力量，則愁予更多的詩作展現，是否更是強烈的明證？在我們日日與文字為伍的生活裡，抒情傳統背後藉由詩歌或其他文類，應還有更完整、更繁複的抒情主體或模式，在引導我們的感性世界。我們日日呼息其中卻不甚明瞭這隱秘的來源，時下流行氾濫的KTV消遣活動，據說在西方國家並不普遍，會否也牽涉到整個東方習於抒情的情感渲洩方式呢？這已是另一個牽扯出去的問題。

期望在本文的討論之後，能從更多當代作品中間，發現或尋索文

---

26 此文可見於《聯合文學》216 期（2002 年 10 月），頁 24-27。

學背後精神的傳遞,並察知所由來者、所應去者,更為積極而深刻的加以認識。當代詩歌變體的文化指責,或者也不必要再擔負所有破壞的罪名,而能重新客觀的加以認知。現代詩的經典與古代,透過鄭愁予這樣的詩人範式,應正在銜接的道路上。

參考文獻（依作者姓氏筆畫排列）

王國維　《人間詞話新注》　臺北市　里仁書局　1987年

呂正惠　《抒情傳統與政治現實》　臺北市　大安出版社　1989年

柯慶明　《中國文學的美感》臺北市　麥田出版社　2000年

徐復觀　《中國藝術精神》　臺北市　學生書局　1998年

張梅芳　《鄭愁予詩的想像世界》　臺北市　萬卷樓圖書公司　2001年

張淑香　《抒情傳統的省思與探索》　臺北市　大安出版社　1992年

陳世驤　《陳世驤文存》　臺北市　志文出版社　1972年

彰化師範大學　《臺灣前行代詩家論──第六屆現代詩學研討會論文集》　臺北市　萬卷樓圖書公司　2003年

蔡英俊　《比興物色與情景交融》　臺北市　大安出版社　1990年

鄭愁予　《寂寞的人坐著看花》　臺北市　洪範書店　1993年

鄭愁予　《鄭愁予詩選集》　臺北市　志文出版社　1999年

鄭愁予　《鄭愁予詩集Ⅰ：一九五一～一九六八》　臺北市　洪範書店　2003年

鄭愁予　《鄭愁予詩集Ⅱ：一九六九～一九八六》　臺北市　洪範書店　2004年

黃錦樹　〈抒情傳統與現代性：傳統之發明，或創造性的轉化〉《中外文學》　第398期　2005年　頁157-185

鄭愁予　〈引言　九九九九〉　《聯合文學》　第211期　2002年　頁12-14

鄭愁予　〈色（二）青，是距離的色彩〉　《聯合文學》　第216期　2002年　頁24-27

鄭愁予　〈祇園初燈——京都系列，一組靜的詩〉　《聯合文學》
　　　第213期　2002年　頁27-31

鄭愁予　〈猜想黎明的顏色〉　《聯合文學》　第212期　2002年
　　　頁12-17

鄭愁予　〈悼亡與傷逝（一）〉　《聯合文學》　第224期　2002年
　　　頁72-76

——選自《當代詩學》2期（2006年9月）

遊與俠
——鄭愁予詩中的遊俠精神與時空轉折

白靈

一　引言

　　二○○五年十一月，臺北教育大學臺文所與《當代詩學》（年刊）合辦「臺灣當代十大詩人」票選，並舉行「臺灣當代十大詩人學術研討會」，由臺灣壯年及青年兩代詩人及學者選出第三度的「臺灣十大詩人」，[1]其前七位的結果，與一九九九年三月臺灣舉辦過的三十本「臺灣文學經典」中篩選出的七位詩人完全雷同，鄭愁予均以高票入選，其餘六人是周夢蝶（1920-）、洛夫（莫洛夫，1928-）、余光中（1928-）、瘂弦（王慶麟，1932-）、商禽（羅燕，1930-）、楊牧（王

1　第一度見一九七七年源成版的《中國當代十大詩人選集》一書，是由張默、張漢良、辛鬱、菩提、管管共同編選（五人皆為「創世紀」詩社同仁），主動選出臺灣（當年稱為中國）十大詩人為：紀弦、羊令野、余光中、洛夫、白萩、瘂弦、羅門、商禽、楊牧、葉維廉。第二度是在一九八二年，由《陽光小集》詩社舉行「青年詩人心目中的十大詩人」票選，自有效票二十八張選票中選出「新十大詩人」：余光中、白萩、楊牧、鄭愁予、洛夫、瘂弦、周夢蝶、商禽、羅門、羊令野。兩百零九封記名選票，回函八十四封，有效票七十八張，無效票六張、得出「十大詩人」名單：洛夫（49 票）、余光中（48 票）、楊牧（41 票）、鄭愁予（39票）、周夢蝶（37 票）、瘂弦（31 票）、商禽（22 票）、白萩、夏宇（同為 19 票）、陳黎（18 票）。參見楊宗翰：〈曖昧流動，緩慢交替——「臺灣當代十大詩人」之剖析〉一文，2005 年 11 月，「臺灣當代十大詩人學術研討會」論文。

靖獻，1940-）等，[2] 而且均是成名於五、六〇年代的詩人，聲名迄今高踞不墜，可說是臺灣新詩的奇特現象。鄭愁予也是唯一曾一度因政治原因長期逗留海外的臺灣詩人，他是這七位「經典詩人」中移居美洲時間最長、而且創作火力始終不熄的詩人。他也是七位中迄今仍然最「暢銷」的男性詩人，其語言風格也是最奇魅的一位。但更重要的，他是一位對詩——語言及其形式始終保有高度自覺力和創作力的詩人。

若把這七位「經典詩人」稱為一九四九年之後三十年中海峽兩岸詩壇的「偏安七子」或無不可，當然這是相對於同時期大陸的新詩發展而言。因為當時臺灣詩壇得幸處於較為穩定、能夠向上躍昇的特殊「時空因緣和合」之中，而得以成就此項新詩的奇蹟。但因個人和群體基於地域相隔所生的「孤獨感」相較於承平時期的鄉愁必然更為深重，個人站在時代的浪頭上，對於「時空」之變動、不確定感、和可能去向的感知也必然極為敏銳。由於此一時代的因緣際會，致使眾多詩人（當然此一時期的極傑出詩人至少有二、三十位，上述七位只能說是他們的代表）埋頭「挖深自己人格的洞」，[3] 並以數倍乃至數十倍於承平時期的傷痕和痛苦予以填補，試圖以詩去安頓（或始終無以安頓）備受折磨的身心靈，因而各自發展出自身特殊的、孤獨的、過此即不知死所的生命美學，在他們的詩中留下大量「時空變動」的見證。而在眾多傑出詩人中鄭愁予的「時空錯失感」是最嚴重的一位，也是第一位由臺灣二度流放出去的傑出詩人，其所產生的「雙重放

---

2 代表了臺灣二十世紀下半葉在文學方面的成績，小說選出十本，散文七本、評論與戲劇各三本，新詩部分七本。見陳義芝主編：《臺灣文學經典研討會論文集》（臺北市：行政院文化建設委員會、聯經出版事業公司，1999 年），頁 507。

3 宮城音彌著、李永熾譯：《天才的心理分析》（臺北市：牧童出版社，1975 年），頁 24。指出創造需要有人格變化的洞，天才本身即有挖洞之力，且有把習得的材料填在洞上的能力。

逐」、「雙向投射」，[4]深深影響他兩度流放的語言風格。童年到少年在
大陸隨家人及學校遊走、少年到青年在臺灣隨詩人群和文友流盪、青
年到壯年到老年在美國孤默而居，由此種失卻其最最想立足的「空
間」（被動的「遊」），到不得不擁有「無特定年月」、也「無所不在的
時間」，[5]其借助文字書寫凝聚出的「孤獨感」和「時空知覺」必然迥
異於其他詩人。

　　由兩度空間上「被逐的遊」——「被動的自由」——到調整、追
求自身「主動的自由」，其對時間深沉的凝視，加上個人命運與上下
幾代人的命運相繫相連，抑鬱之「儒」難發則成「俠」，「俠」而難發
則「遊」，此即古代「憂」（時間）與「遊」（空間）的傳統，如此錯
綜的由「被動的遊」、到「俠的難發」、再到「主動的遊」，則「此
遊」已非「彼遊」，如何將「遊」（自然）與「俠」（人間）建構、綻
放出冥合的生命境界，達到神祕的「『俠』之最高形式的『遊』」，成
了鄭氏一生追尋的高峰經驗。當然如何能保有一點靈犀的孤火而不致
寂滅，隱身洞穴般的書齋生活以及小心維護「止於大限」的一點信
念，[6]鄭氏乃以其詩作和美學觀，與傳統的文化時空和氛圍遙遙相
望，因而在後半生離鄉最遠之際，卻又能持續發展其離傳統最近的語
言天分、填補自身命運的隙縫和缺憾。由於藝術家對生活新的觀察和
發現理應與藝術形式新的發現是一致的、無新的藝術形式即無以展現

4　簡政珍：《放逐美學》（臺北市：聯合文學出版社，2003 年），頁 11。指出大陸人
　　士遷臺，再到國外定居，則成雙重放逐者。而一旦離臺，既思大陸，又念臺灣，
　　則成雙向投射。

5　同前註，頁 17-18。

6　鄭愁予：〈止於大限〉，《幼獅文藝》24 卷 4 期（1966 年 4 月），頁 18-19。此文等
　　於他對詩立下「至死不逾」的契約：「此生已藉詩的敏銳向圍限我的一切鑽探，我
　　不會打住，以後也盼望有所突破，直到無法撼動的那個大限阻路為止。」

其對生活新的發現，[7]亦即藝術作品並非決定於體驗的純真性或強烈性，而是決定於其「形式」及表達方式的「富有藝術性安排」。[8]「富有藝術性安排」一語或也可以說是建構在語言中「遊」的方式，也是難度最高的「遊」，因此若說詩語言是最高形式的「遊」或無不可（包括作品完成後的「遊」），而其內部是以「俠」為引擎為動力。而關於詩形式的重要，是鄭氏早就觀察到的，[9]以是要論述他的詩，就必須放到這樣變動極大的時空背景中去尋繹他詩中的感知和意向性，以及由此發展出的、僅僅屬於鄭氏的獨特的生命美學。

二 可見與不可見的孤獨

（一）不安、孤獨、與自由

　　所有的人都活在大大或小小的「不安」當中。不安的根由是因萬事萬物沒有什麼是可以確定的，外在世界和內在世界無時無刻不處於或慢或快的變動狀態，難有一刻可以清晰地描尊它。而從宇宙的本質來說，「不確定感」實乃可見和不可見世界中內存的本然，不論是物質或能量，都只能在無限的時空裡不斷相互轉移和變換，並不能固定其形式、也不能消滅，[10]其力量又非人力或心智所能掌持或控制，因此人在面對它們時，一旦稍稍感受到這種力道的神秘，無不有一種存

7　程正民：《巴赫金的文化詩學》（北京市：北師大出版社，2001 年），頁 15。

8　加達默爾（H. G. Gadamer，或譯高達美）、洪漢鼎譯：《真理與方法》（上海市：譯文出版社，2004 年），頁 92。

9　楊澤訪鄭愁予：〈在黃昏裡掛起一盞燈〉，《中國時報人間副刊》，年月不詳。鄭氏指出：「一整個新詩的進展其實是一個形式營造的變遷，這種變遷的動向是掌握在為數不多的主要詩作者的手中，其脈絡是清晰可循的。」

10　此通稱為熱力學第一定律，參見 Keith J. Laidler, John H. Meisev, *Physical Chemistry*, Benjamin/Cummings Co., 1982, p47。

在的畏懼感，此種畏懼又難以言宣，盤繞在人人心頭，宛如魔咒。此不可說、和難言說，尤其在人與人接觸時最為難受，最為不安，極易形成孤獨無依之感。此孤獨感會觸發人在時空中尋求自身的影像和位置，並朝時空中探索可抓取之物，但外在世界即使一朵小花的來由和去向都讓人感嘆它的難以了解，何況是「上帝和人是什麼」？[11]

　　人既是生命質能在因緣際會當中機遇的粘合，自出生伊始即躲在自己心的洞穴之中，「我們全是洞穴人」，孤獨地在意識裡搖晃閃爍「一支小火炬」，[12]他所具有的精神能（自我欲求，也包含生理能和性欲等）仍然受能量不滅定律的支配，依然要讓欲求找到一個出口，或以他物他事「取代」（置換）、或發為身心機能病症的自身「轉移」（轉換）、或「昇華」為具有社會價值的事物。[13]而每當社會意識予以阻擋或時空環境產生變動，即生障礙，觀念及感情的矛盾和衝突遂在內心產生各種情結。這些情結對人的性格造成重大影響，遂形成不同程度的孤獨感。Ａ・佛洛姆指出最單純的孤獨是來自「地域的孤立」，而有一種孤獨來自於與人「接觸的表面化」，還有一種比較明顯的疏離和寂寞，就是「不能享有夢寐以求的心靈與個體的深度契合」，但「最主要的孤獨，還是對自己身分的懷疑」，[14]包括「我是誰？」「我為什麼而活？」「人生有何意義？」等等自有人類歷史以來

---

11 吉伯特・海特（Gilbert Highet）、陳蒼多譯：《無法征服的人心》（臺北市：新雨出版社，1995 年），頁 133。指出世間一切非單純的學問所能了解，並以詩句說：「我在這兒握著你，連根及一切的，／小小的花……但是『如果』我能了解你是什麼，／連根以及一切，以及全部一切，／那麼我會知道上帝和人是什麼。」「如果」即指其不可能。

12 同前註，頁 51。「我們全是洞穴人」是吉伯特・海特（Gilbert Highet）對孤獨的比喻。

13 宮城音彌：《天才的心理分析》，頁 58。

14 Ａ・佛洛姆（A. Fromm）、陳華夫譯：《自我影像》（*Our Troubled Selves: A New and Positive Approach*，臺北市：問學出版社，1978 年），頁 3-5。

就在問的問題。上述精神能量之轉移、取代、和昇華，與個人孤獨感的內涵和感受有密切關聯，此處先以圖一表示之（高、中、低孤獨的敘述見後）。[15]

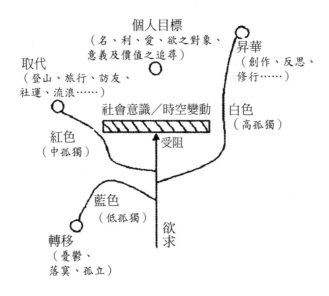

圖一　精神能量與孤獨感的關係

　　不論何種孤獨感所產生的焦慮不安，心理學上認為皆與人的早期幼兒的經驗有關，由於依賴、仰慕母親遂生害怕黑暗與陌生環境的孤獨感，因此無時無刻不想「保持和母親間的親密關係」（長大後透過認知才擴大為原鄉、族群、民族、國家），此渴求依偎、最好是能處於母子未分化狀態的舉動被稱為「被動的愛」，或「依愛」，[16]或「依戀」。[17]名、利、情、愛、性、工作、身分認同、婚姻、權力等等都被

---

15 參酌宮城音彌所著《天才的心理分析》頁 57 之圖樣，另行與不同孤獨內涵結合。

16 土居健郎（DOI Takeo, 1920-）、黃恆正譯：《日本式的愛——日本人「依愛」行為的心理分析》（臺北市：遠流出版公司，1985 年），頁 86。

17 加藤諦三：《自立與孤獨的心理學》（未註名譯者，臺北市：培林出版社，1994

認為是依愛心理的取代，[18]不安、憂鬱、孤獨、焦慮、憤怒、神經質、身心症、和鄉愁等等則被認為是追求「不存在的依愛對象」不得後的另一種身體表徵或轉移。[19]因此依愛心理被定義為「企圖否定人類存在不可分離的部分，結果卻分離的事實」，[20]內在潛意識遂透過以上各種取代和轉移以補足對依愛的需求，此種需求也可說是座落在馬斯洛（A. Maslow, 1908～1970）所說的四種基本需求的範疇。[21]此種人類最早、最不易自覺的銘印現象（母親和土地），即使成長後尋尋覓覓，有所解除也都只能是短暫的解除，因為「企圖獲得與對方之間的一體感」根本是不可能的，以是「為了尋求真正的永恆的一體，有些人會轉向禪及其他宗教，而同樣的動機有時也會驅使人追求美」，「那些追求美的人之中有很多常常強烈地自覺到未能獲得滿足的依愛」，[22]自覺之目的無非是對抗、逃避、乃至切斷依愛，繼而加以昇華、克服，此種需求也可說是座落在馬斯洛所說的三種成長需求的範疇中。[23]以是除非是昇華到成為修道之人，否則「我們真正尋找的是父母式的關懷」，[24]這種所謂「被動的愛」之「依愛心理」的渴求常會貫串我們一生，形成永世的孤獨感，宛如「生存時空」中的一種「魔

年），頁 14。

18 加藤諦三：《自立與孤獨的心理學》，頁 18。

19 加藤諦三：《自立與孤獨的心理學》，頁 19-27。

20 土居健郎（DOI Takeo, 1920- ）：《日本式的愛──日本人「依愛」行為的心理分析》，頁 86-87。

21 D. Schultz & S. E. Schultz、陳正文等譯：《人格理論》（臺北市：揚智文化事業公司，1999），第十一章〈Abraham Maslow〉，頁 337-365。

22 土居健郎（DOI Takeo, 1920- ）：《日本式的愛──日本人「依愛」行為的心理分析》，頁 90。

23 D. Schultz & S. E. Schultz：《人格理論》，第十一章〈Abraham Maslow〉，頁 337-365。

24 A・佛洛姆（A. Fromm）：《自我影像》，頁 16。

性」或「魔咒」，除非倚靠內在自我的力量去提升、去「自創時空」
（鄭愁予所謂對時空的克服）[25]——相當於「神性」，來加以消解。
而這種在時間中就能消解掉的孤獨被稱為「低孤獨」。經由自覺所形
成且會繼續不斷發展的孤獨，被稱為「高孤獨」。「低孤獨」的依賴性
是根深柢固的。它必須糾纏住另外一個人，才能夠把自己從孤獨中解
脫出來，久而久之，便會失去獨立性、偏離自我和自由。「高孤獨」
則是一種不易為他人所困惑，能掌握自我方向，此種孤獨，也正是追
求生活意境之所需。[26]二者的區別可臚列如表一，其與精神能量的關
係也可參考上述圖一（圖中的「中孤獨」一詞只表示能量被「取代」
時的逃脫企圖，意義上比「低孤獨」正面些）：

表一　低孤獨與高孤獨的區別

低孤獨	外部指向／決定在人者	被動的／消極的／逃避的孤獨	寂寞／淒苦／困頓／拘束而侷限	在與他人建立起關係的時間中即能消的孤獨	情緒和感觸常不易排除／易失去獨立性／無法確立自我	可以鄭氏的藍色為代表（灰、黑）	與依愛的尋求有關（生理【食色】／安全／認同／尊重等層次的需求）
高孤獨	內部指向／決定在己者	主動的／積極的／面對面的孤獨	獨處／有意／具充實感	由自己意想所形成／自我設計出的生活形態和生存狀態	為發掘靈性／達成較高層目標／不易困惑／純由自我判斷	可以鄭氏的白色為代表（紅、綠、黃、金）	與逃脫、切斷依愛有關（知識【真】／美／自我實現【善】等層次的追求有關）

---

25 鄭愁予：〈止於大限〉，《幼獅文藝》，頁 18。

26 箱崎總一（HAKOZAKIS. ichi）、何逸塵譯：《孤獨心態的超越》（臺北市：巨流圖
　　書公司，1981 年），頁 133。

一般人容易陷在低孤獨中，他獲得的自由感是在與他人建立起關係的滿足中得到的，只能說是一種被動的自由，也是對依愛深層心理的一種補償。從事藝術創作的人則來往於低孤獨與高孤獨之間，而且充滿了矛盾和掙扎，試圖建立一種媒介、一種環境、以及一種關係，以便低禦此種依愛，但確立自己的高孤獨所冒的風險才是「自己可能擁有的自由」，「這種藝術家的某些特質在精神分析中通常視為反常或甚至是精神變態」，卻是創意人的「理想的自我」，也是威尼考特所說藝術家不需要依愛的補償，而且「可能鄙視那關懷的感受，只有較不具創意的人需要那種感受驅動」，[27]此種對孤獨的盼望（高孤獨）是一種「對依賴（即依愛）的拒絕」，卻可能對依愛有「最完整的認知」。[28]「依愛」和其補償形成了這主動的自由感的障礙、和必須克服的對象。以上這些陳述的相互關係或可以表二加以簡潔地呈現。

---

27 亞當・菲立普（Adam Philips, 1954- ）、陳信宏譯：《吻・搔癢與煩悶》（臺北市：究竟出版社，2000 年），頁 78。

28 亞當・菲立普：《吻・搔癢與煩悶》，頁 80。

表二　時空、孤獨、依愛、自由、與馬斯洛需求說的關係

時空說	孤獨說	馬斯洛需求說 （下四層基本需求／上三層成長需求）		人生說	有無說 無常觀	依愛說 自由說
上三層： 自創的內在時間（積極的時空）	上三層： 高孤獨（主動的、積極型的孤獨）	靈	自我實現 美的追求 知的追尋　　能	上三層： 神性（聖／心靈能力／精神力）	上三層： 無（無厚、無限、空、道）、無乃常	上三層： 依愛的克服、主動的自由（追求時）
下四層： 生存的外在時空（消極的時空）	下四層： 低孤獨（被動的、消極型的孤獨）	心 │ 身	尊重的需求 認同的需求（愛與歸屬） 安全的需求 生理的需求（食色）　　質	下四層： 魔性（俗／衝撞意志／自然本能）	下四層： 有（有間、有限、色、技）、有乃無常	下四層： 依愛的需求、被動的自由（滿足時）

　　根據以上所述，筆者試圖將低孤獨與高孤獨各以一簡式表示之：

被動的孤獨（低孤獨）值＝不安的程度（依愛的轉移或取代的需要）

　　　　　　　　　　　＝外在自我／（內在自我能力＋童年有伴的

　　　　　　　　　　　　孤獨經驗）

主動的孤獨（高孤獨）值＝逃脫時空圍限的知覺／被動的孤獨（低孤

　　　　　　　　　　　　獨）值

由上二式可看出，一個人的內在自我能力越大（討論見下節）或是童
年的孤獨中在母親暗中的陪伴，則低孤獨值相對降低（分母大），依
愛的需求也降低。[29]反之此值大，則依愛的需求則相對提高。高孤獨

---

29 一個能獨處的成人常是因有個夠關懷他的母親，因此「童年有伴的孤獨經驗」可
　　使低孤獨值降低，而不致在成年後需要糾纏他人，參見亞當・菲立普（Adam

必須在自創的內在時空中方亦建立起來。

三　鄭愁予詩中的一精神、二觀點、四面向

　　由鄭愁予漫長的、近乎一甲子詩的創作生命中，可以隱約讀出作為一個人，而不只是中國人、臺灣人、或在美的華裔，更真實的說法，是作為一個地球人或宇宙人，在追尋內在生命的安頓之堅苦過程中，如何從認識生命的外緣到試圖與其內存本質和意義貼近，事實上也就是鄭氏所說人企圖突破在時空中的圍限，[30]也是自我從覺到醒、從醒到悟的過程，[31]更是透過觀念和行動不斷的矛盾、衝突、決裂、和好、再互動之冗長的辯證過程。榮格（C. Jung, 1875～1961）說「可以摒除在生物循環史上所受到束縛力的唯一辦法」，[32]即是重新尋回並體驗精神生活，他認為精神與自然本能（衝動／性慾／衝撞意念）都是存在的，但到底「本能為何物」「精神為何物」仍不得而知、他甚至說「為什麼不稱這種東西（按：指本能）為『精神』呢」，它們「都一樣具有神秘性」、[33]「只能視其性質乃是無法為人所知的強大力量之代表而已」，[34]這樣的認知，使得榮格明白人在宇宙自然中的侷限性和可能性。內在世界一如外在宇宙，在他看來，範疇都寬廣無比，而人居其中，「時而內在，時而外在，此外，他更時常根

Philips, 1954-)：《吻‧搔癢與煩悶》，頁 64。

30 鄭愁予：〈止於大限〉，《幼獅文藝》，頁 18。

31 陳姿羽：〈鄭愁予：詩心‧俠骨‧觀無常〉，《天下雜誌》325 期（2005 年 6 月），頁 222-225。

32 榮格（C. Jung, 1875-1961；另譯揚格）、黃奇銘譯：《尋求靈魂的現代人》（*Modern Men in Search of a Soul*，臺北市：志文出版社，1992 年），頁 148。

33 榮格（C. Jung, 1875-1961；另譯揚格）：《尋求靈魂的現代人》，頁 144。

34 榮格（另譯揚格）：《尋求靈魂的現代人》，頁 145。

據真情緒或性情肯定其一為真理，而否定或犧牲另外一個」，[35]他指的可能是後來馬斯洛所說上三層成長需求和下四層基本需求的同時不可偏廢，甚至還包含宗教價值體驗之必要（或也包含在馬斯洛後期所說金字塔頂尖的「高峰經驗」之中），卻又是極難達成其和諧的並存。也許這就是後來海德格所說從「人充滿勞積」，但卻必須學習「詩意地棲居」的過程。

外在現實從來都是不如人意的，人的欲求也永不得滿足，要切實體驗到榮格所說的能「時而內在，時而外在」，著實不容易，甚至其範疇多寬多廣多深，都可能要窮究一生都不能全然確定。因此研究一個詩人的詩風也只能就其已發表的詩作和相關文獻切入，除非詩人自解，否則能否由外部切至詩之核心恐都是疑問。

鄭愁予立足五、六〇年代的詩壇，其與那時代詩人最不相同的特質恐怕仍是在詩人不願被當下「時空」所圍限的「遊俠精神」。此精神最根本的底層就是一個「逃」字，逃時局、逃戰爭、逃難，逃心中那種慌亂的感覺，甚至是逃「時間」的追捕。等到稍稍穩住，進入詩中，最初是以「浪子」的形象出現，即使內心混亂，卻又常以從容自在的「情俠」面貌出現，其後逐步形成「浪子情懷」，和由此與中國「孤獨而自由的遊俠形象」之「遊俠精神」的傳統情操相結合，[36]再逐漸發展成為「仁俠精神」、[37]「無常觀」[38]等不同說法，此外並曾提

---

35 榮格（另譯揚格）：《尋求靈魂的現代人》，頁 145。

36 鄭淑敏：〈浪子情懷一遊俠——與鄭愁予談詩〉，中國時報人間副刊「慶祝詩人節專訪」，1979 年 6 月。答問中提及「浪子情懷」與「遊俠精神」關係。鄭氏在受訪時說貫串的是「浪子情懷」，即傳統的遊俠精神。

37 彥火：〈揭開鄭愁予一串謎——海外華裔作家掠影之三〉，《中報月刊》39 期（1983 年 4 月），頁 59-64。本文則是試圖將各名詞予以統合，且主觀地認為「遊俠」二字可合觀也可分觀，要比後來出現「仁俠」、「任俠」等詞的面貌更具豐富性。

38 鄭愁予：〈引言——九九九九九〉，收入《鄭愁予詩集 II》（1969～1986），頁 364-

出所謂詩創作的「個人界」、「眾生界」、「冥合界」等三境界說。[39]由於作者創作時間縱深極長，空間橫跨甚廣，因此鄭氏在不同階段提出不同看法當是非常正常的現象，然而一生隱含的「逃」均不曾停止，大陸來臺的詩人一生心境大多如此，那是時代所逼。而對逃入海、逃入山、逃入歷史文物、逃入靜、逃入「性」等「逃避心態」的「逃避」，鄭氏最後歸結到「那就還是『詩』字吧！」，[40]這些顯然都是知識份子憂國不成而必有的放蕩形骸和無力心境，而其一以貫之的即是「語言之遊」與上述諸「逃」的不停互動，因此「遊」與「憂」、乃至「遊」與「俠」，則成了「逃」的外顯形式。以是，筆者企圖以「遊俠精神」綜論鄭氏的各階段的相似又相異的觀點，尤其將「遊」與「俠」分開看待時，似乎更可包容上述「浪子情懷」、「仁俠精神」、「無常觀」等說法。其理由有四：

（一）「遊」vs.「俠」與傳統「遊」vs.「憂」的精神一貫

自古以來，文人、士大夫、或有識之俠士均始終擺盪在「憂」（憂國）與「遊」（浪跡或行旅）兩端。此傳統情操的極度發揮，常是在時代紛擾、兵慌馬亂之際，屈子、陶潛、謝朓、李白、杜甫無不如此。而「浪子」形象偏向「遊」，少了「憂」；「仁俠」（即儒俠）偏向「憂」，雖有俠士行蹤不定之意，但仍少了真正「遊」的精神，此「遊」雖不見得忘憂，卻有避世、超世之感。「無常觀」亦然，「憂」仍多於「遊」。因此「遊俠」或分看或合看，均不忘「遊」，而「遊」

370。

39 鄭淑敏：〈浪子情懷―遊俠――與鄭愁予談詩〉，中國時報人間副刊「慶祝詩人節專訪」。

40 鄭愁予：〈引言――九九九九九〉，收入《鄭愁予詩集 II》（1969～1986），頁 364-370。

在鄭氏作品中的份量絕對是大宗。

（二）「遊」之肉體的自由感與「俠」之精神自由感同等份量

鄭氏的人生閱歷是從「被動的遊」開始的，年幼行跡踏遍大半中國土地，最後不得不離鄉背井來臺，也曾一度攀山越嶺，完成那時文人皆不曾觸碰的攀登大山行動，成了第一位臺灣登山詩人。其後再由臺灣去美，因釣魚臺事件而展開既「被動又主動的遊」，到人生後半段才進入「完全主動的遊」。因此他在「外在生存空間」的開拓上——即其「遊」的能力，要較同時代的詩人超前甚多。而鄭氏敢以「俠」之一字自許，在詩壇也是僅見，此字較「憂」更具象、也更多了一層慷慨就義、頭顱隨時可擲的胸襟，此或與鄭氏天生體格勇健、兄長死於南京有關。「憂」是在時間流程中始終心繫著「共相」之群體去向，擔憂其走向不利的發展，但因個人常難改變整體的去處，乃常有無可如何的頹喪感，且常為此整體政治社會現象所推動，進入無可回頭的時代悲劇中，此種「他在他為的時空」所逼迫出的趨勢，極易形成集體與個人夾雜不清的情緒孤獨現象，經常成了詩人在其隙縫中尋找逃避出口、和尋求「個人一己之自由感」的大動力。而「遊俠」二字中，「遊」代表了「肉體的自由感」，是在「空間」中的自由移動，「俠」代表了精神的自由感，是對「時間」之「憂」的解放，和使之任意停止（死亡）的無所謂和自在感，這是在「憂」之字中不易領會的。

（三）「遊」於內外空間和「俠」立在時間尖端

鄭氏說「處理生命和時間是我寫詩的主要命題。時間是詩的一切

重量之所在」，[41]而「時間」的推移或感受不能離開「空間」，但因除了自我身體空間的時間變化外，外在空間幾不可掌握，因此當時間投影在「遊」之一字上時，非僅指肉體於「外在空間」的移動和歷程，還包括了對自我「內在空間」的開拓和探險，鄭氏在人類尚未漫遊太空之前，早已將其詩作的意向性指向外太空，那是內在的外太空而非外在實存的空間的拓延。而他在形式、音樂、和語言的試驗，對象徵物的鑽探，更是他的內存空間「遊」的另一形式，那將加深他對時間的體認。何況作品完成後，其語言風格透過印刷、歌曲、朗誦、和其他媒介形式不由自主地、「長時間漫遊」於眾多讀者之間，恐也「遊」過了百倍於他的想像之外，達成了詩作最後的、也是最艱難、最殘酷的「遊」。關於「俠」，其實讀者對他作品中「情俠」的瀟灑自在部分的認知遠超過他在「仁俠」（儒俠）上的悲憫凝視，他在作品中對時間和生命無常的探索，使得他意欲超越物理時間而期能在時間的尖端上綻放智慧，需進入後期作品較易窺得究竟。但時空並不可區分，「遊」的空間有時間因素，「俠」的時間有空間變化，如此僅能說「遊」是其生命之形式，「俠」是其生命之動力。遊中有俠，俠中有遊，其分界只為討論方便。

（四）「遊俠精神」的兩個觀點四種面向之包容力

鄭氏曾提及「虛無」和「殉道」是遊俠精神的兩個「面貌」，[42]筆者則將之視為鄭氏由其經驗中所歸納出的兩個對人生的基本認知或看法，此二種觀點的出現與其人生經驗有關，基本上是悲觀的，但卻可

---

41 鄭愁予：〈借序〉，見《鄭愁予詩集 II》（1969-1986）（臺北市：洪範書店，2004年），頁 iv。

42 鄭淑敏：〈浪子情懷一遊俠——慶祝詩人節專訪〉，鄭氏在受訪時說貫串的是「浪子情懷」，即傳統的遊俠精神，且具有兩個面貌，一端是虛無，一端是殉道。

以為了某種理想或情誼而視死如歸，因此又有些可為的、積極性的什
麼存在，此點與存在主義所認為的「經驗的事物背後了無隱藏的『本
質』」、「除了他藉他的自由而創造的那些外，無所謂意義或宗旨」[43]的
觀念相近，「了無隱藏的本質」即虛無，「藉他的自由而創造的那些」
表示仍有某種可為之殉身的事物存在，因此可說是悲觀主義中的樂觀
主義者。如此可得出與此「遊／俠精神」與其作品相關的四種面向：

a. **面向個人（自我）時，是浪子：**其早期作品是在「他在他為的時
空」中產生高度的逃逸傾向，在「俠」上成為浪蕩不羈的「情
俠」，不願為「依愛」所牽絆，也不為一女、一窗、一城、一島
所拘束；在「遊」上成為逃向自然山水、原鄉事物、和古典語言
的傳統中去塑造自我的「障礙」、「變形」和「象徵」。

b. **面向人間（社會）時，是仁俠（儒俠）；**中期作品由早年「情
俠」轉向「仁俠」，重尋其悲憫人生的凝視能力，在「有使命的
詩」和「沒有使命的詩」[44]中尋找適當的平衡和創意，俯察自我
存在之意義，在「自在自為的時空」中找尋自身之特殊位階，對
人間苦難的人事物和歷史情懷付予一定的關注。出國後，並參與
一九七一年一月保釣運動的政治事件，將其「仁俠」的精神付諸
實踐，卻遭致時空環境和詩發表園地的限制和困境（不准回臺及
在臺發表作品，至一九七九年復出止），也因此一度成為「著人
議論的靈魂」。

c. **面向宇宙（自然）時，是無常觀；**後期作品因所見事物已多，對

43 這是沙特（Sartre 1905-）的基本看法，參見 H. H. Tiaus：《哲學入門》（*Living
Issues in Philosophy?* 譚振球譯，臺南市：王家出版社，1986 年），頁 372。

44 黃智溶：〈山水常青詩情在——有使命與沒有使命的鄭愁予〉，《幼獅文藝》82 卷 4
期（1995 年 10 月），頁 28-33。

人生體悟更深，對所謂「無常現見，死亡啼哭，是則眾生無常；草木凋落，華果磨滅，是則外物無常；大劫盡時，一切都滅，是則為大無常」[45]的認知已清，乃總結其一生所見而為「無常觀」之論，實則仍可置於遊俠精神之下，為面對自然乃至人世一切之殘酷無情的變化時，當作其中一個面向來看。後期鄭氏的詩作即是在此無常觀的視域之下，於「無在無為」的時空中朝向生命的冥合境界、建構自身的生命美學努力。

d. **面向語言時，是「俠之最高形式的遊」**：前曾提及「遊」是內外空間的拓延和探勘，「俠」是時間的悲憫凝視和綻放，而詩則是此「時空因緣和合」的人間之花，因其所用的「語言」才是真正能「藉他的自由而創造的那些」，而對現象學而言，「語言具有一種『自我還原』功能，它讓事物赤裸裸地呈現在語言當中，而這種『呈現』所呈現的是它難以言傳的意義。哲人和藝術家是為意義的傳達而設定自己的存在價值的，他與世界相遇只有通過語言，因為他只能通過這扇大門，才能通向另一個世界。他看到了那個世界，他用自己說的語言去呈現那個世界，從而在語言與世界相遇之時，把自己解放出來。」[46]「只有那種通過自然、清新和獨創性的語言進行創作的人，才會獲得真正的自由」，[47]如此詩語言的創造對詩人而言才是最高形式的「遊」，也才是他們最高形式的自由，此時當然也進入了「高孤獨」的範疇。

---

45 CBETA 數位藏經閣漢文電子佛典 No. 1509 龍樹：《大智度論》卷 37 之 T25n1509_p0331b22(02) 等三項（後泰龜茲國三藏鳩摩羅什譯），參見 http://www.cbeta.org/result/normal/T25/1509_037.htm

46 王岳川：《現象學與解釋學文論》（濟南市：山東教育出版社，1999 年），頁 96。

47 王岳川：《現象學與解釋學文論》，頁 104。

　　至於鄭詩中的三度「時空轉折」與「遊俠精神」的關係，乃至與生命歷程、無常觀、依愛觀、生命領悟、主客關係、三境界說、孤獨感等等的可能糾葛，筆者先「主觀地」臚列如表三，以彰顯鄭氏一甲子的詩生命運動的過程，以此來對照其早、中、晚期的詩作意涵，或較易有所掌握。

表三　鄭愁予詩中的三度時空轉折與遊俠精神的關係

時空轉折	他在他為的時空 （時空失錯中的逃逸）	自在自為的時空 （時空宥限中的對抗）	無在無為的時空 （自如於時空的變遷）
生命歷程	覺（生命的痛苦）	醒（生命的掙扎）	悟（生命的道場）
遊俠精神	設下象徵 （障礙與變形）	付諸實踐 （二度放逐）	境界的冥合 （美學建構）
無常觀	無常的逃避 （被動）	無常的對抗 （主動）	無常為常 （自如）
依愛觀	依愛的逃脫	依愛的斷滅	依愛的無所不在
生命領悟	懼 → 忍	忍 → 施	施 → 仁
主客關係	我—他	我—你	化二為一
象徵色彩	藍	紅	白
三境界說	個人界	眾生界	冥合界
孤獨感	低孤獨	中孤獨	高孤獨

四　「他在他為」向「自在自為」的時空轉折

（一）鄭氏早期詩中的孤獨與自由

　　鄭氏的「逃」非無端生發，亦非自願，而是「他在他為的時空」

所「是諸眾等,久遠劫來,流浪生死」[48]之後的深刻感受,受苦而仍暫無休息,那種個人在慌亂時代中孤獨無依的存在,卻是由於大環境與我不相關之意識形態分裂的結果,是「他在他為的時空」以強迫的、直接的、嵌入在那一代人身上,而成為一生無以拔除的情結。絕大多數人終其一生都跨不過去,只有「逃」入各種事物之中,詩亦其中之一,而因個人可能具有的天分和創造力而創造了新詩的、也是自己的未來。

「偏安七子」中與他有相似逃亡和浪蕩經驗的至少有六人(除楊牧為臺籍花蓮人外),以流亡距離而言,他大概是走過最遠的一位,但仍不足以說明他詩中此種強烈的「逃逸」傾向。其實此六位流亡來臺的軍人(洛夫、商禽、瘂弦、周夢蝶)和學生(余光中、鄭愁予)中,後兩人是隨家人或親人四處搬遷、寄讀,他們在年少歲月中的孤獨應算是始終處在「有伴的孤獨」中,也因此當彼等於青年期創作達到首度高峰時,其二人與家人並未處於「長期斷裂音訊」的可怕夢魘之中,這或也是他們的作品(楊牧的作品亦然)均未出現濃烈「苦味」的原因,其孤獨的感受與前四位詩人和家人家鄉斷了音訊近四十年絕然的孤獨感自有不同。也因此從青年開始,余、鄭、楊三人比起前四人而言,也都是離開臺灣的頻率最多、滯留海外時間最長的詩人,他們在青壯歲月當中都選擇了離開臺灣的家人,或留學、或教書、或因故滯留難歸,彼等與家人分離的孤獨是自我選擇的、「自在自為」的。若再加上年少期「他在他為」地「被迫來臺」,因離開原鄉而產生的「集體式孤獨感」,其孤獨中的被動成分和主動成分亦可由詩中觀察出來。

---

48 CBETA 數位藏經閣漢文電子佛典 No.412,釋迦摩尼:《地藏菩薩本願經》分身集會品第二,唐于闐國三藏沙門實叉難陀譯,T13n0412_p0779b08(07)引句,參見 http://www.cbeta.org/result/normal/T13/0412_001.htm

　　而鄭氏也是在那大家都「還動不了」（尤其是五〇年代）的時期，即在詩中和行動中呈現出最激烈「逃逸傾向」（自由的一種能量）的詩人，那種家人在身旁不停牽引下所激發出的「反作用力」、和意圖切斷依愛的締結力，使得他早期的詩作充滿了對古典情懷、山水情性的追求，嚮往浪蕩男子、革命遐想等離開人群和城市的漂泊情境，這個「自時空逃逸」、「嚮往孤獨和自由」、對「遊」與「俠」之雙重貼近的基本調子，不論在臺的《鄭愁予詩集 I 》（1951-1968）或在美的《鄭愁予詩集 II 》（1969-1986）均不曾改變，只是由浪漫的抒情語言轉為冷靜的知性的抒情語言，後期在意境上和在處理自身的孤獨感自是相當不同，更為超越、更為自在、也更為成熟。

　　不論是「出走」、「流浪」或「漂泊」，雖然是那一整代詩人的共同「逃逸傾向」，但對早年的臺灣詩人而言卻是困難重重的，於是對「遠方」（常指向大陸家鄉）或「西方」（常指向西方城市或人事物）的遐想──一種「自由感」的獲取，便成為大多數詩人一再抒發的主題，西方文明、大陸家鄉的名詞和意象大量地進入他們的詩作中，那是對禁錮的臺灣的一種反動。但相對其他同時代的詩人而言，早期的鄭愁予對「西方」是較為「輕視」的（只有少數西方名詞如貝勒維爾、斯培西阿海灣……相傳為詩人雪萊失蹤處），他的「西方」僅止於水手和西文翻譯名詞，但他的「遠方」則能到達別的詩人較少觸及的邊界或邊疆，他對古典詩詞的借鏡也可以說是另一種遠方。此外他「登山」所及的天界或地界也是當時其他詩人較少觸碰的較為真實的自由感。因此，「肉體的自由感」在他早期詩作中表現為「水手」、「邊塞旅人」、「異鄉遊子」、「登山好手」等主題上，其中只有「登山好手」是他青年時期、寫詩當下真正付諸實行的，那構成他早期山水詩非常重要的一部分，「異鄉遊子」、「邊塞旅人」是他年少經驗，其後轉化為他一生烙印式的情懷，「水手」則只是腳不動心動的對「遠

方」的另一極端懷想，而這些題材經過「遠方」和「古典」、和「象
徵主義手法」的使用和貼近，是他「出遊」的妙招。「精神自由感」
則以「瀟灑情人」（宛如「情俠」）、「薄倖男子」、「落拓男人」或「血
性青年」、「禪的寄託」等情感的異常表徵為出口，在詩中展現了他對
情的不羈感、無拘無束、不受牽絆，以優雅瀟脫的文字風，將人對孤
獨的嚮往和無助、對情感自由的渴望、以及不可能或尚未達到的境地
（禪境）作了盡情的演出，也因此贏得了無數的掌聲。

　　對鄭愁予而言，其早期之孤獨與自由是一體的兩面，他的孤獨感
是透過自由感的尋求、嚮往、期盼、獲得而表現出來，因此「漂泊方
式或自由感獲取的方式」其實即「孤獨感獲取的方式」，不是透過
「我」的身分（如變身水手或老人）或情境的轉移（如置身邊境、海
上、到海港工作）而獲得，就是逃入自然中（十天有八天跑到山裡
去）[49]而隱滅自身。而「自然」即被認為是人類重建自身身分的第一
選擇：

> 一個人要重建他的身分認同以及自尊時，第一步，通常便是退
> 回自然的孤獨懷抱。可是，所有回歸自然物想像，同時也包含
> 了共生的渴望（渴望未經分化的齊一，人類和自然之間、人和
> 同儕之間不言自明的了解）……[50]

而「共生的渴望」、「人和同儕之間不言自明的了解」，正是鄭氏那時
代的「生活第一要義」，他在〈悼亡與傷逝（二）〉一文中說：

---

49 丘彥明、簡媜、李兆琦：〈井邊的談話：鄭愁予、齊豫詩歌對談〉，《聯合報》1985
　　年 5 月 25 日，版 8。
50 Joanne Wieland-Btston、宋偉航譯：《孤獨世紀末》（*Contemporary Solitude*，臺北
　　市：立緒文化事業公司，1999 年），頁 126。

> ……在那個心靈交往是生活第一要義的時代，悼亡與傷逝是何
> 等沉重，曾使我們回視生命覺得歡樂與辛勤都是茫然，連寫作
> 也找不到寄託之地……[51]

這些話是何等沉痛的指陳，戰爭歲月和政治環境的大轉動造成百姓集
體的時空失錯，個人宛如泡沫，所謂「低孤獨」（歡樂與辛勤）、「高
孤獨」（寫作）皆無所倚靠，而「高孤獨」的尋求若無最基本之「低
孤獨」的生活條件，則根本也是不可能、而且近乎似奢侈。由鄭氏的
經歷與自我敘述，可以看出他來臺後於年輕歲月交友與遊歷之廣闊，
卻苦於時代的混亂與煎逼，這也使他不得不採取「反動」、進入孤獨
與自由形象鮮明的浪子式情懷的追尋當中。而當孤獨的外部指向（參
見表一），被一種集體、瘋狂的政治時空所捶擊而產生的生存感與安
全感俱失的孤獨感時，一般人必然轉而尋求一種孤獨的外部慰藉和拯
救，「浪子麻沁式」的那種至少外部很瀟灑、很自在的行跡正好可彌
補了其他常人在孤獨感上尋不著出路的缺憾，如圖二所示，亦即鄭氏
以他可見的（大部分均不可見）、良好的體魄並付諸行動之「孤獨形
象」（浪子或遊俠）補足了他人在同一部分的缺憾，那是朝向肉體
（遊）與精神（俠）同時開放的自由方位，是由被壓抑的藍色孤獨向
紅色孤獨前進的自我的調整，即使是唐吉訶德式的，這也是他的作品
會廣泛吸引人的原因之一。

---

51 鄭愁予：〈悼亡與傷逝（2）〉，《聯合文學》225 期（2003 年 7 月），頁 78-83。

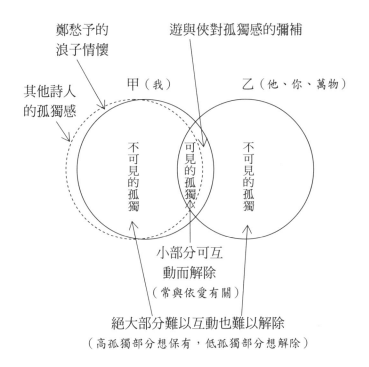

甲（我）　　　　乙（他、你、萬物）

鄭愁予的
浪子情懷

遊與俠對孤獨感的彌補

其他詩人
的孤獨感

不可見的孤獨

可見的孤獨

不可見的孤獨

小部分可互
動而解除
（常與依愛有關）

絕大部分難以互動也難以解除
（高孤獨部分想保有，低孤獨部分想解除）

**圖二　鄭氏遊（肉體）與俠（精神）
對常人孤獨感的彌補**

（二）鄭氏早期詩中的時空知覺

再也沒有哪一代的詩人會如同鄭愁予那一代人處在一個時空更為急遽變動的時代，從一窮二白的以土地種植為主的中國農業社會朝向一個快速起動的工業時代和資訊極度傳動的後工業文明邁進，他所處的時空變革和三個區域（大陸／臺灣／美國）的文明落差，使得他的詩在知覺該時空變化時有了轉進和躍昇的機緣，卻都是先由非常事件和時空交迫感所催逼的，先是被動的遷轉再到主動的感知。這是時代造詩人，再經由集體的自我組織和個己的努力，最後是詩人再造了時代的文學。

　　筆者曾於〈從科學觀點看臺灣新詩經典化的幾個現象〉一文中，借「奈米現象」及「複雜性理論」（Complexity Theory）等指出，外在「時空」環境的大災難大變遷（二百萬軍民渡臺）常造成個人身體「知覺」及命運「磨難度」的大增，能否僥倖存活或成為傑出詩人也均非個人始料所及。此種肉體和精神能量的大轉換、大轉折，常使生命的互動性、戰鬥性、超越性、創新力大幅躍出，並令詩人、文學家產生不可思議的語言自我組織過程。其自「時空錯失感」中所獲得的「群體特性」，例如生命、思想、及意向，常是「他們個別可能無法擁有的」、且能「主動的把發生的情況轉變為自己的優勢」。亦即若純是個人「單獨」努力皆不具效能，必得群體之隨機「複合」才具效應。且因臺灣那時正幸好處於「耗散結構」理論所言的，外在為「開放的」（只是適度，尤其是資訊）、「非平衡的」（政經社會仍躁動不安），以及內在呈現「漲落」（詩社的主張不盡相同而產生互動，詩人的心境亦然）、和各要素之間存在「非線性」流動（新詩語言的非線性高於其他文類，得以規避當時臺灣政治監督），因而幸能由「混沌走向有序」的「混沌邊緣」，趨向「突現」躍昇的一端。這是造成臺灣五、六〇年代產生「經典作家現象」特別集中的主因。[52]

　　當然，處於上述「混沌邊緣」（指社會秩序由混沌走向有序的當頭）時，所謂時空錯失感、放逐感是人人皆俱，非一人獨有，由此所生的集體的孤獨感促進了相互慰藉、彼此相濡以沫、交換經驗資訊的頻率和互動的機遇，也造就了強大的「時空交迫感」和諸多「非常事

---

52 參見白靈：〈從科學觀點看臺灣新詩經典化的幾個現象〉一文，原發表於 2005 年 8 月北京大學及北京師範大學合辦之「中國新詩 100 年」研討會上，後刊登於《臺灣詩學》學刊第六號（2005 年 11 月），頁 119。有關此段所提「奈米現象」、「複雜性理論」、「混沌邊緣」、「突現」、及「耗散結構理論」（包含外在「開放的」、「非平衡的」，以及內在「漲落」、「非線性」）等相關說明均請見該文，此處從略。

件」的發生，使得「如動物活著」與「如人般生活」中煎熬徘徊的鄭
愁予有了不斷反思的機會，而「回想、期盼、焦慮、決絕、以及寧遠
欣愉等等的情緒」──鄭愁予稱之為「生活主宰」的感知活動便大量
出籠，那也成了他能將激烈的、頃刻的情緒可以集中之成為「詩的肉
身」的前導。[53]那一代大量優秀詩人之所以產生……絕不止於「偏安
七子」……也是基本這樣的時空因緣。

　　但因「一個人所體驗到的壓迫感是強是弱，往往是這個人和自己
的交談方式所造成的，外在事件通常並非決定的因素」，[54]亦即人「所
感受的壓迫感，其本身事實上並不具備太多意義」，其「應付、處理
某種壓迫感的方式」才重要，[55]但因我們所作最初和最強烈的反應通
常學自父母及地位與之相當的人，這些人的觀點，便成為「第二自
我」，即「外加的自我」，「這個自我，乃是通過我們與外世界的交流
而形成」，[56]「幼時所碰到的成人與你的溝通方式，便是日後與自己溝
通方式的雛型」，[57]而此「他在他為的時空」中形成「外加的自我」常
驅使我們偏離真正的感受、願望、和需求──即「內在實質自我」或
「第一自我」的本真感知。[58]此第一自我才有可能讓我們建構出「自
在自為的時空」。「他在他為的時空」則常妨礙、阻止我們清楚體驗這
個世界，因此極易屈服於藍色的孤獨──而「抑鬱感便是第一自我所
發出的訊號，顯示一個人的生命中，太多東西已遭到剝削」，[59]此剝削

---

53 鄭愁予：〈書齋生活-2-〉，《聯合文學》223 期（2003 年 5 月），頁 86-89。

54 潘蜜拉・E・布特勒（Pamela E. Bulter）、鄧文華譯：《自我對話的藝術》（*Talking to Yourself*），1993 年，頁 28。

55 潘蜜拉・E・布特勒（Pamela E. Bulter）：《自我對話的藝術》，頁 10。

56 潘蜜拉・E・布特勒（Pamela E. Bulter）：《自我對話的藝術》，頁 14。

57 潘蜜拉・E・布特勒（Pamela E. Bulter）：《自我對話的藝術》，頁 18。

58 潘蜜拉・E・布特勒（Pamela E. Bulter）：《自我對話的藝術》，頁 14。

59 潘蜜拉・E・布特勒（Pamela E. Bulter）：《自我對話的藝術》，頁 75。

來自時空被迫，也可能來自父母的過度期許。而能由外加的「第二自我」朝向實質的「第一自我」回歸，即如 A.佛洛姆所說的，外加的影響終究會開始變質，但仍「取決於我們自身對它的感覺。以致個人對自己的影響遠比身外事物和他人為大」、「最能挑起我們感情的仍是我們自己，這是心理學中最重要的定理」，[60]這也是鄭氏所謂由「覺」到「醒」[61]的開始。

但在鄭氏早期的詩作中，可以清楚看到上述「他在他為的時空」欲形塑出詩人的「外加自我」（第二自我／非本真的），禁錮住其個人行為，以致人格的極易遭致變形和扭曲，如陰影籠罩而來，詩人難以隻手招架（包括道德的重壓、童年的陰影在內心作怪如女巫），詩人雖對「內在自我」（第一自我／本真的）有強烈摸索的期許，也無法承受，乃不得不自現實中逃逸。此時他的孤獨感與外在世界的互動是困難的、矛盾的、甚至是孤立的，這應與其早期逃亡經驗、家庭之軍人背景、和生活之難以安穩有關。詩中雖然他寫的不必然是自己，而且常以經驗的「替代物」（也可能是個象徵物）掩護其經驗的「真相」，但仍可能是他被禁錮的、「他在他為的時空」加諸、個人而形成的「外在自我」的投射，比如他第一首在臺發表的詩作〈老水手〉（寫於一九五一年澎湖的馬公）即隱藏了這種吸力與斥力相互牽絆的極端矛盾：

> 不是為了／難堪的寂寞／和打發一些／遲暮的情緒／你提著舊外套／張著／困乏而空幻的眼睛／你上岸來了／你不過是想看一看／這片土地／這片不會浮動的屋宇／和陌生得／無所謂陌

60 A・佛洛姆（A. Fromm）：《自我影像》，頁 141。

61 陳姿羽：〈鄭愁予：詩心・俠骨・觀無常〉，《天下雜誌》325 期（2005 年 6 月），頁 222-225。

生的面孔／對著這細雨的黃昏／靜靜的城角／兩排榕樹掩映下
的小街道／你不懂／但你很熟悉／你翻起所有的記憶
也許突然記起／兒時故鄉的雨季吧／哎⋯⋯／故鄉的雨季／你
底心也潤濕了　我猜想／水　故鄉和女人／在你生活中／已不
能分離／你同樣渴念／也同樣厭棄／但你沉默／而你的沉默就
是筆／在你／所有踏過的港口上／在你底長眉毛／和嘴角的縐
痕上／你寫著的詩句⋯⋯／我們讀不出／這些詩句／但我們聽
得見／這裡面有隱隱的／憂鬱與啜泣。[62]

　　鄭愁予〈老水手〉這首詩重要的一些字眼的關係（「＝」是互動
和關係，非兩邊相等）是：

1. 時間知覺＝寂寞／情緒＝遲暮＝舊＝黃昏＝兒時＝記憶＝靜靜／沉
　　默＝看／聽／寫／讀／啜泣＝翻起／記起＝雨季＝分離／
　　渴念＝詩句
2. 空間知覺＝岸＝土地＝不會浮動的屋宇＝城角＝榕樹＝小街道＝水
　　／故鄉／女人＝港口＝長眉毛／嘴角／縐痕＝筆
3. 孤獨感＝難堪的寂寞＝遲暮的情緒＝憂鬱與啜泣＝不是／不過是／
　　不會／不懂／讀不出
4. 互動方式的矛盾＝陌生得／無所謂陌生＝你不懂／但你很熟悉＝同
　　樣渴念／也同樣厭棄＝我們讀不出／但我們聽得見

　　詩中「同樣渴念／也同樣厭棄」兩句可說是人類人性的整個縮
影，它是「低孤獨」的四種需求的必然的隱憂，即使包括性愛或再高
的社會地位亦然。但更深一層的認知也可看出其詩中呈現的是人在巨

62 鄭愁予：〈老水手〉，《鄭愁予詩集 Ⅰ》（1951-1968）（臺北市：洪範書店，2003
　　年），頁 236。

大變動之時空運轉中對存在的強烈畏懼感，與外在世界互動時充滿了
「無所謂陌生的陌生」、「很熟悉的不懂」、「厭棄的渴念」、「聽得見但
讀不出」這樣的矛盾和認知的無力感，主體我之對水手、水手之對家
鄉及女人，實即主體我對家鄉及女人、或者說對依愛，均帶有這樣的
矛盾和陌生感。而這種「渴念和厭棄」交相糾纏、再設法逃離、並期
待「遊」與「俠」之兩極式的孤獨心境和特質，也是鄭氏早期詩作的
整個縮影，一直到〈衣缽〉的出現方有大轉折。

（三）障礙、道路、與象徵

　　「畏」或「懼」顯現了主體我與對應之物互動的困難，於鄭氏的
詩中只能借助龐大的自然或窄小的窗口（很像人間溫暖的入口），當
作障礙，與之面對或隔絕，事實上也借以隱藏了自我的本真感情。精
神分析認為認知事物最深刻和最好的方式正是「將其藏匿起來」、「不
僅是我們藏了些什麼，而是我們如何藏匿它們」。[63]其中「障礙」乃成
了「如何藏匿」的必要之物，「障礙的用途在於隱藏 —— 或者停
止 —— 潛意識的慾望」、[64]「障礙才能揭示慾望是什麼」、「一種必需
的盲點」、[65]「潛意識慾望的對象，只能夠由他意識欲求的對象的障礙
加以代表」，[66]而對「障礙」的「成功迴避」或「追尋」均能構成弔詭
式的樂趣，反而「差勁的障礙使我們貧乏」，[67]也因此即使是對「依
愛」的逃避、漠視、打擊、取代、或構築「障礙」，看似冷酷無情，
正是企圖看清或找出其真相和在生命中的位置，鄭氏的詩中正展現了

---

63 亞當・菲立普：《吻・搔癢與煩悶》，頁 44-45。

64 亞當・菲立普：《吻・搔癢與煩悶》，頁 151。

65 亞當・菲立普：《吻・搔癢與煩悶》，頁 152。

66 亞當・菲立普：《吻・搔癢與煩悶》，頁 154。

67 亞當・菲立普：《吻・搔癢與煩悶》，頁 159。

這種強烈的企圖，那卻是常人難以割捨和害怕面對的：

> 對於障礙的追尋——以及他們熟悉的時間與空間的形式加諸於
> 事物上的需要——是對於客體本質無盡且艱難的探求的一部
> 分。我藉由發現阻擋於我以及另一人或另一事物之間的東西而
> 瞭解這個人或事物。[68]

> 我們一旦把障礙想成是道路，而不是道路上的障礙——則我們
> 會發現障礙就像潘朵拉的盒子，充滿了不尋常以及禁忌的東
> 西。……障礙提醒了我腦子裡一部分想要忘記的東西。[69]

鄭愁予在詩中不斷設下的「阻擋」或「障礙」，實即他正處於「外加
自我」試圖回望「內在自我」的進程之中，表現在詩中則是「安詳地
壓著秘密」的象徵物。在借由「阻擋」而不可得，以便有更多孤獨的
時空可以迴旋可以「瞭解」，那其中果然充滿了不尋常以及為時空所
禁忌的東西：親情的逃避、浪子的行跡（遊）、俠的崇仰、慾的渴
望、古典的化妝、語言的試驗、知音的契心等等可能或不可能事項的
組合。而且此「障礙」在語言中有機會形成象徵，而象徵物在高達美
（H. G. Gadamer，或譯加達默爾）看來並不是一物說明另一物的比
喻，卻是「在一種個別而具體的東西中顯示出一種對映的整體希
望」，[70]它們不會只是個人的障礙或象徵，而可能是一代人在特定時空
下隱匿的集體潛意識。而若「把障礙想成是道路」，則「遊」與
「俠」兩種形式即是鄭氏面對的「障礙」，也是他踩踏的道路，是他切
斷與「依愛」締結的手腕，也是他自非本真之外加的第二自我（他在

---

68 亞當・菲立普：《吻・搔癢與煩悶》，頁165。
69 亞當・菲立普：《吻・搔癢與煩悶》，頁155。
70 王岳川：《現象學與解釋學文論》，頁223。

他為所形成）返回本真內在的第一自我（自在自為所形成）的方式。

鄭氏早期詩作收集在《鄭愁予詩集Ⅰ》（1951-1968）中，在詩中即處處顯示了對上述內在渴想和厭倦事物之「障礙」式的「迴避」或「追尋」，其經常形式即是上節所談的「遊」（肉體）與「俠」（精神）兩面式的浪子或情俠，雖然二者互為表裡並非可絕然劃分，有時是「遊中有俠」、有時是「俠中有遊」，因此純粹是為說明方便，乃約略可分為「肉體的自由感」（遊）和「精神的自由感」（俠）兩大項。前者再分為「水手」、「邊塞旅人」、「異鄉遊子」、「登山好手」四項，後者分為「瀟灑情人」、「薄倖男子」、「落拓男人」、或「血性青年」、「禪的寄託」等五項，但顯然這樣的區分仍無法呈現其詩集Ⅰ中的全貌。朝向「肉體的自由感」的部分通常都與海、天、星、山、水、雲等大自然景物有關，鄭氏自己說：「在臺灣寫了這麼多的山水詩，讓我慢慢地感受到，山對我而言，是女性的象徵」，[71]而在心理學上「自然」正是被視為「倒退式」的母親的象徵：

> 自然象徵上，可以視作是母親的代表。……在大自然裡，我們在人際往來當中會感受到的排斥、冷落、批評和傷害，都遠遠被我們拋棄在外。這樣的退隱，其實可以說是「倒退式的」（regressive）。可是，我們也都知道，倒退也可能產生絕對下面的效果……[72]

其「絕對正面的效果」指的應是「遞進式的三種狀態」：由「高度清澈專注的觀察力」到「象徵化的觀物方式」、再到「跟自然產生不可

---

71 黃智溶：〈山水常青詩情在——有使命與沒有使命的鄭愁予〉，《幼獅文藝》82 卷 4 期（1995 年 10 月），頁 28-33。

72 Joanne Wieland-Btston；《孤獨世紀末》，頁 173。

思議的融合」，[73]則又與精神的自由無畏。

另外，鄭氏朝向「精神的自由感」的部分則與面對城池、小街、黃昏、窗口、邊界、歌者、歷史情結、古典情境等「障礙」所形成的無所歸宿、或只能「擦邊球而過」有關，乃至也與「俠之極致」——殉死——之最終解脫有關。這兩種面向相當大的一部分表現了時代中人之被動的不安、慾望的禁錮、和身分認同的困頓。而不論「遊」或「俠」，其最終歸宿似乎皆是隱藏著能形塑出獨一無二、難以析解的「著人議論的靈魂」的形象。一九六八年他出國之前的作品中，此情懷中「遊」的極致（指其情操）是〈浪子麻沁〉（1962），「俠的極致」是〈衣缽〉（1966）和〈春之組曲〉（1967）兩首長詩，均是朝向「自在自為的時空」轉向的作品。比如〈浪子麻沁〉中說：

> 無人識得攀頂雪峰的獨徑／除非浪子麻沁／除非浪子麻沁／無人能瞭解神的性情／亦無人能瞭解麻沁他自己／有的說　他又回城市當兵去了／有的說雪溶以前他就獨登了雪峰／是否　春來流過森林的溪水日日夜夜／溶雪也溶了他／他那　他那著人議論的靈魂（末節）[74]

這節詩是「非常鄭愁予的」，幾乎預示了他出國後的隱形行跡，卻是他「自在自為的」，是既遊又俠的，是既孤獨又自由的。而他熱血澆灌的抒情長詩〈衣缽〉[75]中則說「那是熱血滋生一切的年代／青年的心常為一句口號／一個主張而開花／在那個年代　青年們的手用作／辦報　擲炸彈　投絕命書」（之三）「我們不是流過淚就算了的孩

73　Joanne Wieland-Btston; 《孤獨世紀末》，頁 161。

74　鄭愁予：〈浪子麻沁〉，《鄭愁予詩集 I》（1951-1968），頁 180。

75　鄭愁予：〈衣缽〉，《鄭愁予詩集 I》（1951-1968），頁 292。

子」（之五）；以及〈春之組曲〉[76]之一〈春雷〉中說：「在活過三十就算羞恥的年代／有許多這種夜／結著伴兒走進酒肆／題絕命詩於麻布的袷衣／有許多這種夜／促膝爭論　把臂唏噓／當締造一個國度一如焦灼的匠人／那時　除了血　烈士沒有什麼可以依靠／……／那向蒼穹慨然擲出頭顱的是／流星的投手」皆是他向「自在自為的時空」轉向時更接近「俠之殉道」的外在展，此「自在自為時空」的詩作也延續至鄭氏出國後的作品、和復出後的部分作品中。

　　但另一種詩作，則非外部指向而是更朝內部指向的孤獨和精神自由的形式，要到鄭氏後期的詩作中才真正出現。底下先將一九六八年前鄭氏孤獨感的獲取形式（遊與俠）與其時空知覺的關係分別舉詩作驗證，如表四：

表四　1968年前鄭氏孤獨感的獲取形式（遊與俠）與其時空知覺的關係舉例

遊與俠：孤獨感或自由感獲取的方式	處理的形式（障礙的表徵）	詩作例證（均為摘錄）	時空知覺
遊：肉體的自由感（孤獨感）	水手	……這片土地／這片不會浮動的屋宇／和陌生的／無所謂陌生的面孔…… ……：在你／所有踏過的港口上／在你底長眉毛／和嘴角的縐痕上／你寫著詩句……（〈老水手〉）[77]	時間由兒時寫至遲暮之年。空間由海上諸港口寫到家鄉的小街和雨季，動與不動相互糾纏並生矛盾。藉與之認同，寫自由肉身時空中是困境也是僅有的倚靠。
		……我要歸去了／天隔有幽	時間寫長期漂泊的不安、

76　鄭愁予：〈春之組曲〉，《鄭愁予詩集Ⅰ》（1951-1968），頁310。
77　鄭愁予：〈老水手〉，《鄭愁予詩集Ⅰ》（1951-1968），頁236。

		藍的空席／有星座們洗塵的酒宴／在隱去雲朵和帆的地方／我的燈將在那兒昇起……（〈歸航曲〉）[78]	疲倦、和孤獨；以突破時間有限自期。空間寫星空江海方是身體歸所。藉肉體去處，寫精神和詩人在時空中的方向。「遊中有俠」之例。
		一把古老的水手刀／被離別磨亮／被用於寂寞，被用於歡樂／被用於航向一切逆風的／桅蓬與繩索……（〈水手刀〉）[79]	時間寫別離之後的孤獨，想的卻是缺席的情絲。空間以「水手刀」介入，歡樂非重心，孤獨和離別感才是。「水手刀」借喻詩人手中之筆，以之挑戰逆風的時空。
	邊塞旅人	……邊城的孩子／你也許帶著被放逐的憂憤／摔著鞭子似的雙眉／然而，你有輕輕的哨音啊／輕輕地—／撩起沉重的黃昏／……而老人的笑是生命的夕陽／孤飛的雁是愛情的殞星（〈黃昏的來客〉）[80]	時間以老境對比孩子的憂憤，「我」（老人）的介入避免了直抒被放逐及愛情失落的心境。空間以邊境作為安放孤獨感的處所。孤雁和孤客並寫，邊塞和沙原並述，突顯時空中被逐之境。「遊中有俠」之例。
		……而他打遠道來，清醒著喝酒／窗外是異國／多想跨出去，一步即成鄉愁／那美麗的鄉愁，伸手可觸及／／	時間寫會改變削減的夕陽、秋天、黃菊花、乃至歌聲等，均不知何謂「邊界」。空間寫邊界之頑

78 鄭愁予：〈歸航曲〉，《鄭愁予詩集 I》（1951-1968），頁 4。

79 鄭愁予：〈水手刀〉，《鄭愁予詩集 I》（1951-1968），頁 74。

80 鄭愁予：〈黃昏的來客〉，《鄭愁予詩集 I》（1951-1968），頁 26。

		或者，就飲醉了也好…… （〈邊界酒店〉）[81]	強。但只有「飲醉」、或 「歌聲吐出」才能突破時 空囿限。
		……我們併手烤過也對酒歌 過的——／它就是地球的太 陽，一切的熱源／而為什麼 挨近時冷，遠離時反暖，／ 我也深深納悶著（〈鄉音〉） [82]	時間以「流星」之短暫擬 人為「宇宙的吉普賽」， 暗喻少年傷逝心境。空間 以地球的繞日軌道喻當下 困境。「挨近時冷，遠離 時反暖」正是人性在時空 之吸斥二力下的矛盾。 「遊中有俠」之例。
	異鄉遊子	不再流浪了， 我不願做空間的歌者 寧願是時間的石人　然而， 我又是宇宙的遊子 地球你不需留我 這土地我一方來 將八方離去 （〈偈〉）[83]	時間以首句「不再流浪 了」道出了不流浪的不可 能，亦即流浪時間的無止 境，暗喻了那一代人內心 的苦處。空間以「空間的 歌者」代表自由流浪的肉 體，但卻願凝固甚至毀滅 於某一刻。一方指肉體， 八方指精神去處，以突破 時空交迫自我期許。
	登山高手 （遊的極 致）	無人識得攀頂雪峰的獨徑／ 除非浪子麻沁／除非浪子麻 沁／無人能瞭解神的性情／ 亦無人能瞭解麻沁他自己 ／……／是否　春來流過森 林的溪水日日夜夜／溶雪也 溶了他／他那　他那著人議	時間貫串麻沁成年前後的 精神面貌，空間以麻沁與 雪峰的嫻熟互動、與村民 和城鄉互動的困難，喻其 孤獨的緣由和困境。藉麻 沁「遊」的極致能力寫人 的虛無面向和死亡面向的

81 鄭愁予：〈邊界酒店〉，《鄭愁予詩集 I》（1951-1968），頁 198。

82 鄭愁予：〈鄉音〉，《鄭愁予詩集 I》（1951-1968），頁 12。

83 鄭愁予：〈偈〉，《鄭愁予詩集 I》（1951-1968），頁 8。

		論的靈魂 （〈浪子麻沁〉）[84]	貼近。
		戀居於此的雲朵們，／想是為了愛看群山的默對／彼此相忘地默對在風裡，雨裡，彩虹裡。／偶獨步的歌者，無計調得天籟的絃／遂縱笑在雲朵的濕潤的懷裡／遂成為雲的呼吸……縹緲地……（〈雲海居〉（二）─玉山輯之二）[85]	時間以長期「戀居」和「默對」的山雲與人短暫來去對照。空間寫作者最後與山水融合的心境，「偶獨步的歌者」指的是自己，「成為雲的呼吸」說的是人在時空中的渺微和永恆逃脫的不可能。
		不能再東　怕足尖蹴入初陽軟軟的腹／我們魚貫在一線天廊下／不能再西　西側是極樂／……／縱可憑一釣而長住我們　總難忘襤褸的來路（〈霸上印象〉─大霸尖山輯之三）[86]	時間以「襤褸的來路」喻努力的漫長，「一釣」滿池白雲而「長住」，喻美景的不易得和不長久。空間以「不能再東」、「不能再西」等，極寫駐足處的侷促高聳，喻人在自然時空中的有限位階、和觸及死亡邊緣的驚醒。
俠：精神的自由感（孤獨感）	瀟灑情人	我打江南走過／那等在季節裡的容顏如蓮花的開落／……／我達達的馬蹄是美麗的錯誤／我不是歸人，是個過客……（〈錯誤〉）[87]	時間以不讓其發生的否定詞彙（不來、不飛、不響、不揭、不是），表達了瀟灑情人對事件的操控能力。空間以動態物（東風／男人／馬蹄）對非動

84　鄭愁予：〈浪子麻沁〉，《鄭愁予詩集 I》（1951-1968），頁 180。

85　鄭愁予：〈雲海居（二）──玉山輯之二〉，《鄭愁予詩集 I》（1951-1968），頁 177。

86　鄭愁予：〈霸上印象──大霸尖山輯之三〉，《鄭愁予詩集 I》（1951-1968），頁 174。

87　鄭愁予：〈錯誤〉，《鄭愁予詩集 I》（1951-1968），頁 8。

			態物（蓮／少女／城／窗／街道）的無心而獲致自由。藉障礙的設置以明白潛藏的真實。
		這次我離開你／是風　是雨是夜晚／你笑了笑　我擺一擺手／一條寂寞的路便展向兩頭了／……／這世界　我仍體切的踏著／而已是你底夢境了（〈賦別〉）[88]	時間以男女分別返家之先後暗喻孤獨而行的必然：三次「本不該」指出光陰的難以扭轉。空間以「紅、白、藍」及各種事物的色澤被夾風雨和黑暗之間（前後兩段），喻時空中之事物終歸泯滅。
	薄倖男子	在一青石的小城，住著我的情婦而我什麼也不留給她祇有一畦金線菊，和一個高高的窗口或許，透一點長空的寂寥進來或許……而金線菊是善等待的我想，寂寥與等待，對婦人是好的（〈情婦〉）[89]	時間以「不是常常」、「季節」、「候鳥」等詞喻對情感拘束和牽絆的恐懼。空間以「小城」、「金線菊」、「窗口」等讓女人寂寥之物試圖遮蔽自己的寂寥。時空障礙的背後隱藏著渴想和厭棄。
	落拓男人	……就讓那嬰兒　像流星那麼胎殞罷　別惦著姓氏　與乎存嗣反正　大荒年以後　還要談戰爭	時間首寫去年，末段寫不可知、看不到前途，只看到戰爭的未來，中間一段寫現在，寫大荒年老百姓的落拓遭遇和悲情。空間寫鐵道、電桿木、揚

88　鄭愁予：〈賦別〉，《鄭愁予詩集 I》（1951-1968），頁 16。
89　鄭愁予：〈情婦〉，《鄭愁予詩集 I》（1951-1968），頁 122。

		我不如仍去當傭兵 （我不如仍去當傭兵） 我曾夫過　父過　也幾乎走到過 （〈旅程〉）[90]	旗柱、兩個城市之間、列車輾死妻和胎兒等。一部以當下重演往日時空的悲劇。
	血性青年 （俠的極致）	「而戰爭仍是些賣身紙／輕易地仰身於軍機處的檀木桌上／條約　條約　特權像野草那麼遍在／那麼茂長／在租界與租界的間隙／在用賠款蓋了的醫院　教會和洋學堂中／收留著中國人剩餘的尊嚴」（之二） 「那是熱血滋生一切的年代／青年的心常為一句口號／一個主張而開花／在那個年代　青年的手用作／辦報　擲炸彈　投絕命書」（之三）「我們不是流過淚就算了的孩子」（之五）（〈衣缽〉）[91]	時間寫孫中山革命期間的歷史背景、時代困境、和青年灑熱血之必然。空間寫孫中山革命身姿、影像、和必然之影響。此長詩寫於一九六六年，是鄭氏出國前兩年的作品，強調孫中山民主思想和革命精神，為個人生命與歷史時空試圖冥合之作，乃「俠之極致」之作。慷慨激昂、優美而剛烈，類似風格極為罕見。鄭氏認為是其抒情詩最重要的一首：「那是對歷史負責的一首長詩」[92]
		在活過三十就算羞恥的年代／有許多這種夜／結著伴兒走進酒肆／題絕命詩於麻布的袷衣／有許多這種夜／促膝爭論　把臂唏噓／當締造一個國度一如焦灼的匠人／那時　除了血　烈士沒有什麼可以依靠／……／那向蒼	時間寫青年人期待春回大地、春花怒放在兩岸的渴望。如鄭氏所言「無非是向追求人道主義和民主制度的另一方位投射」。空間以春「雷」、春「草」、春「霧」、春「飆」、春「花」等暗示青年再造時

90　鄭愁予：〈旅程〉，《鄭愁予詩集I》（1951-1968），頁 200。

91　鄭愁予：〈衣缽〉，《鄭愁予詩集I》（1951-1968），頁 292。

92　鄭愁予：〈春之組曲〉之一〈春雷〉，《鄭愁予詩集I》（1951-1968），頁 310。

		穹慨然擲出頭顱的是／流星的投手（〈春之組曲〉 之一〈春雷〉）[93]	代的熱誠。乃以個人熱情再創「自在自為」的文學時空與歷史時空結合之作。一九六七年的長詩作品。
	禪的寄託	雲遊了三千歲月／終將雲履脫在最西的峰上／而門掩著獸環有指音錯落是誰歸來在前階／是誰沿著每顆星托缽歸來／乃聞一腔蒼古的男聲／在引磬的丁零中響起⋯⋯（〈梵音〉）[94]	時間以「三千年」與「已還山門」的短暫一刻做對比，把人到達西方極樂的境界之不易和喜悅，以和緩的鼓磬、梵唱帶出。空間以寺宇相關事物、雲履、星、靈魂等呈現，以戲劇性的安排將之解放。如「一些渡　一些飲　一些啄」等字即有木魚罄槃在時空中相互問答的效果（時間由長到短，空間由線到點）

五　「自在自為」向「無在無為」的時空轉折

（一）遊的空間性與俠的時間性

　　詩是詩人生命歷程的寫照，此一歷程之中所經驗過的時間和空間自當成為他書寫的範疇，然而同代詩人時空的「因緣和合」並不盡相同，一九四九年海峽兩岸空間的大分隔，在詩的發展上即從此產生絕然相異的果實。「因」是直接條件或主觀因素，「緣」是間接條件或客

---

93 陳姿羽：〈鄭愁予：詩心‧俠骨‧觀無常〉，頁 223。
94 鄭愁予：〈梵音〉，《鄭愁予詩集 I》（1951-1968），頁 114。

觀因素，二者相配即可能產生差異極左的命數，詩的成就也可能就此
分道揚鑣。第三大節之第二小節簡略論及五、六○年臺灣經典集體誕
生的緣由，即是主客觀條件相互搭配出來的奇蹟，之前不可能，之後
也不可能，此種因「他在他為」的集體大遷移所產生的孤獨感，若非
當時眾多因緣和合，就不會是目前所見模樣，這也絕非鄭愁予或偏安
七子的任何一人所能獨當，但卻又各自產生了影響。亦即，若非此七
人以及為數可觀的詩人群集體相濡以沫，不使自身「沉沒」於「他在
他為」的大悲劇中，而能仰頭向可能「自在自為」的內在心靈時空去
「仰望」、去「綻放」，則臺灣詩壇將不會有此盛況。

當其時，諸子其實是各自由「災難式的節慶」（戰爭、逃亡）中
脫拔而出，午夜夢迴，驚魂難安。他們在此「災難式的節慶」中的每
一天，和「舔舐傷口」的每一刻，所謂「時間」是停滯不前和且不斷
綿延的。這時即由線性流逝的時間進入所謂「真正的時間」，唯有在
這靜止凝定的瞬間，時間才能燭照出真正的人生，向我們澄明生的本
真狀態。亦即，能於此重新審視自身的那種時間，海德格（Martin
Heidegger, 1889-1976）即說，那才是：「此在能夠被本身地帶到被拋
狀態面前，以便在被拋狀態之中本真地領會自己」。[95]日常時間是對時
間的消耗，到了審美時間那裡，成了為生活舉行的某種儀式或節慶，
雖然面對的可能是災難歲月、也可能是微不足道的小事件。於是審美
和創造在高達美看來都有了特殊的「時間結構」，它們抓住時間，並
允許時間滯留；於是轉瞬即逝的日常生活中的一切都可因藝術的存在
不致「沉沒」消失，而有機緣被保存甚至在永恆化的途徑上「開
放」，那是「將一個瞬間而過的瞬間感受鑄成永恆深沉的『在』」。[96]

---

95 海德格著、陳嘉映、王慶節譯：《存在與時間》（臺北市：唐山出版社，1989 年），
　　頁 425。
96 王岳川：《現象學與解釋學文論》，頁 223。

　　由此當可看出，個人即使在同一空間停留許久，客觀時間繼續朝前邁進，卻因上述「內在時間」把握事物的意向性，而得以在時空中自由地穿越。但每一歷程皆是必須的，雖然我們可以或大或小或快或慢地加以自由復現，[97]胡塞爾（E Husserel, 1859-1938）即說：「沒有背景，前景就是無；沒有非顯示的方面，顯示出來的方面也是無」。[98]他後二句說的正是後來梅洛龐蒂（Maurice Merleau-Ponty, 1902-1961）所說的「表現那不可表現者，去把人們所忽略的自明之理，揭示為一種可見的『震驚』」。[99]對鄭愁予而言，即是以其年少歲月被迫奔闖出來的龐大「空間」建構了他肉體上「遊」的基砥，且由於在此快速飛轉的時間輪軸下被動觸碰無數的創傷和硬結出的痛，遂自生悲憫、內在精神上長出了「俠」的氣質。前者因身體在空間所處位置的不確定感，遂望向虛無；後者因對非自在自為的孤獨難免厭倦，而朝向殉道。此二端皆與戰爭和政治欺逼背景下的死亡陰影有關，在虛無的那端下，空間消弭背景，人的位置由不確定歸回到無需確定；在殉亡的那端，時間終止，人的孤獨被絕然地截斷而獲解脫，但「遊」與「俠」並不故意走向這樣的極致，而是先立下心靈契約，乃能自由出入於此兩端之間。

　　鄭氏此二心理基砥並未因一九六八年鄭愁予出國而稍有停歇，他在一九七一年一月保釣事件的參與實與「俠」的精神有關，此後即成為臺灣政治的黑名單。從此至一九七九年都暫時回不了臺灣，直至該年因父喪而有回臺省親之旅，豈知在臺灣受歡迎的程度大大出乎鄭氏意料之外，此後創作慾再度勃發，終於引發他一九八二年起人生創作

97　（德）胡塞爾（E Husserel）、楊富斌譯：《內在時間意識現象學》（北京市：華夏出
　　版社，2000 年），頁 50。

98　（德）胡塞爾（E Husserel）：《內在時間意識現象學》，頁 56。

99　王岳川：《現象學與解釋學文論》，頁 104。

的第二高峰，短短四年內竟接連出版了《燕人行》、《雪的可能》、《刺繡的歌謠》等三本詩集，其後結集成《鄭愁予詩集II》（1969-1986）。之後還有一九九三年的《寂寞的人坐著看花》詩集出版。而此種另類的來自讀者之「節慶式」的觸擊，可能是他第二度因時空交疊變化而能再度躍昇的外部原因，亦即進入個人的第二度混沌邊緣，萬千讀者的高度期許（「我們是讀您的詩長大的」），[100]有可能形成集體的力量促使其進行自我組織的工程，從空間更遠、時間更為寂寞的肉體與精神雙重放逐之混沌歲月中，重拾創作秩序之筆。簡政珍（1950-）指出：「作家對抗放逐逆境的唯一武器是筆」、「以書寫瞬間超越放逐而變成反放逐。成功地書寫放逐就是一個反放逐者」，[101]而裝入筆中的墨水應有一部分是眾多讀者注予他的，也許是詩友或任何可能的「點擊觸開障幕」：「潛積於思緒中屬於生命的或美感的經驗，通常總是處在一種朦朧未察的狀態中，而瞬間受到點擊，如同火鏈將黑暗擦亮造成穎悟那樣的光明，一首詩也就應命完成了」，[102]鄭氏海外潛積既久，其第二高峰會發生在一九八〇年代之後十餘年，應非意外。

於是鄭氏原來潛積之廣闊的「遊的空間」如此遂有機會使他安定下來內化為文字，前往諸多讀者桌前；「俠的時間」也部分轉化為建構自身之生命美學，解救了不少詩的渴想者和徘徊於時間盲點的批評家。鄭氏的這兩次創作高峰或可以圖三表示。[103]

---

100 鄭愁予：〈借序〉，見《鄭愁予詩集 II》（1969-1986），頁 vii。

101 簡政珍：《放逐美學》，頁 18。

102 鄭愁予：〈「即興」使用點擊的手法以攫取永恆──煙火是戰火的女兒，金門的詩〉，《聯合文學》228 期（2003 年 10 月），頁 24-28。

103 參見白靈：〈從科學觀點看臺灣新詩經典化的幾個現象〉一文之圖，另行製作，頁119。

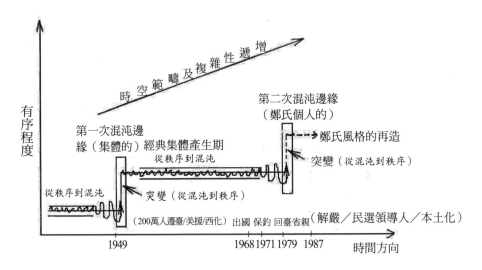

圖三　混沌邊緣與鄭愁予詩風的可能關係

（二）由「逃」轉成「面對」衝撞不安

由於時空範疇及複雜性的遞增，鄭氏出國後的作品中不再有像早期詩中那麼明顯「逃」離城鄉人間、「逃」向自然的傾向，而開始緩慢下他的腳步，將望遠的眼光收回身旁，對周遭人間事物有了更細緻的觀照。他的詩依然有朝向上述「肉體自由感」和「精神自由感」各式演變的可能，唯瀟灑漸收斂、血性漸溫婉、親臨漸多於遠觀。且因青春不再、激情不再、體能不再，加上留學、結婚、生子、工作、家累、異國求生不易，一九七九年之前基本上作品稀少、可能只有《鄭愁予詩集Ⅱ》中第六輯「愛荷華集」的〈秋盛，駐足布朗街西坡〉等九首和若干留待日後再改之作。在愛荷華五年且有極度挫折之感，「藝術方面，我在此是最不易被了解的詩人。中國傳統詩美學，凡是上品，便不『落入言銓』，我的詩怎麼用術語推銷？何況語言的差異是彼此的天書，即使覺出一些形式音調之美，而在境界上也是難以進

入」，[104]說明了他的詩在異國受到的「差別待遇」，未能傳達或譯出的常是他最精彩的部分，是那承接古典中國最有價值、難以言語的菁華。一方面表現了詩人的自信及自知之明，一方面也有知音難尋、跨語言不易的孤寂和落寞。

但在異國多年也並非毫無所得，他說：「但在人生方面卻不同，我像突然生出千條觸角，使擴大了的感知化為寬容，使對他人的偏解變為自嘲，試著創作詩能成為人類狀況的代言者而不是判決者，因之作品便不多了。」[105]此段話仍延續上述「落寞」和「孤寂」而言，不論「寬容」或「自嘲」皆有擴大胸懷、包容他人之意，這是知音無處覓後的自我寬解和超脫方式。前此所以會「偏解」和「判決」，不只是閱歷問題、年輕氣盛問題，也常是因往昔身處「他在他為的時空」之下被強迫置入偏頗的思想或資訊，以是難作公正平衡的思考。因此「代言者」當然比「判決者」客觀，理應更能從容不迫地代言，然而不然，發表園地受宰制，似有被迫隱遁之意。而一九七九年詩人節接受人大報採訪和回臺的一場奔喪，使得詩人重拾信心，發現自己的世界仍在中文領域之中，且知音超乎他想像得多。詩人之前的「波折」和「窘況」也從此改觀，「遊俠精神」遂得重出「江湖」。由一九七一年的〈登音橋〉到一九八一年的〈藍眼的同事〉均可看出他藏在骨子裡的「遊」與「俠」的氣質，時空卻是「自在自為」的、面向人間的、是對眼前事物的包容（即使西方事物），仍充滿了對「利他之俠」（仁俠／儒俠）的嚮往：

> 「我愛看霧的卻見了草地
> 我愛看桅的卻見了教堂以及十字」（頁156）

---

104 鄭愁予：〈引言——九九九九九〉，見《鄭愁予詩集 II》（1969-1986），頁 367。
105 同前註。

「在平衡桿上兩腿平分成為一字的

那腿……修長。

那功夫……真俊。

那姿式……好好看。

她呀？<u>她就是兩足分踏兩岸的跫音橋啊？</u>

哎，誰能忍得踏過這樣的身體只為了造出一點聲音呢？

是呀，<u>沒人忍得踏過這樣的身體只為了造出一點聲音哪</u>！」

（〈跫音橋〉，頁157）[106]

「如果她不是我的同事

<u>如果她不是我的同事而是我的同志該多好</u>

明天我們<u>共同去遂行戰鬥</u>

在出發前互相對視著

啊！

孩子們說的<u>藍</u>其實是<u>母親長袍子的色彩</u>呢

<u>與這樣的藍訣別</u>

不正是

<u>很淒然的而很幸福的</u>麼？」（〈藍眼的同事〉，頁160）[107]

由摘自〈跫音橋〉的片段可看出過去「看霧」的人現在看到「草地」，過去「看柁」的現在看到「教堂及十字」，但大格局的海仍在，「教堂便徒徒如一艘單柁出港的船」，因此即使在河邊看到在西方女子平衡桿上雙腿平分成一字，他也將她放大到宛如分踏了「兩岸」，

---

106 鄭愁予：〈跫音論〉，見《鄭愁予詩集 II》（1969-1986），頁 156-157。

107 鄭愁予：〈藍眼的同事〉，見《鄭愁予詩集 II》（1969-1986），頁 160。

將人間眼前所見與想像連結到過去大山大水的「遊」中去。此處「兩岸」自然不會是海峽兩岸，但難免讓人有此遐想，彷彿鄭氏就在說「讓我有那功夫」可以「分踏兩岸」，且應無人踩過我只為踏出一點音響吧？「誰能忍得」、「沒人忍得」，就表示這世上有人「忍得踏過這樣的身體只為了造出一點聲音」，兩句重複語充滿了象徵意味，為這樣被踏過身體而發出聲音的人代言，展現了鄭氏「俠」的不忍。

〈藍眼的同事〉藉與學生爭辯藍眼之藍究竟是具體或抽象意義，而有一番辯證過程，末了加以延伸，指出同事／同志、藍眼／母親藍長袍的相互聯想，既盼望由同事而同志，出發去「戰鬥」「赴義」卻可能就此訣別，而藍又與母親有關，則訣別不只同志、也隱含了母親。期望「女同事」成為「同志」，這在鄭氏早朝的作品中是不可能出現的，而心理學關於人格的發展中被認為「最大的一個陷阱是把自己的人格認同於某種特別的自我情結，尤其是某種性別情結」，「人的豐富含義」的洞悉即由此情結的破除開始，[108]此處我們看到了鄭氏有朝「無我」的道路上的努力。詩中的「訣別」二字是充滿了「俠」的想像和內在可與自身斷裂的蒼涼感：

> 與這樣的藍訣別
> 不正是
> 很淒然的而很幸福的麼？

既淒然又幸福，說的是同志／同事／母親，還有一切「是那樣擁抱得到的／關懷的藍呀」，寫了眼前人間現實，也寫了內在更緊密的「同志」關係、「戰鬥」之必要、「出發」的渴望，及「淒然的幸福」的現

---

108 （美）波利‧揚-艾森卓著、楊廣學譯：《性別與欲望：不受詛咒的潘多拉》（*Gender and Desirée*，北京市：中國社會科學出版社，2003 年），頁 76。

狀，也寫了內心肯認的「遊的必然、俠的必然」，將海外遊子雖可有
「自在自為的時空」、卻與親密關係必然要訣別的心理情狀，借此詩
展露出來。說的是既自由又孤獨的心境，這種心境是既淒然又蒼涼
的，連「幸福」可能指的都是死亡，「遊」與「俠」的結束所在。而
結束的終止處最後必然與母親有關，與「依愛」的根結有關，「在人
的生中，一旦遇到有關刺激物的提示，令人敬畏的母親就可能重複出
現」、「圍繞母親意象的所有那些情感就會激活我們的記憶」，軟弱的
童年與令人敬畏的母親成了我們「具有魔力的情緒的兩個極端」，[109]
「淒然」的是終止，「幸福」的是歸回與母親有關的意象上，這也是
所有「遊」之空間的起點與終點，也是所有「俠」之時間的起點與終
點。

　　物理化學（Physical Chemestry）中談到理想氣體（ideal gas）時
是指那些分子自身不具體積，分子與分子之間不會產生引力的氣體，
此種氣體不論外壓多大（圖四的橫座標），都不會在行為上偏離分子
不具體積和改變其彼此無引力的特性（如圖四虛線V的水平部
分）。[110]很少有氣體能達到這種「理想」，多半會如圖四的其他實線，
要不不受壓縮（「對抗」曲線）、要不就屈服於外壓、可被輕微壓縮
（「麻木不仁」曲線，屬天生愚鈍）、或甚至可被極度壓縮（「逃避」
曲線），直到外壓大到不可忍受才反彈而上（「逃避」曲線的後半）。
在相同條件下，不同氣體的外在行為表現了這些不一樣的可壓縮或不
可壓縮狀況，[111]就像在相同時空條件下，不同人因天生性格及各種影

109　（美）波利・揚-艾森卓：《性別與欲望：不受詛咒的潘多拉》，頁 22。

110　Keith J. Laidler, John H. Meisev, *Physical Chemistry*, Benjamin/Cummings Co, 1982,
　　　p13。

111　Keith J. Laidler, John H. Meisev, *Physical Chemistry*, Benjamin/Cummings Co, 1982,
　　　p.34。

響，會展現出迥異的「外在自我行為」，而與其自我期望的內在自我
（如水平虛線，比如定靜修行而不受時空影響）有很大偏差。

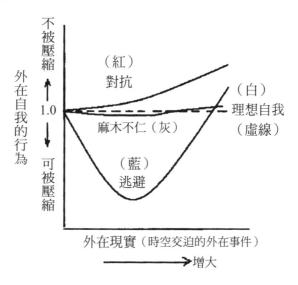

圖四　外在現實下顯現之外在自我的關係

但在時空條件改變時，同一人卻也可能於不同時空下表現相異的行
為，或針對不同的外在現實而表現出迥異的行為反應。此在上述各種
氣體均有此項行為，比如將外在溫度改變時（如由-50℃～200℃，一
如改變時空條件），則同一氣體（有如同一人）會展現如圖五之各種
曲線，甚至會如曲線IV在某段外壓範圍內非常貼近理想自我（曲線
V）。[112]此狀況應用到同一人身上，即在不同時空條件、或不同的外
在現實時，比如面對國籍、政治、血統、文化等與身分認同的問題、
與生理慾望的渴求（性）問題時，可能會呈現完全不同的行為反應，

---

112 貼近理想氣體行為所需溫度稱為波以耳溫度（Boyle Temperature），每種氣體的波
　　以耳溫度均不同，參見 Keith J. Laidler, John H. Meisev, *Physical Chemistry*,
　　Benjamin/Cummings Co., 1982, p36。

比如曲線Ⅰ、Ⅱ、Ⅲ、Ⅳ所示。曲線Ⅰ、Ⅱ、Ⅲ均是鄭氏「逃」的原因或方式，都無法解決其困境，曲線Ⅳ是不得已卻也是最可靠的。

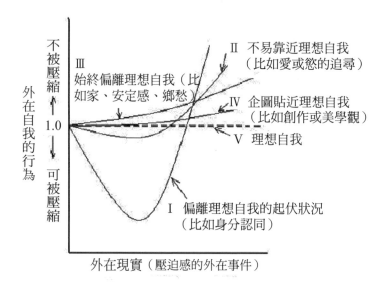

圖五　同一人在不同時空或面對不同外在現實的行為表現

而這些曲線對離散感強烈的海外遊子而言都是同時存在的，它們代表了「人是一種多層面的存在」，每一條曲線其實代表了一個人格面具，它們的全然解體才是「我執」的破除，和「無在無為」的開始（另在下節討論）：

> 我們都有內在的心理情結。我們每個人都在多重人格——有好幾個相互競爭的主體。多重主體性做為人的情感生活的特徵是普遍性的，它表明了人是一種多層面的存在，而這種存在的外殼是我們有形的身體。[113]

113　（美）波利・揚-艾森卓：《性別與欲望：不受詛咒的潘多拉》，頁23。

一個看似統一的人的形體的底下可能包含著各種複雜而難以簡括的功能和心理原型。因此幾條曲線仍嫌簡略，也只能如此。比如曲線Ⅰ是針對身分認同或歸屬（中國人、臺灣人、美國人）的糾葛，一定不會有滿意的解答，這也成了海外遊子、形同兩度放逐的鄭氏心中最大的痛，直到他近年以鄭成功第十五代孫的身分落籍金門為止，恐怕仍不會得到真正的踏實感，這也是所有在臺灣或海外遊子認同中國文化者心中的最大情緒，它也是偏離理想狀態最遠的部分，亦即本文第一節中低孤獨中最無能為力的根結。

而曲線Ⅱ之愛與慾的尋求，恐怕才是鄭氏最大的不安所在，恐也是所有人最大的困境，鄭氏從早期的以窗、城、東風、山、海等不同創造的「障礙」、「變形」、「象徵」等予以壓抑，一直到一九八三年的〈曇花再開〉、〈十月有麗日候其人至日暮未至〉等詩，仍是這些慾望的若隱若現，但壓抑的意願不再那麼強烈，較能更適切地面對，雖然這些愛與慾的對象最後都如曇花萎謝、從不曾停留。曲線Ⅳ正是鄭氏自曲線Ⅰ、Ⅱ、Ⅲ的个同情境中再度抽離，透過創作和生命美學的建構和透視，逐漸進入內在的清澈當中。

而由各式各樣的「逃」轉成「面對」自我的陰暗和衝撞不安，是鄭氏在詩境上極大的轉折，此時他不再處在「邊界酒店」、「邊塞旅人」，從遠方來、再隨時要開拔到遠方去，他不再只在事物邊緣走過或穿越、隨時處在「馬不停蹄」的狀況。他開始「突然」地坐下來、定靜地看其變化，開始讓事物自由來去，不一定非得如何不可，也較能進入悠遊自如的情狀之中、嚮往「無在無為」的時空和心境。

比如他後期的詩作〈教授餐廳午餐感覺〉[114]便極有可觀：

---

114 鄭愁予：〈教授餐廳午餐感覺〉，見《寂寞的人坐著看花》（臺北市：洪範書店，1993 年），頁 196。

與一行灰髮人依次入座
在骨老紋重的桌面
放下食盤……
多是以清水佐餐
法蘭紋身存溫厚
話出輕暖
推高眼鏡傾神的聽著
常是一語牽轉千年
幾個字佈局萬里
千年萬里
原不過是一些
話題

另有一隅　桌小人雙
男女湊首激辯
還有一方　桌寬杯多
新手教授在一陣椅腿的騷動間
急步離去
必然每人還有一個
長長的下午

灰髮人依次起座
僅有一人靠著椅背掣出煙斗來
含好　點了火　而不抽
只用拇指　環球摩拭
萬邦僅有一王的

　　感覺
　　身在異國

此詩是他九○年代寫得最好的詩作之一，冷靜、清澄、透明得宛如一面鏡池，將人身在異國的感覺，以優雅、感染力極強的文字展現出來，而這已經是身歷人生無數無常之後的鄭愁予，另一個繁華落盡的鄭愁予。「常是一語牽轉千年／幾個字佈局萬里」說的是知識份子見識的穿透力，也是人生或人類千百世歷練才集體結晶出的智慧，說的是人人頭上一片天，也是非自身可以了然的，因此皆予尊重。「萬邦僅有一王的／感覺」，「的」字是「地」字之意，代表副詞，修飾末二句。既「萬邦」理應包含「異國」，卻仍在其外，有凡事皆天外有天、人上有人之嘆。此「一王」即「僅有一人靠著椅背擊出煙斗來」的作者自身。既孤單又孤傲，比如在中文領域的詩壇地位但此地並無人認識；離群而坐，「環球摩拭」，摩拭的不只是煙斗，好像摩拭著自己複雜又單純的一生，一生的常，與無常。而「異國」之感是孤寂的，卻也是自由的，這正是詩人感覺「無常」的方式。「感覺／身在異國」表示有時並無此感覺，有時又單獨將此感覺抽出來玩味，點在煙上，任事物來事物去，「萬邦」、「環球」說的是思維、事物自由出入，說的也是行走的萬端路徑和錯綜的長長一生，也似把「來去無常」（詩中指周遭人出現和消逝）視為可撫摩玩味的煙斗般，一切滋味盡在其中。「遊」與「俠」到此有歸隱之意，卻似乎又無所不遊、無所不俠，一切至此都已了然於心。

　　鄭氏此種既自由又孤獨又短暫自在自如的感受，也可由《寂寞的人坐著看花》第八輯「言笑禪」中的〈秋聲〉一詩，加以領會，以見詩人對「無在無為時空」的短暫嚮往。詩的中間一段描寫登頂一剎的感受：

〈秋聲——華山輯之三·登頂一剎〉[115]
　　天是大虛　　地是大虛
　　在天地無可捉摸中
　　捉捉身邊的酒囊　　還鼓
　　摸摸心　　　　　　還溫
　　除了一番撫摸的感覺
　　千骸俗骨已在虛無中化
　　去

詩人感受到人與天地間，難以絕然劃分，而有一種與天地同存、共趨於虛空之感，但虛空又是非可實在體驗到的感受，太難以捉摸，此之所以詩人要摸摸還鼓的酒囊、摸摸還溫的心，以確定自身在天地空茫虛無中的短暫存在。然而人之實體卻又是因緣和合的暫存，終歸虛無自然，因此對詩人而言，「除了一番撫摸的感覺」，大虛中難以自見實體，於是「千骸俗骨已在虛無中化去」成了最後的必然，此詩充分表達了道家思想中「覺而形開」的觀念，不執不著，了然於形體來自虛空，也將回歸虛空，化為天地宇宙的一部分，則自然自如自在，也短暫進入了鄭氏所謂的「冥合」狀態，卻必得要在紅塵人間打滾過才行、才甘心。

六　冥合的可能和不可能

（一）大遊、大俠、與超依愛

　　詩人雖然不是身心靈的修行者，卻是希望透過詩語言中將人生境界的領悟和了然表達到完美的「一」之境。既非修行之人，必得與凡

115　鄭愁予：〈秋聲—華山輯之三，登頂一剎〉，收入《寂寞的人坐著看花》，頁164。

俗交流，因此這樣「與天地合一」的感受非可常有，卻是青年歲月中難以真實體驗的。詩人與修行者俱是欲將欲求昇華之人，體驗有時即使相似，但路徑畢竟不同，修行者對心靈自由度的要求是層次高遠的、恆久的、具持續性的，其修為是建構在內在時空對實存的外在時空的削減能力上（參見表二），因此戒慎頗多，是將低孤獨範疇內的四種基本需求降至最低，是神性對魔性化解，是空對色的消火，是靈對身心的徹底安撫，是高孤獨對低孤獨的漠然，佛家所謂去貪去嗔去癡、乃至五蘊皆空即近乎他們追求的境界。詩人很難如上述修行者所為，他是出入於諸種需求之中，常因低孤獨的難以滿足而糾纏在逃逸與投入之間。二者（修行者與詩人）的差異、或者應該說他們尋求的生命範疇並不相同，可試以下二形式表示之，其中減號「－」有「削減」甚至「熄滅」之意，相乘號「×」有「互動」（來往於二者之間）、「糾纏」、乃至「矛盾叢生」之意：

欲求昇華的兩種形式（二者也可平行並進）

1. 心靈的自由度（修行者）＝內在時空對外在時空（世界）的削減能力
$\qquad$＝自創的時空－生存的時空
$\qquad$＝高孤獨值－低孤獨值
$\qquad$＝決定在己者－決定在人者
$\qquad$＝神性－魔性
$\qquad$＝空－色
$\qquad$＝靈－（身＋心）
$\qquad$＝道－技
$\qquad$＝白－（紅＋藍）
$\qquad$＝覺而形開之程度

2. 創作的可能性（詩人）＝內在與外在時空的互動力（能動性、交纏、
　　　　　　　　　　　　和矛盾）
　　　　　　　　　　＝以生存的時空擴大、灌注自創的時空
　　　　　　　　　　＝自創的時空×生存的時空
　　　　　　　　　　＝高孤獨值×低孤獨值
　　　　　　　　　　＝決定在己者×決定在人者
　　　　　　　　　　＝神性×魔性
　　　　　　　　　　＝空×色
　　　　　　　　　　＝靈×（身＋心）
　　　　　　　　　　＝道×技
　　　　　　　　　　＝白×（紅＋藍）
　　　　　　　　　　＝詩意的棲居之程度
　　　　　　　　　　＝企圖填補自挖的人格的洞

然則外在時空的一切率皆「因緣和合」所生，因緣分散則滅。生滅的
變換，就是無常。無常感的產生，即因凡此一切「非為決定在己
者」，而多為「決定在人者」，且轉換快速、難以掌握，從未能停留，
而詩人對「去欲」，尤其「戒癮」是相當遲鈍的，即使試圖打壓它，
仍難熄滅，透過創作的昇華成了他最大卻也是最小的出口。慾望本身
包含有某種對象的缺乏感，是一種永遠無人令人滿足的東西，「表明
了我們人類本身存在的侷限性」、「每一次試圖滿足欲望的行動都蘊含
著鮮活不滅的新欲望」，[116]欲望的這種缺失性，可笑又可憐地與
「苦」相連的這種侷限，正是人世戰爭與愛情等題材永遠不絕的原
因，也是詩人汲取不完的源井，卻必得偶爾由其中跳出，像自戰局中
抽拔自己成為局外人，又有時得將自身宛如戰地記者般投身煙硝砲火

---

116 （美）波利・揚-艾森卓：《性別與欲望：不受詛咒的潘多拉》，頁 94。

之中，似乎必得來往於「有」和「無」之間，「色」與「空」之際，
在「神性」與「魔性」之間反覆糾纏交纏，這是上節所提人會「多層
次存在」、「多元自我」的原因，然後試著「統整」它們，向人生更高
層次的境界盤旋而上。但要一直到人格成熟的階段，使得人「在內部
生活和外部生活中使多樣性和多元性得以整合統一的一種先天傾向」
能夠盡性發揮時，人生意境才算完整：

> 在個體化過程中，個人要獲得一種能力來解讀自己的歷史，即
> 解讀自我人格的諸種情結，並能夠接納和包容一系列各種各樣
> 的情緒和意象，而不必付諸外顯的行動。這種自我反思的能力
> 打開了心靈的門戶，使人有可能獲得大慈悲，即對整個人類苦
> 難的深厚同情心，使人有可能獲得對於相互關聯性的最終領
> 悟，即通過多元性達到更高層次的統整性。[117]

此所謂「最終領悟」、「大悲」、「統整性」，其實即個人在內外時空的
建構和拓展中明白其根源和一切可能，不逃不避，徹底面對，是「大
遊」和「大俠」之後將所經歷和體驗的「冥合」後的徹悟：

> 在最為複雜的整合階段，個人會消解那種獨立存在的自我意識
> 而開始直接體驗到無我的境界，即達到一種與所有的他人和一
> 切存在不可分地聯繫在一起的精神狀態。在這種普遍聯繫的狀
> 態中，人獲得了更大的自由，即不再受自我中心的欲望的統
> 治，不再受自我情結以及其他情結的驅動，而且也不再追求那
> 種偏執的獨立性。在佛教和精神分析中，成長的目標都是超
> 越；超越或解放（nonattachment）的含義不冷漠無情、漠不關

---

117 （美）波利‧揚-艾森卓：《性別與欲望：不受詛咒的潘多拉》，頁75。

心，而是不再受自己的情結的驅使。[118]

這一段話具有無比的力道，「無我的境界」、「和一切聯繫在一起」、「不再受欲望的統治」、「不追求偏執的獨立性」、「非冷漠」、「不受情結驅使」等的精神狀態，不正是一種「冥合」嗎？「nonattachment」一詞正是「依愛」的英文字「attachment」的反詞，很像「脫依愛」、「非依愛」、或「超依愛」，其實「一種與所有的他人和一切存在不可分地聯繫在一起的精神狀態」則正是「依愛的無所不在」，此豈非身處「無在無為的時空」的最佳寫照？

（二）神祕參與

雖然「無我的境界」、「達到一種與所有的他人和一切存在不可分地聯繫在一起的精神狀態」，有時可望而不可即，卻可以透過悟的透澈不斷對之仰望，鄭氏在〈蓮——悼安穆純先生〉一詩的首段即以「我們仍在污泥中／尋找意義」表達對死而後已的夫子好學者的景仰和自省：[119]

蓮　在靈性最飽滿的時候
離開水的禁制　蓮
惟有進入空無
才得開放

詩中的「蓮」成了「有」與「無」合一、「色」與「空」冥合的最佳精神展現，雖仍不是自身的，卻是對「無我的境界」、「和一切聯繫在一起」的崇慕。在〈小島上的荒原——傷顧城之逝世〉一詩中，對顧

---

118 （美）波利・揚-艾森卓：《性別與欲望：不受詛咒的潘多拉》，頁 75。
119 鄭愁予：〈悼亡與傷逝（2）〉，《聯合文學》225 期（2003 年 7 月），頁 78-83。

城於一九九三年由美返紐西蘭後殺妻自殺深感悲痛，鄭氏對人生之執
與無執表達了看法，詩分三節，第三節中所說「我曾說過　活過三十
便是羞恥」、「孤索離群以及無憾的消失」、「美給無關的人看多嶄」、
乃至「美給自己看」是他對存在的認知，第二節則充分表達了他「大
遊」和「大俠」後的生命體悟：

> 無人真知生生之理　所以有「懼」／（其實不關基督的福音）
> ／無人懂得指甲髮膚／
> 為什麼要惜護／所以有「忍」／忍到秋盡以及大限／（亦不關
> 儒家的倫敦）／見眾生扶持攫一食一啄／敬重多類多姿的生靈
> 物種／而終歸一個／求生的意念／無人慧解為何如此／所以有
> 「施」／（不關佛的慈悲　道的天存）／這簡單易知是美的基
> 型……／亦不過是一個字／「仁」字[120]

這一節詩很像在說一番道理，將難以「真知」、「懂得」、「慧解」的宇
宙母體的本意以文字串成，宛如一段經文或禱詞，叩叩噹噹宛如持
咒，企圖超渡顧城、要他走好。詩中對「懼」、「忍」、「施」、「仁」，
乃至「悲」的看法，正是鄭氏對「道」和「一」的體認。其實正是對
宇宙奧祕的畏和敬，或如容格（C. Jung, 1875～1961）所說：

> 要了解藝術創作與藝術效果之祕密，惟一的辦法是，回復到所
> 謂的「神祕參與」狀況──回復到並非只有個人，而是那人人
> 共同感受的經驗，那是種個人之苦樂失去了重要性，只有全人
> 類的生活經驗。這就是為什麼每部偉大的藝術作品都是客觀
> 的、無我的，然而其感動力卻不因之而減少的原因。這亦是為
> 什麼詩人之私生活與其藝術作品之間的關係無任何重要性──

---

120 鄭愁予：〈悼亡與傷逝（2）〉，《聯合文學》225 期（2003 年 7 月），頁 78-83。

充其量只能給予其創作的工作一種裨益或阻礙而已。[121]

容格所謂「神祕參與」、「回復到並非只有個人，而是那人人共同感受的經驗」也許就是上述「一種與所有的他人和一切存在不可分地聯繫在一起的精神狀態」，或者如馬斯洛談到自我實現者較易出現的「神祕的」或所謂「高峰經驗」（peak exerience），那是詩人達到某一境地均能從任何活動中輕易體會到的心靈的愉悅，「產生一種類似宗教經驗的感動。自我從其中昇華而整個人覺得非常地有力量，自信而又堅決」，[122]這樣的詩後來才出現於《雪的可能》、《寂寞的人坐著看花》等詩集中，比如〈靜的要碎的漁港〉一詩：

> 我穿著白衫來
> 亦自覺是衣著白雲的仙者
>
> 而怎忍踏上這白色的船
> 她亦是白衫的比丘
> 正在水面禪坐著
> 而她出竅的原神坐在水的反面
> 卻更是白的真切
>
> 我也坐下　在碼頭的木樁上
> 鄰次的每一木樁上
> 都有白衫者在坐定
> 我知道他們是一種白衣的鳥

---

121 榮格（C. Jung, 1875～1961；另譯揚格）：《尋求靈魂的現代人》，頁 204-205。
122 D. Schultz & S. E. Schultz：《人格理論》，第十一章〈abraham Maslow〉，頁 353。

他們知道我是一種白衣的人

藍天就印出這種世界
我與同座的原神都是
衣冠似雪　而我的背景
蓮白的屋舍　骨白的燈塔
都是月亮的削片搭成的

港灣弱水
靜似比丘的心
偶逢一朵白雲
就撞碎了[123]

「港灣」此處宛如他生命的道場，我＝白衫者＝仙人，白船＝白衫者，白鳥＝白衫者，原神＝船影＝鳥影＝人影，而一切均在藍天包圍的白屋、白塔、白月之中，果然是「一種與所有的他人和一切存在不可分地聯繫在一起的精神狀態」。我如白衣俠客，以一己之遊帶領所有混沌的元素進入一嶄新的秩序之中，而能達至一不可能的幾近冥合難分物我的意境。末四句則隱藏著美的、神祕感的瞬時變化，一切皆在因緣和合之中達成，卻又非不可變、而且一定變，靜中有動、有遊有俠，一點小因素的加入就使一切步入另一感受之中，比如一朵白雲就是另一俠影，迫使原畫面步入另一形式的遊中，詩人攫住的即是那達成的一瞬和永恆感。

　　此玄妙冥合之詩機即使落在更流動性的人間凡塵亦然，比如〈清晨與主日學〉一詩：

123　鄭愁予：〈靜的要碎的漁港〉，《寂寞的人坐著看花》，頁 4-5。

我停了車，讓它排在同伴之間歇著
剛好在一教堂的門前

主日陽光便是清洗世界的水
我走進維也納咖啡屋　坐在
窗邊　玻璃上亮麗著水紋

教堂的門虛掩　隔著街望見我的車了
在一輛紅車和藍車之間
（而它自己是白色的）
正像一面旗：自由的　愛的　革命的
旗
閃著亮麗的水紋

教堂的門徐徐張開了
徐徐步出仕女　那麼好看當進入水裡
一群孩子熱帶魚樣那麼好看

我隔著熱帶的海峽　望見
終於步出　牧師的白袍子
而且紅的飄帶　藍的飄帶
正像一面旗
而這邊　紅的車游走了　藍的車游走了

只剩下白色
只剩下白色

　　（一面舊旗向一面新旗投降著）[124]

這首詩可說是回復到容格所謂的「神祕參與」狀況，當下那刻（過此
再也不能）除了鄭氏無人明白在那凡塵之中小小景致的藍白紅變化，
恰巧呼應著詩人心中「自由」、「愛」、「革命」的遊俠精神，只是瞬間
兩端（教堂／車子）的相互變動就使坐在咖啡館中的詩人，像隔著遙
遠的海峽（有無暗喻實際的兩岸？），看著人世兩面旗幟巧妙的轉
移，小孩／女人／牧師牽動的豈不是詩人自身的歲月感嘆，「投降」
的無妨是舊的自己（只剩下白車），只要新的誕生（出教堂的白袍和
紅藍飄帶）。這首詩說的不就是「個人會消解那種獨立存在的自我意
識而開始直接體驗到無我的境界」的那種無在無為的精神狀態？沒
錯，「冥合」的可能是：該如何「消解那種獨立存在的自我意識」，消
解「多層次存在的自我」，向有與無、色與空、神與魔的同時俯視和
統整，或者說，向「一」的仰望。

（三）性之遊與語言之遊

　　恆久「冥合」的不可能是：詩人終非修行人，他提供了自己的詩
和創造，卻吞下了自身缺角處處的一生，包括始終難以圓滿的欲望，
尤其是願誠實招認的「性」——那在傅柯（Foucault, 1926-1984）看
來是可以：「不斷改變生活，改寫自己，塑造自身，反覆進行銷魂試
驗，使生存藝術化、美學化。沒有銷魂試驗，就沒有生存美學，也沒
有偉大的思想作品。性愛在個人生活中具有無與倫比的重要性」，[125]
在梅格龐蒂看來則是：「當我沉湎於我的身體時，我的眼睛只向我提

---

124 鄭愁予：〈清晨與主日學〉，《寂寞的人坐著看花》，頁 220-221。

125 （英）塔姆辛・斯巴格、又譯傅柯，趙玉蘭譯：《福柯與酷兒理論》（*Foucault and Queer Theory: Foucault*，北京市：北京大學出版社，2005 年），頁 24。

供物體的感性外表和其他人的感性外表，物體本身受到虛無的侵襲，
行為在荒謬中解體，被錯誤理解的現在本身失去了它的確定性，轉變
成永恆」、[126]或「一種生活方式——逃避的態度和孤獨的需要——可
能是某種性欲狀態的概括表現」。[127]果然，鄭氏在自剖的各種「逃」
中，「性」是最致命甚至可為之死的「遊」的方式，「浪子紅塵一情
俠」恐怕是鄭氏潛意識最最內在的終生渴望，「情俠」是他的感性，
「仁俠」是他的理性，唯最終還是得回到詩來，因為那是他真正可決
定在己的。然則終究所有這些俱是他不斷變動的「遊」與「俠」的範
疇，其拓展出的內外時空一直是與時俱進的，而且永不停息，直到時
間斷裂為止。

　　E・佛洛姆（Erich Fromm, 1900-1980）說「人的充分成熟是由他
從自我迷戀——個人的及群體的——中完全脫出而達成」，[128]即使難
免有所迷戀，其對象也是針對「某種成就」、或是「所有的人」，而
「不只是某一個群體，某一個階級或宗教」，[129]換個說法即是能達到
「意識」的「潛意識」深層的往來互動而無所畏懼：

　　　　我們的意識主要代表我們的社會和我們的文化，但我們的潛意
　　　　識則代表每個人之內的共同性。擴展自我認知，越過意識，而
　　　　照見社會的潛意識層域，可以使人在自身之內體驗一切人性；
　　　　他會體驗到他是一個罪犯和聖者，是一個小孩子和成人，是一
　　　　個清醒的和瘋狂的人，是一個過去的和未來的人，在他之內具

---

126 梅格龐蒂（Maurice Merleau-Ponty）、姜志輝譯：《知覺現象學》（*Phenomenology of Perception*，北京市：商務印書館社，2001 年），頁 218。

127 梅格龐蒂（Maurice Merleau-Ponty）：《知覺現象學》，頁 222。

128 E・佛洛姆（E. Fromm）、孟祥森譯：《人的心》（*The Heart of Man*，臺北市：有志圖書出版公司，1992 年），頁 103。

129 E・佛洛姆（E. Fromm）：《人的心》，頁 104。

備人類所曾是以及將要是的一切。[130]

「在他之內具備人類所曾是以及將要是的一切」，這種感受呈現在外時，在詩人不可能是別的，只能是語言，「可以把語言看做是一種全息攝影式的組織」、[131]「整體使部分具有意義，部分使整體具有意義」，[132]詩人是那部分，人類是那全體，詩語言是那部分，日常語言是全體，他創造的詞語「在其中喃喃細語，盡情享樂，陶醉於它們所描述或召喚的內涵」。[133]梅洛龐蒂則認為「世界只是通過語言投射出的主體世界。所以，人在語言中構造世界，世界也因為語言而成為一個不斷向著世界終極目標邁進的過程」、[134]「藝術家面臨的最大困難是說出全新話語的困難。他不是上帝，卻妄圖創造世界」。[135]語言，或者說詩，不得不成為鄭愁予最終的歸宿和安居之所，並以之漫遊到眾多讀者面前，拓展他們數代人「遊和俠」的視域、安撫他們的孤獨、和滿足他們朝向自由的逃逸傾向，因此對鄭愁予而言，詩語言恐怕才是他最高形式的「遊」與「俠」了。

七　結語

鄭氏以他的一生為這時代留下了為數可觀的詩作，這些精彩的詩作，同時也隱約展現了他那一代華人漂泊的、坎坷的、不斷出走、不

---

130 E・佛洛姆（E. Fromm）：《人的心》，頁 107-108。

131 （法）埃德加・莫蘭、秦海鷹譯：《方法：思想觀念——生境、生命、習性與組織》（北京市：北京大學出版社，2002 年），頁 183。

132 （法）埃德加・莫蘭：《方法：思想觀念——生境、生命、習性與組織》，頁 184。

133 （法）埃德加・莫蘭：《方法：思想觀念——生境、生命、習性與組織》，頁 181。

134 王岳川：《現象學與解釋學文論》，頁 91。

135 王岳川：《現象學與解釋學文論》，頁 102。

斷逃向遠方和天涯的命運。貫串他詩中的，是承繼了古代憂與遊的傳統情操，但表現成更瀟灑激烈的遊與俠的精神。遊俠＝遊＋俠＝空間＋時間＝內外空間＋內外時間＝隨時空一直「在路上」不斷變動。此精神在時空中有三度轉折：起先是於「他在他為」的時空中設下象徵（障礙及變形）；其後是在「自在自為」的時空中付諸實踐，一度成為著人議論的靈魂；最後是在「無在無為」的時空中朝向生命的冥合境界、建構自身的生命美學；此精神面向個人時，是浪子（被動的遊）；面向人間時，是仁俠（儒俠，主動的遊和俠的嘗試）；面向宇宙人生時，是無常觀（俠而不得的遊／無不可俠的遊）；面向語言時，是最自由、朝向各個世代、也是最高形式的遊與俠。然而他的命運卻較之彼岸同輩詩人仍然幸運多了，他的詩也因此才得以自由地創造、得以廣大地流行，回過頭也必將去撫慰更多有生命無常感的中文世界的人。他的詩是現代華文世界的奇葩，這些詩竟是無常、殘酷的時代推動出來的結晶，但奇特的是，他的詩（尤其早期作品）勢必也是中文現代詩中最難被翻譯成其他語言的，而不能被譯出的成分竟是他最精華的部分，他最精彩的詩一如難譯的唐詩宋詞，非常「無常」地，只能永世留在中文世界了。

——選自《明道通識論叢》2期（2007年3月）

沮喪與孤獨的色彩空間
──聞一多、鄭愁予詩歌「黑」、「白」特質下的孤獨感研究

史言

一　引言

　　由色彩入手，對新詩意境、形式、創作技法等美學、詩學上的研究，並非鮮有人涉足的蹊徑。中國傳統詩論，自古即說「詩畫同源」，清代詩評家葉燮（1627-1703）就將有「章采」的「文辭」喻為畫家所用的顏色[1]。在西方，古希臘抒情詩人西蒙奈底斯（Simonides, 556BC-468BC）則有名句：「詩是有聲畫，猶如畫是無聲詩」[2]。英國詩人、劇作家、批評家德萊頓（John Dryden, 1631-1700）亦言「寫作中的詞藻」就好像「繪畫中的色彩」[3]。可見，詩歌作為原本平面的語言藝術，正是借助有色感的文字才得以喚起讀者的藝術想像，使之成為繪畫式立體的空間藝術。馬克思（Karl Marx, 1818-1883）將色彩

1　葉燮：「夫詩，純淡則無味，純樸則近俚，勢不能如畫家之有不設色。古稱非文辭不為功；文辭者，斐然之章采也。」參見郭紹虞主編：《原詩》（北京市：人民文學出版社，1998 年），頁 18；「邱文治：〈聞一多詩歌的「繪畫美」蠡測〉，《昆明師院學報（哲學社會科學版）》1982 年 2 期（1982 年 5 月），頁 34。

2　徐榮街：〈聞一多詩歌的「繪畫美」〉，《南京大學哲學社會》科學論文集（《南京大學學報哲學主人版，1986 年增刊》），12 月 2 日，頁 27。

3　邱文治：〈聞一多詩歌的「繪畫美」蠡測〉，頁 34。

的感覺視作一般審美感觀中「最通常的形態」[4]，由此可窺一斑。

然而，縱觀中國學術界有關新詩色彩運用的評論，大多侷限在主觀式總結的表面層次，很少有論者運用統計等科學方法測量詩人的色彩特質，鮮見觸及詩人為何對某種或某些色彩情有獨鍾，以及色彩與詩人性格特質之間的關係等問題。儘管九〇年代以來，新詩評論家們大量引進了西方哲學的理論和方法，如結構、解構主義、原型批評、比較文學形象學方法、敘事學研究方法、精神分析學說等，但就詩歌顏色研究的領域而言，卻少有心理學及精神分析學上的深入探討。

有鑒於此，本文擬選取兩位活躍於二十世紀中國詩壇的重量級詩人，聞一多（聞多，1899-1946）、鄭愁予（鄭文韜，1933- ）及其筆下詩歌世界中瀰漫的孤獨感和沮喪作為研究對象，嘗試借助精神分析學、心理學、四元素詩學和空間詩學等後現代理論，通過比較研究，探討詩人常用色彩對其人格特質的反應，以及形諸文字的必然原因。

（一）研究的切入點：心理學角度的「色彩理論」與「空間詩學」

人類生存在一個色彩的世界，但「色彩」對我們來說，是一個既古老又陌生的辭彙。真正科學意義上的色彩分析，起源於牛頓（Issac Newton, 1642-1727）的「關於用三稜鏡分解光的實驗」。光的世界，則是色的世界，色是依附於物質的一種屬性，同時又具有作為人類共通語言的象徵性和邏輯性[5]。

---

4 馬克思（Karl Marx），郭沫若譯：《政治經濟學批判》（*Capital: A Critique of Political Economy*，上海市：群益出版社，1950 年），頁 196；鄭守江：〈論聞一多新詩的美學特徵〉，《北方論叢》1987 年 5 月（1987 年 9 月），頁 34；江錫銓：〈試論聞一多關於新詩繪畫美的理論和實踐〉，《北京大學學報（哲學社會科學版）》1983 年 2 期（1983 年 4 月），頁 20-32。

5 城一夫（JŌ Kazuo），亞健、徐漠譯：《色彩史話》（杭州市：浙江人民美術出版

1 有關心理學方面的色彩研究

　　心理學方面的色彩研究在西方可追溯至古希臘哲學家畢達哥拉斯（Pythagoros, 570BC-469BC）「色彩」與「音樂」的理論。美國當代著名「色彩與音樂治療家」巴斯諾（Mary Bassano）在《音樂與色彩療法：初學者指南》（*Healing with Music and Color: A Beginner's Guide*）中，將「七種光譜色」（紅、橙、黃、綠、藍、靛、紫）與西方文化中被視作標準的「七聲音階」（C, D, E, F, G, A, B音調）互相關聯，提出「七種光譜色」和「七聲音階」之間存在著可比較的振動頻率。而每種「色彩」與「音調」的共振結合又可以治療疾病。例如，「紫色」與「B調」結合，可治療「神經病症」或「精神疾病」；「藍色」和「G調」結合，可治療高血壓、皮膚病、癌症等[6]。另外，比璉（Birren Faber, 1900-1988）的「色彩心理」說法也認同色彩可以醫好宿症、造福人類[7]。近來，「光學治療」與「色彩療法」更成為醫學界和心理學界炙手可熱的研究課題，如賴勃曼（Jacob Liberman）便有《光：未來的醫學》（*Light: Medicine of the Future*）等專題著作[8]。二十世紀以來，東方學者對色彩的研究也貢獻良多。八十年代日本理論家城一夫（JŌ Kazuo, 1937-）有專著《色彩史話》，以人類文明史為線索，引用了大量有關色彩理論的文獻和歷史資料，以色彩美學為軸心，從時代、環境、民族、民俗等不同角度對色彩的歷史發展作了深

社，1990 年），頁 1-10、119-123。

6　張志雄：《生命的密碼，色彩知道》（臺北市：人本自然文化事業公司，2005 年），頁 4-5。

7　許世旭（HŌ Se-uk）：〈聞一多詩的色彩規律〉，《國外社會科學》1995 年 10 期（1995 年 10 月），頁 47。

8　賴勃曼（Jacob Liberman），黃淑貞譯：《光：未來的醫學》（臺北市：世茂出版社，1997 年）、註 6，頁 5。

入和全面的探索。臺灣當代心理學家張志雄在總結前輩研究成果的基礎上，更首創了「色彩密碼學」，指出「每一個人的身上，都有九種色彩，紅、橙、黃、綠、藍、靛、紫、黑、白。每一種色彩都代表了不同的意義，有著不同的特質。每個人擁有獨一無二的色彩組合，世界上找不到兩個色彩組合一模一樣的人」，並作出了「萬事萬物都是能量與色彩」的大膽論斷[9]。

誠然，將色彩與心理學、精神分析學相結合，明顯有深遠和大好的前景。可見，我們借助心理學角度的色彩理論對新詩進行分析，作為研究的切入點，是一個合理可行的策略。

2 色彩引出空間方面的原型意象分析

張志雄「每一個個體都是色彩」的提法，可以聯想到法國詩人阿賀諾（Noël Arnaud, 1919-2003）的一首著名小詩：「我即是我所在的空間（I am the space where I am）。[10]」由此，或許得出一個題設：每個個體都有其所佔據的空間，而個體所具有的色彩也賦予空間獨具的色彩。這一「空間」或「個體」可大至整個宇宙，亦可是微小的介殼；可以是具體的，也可以是抽象的。而將此放諸文學領域，則是借助想像而形成的意象。

當我們在閱讀中遇到某個清新的意象時，往往會受其感染，禁不住興發起白日想像並倚恃它另眼看待現實生活的衝動。這種沒來由的激動與另一類眼光的萌生，或稱為一種不能以因果關係解釋的閱讀心

9　同前註，頁 18。

10　巴什拉（Gaston Bachelard），龔卓軍、王靜慧譯：《空間詩學》（*The Poetics of Space*，臺北市：張老師文化事業公司，2003 年），頁 224；Gaston Bacheelard, The Poetics of Space (trans. Maria Jolas, Boston: Beacon P, 1994), p.137.

理現象，便是巴什拉（Gaston Bachelard, 1884-1963）《空間詩學》[11]
（*The Poetics of Space*）閱讀現象學的起點，巴什拉稱之為「回盪」[12]。

作為法國二十世紀著名科學哲學家，法國新認識論創始人、詩學
理論家和詩人，巴什拉的學術研究展示了兩個方向：認識論和詩學。
巴什拉認為空間並非填充物體的容器，而是人類意識的居所[13]。有關
文學意象與空間的關聯，巴什拉在《空間詩學》「導論」部分，將
「語言空間」的概念提升到首位闡釋，認為孤立的詩意象一旦經過持
續的鍛造而成為詩句，就可發生現象學式的回盪，使人感受到靈光乍
現的極微現象。這些最不可捉摸的心靈事件，在詩意想像的初步現象
學研究中，即表現為語言空間的形構，包括了「孤立的詩意象」、「發
展它的詩句」以及「偶有詩意想像在其中光芒四射的詩節」等，對此
應運用「場所分析」來加以研讀[14]。這裡所謂「語言空間」的「場所
分析」，是建立在現象學心理學分析的基礎之上的。例如，就「回
盪」的概念，巴什拉是明確與我們比較常經驗到的閱讀現象——共
鳴——嚴格區分開來的。「共鳴」僅散佈在生活的不同層面，處於共
鳴之中的人也僅是「聽見了詩」；「回盪」則不然，它「召喚我們給自
己的存在以更大的深度」，令我們「訴說著詩」，使詩「化入我們自
身」。隨之而來的是一種「存在的轉變」——「詩人的存在」變成了
「我們的存在」，通俗的說，即所有充滿熱情的詩歌愛好者都曾有過

---

11 《空間詩學》一書的法文版出版於一九五七年，當時正處於現代主義晚期建築文
化快要窒息，現象學以及象徵意義的追求為建築注入豐厚養分的氛圍。巴什拉借
此時機，開展了對於鍾愛空間的系統性分析，也就是場所分析（topoanalysis），並
且重點關注於文學意象的心理動力。畢恒達：〈家的想像與性別差異〉，《空間詩
學》，頁 12-20。

12 龔卓軍：〈空間原型的閱讀現象學〉，《空間詩學》，頁 23。

13 同前註，頁 12-20。

14 同前註，頁 47。

的那種熟悉感受:「詩歌徹頭徹尾佔據了我們」[15]。

　　不難看出,巴什拉的現象學觀點是反對一般的文學心理學和精神分析文學理論批評方法的。換言之,從他的角度,讀者的心理學居於首位,其次才是作者的心理學。這就難免導致了其現象學心理學的文學觀點必然存有一定局限,即出現了「批評意識的危機」。龔卓軍在《空間詩學》中譯本導讀裡指出,巴什拉刻意強調靈魂、回盪和意象,進而貶抑理智、概念和隱喻,其二元區分抬高了主觀興發式的閱讀,但缺乏對客觀結構式批評閱讀的信任,最終造成「閱讀時批評意識的危機:文學作品將失去整體結構的客觀意義脈絡,而成了浪漫化、理想化、崇高化、主觀想像興發的斷簡殘篇」[16]。儘管如此,巴什拉在《空間詩學》中所討論的一系列空間方面的原型意象,對我們的研究卻是不可或缺的。所謂原型,本身即為原初意象、物質意象,也是共通於人類的意象。正因為這種「共通性」,讀者才會被詩歌和意象徹底佔領,靈魂被深深打動,感受到處於「回盪」中的震撼。詩意在讀者的存在處境下被重新訴說,讀者的過去因而被喚醒,以為這種詩意似曾相識,甚至以為這種詩意是自己創造出來的,從而以自身過去的相關經驗對照詩歌意象所呈現的情境,在精神上掌握到「某種意象的典型特質」,在知性上發現到這些特質是潛藏於以往的生活經驗脈絡之中[17]。

(二)研究的契合點:孤獨感與沮喪

　　巴什拉在《空間詩學》中提到的原型空間意象主要有十五個,並認為所有人(人類)對於這些空間意象都有模式類似、但個別面貌殊

---

15 同前註,頁 41-42。

16 同前註,頁 26。

17 同前註,頁 23。

異的心靈反應[18]。這種心靈反應，經過巴什拉所謂的「場所分析」以及「現象學心理學」的分析，顯示出其現象意義的來源和正面意象或是負面意象帶給讀者的不同閱讀體驗。

1 正、負面意象與孤獨感

根據巴什拉，正面意象往往使人於他所在的空間雨中獲得幸福、安全、寧靜、信賴、圓整的感覺。而那些暴力、恐怖與不受信任的負面意象，其原初感受便不可能建立在一種「受庇護」或「渴望在其中受庇護」的私密心理反應上。然而，不論是正面還是負面意象，其空間原型所具有的色彩性、光亮度與作用於心理反應的影響是不可分割的。譬如，在家屋陰暗的地窖、角落中經常會感受到恐怖感；早期對家屋、公共廁所在陰雨、夜晚時分的畏懼等。這種對於黑暗、密謀、暴力威脅的不信任感，通常會與那些陰鬱蒙塵、陰影暗部的家屋反面意象聯繫。

在「心靈反應」或是「白日夢」範疇中，巴什拉是十分重視被原型空間喚起的孤獨感的心理分析的，他將其叫做「到達日夢的境界，這種境界是我們身在自己孤寂獨處之空間時經常達到的境界」[19]。在這些孤獨獨處的空間，人們遭受「孤寂之苦」、「孤寂之樂」「孤寂之欲求」與「危害孤寂」，這一切留在人們心中，難以磨滅，並非人們無計可施，而「顯然是因為存有者不想磨滅掉它們。他以本能知道這些孤寂的空間具有形構力」[20]。

18　15 個空間原型意象為：1.家屋；2.閣樓；3.地窖；4.抽屜；5.匣盒；6.櫥櫃；7.介殼；8.窩巢；9.角落；10.微型；11.私密感；12.浩瀚感；13.巨大感；14.內外感；15.圓整感。同前註，頁 28。

19　《空間詩學》，頁 70。

20　《空間詩學》，頁 71。

面對「度過孤寂時刻的所有地方」，巴什拉認為場所分析師至少要考察下面幾個重要方面：1.房間寬敞與否；2.閣樓是否雜亂；3.角落暖不暖和；4.光線從哪裡來；5.在零零落落的空間中存有者如何得到寧靜；6.在孤寂地做日夢的時候存有者如何品味各種僻靜角落的特有寧靜[21]。其中，第3至6點可以說都與色彩明暗有關。並且，巴什拉整個理論體系，對顏色的研究也佔有相當的比重。如，對家屋、微型等暗部的研究；整片遍佈天地的雪白與我們感受到的宇宙的否定狀態之關係；水銀隱藏著內部的顏色；黑色隱藏在牛奶中等等。當代眾多學者對巴什拉空間理論中色彩與孤獨感的討論也不乏其例。龔卓軍曾舉小說家村上春樹（MURAKAMI Haruki, 1949-）的〈下午最後一片草坪〉以及詩人唐捐（劉正忠，1968-）有〈有人被家門吐出〉為例，分析了孤獨感範疇下的沮喪、悲傷、陰鬱與空間的關係，並且對「夏天午後的陽光」、屋裡「淡淡的陰影」、走廊「淡淡的暗」、「欅樹枝葉遮住的光線」、「綠漆已漸退的門把鎖」、「口紅」（〈下午最後一片草坪〉）；黑暗中的「觸探」、「一男一女兩具泛黃的裸體」（〈有人被家門吐出〉）等色彩意象倍加重視[22]。

2 孤獨感、沮喪與色彩

早在巴什拉之前，孤獨感（loneliness）作為文明時代人類社會發展異化（alienation）的主要表現，於十九世紀就已被馬克思洞察。所謂異化，即是指「人的非人化」，這給人類精神帶來巨大的危機，孤獨感隨即成為當今時代的通病。美國聖安東尼奧德克薩斯大學健康科學中心的盧珂絲（Sandra Loucks）指出，孤獨感作為人類社會進程中

---

21 《空間詩學》，頁 70-71。
22 《空間詩學》，頁 21、30。

異化的一種表現形式，是人類普遍經歷的一種痛苦的情感經驗，人所共有[23]。二十世紀世界文學中，描述孤獨感已成為諸多作家創作的母題，最為著名的有馬爾克斯（Garcia Marquez Gabriel, 1928-）的《百年孤獨》（*One Hundred Years of Solitude*）、卡夫卡（Franz Kafka, 1883-1924）的《孤獨三部曲》（*The Solitude Trilogy*）等。

伴隨孤獨感可能複合產生的眾多情緒體驗中，沮喪（depression）是極為重要的一項。任何作家，任何心理、病理學家對孤獨感的描摹、研究都會或多或少地表現和探討沮喪。然而，兩者是否互為表裡，是否互為因果，人們至今仍無法得到徹底和明晰的答案。美國華盛頓大學工學院威克斯（Bavid G. Weeks）等人有〈孤獨與沮喪：對等式結構分析〉（"Relation Between Loneliness and Depression: A Structural Equation Analysis"）一文，通過結構模型（structural model）的統計式調查，提出從產生原因的相關性上來看，長期的孤獨一般來說極有可能是造成沮喪的原因；而沮喪又會使人減少社交活動，進而產生孤獨感；其他一些因素，諸如與親朋好友情感上的決裂等，可能同時造成孤獨與沮喪。研究歸納起來得出四點結論：1.儘管孤獨與沮喪關係甚為密切，但二者還是有明顯區別的；2.短期來看，孤獨與沮喪不能互為充分必要條件，即前者可能造成後者，但不是必然一定的，反之亦然。例如，今天感覺到孤獨，或許會由此而產生沮喪，但明天未必仍然沮喪，孤獨卻持續下去；3.長期來看，孤獨與沮喪都具有相對穩定的特性；4.孤獨與沮喪的來源極有可能是由相同因素造成的[24]。

---

23 Sandra Loucks, "Loneliness, Affect, and Self-Concept: Construct Validity of the Bradley Loneliness Scale," *Journal of Personality Assessment*, 1980, vol.44, no.2, p.142.

24 David G. Weeks, John L. Michela and Letitia Anne Peplau, Martin E. Bragg , "Relation Between Loneliness and Depression: A Structural Equation Analysis," *Journal of Personality and Social Psychology*, 1980, vol.39, no.6, pp.1238-1244.

　　沮喪與色彩的關係，可由其定義來進行追溯。根據心理學家貝克
（Aaron Temkin Beck, 1921- ），我們今天所說的沮喪，也就是「抑
鬱」，屬於「憂鬱」的範疇。早在西元前四世紀古希臘醫學之父希波
克底拉（Hippocrates, 460BC-370BC?）就對憂鬱有過診療學上的描
述，並注意到了躁狂（mania）、沮喪（抑鬱）與憂鬱的相似性[25]。「憂
鬱」在英語中對應 "melancholy" 一詞，源於希臘文 "melancholia"，韋
氏詞典的解釋為："black bile: in medieval times considered to be one of
the four humors of the body, to come from the spleen or kidneys, and to
cause gloominess, irritability, or depression.[26]" 即黑膽汁（憂鬱液），中
世紀時認為能決定人的健康與性格的四替體液之一，會產生憂傷、煩
躁與抑鬱[27]。希波克底拉堅信，黑色膽汁本身是一種非常奇特的物
質，它的作用更讓人感到驚奇。黑膽汁主管失敗感、狂躁、憂鬱、沮
喪、惱怒、皮膚病和癲癇，當它過熱或過冷時，體液之間的平衡便會
被打破，由此引起身體上的損傷和精神疾病，如瘋狂或癡呆等[28]。古
希臘的「四種體液（humors）」說，除了黑色膽汁外，還有血液，主
管激情，包括勇敢、情欲；黏液，主管麻痺、冷淡、淡泊；黃膽液，
主管暴烈、易怒。此四種體液在每個人身上的不同配合就形成這個人
的性格[29]。

---

25 Aaron Temkin. Beck (1921-), *Depression: Causes and Treatment* (Philadelphia: U of
　　Pennsylvania P, 1967), p.4.

26 英文釋義參 David B. Guralnik (1920-), *Webster's New World Dictionary, second edition*
　　(New York: Simon and Schuster, Inc., 1984), p.844.

27 中文釋義參弗萊克斯納（Stuart Berg Flexner）：《藍登書屋韋氏英漢大學詞典》（北
　　京市：商務印書館，1997 年），頁 236、1430。並參汪榕培：〈杜麗娘的東方女子
　　憂鬱情結──《牡丹亭》譯後感之一〉，收入汪榕培、王曉娜主編：《憂鬱的沉思》
　　（北京市：商務印書館，2000 年），頁 6。

28 單傑寧：〈卡夫卡「在法律面前」的「憂鬱」思考〉，《憂鬱的沉思》，頁 81。

29 楊周翰：〈性格特寫〉，《十七世紀英國文學》（北京市：北京大學出版社，1996

　　不難看出，「四體液人格形成理論」與我們前面提到的「色彩人格理論」大有異曲同工之處，膽汁的黑色、膽液的黃色與血液、黏液呈現的色澤大概都可歸屬於七種光譜色和黑、白兩色之中。至此，沮喪與色彩理論在孤獨感的範疇下達到了有機的契合。

　　上文從宏觀的角度，對色彩理論、空間詩學、孤獨感及沮喪等概念進行了整合式的總括。可以說，我們的研究總體上是圍繞著孤獨、沮喪這一主題，以色彩構成的空間意象分析為大的方向而步步推進的。然則，這種理論上的整合式總括畢竟籠統簡陋、難免顯得單薄，因此，下面將以聞一多、鄭愁予詩歌世界裡的色彩應用為具體研究對象，對孤獨感和沮喪展開跟進式的深入探討，借此嘗試探究兩位詩人各自的色彩特質及其在詩意表達過程中的體現。

二　聞一多、鄭愁予詩歌的色彩測量

　　聞一多和鄭愁予都是運用色彩的高手，詩中色彩俯拾即是，無須贅述。我們關注的焦點，在於詩人的色彩特質是什麼，通過具有何種色彩的原型空間意象，孤獨感與沮喪是如何得以體現的。有鑒於此，我們首先運用統計學，對詩人作品中的色彩進行計量；同時，將考察的對象鎖定為聞一多的《紅燭》、《死水》[30]和鄭愁予的《鄭愁予詩集》Ⅰ[31]、《鄭愁予詩集》Ⅱ[32]（下文簡寫作《鄭Ⅰ》、《鄭Ⅱ》。以詩人的代表作品為研究文本，會更具典型意義。

　　年），頁 59-79；朱源：〈憂鬱與中英浪漫主義詩歌〉，《憂鬱的沉思》，頁 141。

30　聞一多（聞多）：《紅燭・死水》（香港：三聯書局，1999 年）。

31　鄭愁予（鄭文韜）：《鄭愁予詩集》（臺北市：洪範書店，2003 年），卷Ⅰ。

32　鄭愁予：《鄭愁予詩集》（臺北市：洪範書店，2003 年），卷Ⅱ。

（一）測量一：文本中色彩出現比率的測量

考慮到統計的準確性與可信度，我們的測量剔除了主觀方面色彩意象和融色（混合色）的成分，例如「鉛灰色的樹影」[33]、「銀灰色的鴿子」[34]、「重樓氤氳的黃昏」[35]、「黃昏血色盎然」[36]等，因為這些意象的色彩界定因人而異，存在爭議的可能，客觀性不高。我們僅對涉及紅、橙、黃、綠、藍、靛（青）、紫、黑、白等原色的字、詞作純數目上的計算，以使資料更具說服力。先來看聞一多，詳見列表一，如下：

〈列表一〉

聞一多顏色詞		紅	橙	黃	綠	藍	靛/青	紫	黑	白
出現次數	《紅燭》	45	0	17	25	7	11	13	25	30
	《死水》	7	0	11	7	1	6	0	11	17
總數次		52	0	28	32	8	17	13	36	47
顏色詞出現總次數		233								
百分比		22.3%	0	12.0%	13.7%	3.4%	7.3%	5.6%	5.5%	20.2%

經過計算，《紅燭》與《死水》中九種顏色詞共有233處，除橙色外，其餘均有出現。同樣方法，考察鄭愁予，見列表二

---

33 聞一多：《紅燭・死水》，頁128。
34 聞一多：《紅燭・死水》，頁120。
35 鄭愁予：《鄭愁予詩集》，卷I，頁215。
36 鄭愁予：《鄭愁予詩集》，卷II，頁244。

〈列表二〉

鄭愁予 顏色詞		紅	橙	黃	綠	藍	靛/青	紫	黑	白
出 現 次 數	《鄭 I》	30	0	15	20	31	21	5	19	33
	《鄭 II》	37	1	11	17	21	27	8	42	72
總數次		67	1	26	37	52	48	13	61	105
顏色詞出 現總次數		410								
百分比		16.3%	0.2%	6.3%	9.0%	12.7%	11.7%	3.2%	15.0%	25.6%

　　通過以上列表，可得出：1.聞一多詩歌色彩應用百分比由高到低依次是紅、白、黑、綠、黃、靛（青）、紫、藍、橙；2.鄭愁予詩歌色彩應用百分比由高至低依次為白、紅、黑、藍、靛（青）、綠、黃、紫、橙。

（二）測量二：文化中色彩分佈比率的測量

　　測量一的結果並不足以斷言詩人的色彩特質，但十分明顯，聞一多《紅燭》、《死水》中出現頻率較高的是紅、白、黑，其出現率都超過了百分之十五；鄭愁予的兩部詩集，出現頻率超過百分之十五的也是這三種顏色。紅、白、黑似乎倍受兩位詩人的青睞。事實是否如此，現在從色彩分佈的角度，即考察各種色彩所佔篇目的數量，來進行第二輪測量。

〈列表三〉

聞一多 顏色詞		紅	橙	黃	綠	藍	靛/青	紫	黑	白
所佔篇數	《紅燭》	17	0	9	15	6	9	7	16	15
	《死水》	5	0	8	5	1	5	0	8	10
總篇目數		22	0	17	20	7	14	7	24	25
顏色詞出現總篇數		136								
百分比		16.2%	0	12.5%	14.7%	5.1%	10.3%	5.1%	17.6%	18.4%

　　列表三證明，分佈篇目百分比超過百分之十五的色彩依次是白色、黑色和紅色，可以看出，以上三種顏色在聞一多《紅燭》和《死水》中分佈範圍較廣，不考慮次序的話，與測量一的結果一致。再來看鄭愁予的色彩分佈比率：

〈列表四〉

鄭愁予 顏色詞		紅	橙	黃	綠	藍	靛/青	紫	黑	白
所佔篇數	《鄭I》	23	0	11	18	27	18	5	17	24
	《鄭II》	25	1	10	10	8	16	7	26	37
總篇目數		48	1	21	28	35	34	12	43	61
顏色詞出現總篇數		283								
百分比		17.0%	0.4%	7.4%	9.9%	12.4%	12.0%	4.2%	15.2%	21.6%

借助列表四，鄭愁予的兩部詩集，白、紅、黑三種顏色的分佈比率均超過了百分之十五，這與測量一中的結論也是一樣的。

相應的，若聞一多與鄭愁予色彩出現比率和分佈比率都分為四個等級，則如下表所示，以便比較：

〈列表五〉

色彩應用 / 色彩等級	色彩出現比率		色彩分佈比率	
	聞一多	鄭愁予	聞一多	鄭愁予
第一等級（≧15%）	紅、白、黑	白、紅、黑	白、黑、紅	白、紅、黑
第二等級（10%—15%）	綠、黃	藍、靛（青）	綠、黃、靛（青）	藍、靛（青）
第三等級（5%—10%）	靛（青）、紫	綠、黃	紫、藍	綠、黃
第四等級（≦5%）	藍、橙	紫、橙	橙	紫、橙

將測量一與測量二綜合起來，不難看出：1.紅、白、黑是兩位詩人應用最為普遍的顏色，具有普遍性；2.這三種色彩各自的出現比率與分佈比率為聞一多，既不存在正比也不存在反比關係，而在鄭愁予，卻似乎存在正比關係，即出現比率高的，分佈比率也較高；3.紅、白、黑以外的其他色彩，兩次測量均按一定的次序排列，呈現相對穩定關係。

（三）測量三：紅、白、黑三色穩定性的測量

根據上面的第一點結論，可同時將兩位詩人色彩特質的考察範圍由九種色彩縮小至紅、白、黑三色，這對我們的研究很有幫助。聞一多與鄭愁予喜用紅、白、黑這一特點十分相似。然而，就此下結論還

不夠全面，因為這只是限於色彩應用普遍性的層次，並沒有考慮到這
三種色彩兩次測量的變化幅度。例如測量一中，聞一多的紅色出現比
率排在這三種顏色的首位，測量二紅色的分佈比率卻是最後一位；同
樣，白色、黑色兩次測量也排序不同程度地出現了變化。而鄭愁予相
對來說，三種顏色排序的變化就不這麼明顯，而呈正比關係。但是，
這種感性上的認知並不能說明什麼，恰恰反映了上面測量結論第二、
第三點所隱含的問題，簡言之，就是一個色彩運用穩定性的問題，測
量一與測量二是不足以解決的，因此進行第三輪測量十分必要。

　　通常，統計學上是綜合「平均值」和「標準方差」來測量資料或
數據穩定性的。平均值又被簡稱為均值，是數理統計中最常用的指標
之一。用統計學方法計算的平均數，能說明事物的本質和特徵，可用
來衡量一定條件下的測量水平和概括地表現測量資料的集中情況。例
如，平均值在人體測量學和人類工效學中佔有重要的地位，許多設計
標準就是根據平均值確定的。所謂標準方差，又叫做均方差，表示某
一測量值分佈在距離平均值一定範圍之內的概率，即表明一系列變數
距平均數的分佈情形。方差大表示各變數分佈廣大，遠離平均數；方
差小，表示各變數接近平均數。方差常用來確定某一範圍的界限[37]。
在我們研究的範圍內，色彩使用的平均值（$\bar{x}$）即等於某種色彩出現
的總次數與出現總篇數的比值；標準方差（s）則可套用下面的統計
公式[38]：

---

37 John a. Rice (1944-), *Mathematical Statistics and Data Analysis* (Belmont, California:
　　Wadsworth Publishing Company, 1995), pp.122-126.
38 公式引自 Bruce L. Bowerman, *Business Statistics in Practice*, (New York: The
　　McGraw-Hill Companies, Inc, 1997), p.66. S 代表標準方差（standard deviation），S^2
　　稱作方差（sample variance），n 為某種色彩出現的總篇數，x_1 為第一篇中這種色彩
　　出現的總次數，x_2 為第二篇中這種色彩出現的總次數，依此類推直至 x_n（第 n 篇
　　中這種色彩出現的總次數，$\bar{x}$ 為這一色彩平均在每篇中出現的次數，即平均值。

$$s = \sqrt{S^2}$$

$$S^2 = \frac{1}{n-1}\left[\left(x_1 - \overline{x}\right)^2 + \left(x_2 - \overline{x}\right)^2 + \ldots + \left(x_n - \overline{x}\right)^2\right]$$

經過計算，我們得到以下的資料：

〈列表六〉

聞一多			鄭愁予		
紅色	使用的平均值	2.36	紅色	使用的平均值	1.40
	標準方差	3.06		標準方差	0.71
白色	使用的平均值	1.88	白色	使用的平均值	1.72
	標準方差	1.13		標準方差	1.58
黑色	使用的平均值	1.50	黑色	使用的平均值	1.42
	標準方差	0.72		標準方差	0.70

對於應用最為普遍的紅、白、黑三色，穩定性的差異是顯而易見的。聞一多使用黑色十分穩定，使用紅色卻極不穩定，也就是說，在具有黑色的所有詩歌中，其出現次數大致是相同的，而紅色卻集中出現在了一首或是幾首裡；鄭愁予色彩運用的突出特點則是白色的極不穩定和黑色的相對穩定。

我們以統計學為工具，從三個不同的角度對聞一多和鄭愁予詩集中紅、橙、黃、綠、藍、靛（青）、紫、黑、白這九種色彩分別進行了測量。紅、白、黑的普遍應用和平均值偏高的特點是令我們十分滿意的測量結果，但是這三種色彩穩定性的測量結果卻並不盡如人意，似乎兩位詩人詩集中色彩使用平均值越高的，反而越不穩定，平均值低的反而趨近穩定。

三　一個命題的提出

　　鑒於本次研究以孤獨感和沮喪為軸心，我們不妨在眼下的研究階段，根據三輪統計的結果提出一個命題，並借助後文對這一命題進行多方位的推導和證明，那就是：聞一多是一位顯現黑色穩定特性的詩人，鄭愁予則是一位顯現白色不穩定特性的詩人，二者不同的色彩特質決定了不同的孤獨感特點，並且直接印證了威克斯關於孤獨與沮喪的關係。

四　第四步證明：世紀末的異化與孤獨

　　將統計學角度的色彩測量暫時告一段落，對上述命題展開另一層面上的推導和證明，原因是對於詩意和想像，純粹科學上的計算有時並不能反映實際的全貌。正像巴什拉晚年所說，「即使是科學哲學，在要考察詩性想像力的時候，也必須斷然捨棄自己過去的一切認識」，這裡「過去的一切認識」，一定程度上涵蓋了他早年提出的「元素詩學」，那種盡可能站在客觀立場上，遵守作為科學哲學家的習慣，排除欲採納個人解釋的誘惑，從而對形象進行觀察的方法[39]，這也正是我們前一部分統計時所遵循的原則。關於「元素詩學」，後文還將有所涉及，這一部分，我們將對上面提出的命題進行第一步證明，把討論的重點轉向1.詩人所處時代的色彩傾向與孤獨感本質之間的關係；2.這種聯繫對詩人孤獨感特質的成因之影響，以求高至建瓴之效。

---

39 金森修（KANAMORI Osamu），武青豔、包國光譯：《巴什拉——科學與詩》（石家莊市：河北教育出版社，2002年），頁226-227。

（一）世紀末的色彩傾向與現代人的異化感

城一夫《色彩史話》用了兩個章節，集中論證了十九世紀與二十世紀初的時代色彩特質，對應他的理論，出生於十九世紀末的聞一多與二十世紀初在詩壇嶄露頭角的鄭愁予都不同程度地受到了這一時代特有色彩傾向的影響。

1　十九世紀──病態的黃色時代

根據城一夫，十九世紀是病態的黃色時代，典型人物首推畫家梵谷（Vincent van Gogh, 1853-1890）。十九世紀後半葉以狂氣著稱的梵谷在名作《向日葵》（*Still Life: Vase with Fourteen Sunflowers*）中以「八黃色的牆壁為背景，以各種黃色的變化來描繪向日葵的大輪廓」，色彩的強度得以表現，探索事物本質的同時進行了再創造[40]。城一夫認為，金黃色的向日葵無意中表達了梵谷的「狂氣和病態的本質」[41]，這一點可由梵谷書簡裡多次流露的「我孤獨──這是無可奈何的[42]」等思想得到證實。同樣，《歐仁‧波許肖像》（*Portrait of Eugène Boch*）及《黃房子》（*The Yellow House*）裡，梵谷的黃色傾向表現得更為淋漓盡致，對他來說，黃色是「神秘性和精神不安定以及狂氣的象徵」[43]。在割了左朵、精神異常的梵谷筆下，這種黃色屢屢出現，似乎只有這種神秘的黃色，才能控制住他的心境。與梵谷同時期的著名畫家高更（Paul Gauguin, 1848-1903）也嗜好黃色，《黃色的

40　同前註，頁143。

41　同前註，頁143。

42　梵谷（Vincent van Gogh），艾文‧史東編、雨雲〔曾雅雲〕譯：《梵谷書簡全集》（臺北市：藝術家出版社，1990年），頁415。

43　同前註，頁144。

基督》（*The Yellow Christ*）是其代表作，畫中檸檬黃色的基督被捆綁
在十字架上，處以極刑，周圍的風景均用檸檬黃色系來描繪，象徵性
地表現了世界所存在的矛盾、罪惡和不安[44]。

2 白和黑的十九世紀末、二十世紀初

黃色作為病態十九世紀的象徵色，一直持續到十九世紀的九十年
代。作為傳達世紀末的焦躁、不安和狂氣，黃色依然是適合的顏色。
然而，這種高明度和高彩度的色，卻逐漸被黑與白所替代。即使是梵
谷，在運用黃色、黃與紫等強烈補色對比之後，也在黑與白的對比中
作了新的探索。他曾把「畫具店買來的黑白大膽的放置在調色板上並
原封不動地進行使用」[45]。黑和白在梵谷看來「也是色彩，這種補色
的對比就如綠色與紅色一樣具有刺激性」，黑和白的對比是所有色系
之間的對比之根本所在[46]。看看十九世紀末的英國，街頭巷尾紳士們
身著黑色的西裝，頭戴黑色禮帽，女性的靴子和長筒襪均為黑色。奔
喪時穿黑色，參加晚會則是穿著白色服裝。一句話，十九世紀末是病
態的，無精打采的色彩逐漸佔了統治地位[47]。

實際上，在西方歷史及美術史中，白色和黑色至十九世紀末還未
正式提出和討論過，從這一角度看，十九世紀末黑和白的時代既是終
點，又是起點[48]。

---

44 同前註，頁 146。

45 同前註，頁 145。

46 同前註，頁 145-146。

47 同前註，頁 149。

48 同前註，頁 150。

3 現代人的異化感與依賴心理

病態的十九世紀造就了世紀末的時代色彩，黑與白開啟的二十世紀又給現代人施以何等重負呢？為瞭解它，借用日本心理學家土居健郎（DOI Takeo, 1920-）有關依賴的理論十分有效。

【1】現代的流行語——異化

緒論部分，我們曾涉及了孤獨與異化的概念。土居健郎在《依賴心理結構》（「甘えの構造」）中將「異化」一詞更定義為二十世紀流行的術語之一。為什麼異化這個詞如此膾炙人口，土居氏認為，首先在於當今社會人們對科技的加速進步感到恐怖，抱有懷疑，作為文明的代價，人類失去了許多寶貴的東西，這種恐怖與懷疑取代了過去為科技發展構築現代文明的自豪感[49]。誠如聞一多在〈女神之時代精神〉中所說，「物質文明的結果便是絕望與消極」，這是那一時代「青年們所同有的」，儘管詩人仍堅信「人類底靈魂究竟沒有死」，但對「異化」已是深有感觸[50]。其次，土居健郎肯定了加賽特（Jose Ortega Y Gasset, 1883-1955）的看法，人類社會新一代接替老一輩，而新生命都必須從零出發，因此人的生命不能被「純理性和神的啟發信仰」完全支配。自從人類開始沐浴近代曙光，那種相信「靠理性能達到自力和自我滿足」的渴望在現實面前成為了泡影，文藝復興時代興隆起來的純理性，到了現代則成了人們竭力抗爭的對象，他們本能地感到現代文明的威脅[51]。在這一問題的闡述上，土居健郎兩次借用

---

49 土居健郎（DOI Takeo, 1920-），王煒、范作申、陳暉譯：《依賴心理結構》（濟南市：濟南出版社，1991 年），頁 161-163。

50 聞一多：〈女神之時代精神〉，《聞一多全集》（北京市：生活・讀書・新知三聯書店，1982 年），卷 3，頁 357。

51 同前註，頁 163-165。

日本小說家夏目漱石（NATSUME Sōseki, 1867-1916）《行人》中人物之口描述新一代的心理，其中引用道：

> 世界是這樣地動搖，我注視著這種動搖，可是我不能參加進去，我自己的世界與現實的世界並列在一起，但卻彼此不接觸。世界這麼動搖，它將會棄我而去，真令人不安[52]。

土居健郎將這種「棄我而去」的被遺棄感覺設置在依賴心理的前提條件下，「當母親棄兒而去的時候，幼兒感到生命的不安，而這種不安實質上正是現代人的異化感覺」[53]，土居氏的依賴理論也恰是以母子關係中的嬰幼兒心理為原型的。

【2】「依賴」與「依附」及其對孤獨感的引發

土居健郎所建構的依賴理論，就西方心理學而言，當可對應「依附」（attachment），按土居氏的術語即是「愛著」[54]。西方的依附理論由英國精神醫生鮑比（John Bowlby, 1907-1990）所創建，與「依賴」不同之處在於是否帶有感情色彩。土居氏認為「愛著」等學術用語僅道出「建立親密關係」這個現象，不帶有任何感情色彩，而「依賴」則不然[55]。西方與依附理論聯繫在一起的是有關堅強性的理論。「堅強的人」是那些身分定位穩定或者有較強自我的人；「不堅強的人」則往往會把世界看作「無意義的」、「無聊的」和「有威脅性的」。後者不會去改變生活，不相信自己能夠掌握自己的命運，而必須回到依附

---

52 同前註，頁 165。

53 同前註，頁 165。

54 「愛著」（attachment）指嬰兒與母親的連繫，希望能經常看見「愛著」的對象，或是感覺「愛著」對象的存在。土居健郎：《続「甘え」の構造》（《續「依愛」的結構》）（東京：弘文堂，2001 年），頁 83。

55 同前註，頁 83。

物件的身邊尋求安全與支持，否則將終日被疑慮所折磨、被軟弱無力感所困擾、被孤獨感和失落感所淹沒，從根本上講，這是抑鬱的一種表現形式[56]。由此可見，「依賴」與「依附」雖存有少許的差異，但在引發孤獨感這一點上，卻是殊途同歸。這裡，我們嘗試用美國心理學家華爾頓（James William Worden, 1932-）對「依附」的論述，比較、配合土居健郎依賴心理學，作為在這一問題上的補充和旁證。華爾頓認為「依附行為」的目的在於「維持情感連接」，如果這種「結合」受到危及，人們就會產生某些「特定反應」。若那些「最具力量的依附行為」（如「黏人」、「哭泣」、「生氣」等）獲得成功，並恢復了連結關係，那麼「壓力」和「沮喪」便會減輕；相反，一旦失敗，則「退縮」、「冷漠」、「絕望」等情緒必將隨之而來[57]。

事實上，引發孤獨感的眾多因素中，圍繞「依賴」的種種心理成分僅是一小部分，這是因為「與生俱來」才是孤獨感的本質。

（二）孤獨感的本質在聞一多、鄭愁予詩歌中的體現

日本文學家、心理學家箱崎總一（HAKOZAKI Sōichi, 1928-）在《孤獨心態的超越》一書中開篇明義，指出孤獨感隨時都有可能產生，孤獨之情緒則會以多種姿態存在於各種不同的場合，所有人都不可能避免孤獨的感覺，「就好像一個在沙漠中孑然獨存的人一樣，真正的孤獨會在你日常生活的無形沙漠中成長、滋蔓」[58]。孤獨感與生俱來，「它可以說從一個人出生開始，就一直隨伴著，正如影之隨

---

56 卡斯特（Verena Kast），晏松譯：《無聊與興趣》（上海市：上海人民出版社，2003年），頁 26-27。

57 華爾頓（James William Worden），李開敏等譯：《悲傷輔導與悲傷治療》（臺北市：心理出版社，1995 年），頁 4。

58 箱崎總一（HAKOZAKI Sōichi），何逸塵譯：《孤獨心態的超越》（臺北市：巨流圖書公司，1981 年），頁 3。

形，亦步亦趨，終其一生，永遠也不能擺脫的一種心理感受」[59]。箱崎總一關於孤獨感本質的論述可謂精闢，在聞一多、鄭愁予詩歌世界中是如何看出這一本質的呢？可從兩方面來說。

1 「船的搖籃作用」與「鄉愁」

土居健郎引用夏目漱石的小說論述「異化」時，不知是否有意忽略了引文中的一個意象：「世界是這樣的動搖」、「我注視著這種動搖」、「世界這麼動搖」。不長的引文裡，作者顯然是有意突出「動搖」一詞的，何以土居氏未曾詳論，我們無意深究，但「動搖」的意象卻與孤獨感本質關係密切。對此不妨用蘭卡（Otto Rank, 1884-1939）出生受傷和回歸母體的理論加以說明。

蘭卡是佛洛伊德（Sigmund Freud, 1856-1939）的弟子，他認為在母親分娩的過程，嬰兒受到恐懼和痛苦的震盪，出生創傷於是成為所有心理因素的根源，與創傷一起產生的，是回歸母體天堂的願望[60]。香港學者黎活仁（1950-）有〈海、母愛與自戀：關於冰心的「前俄狄浦斯階段」〉一文，將蘭卡的理論與鄉愁聯繫，總結出：蘭卡認為「母體（乘載嬰兒的子宮）其實是人類產生鄉愁的原因，嬰兒是浮於羊水中的，船的搖籃作用，是喚起無意識的鄉愁的原因。[61]」中國古典文學裡可找到很多例證，如杜甫（AD712-770年）的懷鄉主題作品，「船」的意象便至關重要，「孤舟一繫故園心」（〈秋興八首·玉露

---

59 同前註，頁 5。

60 巴赫金（Mikhail Mikhailovich Bakhtin），汪浩譯：《佛洛伊德主義述評》（瀋陽市：遼寧人民出版社，1987 年），頁 92-96。

61 黎活仁：〈海、母愛與自戀：關於冰心的「前俄狄浦斯階段」〉，《中國現代文學國際研討會論文集：民國國家論述——從晚清、五四到日據時代臺灣新文學》（臺北市：木川印刷公司，1995 年），頁 223。

凋傷楓樹林〉[62]）；「老病有孤舟」（〈登岳陽樓〉[63]）等千古名句，均是借一隻小船在故園之中蕩漾的希望來抒發對故鄉的懷念，並且往往是與孤獨相輔相成的（「孤舟」的「孤」字便是體現）。

聞一多和鄭愁予詩歌有關「舟」、「船」等「動搖」的意象都有出現，特別是鄭愁予，試舉數例，見下表：

〈列表七〉

	聞一多	鄭愁予
「舟」的形象	我是狂怒的海神，／你是被我捕著的一葉輕舟。／我的情潮一起一落之間，／我笑著看你顛簸；／我的千百個濤頭／用白晃晃的鋸齒咬你，／把你咬碎了，／便和檣帶舵吞了下去[64]。	尚憶及我們湘水的橫渡，／南來的風突吹落我們底傘，／小方衹是斷橋，浪太大了又有何用[65]？ 燈光在水面拉成金的塔樓。／小舟的影，像鷹一樣，像風一樣穿過……[66]。 這是一枚紅葉，一隻載霞的小舟／是我的渡，是草履蟲的多槳／是我的最初[67] 芫然於冬旅之始／拊耳是辭埠的舟聲／來夜的河漢　一星引牽西行[68] 妹子　總要分住／便分住長江頭尾／那時酒約仍在　在舟上／重量像仙那麼輕少[69]
	假如最末的希望的否認了孤舟，／假如你拒絕了	西窗還有些暗紫　正是夜遊／乘舟的好時刻　她　神思遙遠[71]

62　楊倫：《杜詩鏡銓》（上海市：上海古籍出版社，1980 年），頁 643。

63　同前上，頁 952。

64　聞一多：〈紅豆〉，《紅燭・死水》，頁 146。

65　鄭愁予：〈風雨憶〉，《鄭愁予詩集》，卷 I，頁 14。

66　鄭愁予：〈港淚〉，《鄭愁予詩集》，卷 I，頁 89。

67　鄭愁予：〈草履蟲〉，《鄭愁予詩集》，卷 I，頁 96。

68　鄭愁予：〈一○一病室〉，《鄭愁予詩集》，卷 I，頁 102。

69　鄭愁予：〈一○一病室〉，《鄭愁予詩集》，卷 I，頁 103。

「舟」的 形象	我，我的船塢！／我戰著 風濤，日暮歸來／誰是我 的家，誰是我的歸宿？[70]	搗衣聲正急　沿著秋岸泛舟而下／才華 是不辭而逝的[72] 舟中呢？／一些人是睡著的，／一些人 袖了手觀賞：／那地平線從左向右戲劇 性地／燃燒過去……[73] 我有一匹白馬是詩人贈的／我有一隻舟 是自己漂來[74]
「船」的 形象	但不記得那天夜半，我被 捉上樓船！／我企望談談 笑笑，學著仲連安石們， ／替他們解決些紛糾，掃 卻了胡塵[75]。 帶了滿船你不認識的，／ 但是你必中意的貢禮。／ 我興高采烈地航到這裡 來，／那裡知道你的 心……唉！／還是一個涸 了的海港！／我悄悄地等 著你的愛潮膨脹，／好浮	港的藍圖曬不出一條曲線而且透明，／ 一艘乳色的歐洲郵船，／像大學在秋天 裡的校舍，……[76] 小小的波濤帶著成就的慵懶，／輕貼上 船舷，那樣地膩，與軟[77]。 一個小小的潮正拍著我們港的千條護木 ／所有的船你將看不清她們的名字[78] 冥然間，兒時雙連船的紙藝挽臂漂來／ 莫是要接我們回去！回到最初的居地[79] 而是晚／酒亭主人了十二道逐客令／燈 山漸次闌珊　霧迷樓船[80] 禁不住要望船／船是從容的樣子[82] 那小教堂的尖塔無非是想浮在愛司寇波 一片白衣的／讚詩上—從晨雀鳴在霧中

71 鄭愁予：〈寧馨如此〉，《鄭愁予詩集》，卷 II，頁 3。

70 聞一多：〈大鼓師〉，《紅燭·死水》，頁 159。

72 鄭愁予：〈題甄后繡像〉，《鄭愁予詩集》，卷 II，頁 84。

73 鄭愁予：〈EXCALIBUR〉，《鄭愁予詩集》，卷 II，頁 244-245。

74 鄭愁予：〈訪友預備〉，《鄭愁予詩集》，卷 II，頁 345。

75 鄭愁予：〈晨景〉，《鄭愁予詩集》，卷 I，頁 75。

76 聞一多：〈李白之死〉，《紅燭·死水》，頁 15-16。

77 鄭愁予：〈港夜〉，《鄭愁予詩集》，卷 I，頁 89。

78 鄭愁予：〈夜詞〉，《鄭愁予詩集》，卷 I，頁 128。

79 鄭愁予：〈右邊的人〉，《鄭愁予詩集》，卷 I，頁 142。

80 鄭愁予：〈酒亭〉，《鄭愁予詩集》，卷 II，頁 103。

「船」的 形象	進我的重載的船艘； ／……還是老等，等不來 你的潮頭！[81]	開始，教堂便徒徒如一／艘單桅出港的 船，遠方，不厭倦地等著潮沒丘陵的／ 陽光的的海[83]。 原以為我倚著的老松也堅實如壁／而回 頭間竟搖響如船／將我漂入群巒如島的 雲海中[84] 反正床單會在你航行的夢中起伏／就像 船行江水的波動／……只畫一條船　張 著帆／一行灰雁橫江渡過[85]

　　可以說，「舟」、「船」意象下的漂泊感，正是兩位詩人孤獨意識的自然流露。相比較而言，鄭愁予尤甚，或許與其早年生活經歷有關。在自述「流浪」情懷及「流浪」生涯時，鄭愁予曾言：「我一九三三年生於北方，十四歲開始寫詩。……一九四九年隨家人遷往臺灣，路上居留過武漢、長沙、衡陽、桂林等地……流浪的情懷，就是從那時候形成的。因為我的童年始於戰亂，在抗戰與內戰中成長，所以我的生活體驗可說是得自流浪。……我覺得人的一生基本上就是整個流浪的過程，所以我常常覺得我本來就是在宇宙中流浪，不過現在是在地球上流浪而已。我很小的時候就有這種感覺。[86]」且看詩人創作於一九五四年的〈偈〉：「不再流浪了，我不願做空間的歌者，／寧願是時間的石人。／然而，我又是宇宙的遊子，／地球你不需留我。

82　鄭愁予：〈金山灣遠眺〉，《鄭愁予詩集》，卷 II，頁 144。

81　聞一多：〈貢臣〉，《紅燭‧死水》，頁 56。

83　鄭愁予：〈戚音橋〉，《鄭愁予詩集》，卷 II，頁 156。

84　鄭愁予：〈佛芒特日記〉，《鄭愁予詩集》，卷 II，頁 201。

85　鄭愁予：〈紀念簿題歌〉，《鄭愁予詩集》，卷 II，頁 347。

86　王偉明：〈遊子與水巷——與鄭愁予對談〉，《詩人詩事》（香港：詩雙月刊出版社，1999 年），頁 281。

／這土地我一方來，／將八方離去。[87]」鄭愁予的「鄉愁」意識，已
經超越了單純「懷鄉」的局限，而是對故鄉在哪裡的深層思考，由此
引發的孤獨感在其詩作中可找到很多印證，〈鄉音〉一首便是代表：

> 我凝望流星，想像他乃宇宙的吉普賽，／在一個冰冷的圍場，
> 我們是同槽栓過馬的。／我在溫暖的地球已有名姓，／而我失
> 去了舊日的旅伴，我很孤獨，／我想告訴他，昔日小棧房炕上
> 的銅火盆，／我們併手烤過也對酒歌過的──／它就是地球的
> 太陽，一切的熱源；／而為甚麼挨近時冷，遠離時反暖，我也
> 深深納悶著[88]。

此外，〈殞石〉、〈船長的獨步〉、〈捲簾格〉、〈努努嘎裡臺〉、〈邊
界酒店〉、〈老水手〉、〈旅夢〉、〈無終站列車〉、〈望鄉人〉、〈纖手〉、
〈野柳岬歸省〉、〈青空〉、〈大峽谷（Grand Canyon）〉等均可歸列這
一主題之下[89]。

2　疾病的隱喻

聞一多的孤獨感也可通過「舟」、「船」意象得以窺見，但從這一
意象上闡發出來的漂泊感和流浪意識卻不及鄭愁予濃鬱，〈太平洋舟
中見一明星〉裡「我才知道我已離了故鄉，／貶斥在情愛底邊徼之
外──／飄簸在海濤上的一枚釣餌[90]」等處或算得上較為明顯；將宇
宙與鄉愁聯繫的也不過〈太陽吟〉等詩中「大宇宙許就是你的家鄉

87　鄭愁予：〈偈〉，《鄭愁予詩集》，卷 I，頁 6。

88　鄭愁予：〈鄉音〉，《鄭愁予詩集》，卷 I，頁 12。

89　廖祥荏：〈宇宙的遊子──愁予浪子詩評析〉，《中國語文》520 期（2000 年 10
　　月），頁 69-73。

90　聞一多：〈太平洋舟中見一明星〉，《紅燭・死水》，頁 101。

罷。／可能指示我我底家鄉底方向？[91]」和「我的家鄉不在地下乃在天上」幾處。固然聞一多一生行止亦多動盪，清華、美國、北京、上海、南京、青島、武漢、昆明，每一處都留下過他的足跡[92]，筆下也著實「流瀉出濃烈的思鄉念國之情」[93]，但孤獨感與生俱來這一本質，聞一多並非以「舟」、「船」意象為主來表現，而是通過描述「疾病」這一意象來傳達的。

日本早期象徵主義詩人荻原朔太郎（HAGIHARA Sakutarō, 1886-1942）在他的詩集《向月亮狂吠》中有一章詩篇〈陌生的小狗〉[94]，箱崎總一引用這首詩，認為荻原朔太郎「將自己的感觸，幻化成陌生的、衰弱的、寂寞的一隻小狗，來形容自己的孤獨感覺，有如莫可奈何，茫然無助的吠月的病狗」[95]。詩中「跟隨著我」、「跟著我」、「它到底要追隨我到何處」、「一直跟著我」、「一直跟在我身後」恰道出了孤獨如影隨形、與生俱來的本質。而我們如果拿聞一多涉及疾病的詩

---

91 聞一多：〈太陽吟〉，《紅燭・死水》，頁 113。

92 楊聯芬：〈聞一多人格精神的兩極〉，《北京師範大學學報》1999 年 4 月（1999 年 7 月），頁 48-53。

93 孟芳：〈聞一多思鄉愛國詩在當時文壇的位置〉，《中州大學學報》（1996 年 3 月），出版月份不祥，頁 21-24。

94 荻原朔太郎（HAGIHARA Sakutaro）〈陌生的小狗〉全詩為：「有一隻陌生的小狗跟隨著我！／那是一顆骯髒的，跛著後腳的殘廢的狗。／你會說，誰能知道我將走向何方？／我寂寞淒清地走經道路的一角，投影在一幢小公寓的籬笆上，隨風搖盪。／在路旁一片蔭涼的空地上，一片片枯萎了的樹葉在隨風飄舞。／又在喃喃地默念著，我將要走向何方！／月亮像有生命似的潛伺在我過路的前方，／然而，在我背後那片荒涼的空地上，／那一隻骯髒的、陌生的小狗，細小的尾巴尖端，卻拖在地面上跟蹤著我。／它到底要追隨我到何處？／這隻不知名的陌生野狗，一直跟著我！／在骯髒的地面上，它的尾巴一直垂拖著，／那是一直跟在我身後拖著坡腳的病狗。／在遙遠的另一邊，它像是憂心忡忡，向著淒清涼月吠叫一聲，那一隻浸沉在酸楚中的不幸的狗！」同前註，頁 6-7。

95 同前註，頁 7。

與這首〈陌生的小狗〉比較，便會發現風格和感觸異常相似。像〈晴朝〉最後一節：「一個厭病的晴朝，／比年還過得慢，／像條負傷的傷蛇，／爬過了我的窗前。[96]」便將自己的感觸幻化作一條「傷蛇」，用「厭病」擬人化「晴朝」。又如，〈秋深了〉：「秋深了，人病了。／人敵不住秋了；／鎮日擁著件大氅，／像隻煨竈的貓。[97]」〈廢園〉裡也有：「一隻落魄的蜜蜂，／像個沿門托缽的病僧，／遊到被秋雨踢到了的／一堆爛紙似的雞冠花上，／聞了一聞，馬上飛走了。」[98]」還有〈寄懷實秋〉中「喪家之犬[99]」的喻象，多麼像荻原朔太郎塑造的那隻孤獨、衰弱的病狗。另外〈印象〉、〈紅豆·十四〉、〈心跳〉、〈罪過〉、〈孤雁〉等等，均可做例證，這些篇目在《紅燭》和《死水》兩部詩集中佔了相當的比重。

那麼，疾病意象的隱喻是什麼呢？或許可由桑塔格（Susan Sontag, 1933-）的觀點受到啟發。被稱為「西方當代最重要的女知識份子」之一的桑塔格，在論文〈作為隱喻的疾病〉（ "Illness as Metaphor" ）中直言，疾病常被用作隱喻以活靈活現地發洩「對社會腐敗或不公正的指控」，傳統上的，這主要是一種憤怒的表達方式。疾病的現代隱喻則並不僅限於此。疾病意象成為一柄雙刃劍，一方面被用來表達對社會秩序的焦慮，「諸如結核病和癌症這樣的大病，……人們用它們來表達對社會的不滿」，另一方面也顯示出社會與個體之間那種「深刻的失調」，社會被視為個體的「對立面」，疾病之隱喻當仁不讓地被用來「指責社會的壓抑」[100]。

---

96 聞一多：〈晴朝〉，《紅燭·死水》，頁 110。

97 聞一多：〈秋深了〉，《紅燭·死水》，頁 124。

98 聞一多：〈廢園〉，《紅燭·死水》，頁 127。

99 聞一多：〈寄懷實秋〉，《紅燭·死水》，頁 107。

100 桑塔格（Susan Sontag, 1933-），程巍譯：〈作為隱喻的疾病〉，《疾病的隱喻》（上海市：上海譯文出版社，2003 年），頁 65-66。

聯繫聞一多的生活背景，當時中國正處於「五四」巨變時期，國家千瘡百孔，人心游動，外有強敵環伺，內則腐朽衰敗，封建文化給國人造成種種麻木、愚昧、保守、狹隘等精神病態。新文學作家們對舊的封建文化全面討伐，紛紛以自己的作品參與到民族文化的批判與更新之中[101]。聞一多是新文化運動主將之一，集「詩人」、「學者」、「鬥士」於一身。與魯迅（周樟壽，1881-1936）棄醫從文喚醒大眾、醫治國人的精神相比，聞一多則是以「鬥士」的姿態對抗社會的「頑疾」，而且最終也是以「鬥士」的身分，「以一種極致之境完成了他作為詩人的最完美的形式」[102]。這一點，在桑塔格，可看作疾病的「軍事隱喻」。蘇珊的另一篇文章〈愛滋病及其隱喻〉（AIDS and Its Metaphors）中寫道：「疾病常常被描繪為對社會的入侵，而減少已患之疾病所帶來的死亡威脅的種種努力則被稱作戰鬥、抗爭和戰爭。[103]」論文還提及二十世紀二十年代義大利進行的反結核病運動中的一幅海報，上書「對蒼蠅開戰」，顯示蒼蠅攜帶的那些疾病的致命危害，蒼蠅本身被描畫成朝無辜居民投擲死亡炸彈的敵機。這不禁使人聯想到聞一多〈口供〉中的名句：「可是還有一個我，你怕不怕？——／蒼蠅似的思想，垃圾桶裡爬。[104]」兩幅畫面何其相似，或許從疾病的角度解釋此詩，會十分新趣，只是在此不多談了。

鄭愁予詩集中對疾病的描寫並不多，主要的「疾病」意象，「病蟲」一例重複出現過兩次（〈旅程〉[105]、〈衣缽〉[106]），當算較為重

---

101 黃少平：〈尋找精神的家園——聞一多詩論〉，《廣東教育學院學報》1996 年 2 期，出版月份不詳，頁 31-34。

102 同前註，頁 53。

103 同前註，頁 87。

104 聞一多：〈口供〉，《紅燭・死水》，頁 153。

105 〈旅程〉：「而先　病蟲害了的我們／在兩個城市之間／夕陽又照著了　可是　妻／妻／被黃昏的列車輾死了⋯⋯咳。」鄭愁予：《鄭愁予詩集》，卷 I，頁 201。

要。但「病蟲」意象直接表現孤獨感這一主題卻不顯著，大概是比起
聞一多，鄭愁予所處的年代距病態的十九世紀較遠使然。

不同的生活背景造就了聞一多和鄭愁予對孤獨感不同的體味，兩
位詩人敏銳地洞察著人類異化程度的加深，以詩歌這種獨特的語言藝
術書寫切身體驗。鄭愁予凸現「舟」、「船」意象，暗示現代人靈魂的
周遊，出生受傷和回歸母體即是對母性的憧憬，恰若歌德（Johann
Wolfgang von Goethe, 1749-1832）《浮士德》（*Faust*）劇中最後的臺詞
所示：「永恆的女性，領我們飛升。[107]」這在土居健郎，便屬於依賴心
理的一種，現代人正像浮士德一般，只有依靠母性或純潔無私的女性
之愛才能抗拒「靡菲斯特（Mephisto，魔鬼）的引誘」[108]。聞一多的
詩雖然強調「疾病」意象居多，實則也包含了回歸母體的內蘊，這一
點我們會在後面進行的證明中聯繫巴什拉「元素詩學」來深入闡釋。

五　第二步證明：「黑」、「白」特質反映出沮喪與孤獨的
關係

前面，我們從時代的色彩傾向著眼，追溯了十九世紀以及十九世
紀末二十世紀初的主色調，並對聞一多、鄭愁予孤獨感本質的不同顯
現作了討論。兩位詩人作為獨立的個體，色彩特質如何呢？色彩特質
頓孤獨感本質有何關聯？色彩特質的差異是否影響沮喪與孤獨的關
係？這些問題是本部分探討的重點。

106　〈衣缽〉：「立刻　一堂學子就快意地哭了／當病蟲害已久的海棠葉　剛被／烈士
　　　的血滌清　當金蛟剪　神話般地行動於一夜間／男人們總算在齊耳的短髮下昂超
　　　額門／　啊這年代啊」，鄭愁予：《鄭愁予詩集》，卷 I，頁 303。

107　歌德（Johann Wolfgang von Aoethe），錢春綺譯：《浮士德》（*Faust*，上海市：上
　　　海譯文出版社，1989 年），頁 737；土居健郎：《依賴心理結構》，頁 164。

108　同前註，頁 164。

（一）黑色的穩定特性與白色的不穩定特性

最初的緒論、三輪統計和第一步證明所得到的結論都引導我們不得不回到初始的命題上來，它直接檢驗了我們前面所有的觀點，也指導著下一步的分析，即「聞一多是一位顯現黑色穩定特性的詩人，鄭愁予則是一位顯現白色不穩定特性的每人」。

1　黑色特質的詩人聞一多與黑色的穩定性

黑色是紅、橙、黃、綠、藍、靛（青）、紫七種基本色彩之外的特殊色彩，是幫助七彩的運作的輔助性色彩。根據城一夫的色彩研究，黑色的意義與文化內涵有五個不同的闡釋角度[109]：1.黑色吸收光的屬性為印度確立神西瓦（Siva）和妻子以及迦梨（Kali）女神[110]；2.中國陰陽五行說中，黑色是作為北方和冬天之色，象徵著通往極樂世界的道路；3.對絕大多數國家，黑色是死喪之色，莎士比亞（William Shakespeare, 1564-1616）把黑色寫成「地獄的象徵」、「地牢之色」、「黑夜的衣裳」；4.在等級職位上，黑色是基督教徒階層之色。在日本，自古以「染黑衣裳」象徵穿黑服的僧侶階層；5.日常生活中，黑色常是貶義之詞，指陰暗面或罪惡。

對比城一夫的觀點，張志雄「色彩密碼學」理論似乎更有助於我們分析詩人聞一多的黑色穩定特性。張志雄將黑色的特質分為9個層

---

109 同前註，頁 163-164。

110 印度神話中，黑神迦梨（Kali）是殘暴女神，她青面獠牙，猙獰恐怖，四隻手中的一隻拎著滴血的巨人人頭。她的耳環由小孩做成，項鏈由骷髏、蛇和她兒子們的頭穿成，腰帶由魔鬼的手結成。她是濕婆（Shiva）配偶德維（Deva）的一個化身。迦梨在漆黑的裸體上套上首骰，作為對西瓦（Siva）屍體的炫耀，以稱職於地獄的蔽空和太陽神。城一夫：《色彩史話》，頁 163；艾恩斯（Veronical Ions），杜文燕譯：《神話的歷史》（廣州市：希望出版社，2003 年），頁 54-55。

次，依序是：吸收、消除、減低對比、融合七種色彩、無密度、色彩消失、隱性、黑洞和停留[111]。張志雄在這裡所謂的九個特質，依次呈層遞關係，即後一個特質是建立在前一個特質正常運行基礎上的，黑色的「停留特質」當為最高層次。而每一種特質無不顯示出黑色是一種極具穩定性的顏色。我們沒有必要討論詩人聞一多到底達到了九個層次中的哪個境界，單看其詩歌中反映出來的特性，便與黑色的穩定性有諸多映射。僅舉聞一多喜好描寫「疾病」意象來說，觀照張志雄的理論，黑色特質的第四、第五、第六層次便是明顯的對應，在此略作歸納整理，以便因應：1.相對於色彩，黑色所象徵的空間像是一個自我色彩的療傷處，自身所有過剩的、運作不好的、不知該如何處理的色彩，均可丟入這個空間；2.黑色具有與明礬一樣的作用，原本的七種色彩，因為混色、不健康的部分，已被黑色處理安置妥當了，而使各個單一色彩因此得以健康、正常地運作；3.相對於個人，黑色所比擬的空間就像是自己身體系統系統；4.當黑色消除特質發揮得好，融合七種色彩特質展現得好，則自己的身體會越健康，才能夠提供一個健康、無密度的空間[112]。

從一角度看聞一多詩歌中的「疾病」意象，似乎也可以解釋桑塔格關於疾病「軍事隱喻」的理論。聞一多恰是力求運轉黑色的穩定特性而進行自我「療傷」，更寄予了詩人渴求當時整個中國社會「健康」起來的赤子之心。至於黑色的空間意象，我們放在後面討論。

2　白色特質的詩人鄭愁予與白色的不穩定性

作為詩人，黑色穩定特性是聞一多最大的特點，我們以色彩理論對此進行了求證。再來看一下鄭愁予詩歌反映出來的色彩特質。同樣

111　同前註，頁 232-237。
112　同前註，頁 234。

借助張志雄的分類方法，白色的色彩特質亦可分為9個層次，分別是：反射、襯托、加強對比、淡化七種色彩、高密度、無法依附、顯性、尖銳和穿透[113]。

白色是繼黑色之後的另一個特殊色彩，不屬於七色之內，是七種色彩的組合體，也是七種色彩的輔助色彩。與色彩人格理論不同，從歷史和文化的角度，城一夫則如是定義白色：「所謂白色，是未經染色的純淨色。[114]」跟追溯黑色一樣，《色彩史話》對白色也分了五個不同的角度[115]：1.眾神鍾愛的顏色。印度教中生命保護神修那和其妻智慧女神拉薩斯瓦特喜歡白色；希伯來祭司在贖罪時，身著白色作為驅散罪孽的象徵；基督教中，白色是上帝的顏色；古希臘之穿白色衣服；埃及之神以白布纏身；2.白色意味神聖。在日本，是自古以來的受尊敬之切；佛教中白象、白牛作為釋迦牟尼的使者而受到尊敬；3.象徵一種職業和階層。基督教中是教皇的禮服色；白色十字、白衣天使都傳達一種和平、純潔、清淨的形象；4.含有一切圓滿的善意。白色是月亮和銀河之色；5.白色有時也是帶來災難的顏色。

對比兩位色彩理論家的立場，立足點雖然不同，但對白色富於變化，難以捉摸的特點卻是不謀而合的，這一特點也正是白色不穩定特性的體現。反觀詩人鄭愁予，早年多漂泊的經歷，難以磨滅的流浪情懷，都成為造就其白色不穩定特性的因素。詩人自己對白色也有著深切的感悟，在〈白是百色之地〉一文中，鄭愁予寫道：「『白』，在我看來是最富哲學意味的顏色，白是漂淨一切顏色之後最後的顏色，自古使用白色是有放棄別的顏色的意義，志士成仁之前亦著白衣，乃有

---

113 同前註，頁 204-208。

114 同前註，頁 164。

115 同前註，頁 164-165。

『滿座衣冠以雪』的坦然境界。『白』，是生命的道場。[116]）對照前面
幾個部分，透過鄭愁予的詩歌世界所看到的白色不穩定特性，總體上
是與我們借用的兩家色彩理論相吻合的，再參照詩人的現身說法，更
說明我們在第三部分色彩測量時得到的結果絕非巧合：白色在鄭愁予
的詩歌中，出現頻率和分佈比率都遠遠超過了其他色彩〈「放棄別的
顏色」〉，而穩定性卻欠佳，無怪乎詩人要稱白色為「最富哲學意味的
顏色」了。

（二）色彩特質決定孤獨與沮喪的關係

從三輪色彩測量到世紀末的色彩特質，包括上面的論述，我們用
了不少鋪排和大量篇幅，來闡釋兩位詩人各自的色彩特質，很重要的
一個目的就是要借助詩人的色彩特質對孤獨與沮喪的關係進行更深入
的分析。我們說，詩人的色彩特質如何，其筆下孤獨與沮喪的關係便
如何。

1 聞一多詩歌世界中孤獨與沮喪的相對穩定關係

沮喪，在心理學上稱為抑鬱，英文depression，無論在漢語還是
英語中都存在了很多個世紀，通常是指一種以心境低落為主要特徵的
綜合性，依據不同情況而合併誘發憤怒、悲傷、憂愁、自罪感、羞愧
等情緒。這種障礙可能從情緒的輕度不佳到嚴重的抑鬱，它有別於正
常的情緒低落[117]。沮喪與孤獨之間的聯繫，我們在緒論部分曾有簡要
的介紹，理論依據是美國威克斯等心理學家這一方面的研究成果。其

---

116 鄭愁予：〈鄭愁予談自己的詩：色（一）白是百色之地〉，《聯合文學》214 期
（2002 年 8 月），頁 10。

117 孟昭蘭：《情緒心理學》（北京市：北京大學出版社，2005 年），頁 307-311；心靈
工房：《不再抑鬱》（香港：利文出版社，2003 年），頁 10。

中第2點結論——「短期來看，孤獨與沮喪不能互為充分必要條件，即前者可能造成後者，但不是必然一定的，反之亦然」——現在正好可以指導我們下面的討論。

考察聞一多，沮喪在其詩歌中屬於主流情緒之一，而且常常會與孤獨同時出現，互為引發另一方的原因，呈現穩定關係。當今比較常用的抑鬱症自測方面主要有三個：《伯恩斯抑鬱症清單》（*The Burns Depression Checklist*）、《流行病學用抑鬱自評量表》和《貝克抑鬱自評量表》[118]。我們不妨借用其中第一個，即美國新一代心理治療專家、賓西法尼亞大學伯恩斯（David D. Burns）提供的方法粗略測試聞一多詩歌中的沮喪情緒：

〈列表八〉[119]

伯恩斯抑鬱症清單	伯恩斯的術語解釋	《紅燭》、《死水》中的詩句（每項僅舉一例）
悲傷	你是否一直感到傷心或悲哀？	朋友！我們來勉強把悲傷葬著[120]
洩氣	你是否感到前途渺茫？	中途的悵惘，老大的蹉跎，／他知道中年的苦淚更多[121]
缺乏自尊	你是否覺得自己沒有價值或自以為是一個失敗者？	這豈不自作的孽，自招的罪？……／那裡？我那裡配得上談詩？不配，不配[122]
自卑	你是否覺得力不從心或	我不相信宇宙間竟有這樣的美！

118 心靈工房：《不再抑鬱》，頁 29-30。

119 聞一多：〈謝罪以後〉，《紅燭‧死水》，頁 80。

120 聞一多：〈淚雨〉，《紅燭‧死水》，頁 168。

121 聞一多：〈李白之死〉，《紅燭‧死水》，頁 15。

122 聞一多：〈李白之死〉，《紅燭‧死水》，頁 17。

	自歎比不上別人？	／啊，大膽的我喲，還不自慚形穢[123]
內疚	你是否對任何事都自責？	我一生底失敗，一生底虧欠，／如今要都在你身上補足追償[124]
猶豫	你是否在作決定時猶豫不決？	跟著有一縷猶疑的輕煙，／左顧右盼，／不知往那裡去好[125]
焦躁不安	這段時間你是否一直處於憤怒和不滿狀態？	我是狂怒的海神，／你是被我捕著的一葉輕舟[126]
對生活喪失興趣	你對事業、家庭、愛好、或朋友是否喪失了興趣？	滿河一片淒涼；／太陽也沒興，捲起了金練，／讓霧簾重往下放[127]
喪失動機	你是否感到一蹶不振，做事情毫無動力？	牽延著欲斷不斷的彌留的殘火，／在夜底喘息裡無效地抖擻振作[128]
自我印象可憐	你是否以為自己已經衰老，失去魅力？	誰說生命的殘冬沒有眼淚？／老年的淚是悲哀的總和[129]
食欲變化	你是否感到食欲不振？或情不自禁的暴飲暴食？	（似無明顯例子）
睡眠變化	你是否患有失眠症？或整天感到體力不支，昏昏欲睡？	從此猙獰的黑黯，咆哮的靜寂，／便擾得我輾轉空床，通夜無睡[130]

---

123 聞一多：〈死〉，《紅燭・死水》，頁 62。
124 聞一多：〈記憶實秋〉，《紅燭・死水》，頁 107。
125 聞一多：〈紅豆〉，《紅燭・死水》，頁 146。
126 聞一多：〈西岸〉，《紅燭・死水》，頁 32。
127 聞一多：〈李白之死〉，《紅燭・死水》，頁 11。
128 聞一多：〈淚雨〉，《紅燭・死水》，頁 168。
129 聞一多：〈幻中之邂逅〉，《紅燭・死水》，頁 53。
130 聞一多：〈秋深了〉，《紅燭・死水》，頁 124。

喪失性欲	你是否喪失了對性的興趣？	（似無明顯例子）
臆想症	你是否經常擔心自己的健康？	秋深了，人病了。／人敵不住秋了[131]
自殺衝動	你是否認為生存沒有價值，或生不如死？	哦！我自殺了！／我用自製的劍匣自殺了！ 哦哦！我的大功告成了[132]！
沒有0分；輕度1分；中度2分；嚴重3分		

伯恩斯劃分的抑鬱程度，按照積分高低有五個級別：1.沒有抑鬱症（0～4分）；2.偶爾有抑鬱情緒（5～10分）；3.有輕度抑鬱症（11～20分）；4.有中度抑鬱症（21～30分）；5.有嚴重抑鬱症（31～45分）。如果僅考慮聞一多的詩歌而不考慮其他因素，很明顯，詩人當屬中度甚至是嚴重的抑鬱症患者。當然，這個結論未必正確，畢竟上面的「自評」量表是憑我們的推測而替聞一多先生「代評」的，但有一點可以肯定，沮喪與孤獨在聞一多的詩歌世界裡存有很大的交集，幾乎是有沮喪的地方便有孤獨，孤獨產生的時候，沮喪亦如影隨形。例如眾多疾病意象，反映孤獨感的同時，也對應了悲傷、洩氣、自卑、焦躁不安、自我印象可憐等沮喪測評表中的項目。可以說，這一特點在聞一多黑色穩定特性的色彩特質下，顯露無疑，正是對面色彩特質判定的力證。

2　鄭愁予詩歌世界中孤獨與沮喪的不穩定關係

相對聞一多的黑色穩定特質，詩人鄭愁予白色不穩定特性決定了

---

131 聞一多：〈劍匣〉，《紅燭·死水》，頁 29。

132 《伯恩斯抑鬱症清單》，內容參心靈工房，頁 26。

其筆下孤獨與沮喪之間的不穩定關係，即表現孤獨感的詩句或是章節，不一定併發性地存有沮喪的感情色彩。讀鄭愁予的詩，很少見到直接宣洩情緒的字眼，而諸如「悲傷」、「孤獨」、「洩氣」等抽象的詞彙更是少有，即使有，也都輔以鮮明的實詞意象。例如，表現鄉愁，鄭愁予的〈邊界酒店〉是這樣寫的：

> 秋天的疆土，分界在同一個夕陽下／接壤處，默立些黃菊花／而他打遠道來，清醒羊喝酒／窗外是異國／多想跨出去，一步即成鄉愁／那美麗的鄉愁，伸手可觸及／或者，就飲醉了也好／（他是熱心的納稅人）／或者，將歌聲吐出／便不祇是立著像那離菊／祇憑邊界立著[133]。

鄭愁予將「鄉愁」揉碎了放在「秋天」、「疆土」、「夕陽」、「黃菊花」、「他」、「酒」、「異國」、「歌聲」等實詞中間，烘染淒清悲涼的情緒，暗示心緒的反覆惆悵和滿腔的悲情。特別是「黃菊花」的象徵意涵，既影射了黃皮膚的主角及他的國際歸屬[134]，也有沉默與無動於衷的心態[135]，還有一種悼亡故國的哀思[136]，更有論者則說，「『黃色』作為主色，……有溫暖感，……金黃色的抽象聯想就是一種溫暖，滿足的感覺」[137]。我們前面分析過，鄉愁是詩人傳達孤獨感的主要手段之

---

133 鄭愁予：〈邊界酒店〉，《鄭愁予詩集》，卷 I，頁 199。

134 張漢良、蕭蕭（本名蕭水順，1947-）：《現代詩導讀（導讀篇一）》（臺北市：故鄉出版社，1979 年），頁 140；張梅芳：《鄭愁予詩的想像世界》（臺北市：萬卷樓圖書公司，2001 年），頁 31。

135 蕭蕭：《現代詩縱橫觀》（臺北市：文史哲出版社，1991 年），頁 366；張梅芳：《鄭愁予詩的想像世界》，頁 32。

136 蕭蕭：《現代詩導讀（導讀篇一）》，頁 367；張梅芳：《鄭愁予詩的想像世界》，頁 32。

137 蕭蕭：《現代詩導讀（導讀篇一）》，頁 369；張梅芳：《鄭愁予詩的想像世界》，頁 32。

一，這在〈邊界酒店〉中隱約可感，而其他感情色彩就不是那麼明顯，至於是否帶有沮喪，也頗具爭議，我們甚至無法走相同的路子用沮喪測量清單進行鑑別。但有些時候，字裡行間還是可以嗅到沮喪的氣息，如〈旅夢〉中「我底眼是濕潤而模糊的／這裡是誆人的風沙的晴季／不必讓我驚醒吧／我仍走在異鄉的土地……[138]」一節，孤獨與沮喪在鄉愁的主題下交織出現，而沮喪應是藝術加工之後的含蓄表達。這兩首詩，似乎正是鄭愁予白色特質裡「淡化七種色彩」的表現，詩人把內心情緒有意淡化和隱藏起來，使得沮喪游離在孤獨周邊，時隱時現，呈不穩定關係。

　　箱崎總一將孤獨感劃分為兩種不同型態：「低孤獨」和「高孤獨」[139]。聞一多、鄭愁予如何對「低孤獨」進行描摹，在第二步證明中基本上得到了解決，儘管這一步證明的初衷和重點並非在此。聞一多黑色穩定的色彩特質與鄭愁予白色不穩定的色彩特質，使我們清楚看到詩人筆下孤獨與沮喪之間的關係。這一關係穩定也好，不穩定也罷，都屬於「低孤獨」的討論範疇，也就是威克斯所謂的「短期」內孤獨與沮喪會存有穩定、不穩定關係的區別，而長期看來，這一區別是不存在的，即他提出的第3點結論：「長期來看，孤獨與沮喪都具有相對穩定的特性」。這裡的「相對穩定的特性」只有通過對兩位詩人「高孤獨」的考察才能體現出來。

---

138 鄭愁予：〈旅夢〉，《鄭愁予詩集》，卷 I，頁 245。

139 箱崎總一對此有如下的解釋：「『低孤獨』會使人有一種拘束、侷限的感覺，令你有寂寞、淒苦、困頓而又排遣不了的情緒和感觸。『高孤獨』是人們為了達成某一較高層面的生活目標……『低孤獨』是在你不情願之時所產生，使你感到痛苦而極欲擺脫的心理狀態。『高孤獨』則是你主動積極的追尋……」(《孤獨心態的超越》，頁 3-4。

六　第三步證明：「空間意象的印證與「四元素詩學」作為歸結

　　「高孤獨」的理論提示我們，上一步證明並非整個證明過程的完結。如果第一步「時代色彩特質」的證明是「一般」的概念，第二步「詩人色彩特質」的證明是「特殊」的概念，那麼我們僅完成了由「一般」到「特殊」，還缺少一步由「特殊」再到「一般」的回歸。這一部分，力求完成這項工作，並以此作為三步證明的終極和歸結。

（一）黑與白的孤寂空間

　　討論研究切入點時，我們由心理學角度的色彩理論引出了空間方面的原型意象分析。理論上來講，詩歌中正面或是負面的空間意象，具有興發起讀者「白日想像」的功能，巴什拉的術語為「回盪」。在巴什拉提出的15個空間原型意象中，我們有選擇地歸列出兩個範疇：1.微型空間；2.浩瀚宇宙。下面結合聞一多、鄭愁予的色彩特質，對文本中含有黑、白色彩意象的空間進行具體分析，以此進一步印證孤獨與沮喪的關係。

1　微型空間的靜定感與聞一多詩歌裡的「對人恐怖」

　　巴什拉借用《空間詩學》第六章〈角落〉和第七章〈微型〉論述了「微型空間」的理論。認為即便是微小的空間，也擁有獨特的世界。巴什拉研究了壁櫥、小箱子、巢、貝殼、角落和一般微型模型。「無論多麼雜亂的房屋中都有彷彿享受特權性秩序那樣的壁櫥。又如整齊疊放的床單啦，哪裡有什麼啦，總是有受到管理的細小秩

序」[140]。

　　微型空間在兩位元詩人的作品裡都有出現，如聞一多〈美與愛〉：「屋角底淒風悠悠嘆了一聲，？／驚醒了懶蛇滾了幾滾」[141]；鄭愁予的〈未題〉最後兩節：「而我底——／我正忙於打發，灰塵子常年的座客／以坦敞的每個角落，一一安置你的擺設／啊，那小巧的擺設是你手製的／安閒地擱在，那兩宅心舍的，那八間房室」[142]。可以看出，兩首詩一個是現實中的「屋角」，一個是心房的「角落」，雖同屬微型，卻有截然的區別，給人引啟的現象學回盪也大不一樣。不僅如此，相比較而言，聞一多更注重對微型空間的描繪。對此如何解釋呢？我們嘗試連絡巴什拉與土居健郎兩人的理論作答。

　　角落，如巴什拉所言，是優良的藏身之處，它能使人確認一種存有的初始特質——「靜定感」，並且是一處讓這種感覺「確切無虞、臨近顯現的地方」。存有者因而以為當托庇於角落時就可以「隱藏得萬無一失」。例如「家屋」原型的角落可以是半個箱子，一半圍牆或一半門戶……甚至「陰影」可以成為「牆堵」，「家私」能夠築成「圍欄」，「掛飾」烘托出「整片屋頂」[143]。有關角落的封閉性，巴什拉說這是我們希望藏身的場所，雖然沒有完全封閉，但對於想像力，它仍然是獨立的「封閉空間」。當一個人感到不快或者孤獨時，背後就會出現角落，所以角落是「提供堅定感覺的避難所」，它有時是牆壁，有時是箱子[144]。這一點，小箱子的心理學更明確，因為它是隱藏物品秘密的所在。日本學者金森修（KANAMORI Osamu, 1954-）概括巴

140　同前註，頁 234。

141　聞一多：〈美與愛〉，《紅燭・死水》，頁 47。

142　鄭愁予：〈未題〉，《鄭愁予詩集》，卷 I，頁 97。

143　同前註，頁 224-225。

144　同前註，頁 235。

什拉「微型空間」時，便對這一「能夠凝聚和容納任何秘密的不可思議的空間」倍加重視，關閉小箱子，它就與「普通事物的秩序」融為一體號，成了「公共事物聯繫中」的一份子；打開小箱子，「公共的外部世界就消失了，之後就只有新奇和驚愕表現出來」[145]。

聞一多的詩歌，在角落或是微小空間中藏身的傾向與渴望是比較明顯的。〈劍匣〉裡「人們的匣是為保護劍底鋒鋩，／我的匣是要藏他睡覺的。／哦，我的劍匣修成了，／我的劍有了永久的歸宿了！[146]」不正是一種「小箱子的心理學」嗎？〈睡著〉中「啊！讓我睡了，躲脫他的醒罷！／可是瞇睡像隻秋燕，／在我眼簾前掠了一週，／忽地翻身飛去了，／不知幾時才能得回來？[147]」「秋燕」意象也是微型空間的例證。這些在土居健郎看來，是逃避「對人恐怖」的徵兆。土居氏認為，「對人恐怖」的發生最初源自嬰幼兒的「認生」行為，這一行為標誌著幼兒從心理上依賴母親的開始。據這一事實，土居健郎推論嬰幼兒期以後出現的認生行為也源於依賴心理。除此之外，造成「對人恐怖」還包括其他一些因素，如當個人脫離親人共同體，在一個完全陌生的社會環境中生活的情況下，對人恐怖更容易發生。而要逃避這種恐怖，「角落」無疑是最佳的選擇。

但角落是否真的足以提供對抗恐怖的靜定感呢？審視聞一多的詩，似乎並非如此。我們曾說，陰鬱幽暗的黑色空間往往作為負面的空間意象給人帶來恐怖和孤獨的感觸，黑色與沮喪更有直接的聯繫。聞一多筆下的微型空間多數是以黑色作為主色調的，如「在說話時，他沒留心那黑樹梢頭」[148]、「黑黯好比無聲的雨絲」[149]、「屋裡朦朧的

---

145 同前註，頁 234。
146 聞一多：〈劍匣〉，《紅燭·死水》，頁 26-27。
147 聞一多：〈睡者〉，《紅燭·死水》，頁 39-40。
148 聞一多：〈李白之死〉，《紅燭·死水》，頁 12。

黑暗淒酸的寂靜」[150]、「黑黯的煙竈，／竟能吸引你的蹤跡！」[151]、「記憶漬起苦惱的黑淚」[152]、「烏鴉似的黑鴿子」[153]、「我的肉早就黑蟲子咬爛了[154]」等等詩句，雖未必全部表現「對人恐怖」，但孤獨感與浪跡天涯卻是不言而喻的。這完全可以看作聞一多黑色穩定特質的又一次顯現。

2 浩瀚宇宙與鄭愁予的無常觀

與微型空間相對的，當為自然、天地與宇宙的意象，這些意象是浩瀚空間的代名詞。《空間詩學》一書的主題「並不限於家屋空間的的現象學描述」，對「家屋外的自然、天地與宇宙意象」巴什拉其實也花費了許多篇幅來鋪陳，並對其進行「場所分析」[155]。在兩卷《鄭愁予詩集》裡，自然、宇宙和天地的意象十分引人注目，尤其是這一範疇中白色構成的兩大意象群，更加不容忽視。

首先是以「白浪」或「雲」組成的海洋意象。這種組合方式在鄭愁予早期的詩歌創作裡已見端倪。像〈賦別〉中「雲出白岫谷，泉水滴自石隙，／一切都開始了，而海洋在何處？」[156]；〈山外書〉：「來自海上的雲／說海的沉默太深」[157]；〈崖上〉：「然則，即千頃驚濤，也不必慨賞／即萬里雲海，也不必訝讚」[158]；〈愛，開始〉：「當你跑

149 聞一多：〈黃昏〉，《紅燭・死水》，頁41。
150 聞一多：〈幻中之邂逅〉，《紅燭・死水》，頁53。
151 聞一多：〈孤雁〉，《紅燭・死水》，頁99。
152 聞一多：〈記憶〉，《紅燭・死水》，頁111。
153 聞一多：〈秋色〉，《紅燭・死水》，頁120。
154 聞一多：〈爛果〉，《紅燭・死水》，頁130。
155 同前註，頁31。
156 鄭愁予：〈賦別〉，《鄭愁予詩集》，卷I，頁17。
157 鄭愁予：〈山外書〉，《鄭愁予詩集》，卷I，頁36。
158 鄭愁予：〈崖上〉，《鄭愁予詩集》，卷I，頁42。

上生命最高的海拔，／那寺，你甚麼也不看見，／那時，將是一片雲海了……」[159]，〈南海上空〉：「遠山覆於雲蔭／人魚正圍喋著普陀／挽褲而涉的群島在海峽小憩」[160]；〈編秋草〉：「惦記著十月的港上，那兒／十月的青空多遊雲／海上多白浪」[161]；〈雲海居〉：「雲如小浪，步上石堁了／白鶴兒噙著泥鑪徐徐落地[162]」等皆是詩人二十歲左右的作品，曾一度「使以海洋詩人知名的覃子豪（覃基，1912-1963）望洋興嘆」[163]。

　　廣義上著眼，海洋意象屬於「水」的範圍。巴什拉在〈私密的浩瀚感〉一章裡引用狄歐累（Philippe Diolé, 1908-1979）的話描述那種「心理上的技藝」[164]：「『……這是海水，或者倒不如說是海水的回憶。這種妙計滿足了我對這個令人氣沮膽喪的荒旱世界加以人性化的需要，讓我與它的磧石、寂靜、孤寂……和解。我的疲憊甚至可以藉此減輕。我夢見自己肉身的沉重休憩在這想像的水。』[165]」或許如同聞一多逃避「對人恐怖」一樣，鄭愁予也要對抗「荒旱世界」的孤獨感，只是前者尋求的是微型空間帶來的「靜定」，後者則是追求與浩瀚空間的「和解」。

　　另一個與「水」有關，且反映白色這一主色調的空間意象，就是遍佈「雪白」的天地。雪的意象在兩卷詩集裡，可謂貫穿始終，並且

---

159 鄭愁予：〈愛，開始〉，《鄭愁予詩集》，卷 I，頁 61。

160 鄭愁予：〈南海上空〉，《鄭愁予詩集》，卷 I，頁 130。

161 鄭愁予：〈編秋草〉，《鄭愁予詩集》，卷 I，頁 147。

162 鄭愁予：〈雲海居〉，《鄭愁予詩集》，卷 I，頁 176。

163 楊牧〈王靖獻〉：〈鄭愁予傳奇〉，《幼獅文藝》38 卷 3 期（1973 年 9 月），頁 25；廖祥荏：〈船長的獨步——鄭愁予海洋詩評析〉，《中國語文》553 期（2001 年 11 月），頁 70-75。

164 同前註，頁 304。

165 同前註，頁 304。

往往與「白」這個字眼同時出現。中國象徵文化學家羅建平認為，雪有諸多的象徵意義，質地柔軟，因而可以是柔情的象徵；雪花紛飛為豐茂的象徵；雪色純白是純潔美麗的象徵[166]。鄭愁予的詩歌，確實有如上內涵，但更重要的，「雪也是一種虛象（融化而消解其種種品性），表示虛無。……雪煮而化水、化空，如同竹籃打水一場空」[167]。由此，雪的象徵意義便有引發沮喪的所指，詩人赴美前寫過一首悼詩〈手術室初冬〉，便有這層意蘊。詩中「新雪在窗外／雪上一列／新的靴痕」，「那人去了／白色比別的多／死亡的白　是／介於護士白與雪白之間的」等均是暗示[168]。而鄭愁予建構浩瀚的白色空間意象，其目的遠不止如此，詩人是要「使『白』成為處世潛在的心境，使空白成為生命中隱藏的休息之所」，因此「選了『白』和依附『白』的各種意義為詩的主題」[169]，這正是佛教所說的無常觀。

我們知道，佛教所具有的世界觀是以人類為中心，故佛教持有的人生觀第一是「無我」，第二是「無常」，第三是「苦」[170]。所謂「無常」，即「認為宇宙萬物，是處於動流與多變的狀態之中，好像人與人間悲歡離合那樣的常變」[171]。站在這一角度，再來審視鄭愁予的白色不穩定特性、濃鬱的流浪意識以及孤獨感、沮喪等種種情緒，便不

---

166 羅建平：《夜的眼睛──中國夢文化象徵》（成都市：四川人民出版社，2005年），頁 44。

167 同前註，頁 44-45。

168 鄭愁予：〈手術室初冬〉，《鄭愁予詩集》，卷 II，頁 301；鄭愁予：〈悼亡與傷逝（一）〉，《聯合文學》224 期（2003 年 6 月），頁 72-76；鄭愁予：〈悼亡與傷逝（二）〉，《聯合文學》225 期（2003 年 7 月），頁 78-83。

169 鄭愁予：〈鄭愁予談自己的詩：色（一）白是百色之地〉，頁 12。

170 陳壽昌：《存在主義解析》（臺北市：幼獅書店，1978 年），頁 36；金勳：〈無常與日本人的美意識〉，收入樓宇烈主編：《中日近現代佛教的交流和比較研究》（北京市：宗教文化出版社，2000 年），頁 66-76。

171 陳壽昌：《存在主義解析》，頁 36；金勳：〈無常與日本人的美意識〉，頁 66-76。

難理解詩人為何多次否認「浪子詩人」等標籤式的稱謂了[172]。

跳出所選文本的範圍侷限，鄭愁予有一首〈靜的要碎的漁港〉[173]，詩人對這首詩曾自述胸臆：「這首詩是我『刻意』用『白』來表現我『無意』間踏入的『靜』，……白色的鷗鳥，白色屋舍，白色的燈塔以及我穿著白衫來。在佛教中，僧侶著有色袈裟（便裝亦有色），未出家的居士則著白衣。我自然不是居士，只是一踏入這個近乎真如的世界，不知這一切是不是都是假的或無生的。不由得擬想『禪』這個幻境。船的倒影是船的原神，我徐徐坐在白鳥之旁，紋絲不動的白鳥像是我的原神……靜的要碎的漁港其實是一個白的雕塑品。」[174]

詩人自己的剖析在此，我們又何須多言呢，只贅述一句以照應主題：無常觀是鄭愁予追求高孤獨的直接體現。

（二）元素詩學的啟示

上面的分析，或許給人一種錯覺：不同於鄭愁予，聞一多的黑色穩定特質使其詩中的孤獨與沮喪緊密相連，詩人的痛苦完全來自低孤獨的困擾而沒有高孤獨的精神寄託。事實果真如此嗎？答案是否定的。

---

172 王偉明：〈遊子與水巷——與鄭愁予對談〉，頁 280；孟樊（陳俊榮）：〈浪子意識的變奏——讀鄭愁予的詩〉，《文訊月刊》30 期（1987 年 6 月），頁 150-163。

173 〈靜的要碎的漁港〉：「我穿著白衫來／亦自覺是衣著白雲的仙者／而怎忍踏上這白色的船／她亦是白衫的比丘／正在水面禪坐著／而她出竅的原神坐在水的反面／卻更是白的真切／／我也坐下　在碼頭的木椿上／鄰次的每一木椿上／都有白衫者在坐定／我知道他們是一種白衣的鳥／他們知道我是一種白衣的人／／藍天就印出這種世界／我與同座的原神都是／衣冠似雪　而我的背景——／蓮白的屋舍　骨白的燈塔／都是月亮的削片搭成的／／港灣弱水／靜似比丘的心／偶逢一朵白雲／就撞碎了。」鄭愁予：《寂寞的人坐著看花》（臺北市：洪範出版社，1993 年），頁 4-5。

174 鄭愁予：〈鄭愁予談自己的詩：色（一）白是百色之地〉，頁 14。

1 從恩培多克勒情結到大敘事精神

先於巴什拉的空間理論，其四元素詩學更早為世人所知。一九三八年完成的《火的精神分析》（*The Psychoanalysis of Fire*）集中體現了巴什拉從科學認識論出發在詩學理論方面的創新與發展，在當時法國文學批評與美學理論界引起極大的反響。巴什拉認為：作家的詩意想像可分為空氣、火、水和土四種元素，即物質的四重想像。由此，巴什拉挖掘出想像的初源即「哲學優先對最初圖像的研究使人們能夠展開有關想像形而上學的一切問題」[175]。巴什拉說，一個真正的作家，是忠實於自己的本源性語言、不理會驅使一切感覺的折衷主義衝突的人，那麼，要「識破」一個作家的「秘密」，「只須一句話就足夠了：『告訴我，你的精靈是什麼？是地精蠑螈，水精還是氣精？』」[176]

我們不打算展開討論詩人聞一多的「精靈」是什麼，這是一項工程浩大的任務，篇幅所限之內實在難以完成。但是，借用元素詩學的部分理論卻可以指導我們解析聞一多詩歌裡的高孤獨這一主題。

《火的精神分析》第二章〈火與遐想〉講述了恩培多克勒情結，即一種對火的崇拜以及生的本能和死的本能結合在一起的情緒[177]。這種情結通常是以「飛蛾撲火」的意象表達對烈焰、火山的嚮往，而從冷酷無情的世界中得以超脫[178]。恩培多克勒情結在聞詩中十分顯著，

---

175 巴什拉，杜小真、顧嘉琛譯：《火的精神分析》（*The Psychoanalysis of Fire*，北京市：三聯書店，1992 年），頁 3。

176 巴什拉：《火的精神分析》，頁 106-107。

177 恩培多克勒情結主要有三點：1.爐火前的遐想及爐中火，火在訴說，在飛舞，在唱歌；2.火讓人產生變化的欲望、加快時間的欲望、使整個生命告終、了結的欲望，死亡；3.柴火堆的召喚，絕望的愛情表現為對柴火燃盡的渴望。巴什拉：《火的精神分析》，頁 5-23。

178 黎活仁：〈樂園的追尋——何其芳早期作品的一個重要的主題〉，《現代中國文學的

首先是冬夜與冰冷天宇的浩瀚空間意象，單以〈紅豆‧三三〉為例：
「冬天底長夜，／好不容易等到天明了，／還是一塊冷冰冰的，／鉛
灰色的天宇，／那裡看得見太陽呢？／愛人啊！哭罷！哭罷！／這便
是我們的將來喲！[179]」聞一多面對此等冰冷的世界，理想的超脫的方
式，或說高孤獨追求的境界就是引火自焚，甚至將自己與火同化。詩
人曾說：「『五四』後之中國青年，他們的煩惱悲哀真像火一樣燒
著，……他們覺得這『冷酷如鐵』，『黑暗如漆』，『腥穢如血』的宇宙
真一秒鐘也羈留不得了」[180]，「我只覺得自己是座沒有爆發的火山，
火燒得我痛，卻始終沒有能力（就是技巧）炸開那禁錮我的地殼，放
射出光和熱來。[181]」這在其詩中表露無疑：

　　哎呀！自然底太失管教的驕子！／你那內蘊的靈火！不是地獄
　　底毒火，／如今已經燒得太狂了，／只怕有一天要爆裂了你的
　　軀殼[182]。

　　讓雷來劈我，火山來燒，全地獄翻起來／撲我，……／……願
　　這蛻殼化成灰爐，／……那便是我的一剎那／一剎那的永
　　恆——一陣異香，最神秘的／肅靜，……／……最渾圓的和
　　平……[183]

　　時間觀與空間觀：魯迅‧何其芳‧施蟄存作品的精神分析》（臺北市：業強出版
　　社，1993 年），頁 119-155。

179　聞一多：〈紅豆〉，《紅燭‧死水》，頁 146。

180　聞一多：〈女神之時代精神〉，《聞一多全集》，卷 3，頁 357；蘇志宏：〈論聞一多
　　詩學的時代矛盾〉，《無錫教育學院學報》13 卷 4 期（1999 年 12 月），頁 2。

181　聞一多：〈給臧克家先生〉，《聞一多全集》，卷 3，頁 638；吳奔星：《中國現代詩
　　人論》（西安市：陝西人民出版社，1988），頁 163。

182　聞一多：〈十一年一月二日作〉，《紅燭‧死水》，頁 60。

183　聞一多：〈奇跡〉，《紅燭‧死水》，頁 200-201。

聞詩的恩培多克勒情結從根本上說，是詩人對「大敘事」精神的反射。李歐塔（Jean-François Lyotard, 1924-1998）於《後現代狀況：關於知識的報告》（*The Postmodern Condition: A Report on Knowledge*）一書把現代狀況定義為對所有「後設敘事」（meta-narratives）的懷疑，認為啟蒙運動的求真精神和自由解放精神，促成兩套「大敘事」（grand narrative），一是法國大革命為代表的激進的獨立解放思考模式，一是以德國黑格爾（Friedrich Hegel, 1770-1831）為代表的思辨真理[184]。中國辛亥革命（1911）是受法國大革命影響產生的，屬於前一套「大敘事」，而以馬克思主義歷史觀作為衡量的標準，辛亥革命是失敗的，後來無產階級起來革命，否定資本主義，中國才得以脫離苦海，「說明了中國的資產階級沒有能力領導中國革命取得勝利」[185]。聞一多作為詩人，大致上是從「五四」運動到一九二九年[186]，這期間，聞一多反思著辛亥革命的失敗，也目睹了一九二四至一九二七年國民大革命的慘敗，面對大動亂、大分化、大改組的中國社會，詩人陷於極度的矛盾，對工農大眾的革命性缺少認識，對「五四」後引進的資產階級政治思想與文藝思潮也認識不清[187]，在兩套大敘事之間荷戟獨徬徨，孤獨與沮喪在所難免，這裡的孤獨是對國家民族命運的思考，屬於高孤獨的範圍。

---

184 朱立元：《當代西方文藝理論》（上海市：華東師範大學出版社，1997 年），頁 372-373；黎活仁：〈阿 Q 正傳與九十年代流行的後現代言說：趙毅衡、楊澤和劉康閱的整合〉，《九十年代兩岸三地文學現象國際學術研討會》（香港：香港大學亞洲研究中心，2000 年），頁 586-619。

185 北京師範大學歷史系中國現代史教研室：《中國現代史》（北京市：北京師範大學出版社，1983 年），頁 4；黎活仁：〈新詩的雜文化：戴天詩的〈大敘事」精神〉，《香港新詩的大敘事精神》（嘉義縣：佛光大學南華管理學院，1999 年），頁 109-134。

186 吳奔星：《中國現代詩人論》，頁 162。

187 吳奔星：《中國現代詩人論》，頁 154-155。

2 元素詩學的「悖論」與詩人的色彩特質

聞一多是一位趨近火元素的詩人，這一點就上文而言，似乎顯得十分明確。我們在分析聞詩的疾病意象時，有一個懸而未決的問題，為什麼說對疾病的描繪本質上也是回歸母體的表現，從火元素的角度，便可迎刃而解了。《火的精神分析》最後一章，巴什拉提出了「火與純潔」這一主題，「火使一切變得純潔，因為它去除了令人作嘔的味道」[188]，巴什拉稱之為「理想化的火」，疾病在烈火中盡數消失，剩下一個「無菌」的世界。雖然巴什拉同樣說過「人類在已經消滅細菌的宇宙中生活，根本不可能幸福」[189]，但相對於「冷酷如鐵」的現實，聞一多確實嚮往回到溫暖而舒適的「子宮」，逃避無邊的困擾，甚至感到自己已經死了並且來到了天堂。這是潛意識裡對母體的回歸，是對「熱」的追求，是「恩培多克勒情結」。

至此，我們好像可以斷言聞一多的詩學元素了，只要把「聞一多是一位趨近火元素的詩人」去掉「趨近」一詞，而改寫成「聞一多是一位火元素的詩人」就成了。然而，恰在此時，整個考察巴什拉元素詩學的理論體系，卻戲劇性地出現了一個「悖論」。

金森修在《巴什拉──科學與詩》一書的緒論部分，曾介紹巴什拉的晚年生活：

> 晚年時期，他親切地談論自己在水源豐富的田園小城度過的美好生活。在生命的最後階段，他在圍繞著火的幻想中結束了一生。與成為最後主題的不死鳥即火鳥初次相逢後，喚起了翠鳥那突然俯衝到河水中的形象。與空想的不死鳥相逢的這種反論

---

188 同前註，頁 120。
189 同前註，頁 136。

性的心理現象，從在水邊遇到火這種意義上而被雙重反論化了。水元素與火元素似乎搖曳著混淆起來[190]。

「在水邊遇到火」、「雙重反論化」、「混淆」的說法再一次顯示了這位思想巨匠的膽識，這是巴什拉對自己畢生理論的挑戰，最明顯之處莫於與《火的精神分析》第六章下面一段的針鋒相對：

> ……通過火的形式，通過空氣的形式，通過土的形式進行幻想的心靈是十分不同的。特別是水和火在遐想中依然是對立的，聆聽小溪流水的人難以理解側耳細聽火焰絲絲聲的人：他們使用的不是同一種語言。[191]

巴什拉晚年關於「火鳥」的想像到底如何，這畢竟是其生前未完成的工作，有待後人猜想和證實，我們就此打住，不再深究。提出這一點的意圖，僅是想將本部分的論述最終牽引到聞一多與鄭愁予的色彩特質上來。聞一多的黑色穩定特性使他趨近火元素的特質較明顯和集中地展現在其詩歌意象裡；而鄭愁予白色不穩定特性，及佛教「無常觀」對詩人的影響則大大增加了分析的難度，白浪和雲組成的海洋、雪等與水有關的意象能否說明鄭愁予是「水」元素的詩人？白色的天宇、殞石的墜落是否證明鄭愁予是「空氣」的詩人？鄭愁予喜好登山，寫山的詩篇也佔有很大數量，就此可以斷定其「本源性語言」為「土」元素嗎？抑或根本不存在一元性「非此即彼」的答案，四種元素終將「混淆」起來？非常希望今後有機會對這些問題加以探討。

借助對聞一多、鄭愁予高孤獨的分析，我們以空間意象又一次證實了兩位詩人的色彩特質，並將之與元素詩學進行了比照，完成了三

---

190 同前註，頁 11。
191 同前註，頁 106。

步證明過程中由特殊再到一般的回歸。

八　總結

　　在統計學的基礎上，我們以聞一多、鄭愁予兩位詩人詩歌中的色彩應用為研究的切入點，深入探討了詩人的色彩特質，並以此為指導，觀測孤獨、沮喪以及二者之間的關係是如何在文本中體現出來的。聞一多作為一個顯現黑色穩定特性的詩人，描摹低孤獨的困擾、高孤獨的追求時，沮喪的情緒往往會隨孤獨感表露出來；詩人鄭愁予的白色不穩定特質則決定了當面臨低孤獨的侵襲，沮喪似乎有意被隱藏，或稱作是一種含蓄的表達，而詩人的高孤獨又與佛教的「無常觀」存在一定關聯，這愈發隱匿了沮喪，不易為人們覺察。詩人的色彩特質受到時代色彩傾向的影響，詩歌中流露出來的沮喪與孤獨既是一己心聲的真切表達，也反映出現代人對異化的體驗與反思，代表了時代的最強音。

——選自《台灣詩學》9期（2007年6月）

表裡內外之失衡

——測量鄭愁予詩歌的孤獨感

溫羽貝

一　引言

　　如果說鄭愁予（鄭文韜，1933-）是最有代表性、最具影響力的新詩詩人，相信沒有人會反對[1]。其名作〈錯誤〉更是膾炙人口，流傳甚廣，因而有「凡有『自來水處』皆能歌鄭詩」之說[2]。三月江南，煙雨濛濛，一片落花飛絮，「達達的馬蹄是美麗的錯誤／我不是歸人，是個過客……」[3]意境是多麼的柔美？詩人是多麼的灑脫？但柔美、灑脫背後，隱約流露出的，卻是淡淡的哀愁。誰能真正明白浪子的心情？「我凝望流星，想念他乃宇宙的吉普賽，／在一個冰冷的圍場，我們是同槽拴過馬的。／我在溫暖的地球已有了名姓，／而我

1　一九九九年由文建會主辦、聯合報副刊承辦的「臺灣文學經典」評選共選出了十本新詩詩集。其中鄭愁予的《鄭愁予詩集》，（臺北市：洪範書店，2003 年），卷 I 以 50 票的成績問鼎冠軍寶座。可見鄭愁予在臺灣新詩史上實有舉足輕重的地位。見簡竹君：〈臺灣文學第一份書單：「臺灣文學經典」決選會議紀實〉，收入陳義芝主編：《臺灣文學經典研討會論文集》（臺北市：行政院文化建設委員會、聯經出版事業公司，1999 年），頁 507。

2　王文進：〈秋空下的旅人：談鄭愁予的「編秋草」〉，《國文天地》2 卷 1 期（1986 年 6 月），頁 106。

3　鄭愁予：〈錯誤〉，《鄭愁予詩集》（臺北市：洪範書店，2003 年），卷 I，頁 8。

失去了舊日的旅伴，我很孤獨」[4]，這是一種對同伴的渴求，一種無根的漂泊感，一種絕望的孤獨。

孤獨感在中國文學傳統中，一直佔有很重要的位置。屈原（約西元前343-277年）有志難伸，心中鬱悶，只好上天下地尋找美人知音，終於成就了〈離騷〉。《古詩十九首》內容述及「追求事業而功名難立」、「渴望愛情而知己難尋」、「肉體歡愉而精神焦灼」等[5]，都反映出東漢（西元25-220年）文人的孤獨心態。初唐（西元618-907年）陳子昂（西元661-702年）〈登幽州臺歌〉，悲嘆知音難覓，面對天地之遼闊、歷史之悠長，只能發出「獨行者沉重的吶喊」[6]，千古搖撼人心。鄭愁予吸收了古典文學的營養[7]，詩中也自然流露出內心的孤獨感。到底詩人這種感覺來自哪裡，可以分為多少個層次，有多強烈，都是值得研究的問題。

（一）甚麼是孤獨感

「孤獨是個體對社會交往數量的多少和質量好壞的感受」[8]，是出於自我感覺的主觀認知。當人們對社交接觸的期望與實際情況出現落差時，就會產生孤獨感[9]。物理上的孤獨與情緒上的孤獨並沒有必

4　同前註，頁 12。

5　范學新、滕桂花：〈空中送情、知向誰是──談《古詩十九首》的孤獨感〉，《犁師範學院學報》2002 年 1 期，出版月份不詳，頁 22-25。

6　魏承焰：〈偉大的孤獨感──陳子昂的「登幽州臺歌」〉，《遼寧工學院學報》1 卷 4 期（1999 年 12 月），頁 28。

7　詳見林綠（丁善雄）：〈鄭愁予「錯誤」的傳統訊契〉，《國文天地》13 卷 1 期（1985 年 6 月），頁 66-68；黃維樑：〈江晚正愁予──鄭愁予與詞〉，《中外文學》21 卷 4 期（1992 年 9 月），頁 88-104。

8　黃潔華：〈人本主義對孤獨感的相關研究〉，《健康心理學雜誌》8 卷 1 期（2000 年），出版月份不詳，頁 29。

9　Daniel Perlman, "Further Reflection son the Present State of Loneliness Research,"

然關係。一個遠離人群的人，如果他滿足於僅存的社交生活，他不會覺得孤獨。相反，一個人即使經常被朋友包圍，但假若他覺得自己不為別人所理解，他將陷入空虛寂寞[10]。是甚麼心理主導人滿足於自己的交際狀況呢？土居健郎（DOITakeo, 1920-）提出的「依愛」（amae）正好解答了這個問題。

「依愛」原是指嬰兒對母親所懷有的情感，即依賴母親，希望得到母親照料的天性[11]。「依愛」是「被動的對象愛」（passive object love）[12]，嬰兒在成長過程中，所處的地位是「被母親擁有」，即被動地接受母親的疼愛與物質供應[13]。土居健郎把「依愛」擴大到社會層面，他提出兩個基本定義，即1.與人相處時，表現為希望得到別人的善待，而這種心理流露是不自覺的、自然而然的[14]；2.「依愛」與心情有關。如果我們與某人一起時覺得很舒服，就是對那人產生了「依愛」。相反，假若我們與某人一起時感到不舒服，就是認為那人不能「依愛」[15]。透過這兩點，我們知道「依愛」其實主宰著人與人之間的交往行為。「依愛」得不到滿足，就會出現各種心理問題[16]，孤獨感也由此而來。

Loneliness: Theory, Research, and Applications, eds.Mohammadreza Hojat & Rick Crandall (Newbury Park: Sage Publications, 1989), p.20.

10 同前註，頁 29。

11 土居健郎（DOITakeo）著、黃恆正譯：《日本式的愛——日本人「依愛」行為的心理分析》（《「甘え」の構造》）（臺北市：遠流出版事業公司，1985 年），頁 19 註。

12 同前註，頁 29。

13 余德慧：〈從日本式的「依愛」到中國式的「親子愛」〉，《日本式的愛——日本人「依愛」行為的心理分析》，頁 2。

14 土居健郎：《續「甘え」の構造》，《續「依愛」的結構》（東京：弘文堂，2001 年），頁 65。

15 同前註，頁 66-67。

16 同前註，頁 27-28。

土居氏的理論，可以在西方心理學者中找到佐證。土居健郎認為
「依愛」與「愛著」（attachment）意思十分接近[17]，而西方學者則以
「愛著系統」（attachment system）來解釋孤獨感[18]。當與「愛著」對
象分開時，我們會感到不安與緊張，而這正是孤獨的表現[19]。這與土
居氏的研究不謀而合。

（二）測量孤獨感

西方學者研究孤獨感，喜歡運用統計學，把孤獨感量化。最常用
以測量孤獨感的，是「改良UCLA孤獨感問卷」。這份問卷包括二十
條問題[20]，受訪者回答後會得出一個分數，反映其孤獨感的輕重。如
果我們對問卷中的問題進行歸納，不難發現這些問題主要圍繞四個重

---

17 「愛著」（attachment）是指嬰兒與母親的連繫，希望能經常看見「愛著」的對象，
或是感覺「愛著」對象的存在。土居氏指出「愛著」和「依愛」在意義上差不多
一樣，分別只在於，「愛著」等學術用語僅道出「建立親密關係」這個現象，卻不
帶任何感情色彩。見土居健郎：《續「甘え」の構造》，頁83。

18 Robert S. Weiss, "Reflections on the Present State of Loneliness Research," *Loneliness:
Theory, Research, and Applications*, p.p.1-16.

19 同上註，p.9.

20 20 條問題分別為：1. 我認為自己與家庭成員的關係密切；2. 我能夠在我的愛人或
配偶面前談論我的問題和焦慮；3. 我認為自己與我所生活的團體中其他人很不一
樣；4. 我很少與我的家庭成員交往；5. 我與我的家庭相處不太好；6. 我現在正擁有
一份浪漫的愛情或婚姻，我們雙方都為了和諧相處而付出了真誠的努力；7. 我與
家庭中大多數成員保持著良好的關係；8. 我覺得自己在需要幫助時不能向周圍的
朋友求援；9. 我生活的團體中似乎沒有一個人對我特別關心；10. 我自己與朋友保
持親密的關係；11. 我很少從我的戀人或配偶那裡得到我所需要的感情保障；12. 我
覺得自己在我居住的社區有我的「根」（一種歸屬感）；13. 在我生活的城市我的朋
友不多；14. 我沒有在我需要的時候能幫助我的鄰居；15. 我從我的朋友那裡得到了
大量的幫助和支持；16. 我的家裡人很少真正注意聽我所說的話；17. 很少有朋友以
我所期望的方式理解我；18. 當我遇到麻煩時，我的戀人或配偶能夠覺察到，並鼓勵
我把它說出來；19. 我覺得自己在我目前的愛情或婚姻中受到了好的評價和尊重；
20. 我了解我周圍那些理解我並且與我觀點和信念相一致的人。見同前註，頁30。

點：即1.愛情；2.家庭；3.朋友；和4.團體[21]。其中家庭、朋友和團
體比較接近，都是討論個人在一群人之中自處的位置。因此，我們又
可以把問題分成兩大範疇，即與異性的關係及與團體（廣義）的關
係。另外，值得留意的，是問題中「我」佔著非常重的份量，是整個
問卷的中心。綜合以上兩點，可以看到孤獨感大概分成三個層次：個
人層次、異性層次、團體層次。本文將根據這三個層次，結合「依
愛」與其他相關理論，分析鄭愁予的詩歌，測量其中所含孤獨感的強
弱。

二　表與裡：個人的兩面

　　孤獨感是個人對人際關係的主觀認知，自我形象的優劣直接影響
孤獨心理。

（一）由表面進入內心的途徑：鏡子與水

　　建立自我形象，認識自己，最原始的方法就是通過鏡子。拉康
（Jacques Lacan, 1901-1981）認為第一次將自己稱為「我」是在鏡像
階段完成的。所謂鏡像階段，是指「還不會說話、無力控制其運動
的、完全是由本源的欲望的無秩序狀態所支配的嬰兒面對著鏡子，高
高興興地將映在鏡中的自己成熟的整體形象理解為自己本身的階
段」[22]。然而，嬰兒並非一開始就立即把自己代入鏡像中。鏡像對幼
兒來說是他人的形象，幼兒必須疏離自身，才能夠接受鏡像[23]。「我為

---

21 同前註，頁 30。
22 福原泰平（FUKUHARA Taihei）著、王小峰、李濯凡譯：《拉康——鏡像階段》
　　（石家莊市：河北教育出版社，2002 年），頁 42。
23 同前註，頁 45。

了成為真正的自己而必須捨棄自己本身，穿上他者的衣裝」[24]，「在他者中生存，在他者中體驗我」[25]。換言之，我們是看到鏡中的「他者」，把自己與之同一化而獲得自我的。這個「他者」成為了我們「依賴」的對象，我們希望從中獲得完美的自我。假使這個對象不若我們幻想得美好，不能給予我們滿意的自我形象，孤獨感就會產生。

鄭愁予〈Hologram〉一詩正是與鏡子遊戲。

> 眼見鏡子之皺紋增添如許／不禁為之悲憫／／欲除下它換一面新的／而未果／只把那人遠年的畫像覆在鏡上／／每當摸索著剃鬚／面面相對炯炯的眼神／哎，好一幅美少年／／而有／塵埃不染的潺潺響在少年身後／那鏡子　忽地化成流水麼？／於是傳來流水的禪唱／「其實　我是悲憫你們眾生諸相／才因結緣而淌成／所謂多縐的／清溪的⋯⋯」／／畫像聞聲墜地／鏡子安安靜靜／只見那人的臉匯水成池／正是春風干卿底事的樣子[26]

鏡裡滿臉皺紋，昭告著光陰正似東流水一去不復返。詩人看見這個映象，意識到自己年華老去。然而，這個「他者」明顯不是詩人的理想形像。時光飛逝，在營營役役的生活中，「失落得真夠多」[27]。人生彷彿還沒有開始多久，甚麼眨眼間就已一面滄桑？年輕的美少年形象悄悄的離詩人而去。看不見這個「愛著」的對象，實在教人不爽。詩人只能在鏡子上貼上昔日俊俏的面孔，安慰自己。但自欺又豈能長

---

24 同前註，頁 46。

25 同前註，頁 46。

26 鄭愁予：〈Hologram〉，《鄭愁予詩集》（臺北市：洪範書店，2004 年），卷 II，頁 258-259。

27 鄭愁予：〈武士夢──軍校入伍期滿對鏡而作〉，《鄭愁予詩集》，卷 I，頁 260。

久？畫像終於掉下來了，鏡子反映出吹皺一池春水般的愁容。想「依
愛」的形象終究留不住，看見的卻是不願「依愛」的面目，在這個被
青春離棄的過程中，孤獨是注定的結果。

　　詩中的鏡幻化成流水，而流水在不少鄭氏作品中，也帶有鏡子的
性質，例如〈落帆〉一詩：

> 啊！何其幽靜的倒影與深沉的潭心／兩條動的大河，交擁地沉
> 默在／我底，臨崖的窗下……／啊！悟其零落的星語與晶澈的
> 黃昏／何其清冷的月華啊／與我直落懸崖的清冷的眸子／以同
> 樣如玉之身，其游於清冥之上。／這時，在竹林的彼岸／漁唱
> 聲裡，一帆嘎然而落／啊，何其悠然地如雲之拭鏡／那光明的
> 形象，畢竟是縹緲而逝／我乃脫下輕披的衣襟／向潭心擲去，
> 擲去——[28]

臨崖窗下的滔滔流水如同一面鏡子，詩人凝望水中幽靜的倒影，看著
水中世界而出神。在詩人眼裡，自己的幻影是「如玉之身」，圓融優
雅，帶有一點神性。面對這理想的「依愛」對象，詩人只想永遠與
「他」一起，最好的方法是與「他」合而為一，把自己「向潭心擲
去，擲去——」。巴什拉（Gaston Bachelard）在《水與夢》（*Water
and Dreams*）中對水的鏡子性質作了詳細的析述。他認為水比鏡子更
宜於作為反照自身的工具，因為鏡子太過人工化，人們看得到鏡像，
卻無法穿越鏡子。水則比較自然，人們不但可以望見水中的倒影，更
可以和水中人合而為一。這樣，流水提供了一個「開放想像」（open
imagination）的途徑。另外，鏡像過於穩定，失去了幻影的生命與美

28　鄭愁予：〈落帆〉，《鄭愁予詩集》，卷I，頁 40-41。

感，水則不然，流水搖曳的波紋有把影像理想化的特質[29]。透過水鏡，站在「他人的立場」上「自我凝視」[30]，是與自己「依愛」的表現，也是進入自己內心之道。面對著流水，詩人不得不向夢想的世界進發：「來呀，隨我立於這崖上／這裡的──／風是清的，月是冷的，流水淡得晶明。／／你當悟到，隱隱地悟到／時間是由你無限的開始／一切的聲色，不過是有限的玩具／宇宙有你，你創宇宙──／啊，在自賞的夢中，／應該是悄然地小立……」[31]詩人明白外界的物象只是過眼雲煙，並不能依靠，詩人真正追尋的，是無限的宇宙。這個宇宙不是外在的，而是內在的，存在於詩人自身之中，是詩人自己的世界。詩人沉醉於這世界，也就是徘徊於夢想的國度。流水把詩人帶離了「外」，導入了「內」。〈小溪〉一詩把水的角色交代得更清楚：「當我散步，你接引我底影子如長廊／當我小寐，你是我夢的路／夢見古老年代的寒冷，與遠山的阻梗／夢見女郎偎著小羊，草原有雪花飄過／而且，那時，我是一隻布穀／夢見春天不來，我久久沒有話說」[32]。小溪是連接個人與鏡像的隧道，隧道的另一端，就是想像的空間，是幻影向我展示的世界，是真我的宇宙。

有一點值得注意的，就是在對鏡吟詠的詩歌中，似乎看不見詩人因為孤獨而覺得痛苦。是否孤獨感不夠強烈呢？不是。箱崎總一（HAKOZAKI Sóichi, 1928- ）把孤獨分為「低孤獨」和「高孤獨」，「低孤獨」是依賴別人，要纏住別人才能消除的痛苦，「高孤獨」則

---

29 關於水與鏡子的討論，可參考 Gaston Bachelard, *Water and Dreams: An Essay on the Imagination of Matter*, trans. Edith R. Farrell (Dallas: Pegasus Foundation, 1983), p.p.20-22.

30 金森修（KANAMORI Osamu）著、武青豔、包國光譯：《巴什拉──科學與詩》（石家莊市：河北教育出版社，2002年），頁154-155。

31 鄭愁予：〈崖上〉，《鄭愁予詩集》卷I，頁43-44。

32 鄭愁予：〈小溪〉，《鄭愁予詩集》卷I，頁52。

是自己主動追尋的孤獨，是自我設計出來的生活形態和生存狀態[33]。詩人對鏡吟詠，與外界隔絕，陶醉於自言自語中，是「高孤獨」的表現。「高孤獨」可以說是一種近於冥想的境界。鄭愁予曾自剖曰：「詩人追求靜的境界，顯示生命的大合奏高亢到必要適可休止的起步。『靜』既是玄學的——身遠地自偏，也會是機械性的——萬籟俱寂，然則『靜』也是使所有的物象以另一種方式存在，透明、簡約、纖小與博大的不可分際，以及命名與定義的似有若無乃至消失。」[34]所謂「靜」，是把自己從花花世界中抽離、隔絕，享受獨處時在混沌意識中「靜靜遊憩」的境界，也就是「高孤獨」的追求。由外界走入內識，正是詩人步向孤獨的契機。

（二）孤獨之生成：幻想中的戰鬥

孤獨感的形成，除了主動追求，或多或少帶有個人內心的矛盾及心底願望被壓抑。這裡首先先牽涉到的問題就是人的兩面性。看〈神曲〉一詩：

> 春來啦／冬眠的人呀，看花吧，而且折花吧／櫻花祇有五日，桃李也不長久／春神旋舞過山林莽野／也低徊在你小小的宅第了／你的蘿牆，你的窗／你如蓓蕾末綻的雅淡的眉尖／／春神是一等諂媚的神／她取悅你以聲音，以彩色／以香噴噴的空氣／與暖和和的溫度／泥土軟得像糕，誘你，等著你／草地像水果盤子／小溪像酒，像乳，像愛你的人叫名字／／於是……／

---

33 箱崎總一（HAKOZAKI Sóichi）著、何逸塵譯：《孤獨心態的超越》（臺北市：巨流圖書公司，1981 年），頁 133。

34 鄭愁予：〈祇園初燈：京都系列，一組靜的詩〉，《聯合文學》213 期（2002 年 7 月），頁 27。

你打開門了／滿懷的感恩與幸福／工作，工作呀，為了生存，
生命的延續／你是撒種的，你是放羊的／你是與春光嬉逐去談
戀愛的／／然而……／又有誰聽到關門的聲音／又有誰聽到春
神與喪神竊竊的私語呢？／一椿殘酷的交易進行著／我們，已
被寫進賣身契了／「當然，他們已支付了他們的年華／春的質
料是時間，永遠兌換，絕不給予」／春神，這一等狠心的神／
這一等的奸商如此保證著[35]

春天本是萬物生長的季節，滿山遍野都是嫩綠的青草，鮮豔的花朵，
一片生機。偶爾飄灑著綿綿的春雨，為生活添上一點詩意。春天是撒
種的時間，代表死寂的冬天過去了，預示著將來的收成。所以春天是
美好的。詩人並沒有否定春天美好的一面，但隨即又衝著春發表了一
番陰謀論，認為春天是欺騙人們不斷工作，付出青春的「奸商」，是
「一等狠心的神」。在詩人筆下，春天擁有了兩面性。然而，作為死
物的春天又怎可能有這等心機？擁有兩面性的，其實是詩人。梅洛‧
龐蒂（Maurice Merleau-Ponty, 1908-1961）指出，所謂「他者」，就是
另一個我，離開了我，也就無法感知[36]。這個「他者」是透過我們的
身體而被知覺，被確定存在的。由此引申，我們對「他者」的詮釋，
正是我們內心的反映。詩人的兩面性，讓他看見春天的好，也看見春
天的壞。

---

35 鄭愁予：〈神曲〉，《鄭愁予詩集》，卷I，頁 246-248。

36 梁敏兒：〈杜甫夔州詞的深度想像：大地母神的幽暗世界〉，收入孫映逵等編：《漢
唐文學與文化研究》（上海市：學林出版社，2004 年），頁 299。另見末次弘
（SUETSUGU Hiroshi）：《表現としての身體：メルローポンテイ哲學研究》，《作
為表現的身體：梅洛‧龐蒂哲學研究》（東京：春秋社，1999 年），頁 294-296；臧
佩洪：〈作為陰影的他者——梅洛‧龐蒂他者理論的本體論意義〉，《江蘇社會科
學》2004 年 3 期，出版月份不詳，頁 9-10。

　　另一方面，詩中的春天在門外展現美好一面，關上門卻是惡的化身，這顯示詩人有「表」與「裡」的意識。土居健郎認為人有著「表」（omote）與「裡」（ura）的分別。一般而言，人們會把好的東西顯露於「表」，而被負面評價的東西，則深藏於「裡」[37]。這本是人類為了保護自己和適應社會而發展出來的，但若過份擴充，則會成為容格（Carl Gustav Jung, 1875-1961）所謂的「陰影」（shadow）。容格指出人們總是喜歡作出一個面孔，覺得不健康、不道德的因子不會在自己身上出現，不能承認自己性格的陰暗面，認為陰暗面與自己心目中的形象相違背，也與自己希望呈現在別人面前的形象不相乎。為了扮演自己喜歡的「我」，人們會把這些陰暗面壓抑下去，成為陰影。然而陰影並不會就此消散，他會隱沒在無意識之中，伺機行動。有時候，我們會把陰影投射到別人身上，把自己不願承認卻又存在於心中的醜陋東西歸諸別人，亦即出現俗語所說的「小人之心」[38]。「春天陰謀論」固然是陰影的表現，除此以外，我們還可在其他愁予詩中看到陰影的蹤跡。〈初月〉詩序中問道：「鴛鴦親愛廝守，從未行過婚禮，自是非法的。若是，分了手另去婚配又將如何？」[39]詩中提出解答：「鴛和人的締結／鴦和人的締結／（許多剩餘的燒烤佔據著野餐的紅木桌）／欲風不風／欲黯不黯／在這種天光在這種卵石恍惚的河床上／兩對清淺的影子　各自地流開了／初夜卻在影間立一道光牆像銀河說／這般的婚配是不合人倫的[40]」衡量愛情時，詩人首先考慮的，是世俗的眼光：法與人倫。即使是錯配鴛鴦的慘事，詩人也不認為是

37　Takeo DOI, *The Anatomy of Self: The Individual versus Society*, trans. Mark A. Harbison (Tokyo: Kodansha International, 1985), p.29.

38　Robert H. Hopcke 著、蔣韜譯：《導讀榮格》（*A Guided Tour of the collected Works of C. G. Jung*, 臺北市：立緒文化事業公司，1997 年），頁 81-82。

39　鄭愁予：〈初月〉，《鄭愁予詩集》，卷 II，頁 32。

40　鄭愁予：〈初月〉，《鄭愁予詩集》，卷 II，頁 33。

「不合人道」，而是「不合人倫」。為什麼要以世俗的眼光看待愛情？以世俗的準繩去批評「別人」（與己無關者）的戀愛有甚麼意義？詩人又何必花這樣的心神？詩人其實憧憬著「犯禁」的愛戀，卻不敢衝破道德觀念、社會壓力，於是，就把「犯禁」的欲望壓抑下來，化為陰影，又把這陰影套在別人身上，以批判的方式突出別人「非法」的行為，舒緩自己因強抑真我而形成的壓力。以道德為大前提的背後，深深埋藏著受社會規範逼迫的被害感及向世俗價值觀挑戰的鬥心。〈我被觀音坐著〉同樣表達了個人與世俗的矛盾：「我是淡水河不知名的支流／被觀音坐著／／雲卻坐著觀音／而上面必然有些什麼坐著雲吧／／還好　我躺成仰天長嘯的姿勢／求情的時候是方便許多的／／但我絕不求情　雲雨霽／觀音自有山崩地裂的日子」[41]觀音是世俗道德的象徵，他「坐」著詩人，是逼使詩人屈服投降。「挑戰外界」的壓抑，再次轉化為「受外界壓迫」的幻象。生活在壓迫之下，做事往往「欲行又止」，悔恨之情是可以預見的。悔恨的特點是「向外攻擊，同時也向內」[42]。向內攻擊讓詩人產生被害感，覺得孤立無援，向外攻擊則把詩人變成一個鬥士。看，詩人不是向世俗宣戰了麼：「觀音自有山崩地裂的日子」[43]！陰影使人多疑，不願與人親近[44]，甚至沈浸在幻想的鬥爭中，孤軍作戰，孤獨感因而產生。

（三）童年與夢想：漫遊孤獨世界

　　童年是生命中最早期的階段，我們對世界的認識、對自己的了解，都奠基於童年。童年的記憶與夢想，常常潛進詩人的思維，化為

41　鄭愁予：〈初月〉，《鄭愁予詩集》，卷 II，頁 32。

42　同前註，頁 141。

43　鄭愁予：〈初月〉，《鄭愁予詩集》，卷 II，頁 32。

44　同前註，頁 82。

詩句，尤其在年華消逝的時候[45]。

> 想起塞邊的小潭被黑鬚的山羊獨飲／啊，對著鏡子，鬍碴兒也
> 黑了／腰間，閃著佩劍／成年來到的時候／失落得真夠多／可
> 終究，那武士的事／已完成了／／除卻眸子更深沉／／
> 「好！」／依稀是兒時的風沙與刀馬／還依稀是童年的誓言／
> 去！殺漢奸……[46]。

當詩人長出鬍鬚，成為真正男子漢，經歷滄桑，煉得藏著無數故事的深邃眼睛時，記得的，仍是兒時的遊戲和志願。童年的夢想，促使詩人對退伍感慨良多。在詩人的成長過程中，不難察覺他因孤獨而感到無可奈何。「今日的孤獨，使我們復歸於最初的孤獨。那最初的孤獨，孩子的孤獨，在某些心靈中留下了不可磨滅的痕跡。於是整整一生都傾向於詩的夢想，傾向於明瞭孤獨的代價的夢想。」[47]對於童年，巴什拉如是說。童年的孤獨是甜的，孤獨的孩子陶醉於夢想的世界，享受夢想的幸福[48]。只要把現在的孤獨與童年的孤獨重疊，就可以重拾昔日的快感。難怪詩人在「失落得真夠多」的時候，要回憶兒時片段了。

然而，童年雖如「遺忘的火種」，任何時候都能在我們心裡「復萌」[49]，但腦海中湧現的影像並不是真正的回憶，而是「想像與記憶結合」[50]。記憶只提供了一份藍圖，是詩人的想像不斷為記憶繪製插

---

45 巴什拉（Gaston Bachelard）著、劉自強譯：《夢想的詩學》（*The Poetics of Reverie*，北京市：三聯書店，1996 年），頁 28。

46 鄭愁予：〈武士夢──軍校入伍期滿對鏡而作〉，《鄭愁予詩集》，卷 I，頁 260-261。

47 同前註，頁 124。

48 同前註，頁 124。

49 同前註，頁 129-130。

50 同前註，頁 130-131。

圖，使回憶能夠生動鮮明[51]。疊衫時，「童年竟靦腆走來」[52]，詩人只能發揮想像：到底先折右袖還是左袖？「藏過尺劍的創痕」[53]的真是左袖？右袖還有墨跡嗎？這一切一切，包括畫過的螢火蟲和雞鳴，以及「長夏的永夜」，都是在童年走來時生出的想像吧[54]！還有〈殞石〉：「自然，我常走過，而且常常停留／竊聽一些我忘了的童年，而且回憶那些沉默／那藍色天原盡頭，一間小小的茅屋／記得那母親喚我的窗外／那太空的黑與冷以及回聲的清晰與遼闊」[55]，童年已經忘了，回憶只能沉默。這樣，惟有運用詩人的想像力，為僅餘的圖式加上茅屋與回聲。

至此，我們大概意識到童年其實是孤獨的陷阱。回憶小時候的往事，只是重溫孩子在孤獨中夢想時擁有世界的幸福，回味那份我們樂於享受的孤獨感。想像童年，則是跳進夢想的空間，以夢想者的孤獨和童年的孤獨交流[56]。泅泳於童年，猶如獨自在私人花園漫步：美景處處，卻只我孤單一人。無論記憶童年還是想像童年，孤獨都是唯一的出口。

（四）拒絕別人：秘密的空間

如果說童年是把夢想的空間轉化為詩歌，把「裡」現於「表」，那麼秘密就是深藏於內，永遠不能見光的角落。秘密好像「春雪」，明明看見它的存在，卻永遠觸摸不到它的真象。秘密於詩歌中，僅能給人「曖昧」的感覺。「曖昧」就是多義性，即一個表現形式同時表達

---

51 同前註，頁 28。
52 鄭愁予：〈疊衫記〉，《鄭愁予詩集》，卷 II，頁 262。
53 鄭愁予：〈疊衫記〉，《鄭愁予詩集》，卷 II，頁 262。
54 鄭愁予：〈疊衫記〉，《鄭愁予詩集》，卷 II，頁 262-263。
55 鄭愁予：〈殞石〉，《鄭愁予詩集》，卷 I，頁 54。
56 同前註，頁 124。

多個意義和意象，譬如說甲事時，「是甲」與「不是甲」同時成立[57]。運用籠統的寫作手法，會使作品的主軸變得脆弱。有時候，我們雖然可以估計詩歌主軸的存在，但又不能明確說出，這就製造了「曖昧」，產生神秘感。這種缺乏明確主軸的「曖昧」狀態，又可以稱為「混沌」[58]。鄭愁予有不少「混沌」的作品。如〈定〉一詩：「我將使時間在我的生命裡退役，／對諸神或是對魔鬼我將宣佈和平了。／／讓眼之劍光徐徐入韜，／對星天，或是對海，對一往的恨事兒，我瞑目。／宇宙也遺忘我，遣去一切，靜靜地，／我更長於永恆，小於一粒微塵。」[59]一片朦朧的意象。屈服於諸神嗎？屈服於魔鬼嗎？是長於永恆的無限大？還是小於微塵的無限小？詩人精心佈置這曖昧氛圍，把讀者帶入時間停止的境界，但他仍然深藏著內心的秘密，沒有曝露那陰暗角落。讀者在不斷的歧義中迷失，永遠看不穿詩人的心思。誠如詩人所言，秘密的表現只是一張空白卡片，「安詳地壓著一個謎」[60]。外人看來充滿無限的可能，卻永遠弄不清其底蘊。

有時候，秘密實在不便明言。「我們底戀啊，像雨絲，／在星斗與星斗間的路上，／我們底車輿是無聲的。」[61]愛情的感覺又怎說得清。幻象的美麗只存在於曖昧之中，揭露了哪會精彩？要享受戀愛的甜蜜，就要讓秘密在心底蘊釀。大家無言相對，連車輿也要無聲。土居健郎認為心靈最理想的狀態是能夠保守秘密，而這影響著一個人的

---

57 田甫律子（TAHO Ritsuko）：〈曖昧さと藝術〉（〈曖昧與藝術〉），河合隼雄（KAWAI Hayao）、中澤新一（NAKAZAWA Shinichi）編：《「あいまい」の知》（《「曖昧」的智慧》（東京：岩波書店，2003 年），頁 202。

58 同前註，頁 202。

59 鄭愁予：〈定〉，《鄭愁予詩集》，卷 I，頁 7。

60 鄭愁予：〈一張空白我卡片〉，《鄭愁予詩集》，卷 II，頁 290-291。

61 鄭愁予：〈雨絲〉，《鄭愁予詩集》，卷 I，頁 2。

魅力[62]。無怪乎靜候歸人的少婦是「三月的春帷不揭／你底心是小小的窗扉緊掩[63]」了。〈對飲〉一詩，「玻璃桌是結冰的湖」[64]，「兩人對坐是不言不語的」[65]，有情人見面，寧靜得沒有半點聲音，即使「肢體循流著春在冰的兩緣」[66]，「花也許會沿著靜脈開放」[67]，內心有無盡的暗湧，卻不能表達出來。心裡的悸動，就由它成為各自的秘密吧。「曖昧」的甜蜜彷彿吹彈可破。若揭穿彼此的秘密，雙方的關係便會隨之冷下來[68]。秘密的空間，還是和自己分享好了。這容不下「他者」的幽暗角落，注定是孤獨的國度。

三　同一與分離：異性帶來的孤獨感

我們說過，孤獨是想「依愛」而不能「依愛」，或是「愛著」對象不在場而形成的。因此除了「我」以外，「他者」也是研究孤獨感的重點。異性是與「我」關係密切，又比較特別的「他者」。以下，我們將討論異性如何把我們帶進孤獨之中。

（一）「合」的傾向：不能合一的孤獨

人天生有與異性相合的傾向。佛洛伊德（Sigmund Freud, 1856-1939）認為生物大部分活動，都是圍繞性本能展開的，亦即生物賴以延續生命，使自己物種不至滅絕的本能。佛洛伊德假定性本能的目的

---

62 同前註，頁 118。

63 鄭愁予：〈錯誤〉，《鄭愁予詩集》，卷 I，頁 8。

64 鄭愁予：〈對飲〉，《鄭愁予詩集》，卷 II，頁 4。

65 鄭愁予：〈對飲〉，《鄭愁予詩集》，卷 II，頁 5。

66 鄭愁予：〈對飲〉，《鄭愁予詩集》，卷 II，頁 5。

67 鄭愁予：〈對飲〉，《鄭愁予詩集》，卷 II，頁 5。

68 同前註，頁 125。

是把有機生命裡分散的生物物質微粒廣泛地結合起來，使生命複雜化，從而保存生命[69]。從另一角度看，賦予性本能更宏觀的解釋，我們大概可以將性本能歸結為合的本能。人類對於異性，不僅追求身體上的結合，也希望在心靈上能夠成為一體。詩人對於戀愛是這樣想像的：「傳說：／宇宙是個透藍的瓶子，／則你的夢是花，／我的遐想是葉……／／我們並比著出雲，／人間不復仰及，／則彩虹是垂落的菀蔓／銀河是遺下的枝子……」[70]你是花，我是葉，同為一體，生出彩虹，生出銀河，佔據整個宇宙。戀人又彷彿「耳環」，缺了哪方都變得不完整，只能剩下「淒婉」、「無奈」和「傷感」[71]。事實上，「愛著」和「依愛」，也是「合」的本能。詩人吶喊「我多想望妳打開百葉窗的扉子／像睜眼的星星閃出天堂的光／我多想望妳張起那一天音符的網／安我腳步，慰我憂傷」[72]，因為「愛著」對象不在場，本能喚起的緊張情緒使詩人「想望你」，重現親密關係[73]。他又化身唐代少女的「哥哥」，「依愛」教他渴望獲得這「千年水邊的麗人」的期待，讓兩顆心靠在一起[74]。

然而，人生又怎能如此愜意？有更多時候，「合」的本能並不可以滿足，這表現為病態的愛戀。詩人對情婦是高傲又佻皮的[75]：「在一青石的小城，住著我的情婦／而我甚麼也不留給她／祇有一畦金線

---

69 弗洛依德（Sigmund Freud）著、楊韶剛等編譯：《弗洛依德心理哲學》（北京市：九州出版社，2003 年），頁 31；溫羽貝：〈重複與差異：瘂弦詩歌研究〉，未刊論文。

70 鄭愁予：〈戀〉，《鄭愁予詩集》，卷 I，頁 83。

71 鄭愁予：〈留了短柬〉，《鄭愁予詩集》，卷 II，頁 331。

72 鄭愁予：〈琴心〉，《鄭愁予詩集》，卷 I，頁 30。

73 同前註，頁 9。

74 鄭愁予：〈寧馨如此〉，《鄭愁予詩集》，卷 II，頁 2-3。

75 黃坤堯：〈論鄭愁予詩的愛情主題〉，《藍星》新 10 期（1978 年 12 月），頁 132-133。

菊，和一個高高的窗口／或許，透一點長空的寂寥進來／或許⋯⋯而金線菊是善等待的／我想，寂寥與等待，對婦人是好的。」[76]明知情人在等候自己，卻有心讓她獨守空房，受寂寞煎熬，這不是給她「鬧彆扭」嗎？「鬧彆扭」的原因，是不能率真地「依愛」[77]。或害怕分離的痛苦，或擔心情婦不再喜歡自己，種種原因，使詩人不敢「依愛」，寧願「鬧彆扭」，享受幻想中被期待的快感。表面上是傷害對方，其實是在撒嬌[78]。詩人又自稱「送花大盜」，「旋開你的窗牖」，「吹響催眠的鈴子」，「偎在你床頭做伴的燈」，然後把「旋風旋成四朵夜合歡」，「轉身送給你」[79]。從來只有說「採花大盜」，男子從女子身上佔了便宜，是為「採」，而「送」，則是意味著便宜了女子。這不是暗指情人很希罕自己嗎？這種看不起別人的傲慢態度，乍看似是自信十足，實際上是孤立無援的，他們「為了掩飾『依愛』的欠缺，而做出這種行為」[80]。以上都是不能「合」的後果，是想「依愛」而不能「依愛」的表現。處身患得患失的兩性關係中，自欺已不能驅散不安，孤獨才是空虛的依歸。

（二）聖女難尋：不甘平凡的孤獨

不能與異性相合固然會產生孤獨感，但更壞的情況，是連「合」的對象也找不到。對於理想異性，容格提出的「阿尼瑪」（anima）和「阿尼姆斯」（animus）或許可用以分析。「阿尼瑪」和「阿尼姆斯」是人類在悠長的發展過程中形成的一套普遍共通的無意識[81]。所謂

76 鄭愁予：〈情婦〉，《鄭愁予詩集》，卷 I，頁 122。

77 同前註，頁 40。

78 同前註，頁 40。

79 鄭愁予：〈送花大盜〉，《鄭愁予詩集》，卷 II，頁 334-335。

80 同前註，頁 43。

81 榮格（Carl Gustav Jung）著、李德榮編譯：《榮格性格哲學》（北京市：九州出版

「阿尼瑪」，就是男人的女性一面；「阿尼姆斯」則是女人的男性一面。「阿尼瑪」和「阿尼姆斯」都有四個發展階段。就「阿尼瑪」而言，第一階段著重女性的生理和本能，第二階段則喜歡羅曼蒂克並能挑起情慾的女性，第三階段把注意力由愛慾轉到精神，喜歡聖靈，而第四階段則是智慧的阿尼瑪[82]。男性會把「阿尼瑪」投射到女人身上，合乎「阿尼瑪」特徵的，就是理想異性[83]。細讀愁予詩，詩人是這樣想像女性的：

> 〈寧馨如此〉
> ……一個唐代雍容的女子／／她　會神地讀著信……並未植梅並未燃麝的四隅／忽又迴響鈴鼓的樂聲／是來自一葉紙的折起一葉紙的又展開／她　會神地讀著信[84]

> 您長成慈心愛嬌的水仙[85]（〈對飲〉）

> 她是介乎神祇和童稚之間　與自然有些相似[86]（〈呼喚〉）

> 而送乳的女尼已在天亮前離去[87]（〈寺鐘〉）

社，2003 年），頁 12。

82 黎活仁：〈「永恆的女性」的投射：林語堂《風聲鶴唳》的分析〉，《林語堂、瘂弦和簡禎筆下的男性與女性》（臺北市：大安出版社，1998 年），頁 9-13；並見黃自鴻：〈犁青詩歌的重複現象〉，收入黎活仁主編：《犁青的立體詩》（香港：香港大港中文系，2003 年），頁 56。

83 同前註，頁 92。

84 鄭愁予：〈寧馨如此〉，《鄭愁予詩集》，卷 II，頁 2-3。

85 鄭愁予：〈對飲〉，《鄭愁予詩集》，卷 II，頁 4。此處「水仙」應該既指植物，也指女神，因為她是「慈心」的。

86 鄭愁予：〈呼喚〉，《鄭愁予詩集》，卷 II，頁 51。

這些都是智慧與精神的化身。詩人「阿尼瑪」最極端的體現，是在〈持咒的微笑——向綠度母頂禮〉一詩：「流盼／奪魂的嫵媚／使眾生豎耳昂首／又彈指／紅塵儘成綠土／這是度厄的顏色／度愁苦／度我／我　鬢眉皆綠／春已附骨」[88]。密宗菩薩成了理想女性的代表，「春已附骨」暗示著詩人的傾慕。詩人的「阿尼瑪」明顯已經發展到第三階段（聖靈），甚至第四階段（智慧）。高階段的「阿尼瑪」不斷在凡間尋找相應的女子，無奈智慧與神聖只屬於天，希望只能帶來失望，最後終致孤獨。

巴什拉後來把「阿尼瑪」和「阿尼姆斯」的理論擴而充之，認為「阿尼姆斯」屬於思想，「阿尼瑪」掌管夢想[89]。然則夢想的詩學，就是「阿尼瑪」的詩學、陰性的詩學了。愁予詩一向被認為頗有陰柔之美[90]。楊牧（王靖獻，1940-）曾說「愁予二十五歲以前，他的語言是和緩的，陰性的，甚至可以說是傳統地『詩的』。」[91]雖然鄭愁予自〈窗外的女奴〉開始蓄意放棄陰性的語言，但楊牧始終對這「陽剛化」的過程評價不高[92]。本質是不能以人力改變的，夢想的詩人，只能寫出屬於夢想的詩歌。正如孟樊（陳俊榮，1959-）所言：「語言增加許多硬度後的愁予，仍不失其予人陰柔之美……最主要原因，乃『愁予風』整體語言所釀造出來的『神韻』……」[93]神韻者，就是詩人不自覺流露的內心情感。無疑鄭愁予是「阿尼瑪」極盛的詩人。

---

87 鄭愁予：〈寺鐘〉，《鄭愁予詩集》，卷 II，頁 63。
88 鄭愁予：〈持咒的微笑——向綠度母頂禮〉，《鄭愁予詩集》，卷 II，頁 11。
89 同前註，頁 85。
90 孟樊：〈浪子意識的變奏——讀鄭愁予的詩〉，《文訊》30 期（1987 年 6 月），頁 158。
91 楊牧：〈鄭愁予傳奇〉，《幼獅文藝》38 卷 3 期（1973 年 9 月），頁 35-36。
92 同前註，頁 36-38。
93 同前註，頁 158。

「阿尼瑪」有著「一種真正的夢想本能,正是這種夢想本能使心理保持著連續的安寧」[94]。當詩人內心的「阿尼瑪」不能透過現實世界的投射獲得滿足,夢想本能即會發揮到極致,讓「阿尼瑪」在夢想空間得到快感。現實世界尋不著高階段「阿尼瑪」的化身,促使詩人轉向抽象世界,這是愁予詩偏向陰柔的原因。然而,人與異性的關係始終比較實在,只是幻想,並不能排遣無伴的空虛。詩人身處凡間,卻傾心於超凡的女性,其孤獨的感覺是可想而知的。

(三)「分」之恐懼:戀愛中的孤獨

不能戀愛的人感到孤獨,熱戀中的人同樣會感到孤獨。箱崎總一說得好:「愛情是幸福的開始,也是不幸的開始。」[95]墮入愛河的男女,心貼得越近,就越是敏感,敏感帶來的胡思亂想又教人焦慮不安、憂心忡忡,加上心裡只想著戀人,把其他事情都荒廢掉,約會結束後又馬上感到孤獨,一心期待下次約會的到來,因此愛得越深,孤獨出現的頻率也越高[96]。〈愛,開始〉一詩正是表現這種感覺:

> 自從愛情忸怩地開始,╱喲,小蓮莉,好一襲珠綴的長裙呀。╱引起宇宙間最最綺麗的追蹤:╱追蹤你的╱那七星的永恆的光亮;╱追蹤你的╱那一週的七個日子;╱追蹤你的╱那七根絃上的戀歌;╱追蹤你的╱那年青的七個心竅的狂熱;╱追蹤你的,喲,蓮莉呀,╱妳不讓曳揚在腳後的長裙垂落麼?╱當你跑上生命最好的海拔,╱那時,你甚麼也不看見,╱那時,將是一片雲海了……[97]

---

94 同前註,頁 93。

95 同前註,頁 75。

96 同前註,頁 76-77;黎活仁:〈何其芳與瘂弦的孤獨感比較研究〉,未刊論文。

97 鄭愁予:〈愛,開始〉,《鄭愁予詩集》,卷 I,頁 60-61。

初戀是那樣的動人，相思的心瞬間充滿整個人生。不論甚麼地方、甚麼時間，是心裡的歌謠，還是外界的刺激，那洋溢著戀愛的味道。除了戀愛以外，「甚麼也不看見」，愛到極點的代價，是一臉茫然的空虛與孤獨。

信賴是避免因愛而生的孤獨感的唯一方法，可惜這也是無從確切把握的情愫[98]。〈波士頓公園五月所見〉，滿臉桃花的粉紅少女，不是拿著剪刀，要挖英雄石像的心來看嗎[99]？信賴就是憑信念肯定一件事。要挖出來，親眼看到，才信石像的心也是粉紅色，也是被戀愛滋養著，怎能算是信賴？在愛情面前，測試、驗證是危險的。胸被剖開了，心臟出來了，愛情馬上就成了「跳動的歷史」[100]。然而，信賴是如此困難，連擁有無盡法力的「諸葛勒王子」，在與戀人分享永恆生命前，也要先「試探你長夜的等待」[101]。這正體現了熱戀中的擔憂，也是土居氏所說：「當依愛的心理佔優勢時，背後反而會隱藏著對於分離的心理衝突與不安。」[102]

另外，如果戀人之間性多於愛，關係建基於「那一瞬間的結合」之上，完事之後，剩下的就只有一種「索然無味的空虛感覺」[103]。就像「送乳的女尼已在天亮前離去」[104]，門只掩著孤獨，陪伴詩人；又如「全然赤膊的一車夫／在未曾黎明的雨中／疾奔／是全然漉濕而涼入臍下／耳中風聲起落」[105]，這種混亂徬徨的感覺，竟然猶如「狼藉

---

98 同前註，頁 77。

99 鄭愁予：〈波士頓公園五月所見〉，《鄭愁予詩集》，卷 II，頁 113-115。

100 鄭愁予：〈波士頓公園五月所見〉，《鄭愁予詩集》，卷 II，頁 115。

101 鄭愁予：〈諸葛勒王子十四行〉，《鄭愁予詩集》，卷 II，頁 336-337。

102 同前註，頁 87。

103 同前註，頁 81。

104 鄭愁予：〈寺鐘〉，《鄭愁予詩集》，卷 II，頁 63。「乳」在詩中表面含意是牛乳，但它既是女性的象徵，而女尼的離去又表達得甚為曖昧，固應兼含性的隱喻。

105 鄭愁予：〈晨雨，見飛機航過天際〉，《鄭愁予詩集》，卷 II，頁 68。

完成野合」[106]！再看〈草生原〉中的「靚女」，性愛後的贖身，帶來的也只是一種「綿綿的空無之感」[107]，「那麼波動／那麼波動後的無助／那麼樂著病死」[108]。這些難道不是性愛過後的孤獨感？在詩人想像戀愛、結合的隙縫中，孤獨已經無聲無色地竄進來了。

四 內與外：個人與團體

人是群居動物，生活於團體之中。面對人生，孤單總叫人怯懦：「世界這麼大怎麼只有我們兩個人／連烏鴉也不來叫一聲／板車越爬越慢，越有千斤重」[109]。唯有在團體之中，同心協力，才能勇敢面對問題。由此可知，個人與團體的關係，直接影響孤獨情緒。

（一）母體的矛盾：永恆離鄉的孤獨

鶴田欣也（TSURUTA Kinya, 1932- ）認為，若以母體為基軸思考，人類有兩個主要運動。其一是與母體分離，向個體邁進；另一個則是向分離了的母體尋求同化。所謂母體，從廣義的角度出發，可指個人依存著的團體，例如公司、社會、國家等[110]。這兩個活動方向相反，卻同時主宰著人類。正如遊子離鄉漂泊，雲遊四海，往往鄉愁滿胸，但若長留故鄉，又肯定不甘平凡，憧憬著外面的繽紛世界。中國

---

106 鄭愁予：〈晨雨，見飛機航過天際〉，《鄭愁予詩集》，卷 II，頁 68。

107 同前註，頁 138。

108 鄭愁予：〈草生原〉，《鄭愁予詩集》，卷 I，頁 210。

109 鄭愁予：〈颱風板車〉，《鄭愁予詩集》，卷 I，頁 267。

110 鶴田欣也（TSURUTA Kinya：〈ヘミングウェイの個と同化——「甘え」の觀點から『老人と海』を讀む〉（〈海明威的個體與同化——從「依愛」觀點解讀《老人與海》〉），平川祐弘（HIRAKAWA Sukehiro）著、鶴田欣也編：《「甘え」で文學を解く》（《以「依愛」分析文學》（東京：新曜社，1996 年），頁 303。

傳統文學中，有不少詩詞都表現著這種矛盾。李義山（李商隱，西元
813-858年）〈夜雨寄北〉不是說：「君問歸期未有期，巴山夜雨漲秋
池。何當共剪西窗燭？卻話巴山夜雨時。」[111]在外時想念家鄉親人，
回去後怎又訴說異鄉奇事？分離與回歸的衝突，釀造著孤獨的人生。

鄭愁予被稱為「浪子」，詩歌中充滿了對漂泊的憧憬：

> 我凝望流星，想念他乃宇宙的吉普賽，／在一個冰冷的圍場，
> 我們是同槽拴過馬的。／我在溫暖的地球已有了名姓，／而我
> 失去了舊日的旅伴，我很孤獨，／／我想告訴他，昔日小棧房
> 炕上的銅火盆，／我們併手烤過也對酒歌過的——／它就是地
> 球的太陽，一切的熱源；／而為甚麼挨近時冷，遠離時反暖，
> 我也深深納悶著[112]。

詩人原是吉普賽，只屬於流浪。一旦回鄉生了根，與旅伴作別，就會
感到孤獨。漂泊在外，回憶家的溫暖，幻想故鄉水的甘甜，一切都是
美好的。但此刻置身家中，反而掛念無盡的旅途。挨近家鄉，感覺是
冷的。浪子始終宜於流浪。

然而，現今的人類是「移動的人類」，離開出生地變得越來越平
常[113]。詩人在故鄉的時間始終不多，詩歌也較多流露思鄉之情：「漂
泊得很久，我想歸去了／彷彿，我不再屬於這裡的一切／我要摘下久
懸的桅燈／摘下航程裡最後的信號／我要歸去了……」[114]詩人厭倦顛
簸的生活，開始想家了，要歸去了。可惜離家不易，回家更難，詩人

---

111 李商隱（西元 813-858 年）：〈夜雨寄北〉，收入葉葱奇疏注：《李商隱詩集疏注》
　　（北京市：人民文學出版社，1985 年），上冊，頁 50。

112 鄭愁予：〈鄉音〉，《鄭愁予詩集》，卷 I，頁 12。

113 平川祐弘：〈母親のいるふるさと——小泉八雲と荻原朔太郎〉（〈母親所在的故
　　鄉——小泉八雲與荻原朔太郎〉），《「甘え」で文學を解く》，頁 368。

114 鄭愁予：〈歸航曲〉，《鄭愁予詩集》，卷 I，頁 4。

只能希望夢中可以如願，看見久別的妻子，與孩子和老母「默默相擁」，無奈「這裡是誑人的風沙的晴季／不必讓我驚醒吧／我仍走在異鄉的土地……」，詩人只好以「濕潤而模糊」的睡眼，觀看陌生的風光[115]。

詩人不想流浪，「不願做空間的歌者」，卻「又是宇宙的遊子」[116]。夾在兩難中，感覺絕不好受。詩人曾經嘗試用幻想美化這生命的無奈：「秋天的疆土，分界在同一個夕陽下／接壤處，默立些黃菊花／而他打遠道來，清醒著喝酒／窗外是異國／／多想跨出去，一步即成鄉愁／那美麗的鄉愁，伸手可觸及／／或者，就飲醉了也好／（他是熱心的納稅人）／／或者，將歌聲吐出／便不祇是立著像那雛菊／祇憑邊界立著」[117]。多麼美麗的矛盾，淺嚐鄉愁或是異邦尋幽，只在一念之間。選擇之兩難，透出淡淡的哀愁，恍若一片花飛，預言著飄絮如雪的美景，也暗示了春逝的傷感。詩人告訴我們，在異地探險，追求美的意念，是突破空間，而在異地思鄉懷舊，是突破時間，人類渴望突破空間與時間，於是採取行動——流浪[118]。難道流浪帶來的快感，真的足以掩蓋離鄉與思鄉這矛盾引起的孤獨嗎？平川祐弘（HIRAKAWA Sukehiro, 1931- ）談及小泉八雲（Lafcadio Hearn, 1850-1904），曾引齊美爾（Georg Simmel, 1858-1918）所說，認為在異邦生活，不管何處，也是不能言盡的幸福，因為那是人類兩種憧憬——對漂泊的憧憬和對故鄉的憧憬——的綜合，也是創造與存在的綜合[119]。然而，即使如小泉八雲，身邊有「能夠醫治本身渴求，又對自己溫柔的人」，還

---

115 鄭愁予：〈旅夢〉，《鄭愁予詩集》，卷 I，頁 243-245。

116 鄭愁予：〈偈〉，《鄭愁予詩集》，卷 I，頁 6。

117 鄭愁予：〈邊界酒店〉，《鄭愁予詩集》，卷 I，頁 198。

118 廖祥任：〈宇宙的遊子——愁予浪子詩評析〉，《中國語文》520 期（2000 年 10 月），頁 69。

119 同前註，頁 368。

不是常常以「我們」暗喻著「我們西方人」嗎[120]？還不是忍受著身處異國的孤獨嗎？和母體分離與同一這兩個活動不斷撕裂我們，從我們體內溢出的，正是綿綿不絕的孤獨感。

（二）陌生人：自由的代價

　　流浪不僅是物理上的漂泊，也是心靈的無根狀態。浪子與所有人都只是擦身而過，用不著建立甚麼連繫，亦即避免對人產生「依愛」。在旅途的休憩站，「有命運垂在頸間的駱駝／有寂寞含在眼裡的旅客／是誰掛起的這盞燈啊／曠野上，一個矇矓的家／微笑著……／／有松火低歌的地方啊／有燒酒羊肉的地方啊／有人交換著流浪的方向……」[121]大家是沒有目的地的旅人，有緣一聚，隨即分開，彼此距離沒有所謂的遠或近。「你也許是來自沙原的孤客……讓我以招呼迎你吧／但我已是老了的旅人」[122]。萍水相逢，唯願能為彼此的旅程添上一點色彩。

　　有時候，陌生人不是今天來，明天就走的流浪漢，卻是今天來，明天留下來，但沒有放棄去留自由的「潛在的流浪漢」[123]。「今夜你同誰來呢？同著／來自風雨的不羈，抑來自往歲的記憶……我再再地斷定，我們交投的方言未改／那蒲團與蓮瓣前的偶立／或笑聲中不意地休止／／啊，你已陌生了的人……」[124]昔日的知交好友，只能回憶

120 同前註，頁 368。
121 鄭愁予：〈野店〉，《鄭愁予詩集》，卷 I，頁 22-23。
122 鄭愁予：〈黃昏的來客〉，《鄭愁予詩集》，卷 I，頁 26-27。
123 Georg Simmel, "The Stranger," *On Individual and Social Forms*, ed. Donald N. Levine (Chicago: The U of Chicago, 1971), p.143；見北川東子（KITAGAWA Sakiko）著、趙玉婷譯：《齊美爾──生存形式》（石家莊市：河北教育出版社，2002 年），頁 212；焦桐：〈建構山水的異鄉人──論鄭愁予「鄭愁予詩集」〉，《幼獅文藝》545 期（1999 年 5 月），頁 38-39。
124 鄭愁予：〈度牒〉，《鄭愁予詩集》，卷 I，頁 112。

往事，鄉音未改，卻失去共同話題。從前關係親密，現在只能作陌生人。不但知交轉眼成陌路，就連至親也會斷了聯繫：「啊，我的成了年的兒子竟是今日的遊客呢／他穿著染了色的我的舊軍衣，他指點著／與學科學的女友爭論一撮骨灰在夜間能燃燒多久」[125]。在父親的骨塔前，兒子沒有慎終追遠的懷傷，只與女友談科學驗證，彷彿塔中人和自己無絲毫關係。齊美爾認為陌生人與社會僅存在一般的共通點，沒有特定的連結點，所以無法被拉入團體[126]。兒子與父親「形似」而「神異」[127]，在流浪的世界，血緣也可以略去不提，任何人都是「他人」。

　　土居健郎以「內」與「外」劃分人際關係，而區別「內」「外」的準繩，則是「遠慮」——即客氣、自我約束——之有無[128]。「內」包括家人或熟人，或是個人依附的團體。最內側不需要「遠慮」，隨著關係疏離，「遠慮」程度增加，則漸趨於外側。至於真正的「外」，是「他人」——「沒有血緣關係的人」、「無關的人」[129]——的世界，即團體以外，無須「遠慮」[130]。圖列則為：

「內」		「外」
內側→外側		（無須遠慮）
（無遠慮）	（有遠慮）	

---

125 鄭愁予：〈厝骨塔〉，《鄭愁予詩集》，卷 I，頁 152。

126 同前註，頁 212。

127 張春榮：〈鄭愁予「厝骨塔」與鄔敦怜「同學會」〉，《國文天地》17 卷 10 期（2002 年 3 月），頁 81。

128 同前註，頁 51。

129 同前註，頁 47。

130 關於「內」「外」、「他人」和「遠慮」，同前註，頁 47-55。

　　從這個觀點出發，浪子的世界只有「他人」，只有「外」。他們不加入任何團體，所以「沒有」親人和熟人。流浪是追求自由的最佳方法，不用考慮與人相處之道，無須被團體干涉，隨心所欲。「自從來到山裡，朋友啊！／我的日子是倒轉了的：／我總是先過黃昏後度黎明。／／每夜，我擦過黑石的肩膀，／立於風吼的峰上，／唱啊！這裡不怕曲高和寡。／／展在頭上的是詩人的家譜，／哦，智慧的血系需要延續，／我鑿深滿天透明的姓名。／唱啊！這裡不怕曲高和寡。」[131]詩人度日並不依隨常人，日夜顛倒，不用與他人接觸，也不用「遠慮」他人。不怕曲高和寡，也就不寄望被人理解，無所待才得真自由，亦即土居氏所謂「個人優先於團體」[132]。這種脫離群體，逃避「依愛」心理的生活雖然允許詩人任性而為，但也使詩人產生極嚴重的心理問題。「依愛」可以暫時壓抑，卻難以全部驅散。潛藏於心底對「依愛」的欲望，脫離團體引起之自我喪失[133]，勢必把詩人推向孤獨的深淵。

（三）「本音」與「建前」：無法超越的團體

　　真正的自由固然值得追求，即使要以孤獨作為代價，也教人難以抗拒。可惜我們追求的，往往不是真正的自由，而是「依愛」的自由，亦即對任性的嚮往。個人喜歡為所欲為，但團體不讓人隨心所欲，於是個人便渴望自由。換言之，「依愛」的自由是團體壓抑個人的反作用，一旦脫離團體，這種「自由的追求」也就不復存在。因此土居氏認為這是「個人無法超越團體」的情況[134]。土居健郎又提出

---

131 鄭愁予：〈山居的日子〉，《鄭愁予詩集》，卷Ⅰ，頁 38。

132 同前註，頁 96。

133 同前註，頁 133。

134 同前註，頁 96。

「建前」（tatemae）與「本音」（honne）兩個名詞。「建前」指約定俗成的傳統，暗示這傳統背後存在著的一個團體，「本音」則是團體內的個人意志[135]。在「個人無法超越團體」的情況下，「本音」常常為「建前」所吞噬。「本音」不能發聲，內心肯定感到憂鬱。「我所知道的，／都是些古老的事了：／我像從墓地醒過來……／／是否你們都相信黑色的謊言，／如出自鸚鵡底嘴角呢？／我所記得的是一個美的概念，／它也有完整的形象，／如我屋頂的碑；／也有成排與成行的字體，／然而，那已是模糊的了。」[136]墓碑上寫的，是世俗的記載。美的概念、完整的形象，是「建前」的寫照，也是黑色的謊言。在墓碑的約束下，「本音」消失了，真我死了。「建前」扭曲個人的本質，從此「一株樹已死」，只因成了「耶誕之樹」[137]；書生離開醉心的春闈，只為「贏歸眩目的朱楣」[138]。遊子在異邦與同鄉應酬，「談房子，談車子，談孩子……」[139]，漫談不及邊際，掛念著的釣魚臺，卻只能收於心底。老師抑壓對藍眼同事的幻想，卻擺出一副道學模樣，「矯情地批評這些孩子了／你們怎麼能用這麼傖俗的譬喻／描繪那樣的眼的藍呢？」[140]為了適應社會的要求，人們載著沉重的面具（persona）[141]，扼殺自己的思想，實在讓人沮喪。然而，人們如果順從「本音」，不顧「建前」，則害怕失去「依愛」的權利[142]：「我常引起友朋的戒懼不與我同機出遊／因多知我逆天行事定在天也怒時／遭

---

135 同前註，頁 36-37。

136 鄭愁予：〈山居的日子〉，《鄭愁予詩集》，卷 I，頁 38。

137 鄭愁予：〈耶誕之樹——我是那樹〉，《鄭愁予詩集》，卷 II，頁 256-257。

138 鄭愁予：〈最後的春闈〉，《鄭愁予詩集》，卷 I，頁 138-140。

139 鄭愁予：〈爬梯及雜物〉，《鄭愁予詩集》，卷 II，頁 311。

140 鄭愁予：〈藍眼的同事〉，《鄭愁予詩集》，卷 II，頁 158-161。

141 同前註，頁 86。

142 同前註，頁 45。

逢天譴」[143]。逆天行事，就是任性，就是不合群。不順從「建前」，否定團體，終被團體否定，不能「依愛」。李御寧（1933-）談及日本人「內」「外」意識時，曾提到「一匹狼」，即脫離群集、遭受杯葛的局外人[144]。事實上，在任何國家（最少在東亞國家），如果不理「建前」，任意妄為，必定會成為孤獨的「一匹狼」，飽受社會壓力的煎熬。正是這種無形的懲罰，使人不敢踰矩。

談到這裡，我們其實又回到了母體的矛盾。究竟是跟隨「建前」，與團體同一，還是聽從「本音」，脫離團體？到底應該忍受抑壓內心的空虛，過群體生活，還是告別群體，享受寂寞的自由呢？觀乎愁予詩作，詩人正徘徊於兩者之間。二擇其一確實不易，只能肯定，無論選擇哪一種生活方式，孤獨的魔掌都會如影隨形。

五　結語

從個人、異性關係和團體關係三方面分析，愁予詩都充滿孤獨感。以此回應改良UCLA問卷，大概會獲得不低的分數（即孤獨感頗嚴重）。然而，詩中並沒有經常流露出孤獨帶來的痛苦。這或者因為詩人嘗試向「高孤獨」進發，承認孤獨為一種生活方式，甚至尋求孤獨，希望藉此達到「靜」的境界。

為甚麼會孤獨呢？我們說因為「依愛」的慾望不能滿足，或是沒找到「愛著」的對象。然而，追根究底，孤獨的淵藪實是我們的內心。表裡、內外的衝突，足以使人掉進孤獨的陷阱。越是困擾於這矛盾之中，越把注意力集中於這矛盾之中，將使感覺更加敏感，在這方

---

143 鄭愁予：〈天譴〉，《鄭愁予詩集》，卷 II，頁 46。

144 見李御寧著、張乃麗譯：《日本人的縮小意識》（濟南市：山東人民出版社，2003年），頁 230-233。

面投入更多注意力，形成惡性循環，即「囚」的現象[145]。在迷宮中，人們將無法脫身。要逃出孤獨，拯救表裡內外之失衡，唯一方法是打破表裡內外的界限。誠如巴什拉所說：「存有是一種間隔的壓縮作用，在壓縮當中會產生往外散放的爆發，在散放當中又會回流到一個軸心來，又會往中心回流。在內部與在外部都是我們私密感受所生，它們總是隨時準備要被反轉，隨時準備要交換它們的交戰狀態。如果在這樣子的內部與外部之間，存在著一個劃清邊界的介面，這個介面在面對兩邊時，都會吃力不討好。」[146]所謂的內與外只是相對的概念，個人的感知。「只要跟私密感有關的東西，就不可能被圍起來。」[147]內外邊界是個人賦予的、模糊的、半開半合的。這既開又合的曖昧中，根本不存在任何矛盾。只要把內外的距離拉近，相信定能減低孤獨。詩人一心追求「靜」的境界，不受俗世煩擾，不為雜念所亂，無你無我，自然能超越孤獨的痛苦，邁向「高孤獨」。

—— 選自《台灣詩學》9期（2007年6月）

---

145 同前註，頁 119。

146 巴什拉著、龔卓軍、王靜慧譯：《空間詩學》（*The Poetics of Space*）（臺北市：張老師文化事業公司，2003 年），頁 319。

147 同前註，頁 322。

孤獨美學：現代主義裡的
古典文學情愫
—— 以鄭愁予為範式

蕭 蕭

一 前言：孤獨感是文學生發的源頭、成長的脈絡

朱光潛（1897-1986）在《文藝心理學》裡提到，對於同一事物，我們可以用三種不同的方式去「知」它，其先後順序是：

1. 直覺（Intuition）：見形相而不見意義
2. 知覺（Perception）：由形相而知意義
3. 概念（Conception）：超形相而知意義[1]

換句話說，人與外物的觸探、連結、往復、感動，最初的相應點就是「直覺」，直覺是我們看到（聽到、觸到、聞到、嚐到）某種事物時，這種事物在我們心中對應的一個「無沾無礙的獨立自足的意象」，毫不旁遷，絕無他涉。朱光潛引述義大利美學家克羅齊（Bendetto Croce，1866-1952）對知識的兩種判定，一是直覺的（Intuitive），一是名理的（Logical），名理的知識兼指知覺與概念，所以，直覺的知識是「對於個別事物的知識」（Knowledge of individual things），名理

---

1 朱光潛（1897-1986）：〈美感經驗的分析（一）：形相的直覺〉，《文藝心理學》（臺北市：臺灣開明書店，1994 年），頁 4-5。

的知識是「對於諸個別事物中的關係的知識」（Knowledge of the relations between them）[2]。他們都認為「美感的」和「直覺的」意義相近，形相的直覺就是一種美感。

這是就我們所認知的對象而言，形相本身毫無依附地呈現，獨立的、立即的、直覺的感應，就是一種美感。

但是，就認知的主體——「人」而言，人在美感產生的那一剎那，也是獨立的、毫無依傍的、立即反應的一種直覺，這時認知的個體是孤獨的（Solitude），與外界沒有任何訊息用以溝通，沒有任何意見可以交換，不依賴外人，不憑藉外物，是心與物的單純感召與呼應，是心與物的即席交流與互動，是心與物的臨場回饋與報償。所以，美學產生的那一剎那，心與物都是孤絕而獨立的，自主而尊嚴的。

因為孤獨，所以才有美學。

因此，朱光潛繼續分析美感經驗時，談到物我同一的移情作用，雲之所以飛、泉之所以躍，山所以鳴、谷所以應，「詩文的妙處往往都從移情作用得來」。他舉例說：「天寒猶有傲霜枝」句的「傲」，「雲破月來花弄影」句的「弄」，「數峰清苦，商略黃昏雨」句的「清苦」和「商略」，「徘徊枝上月，空渡可憐宵」句的「徘徊」、「空渡」、「可憐」，「相看兩不厭，惟有敬亭山」句的「相看」和「不厭」，「都是原文的精采所在，也都是移情作用的實例」[3]。

不過，如果我們從「孤獨」的角度來看，這些詩句之所以精采，不都是來自孤獨的心靈與孤獨的情境？惟有孤獨的心靈才可以領會這種美，惟有孤獨的情境才可以沉澱煩囂，呈現這種美。

「我發現大半時間保持獨處是有益身心的。與人為伍，即便是與

2　朱光潛：〈美感經驗的分析（一）：形相的直覺〉，《文藝心理學》，頁 5-6。
3　朱光潛：〈美感經驗的分析（三）：物我同一（移情作用）〉，《文藝心理學》，頁 38。

最好的夥伴在一起，也會很快覺得煩膩且浪費。我喜歡獨處，而且發現再沒有比孤獨更友善的夥伴了。當我們走出戶外，置身在人群中的時候，多半是比我們留在斗室時，更覺得寂寞。一個正在思考或工作的人，無論身在何處總是獨處的。」[4]這是「孤獨的巨人」梭羅（Henry David Thoreau，1817-1862）的生活哲學，這也是《湖濱散記》（Walden，1854）第一篇文章〈孤獨〉（"Solitude"）的主要精神所在。梭羅是美國文學史上最著名的自然主義者，信奉個人主義、神秘主義，宣揚「不服從的權利」，主張對政府不公正的法規「消極抵抗」，這樣的信仰正是來自堅守「孤獨」此一信念。

加拿大學者科克（Philip Koch，1942- ）即以梭羅〈孤獨〉一文作為引子，寫成探究「孤獨」的專書——《孤獨》（Solitude）。其中第一部分指出「孤獨」的三項特徵：

> 一是獨處
> 二是意識中沒有別人的涉入
> 三是帶有反省性[5]

強調「孤獨」的核心成分，是「意識中沒有別人的涉入」。因為第一項的「獨處」是身體外在的孤獨，有時身在鬧市反而更襯出內心的孤寂，所以「意識中沒有別人的涉入」才是內心真正的孤獨。至於第三項的「反省性」則為自主的反思行為，有時默默享受孤獨，不加回應，仍然保有孤獨的氛圍。

---

4 梭羅（Henry David Thoreau，1817-1862）、林玫瑩譯：〈孤獨〉（"Solitude"），《孤獨的巨人：梭羅的生活哲學》（臺北市：小知堂文化公司，2002 年），頁 20-21。

5 科克（Philip Koch，1942- ）、梁永安譯：《孤獨》（Solitude，臺北市：立緒文化公司，2004 年），頁 20-21。科克（Philip Koch），生於美國威斯康辛州麥迪遜市，先後求學於康乃爾大學、加州大學（柏克萊校區）和華盛頓大學，現為加拿大公民，愛德華王子島大學哲學系副教授。

那麼，歸根究柢，「孤獨是什麼？」科克（Philip Koch）指出：「那是一種持續若干時間、沒有別人涉入的意識狀態。有了這個核心的特徵，孤獨的其他特徵也就跟著源源而出了：孤身一人；具有反省性的心態；擁有自由；擁有寧靜；擁有特殊的時間感和空間感。」[6]

國立臺灣藝術大學教授何懷碩（1941-）深入體會孤獨，認為獨處的美妙在於思想可以如野馬馳騁，他所品嚐的「孤獨的滋味」有四：

> 一是沉思：孤獨中才能沉思，孤獨才可能醒著作夢。
> 二是書：喜愛安靜獨處的人必定喜歡讀書，書是孤獨的另一良伴。
> 三是夜：夜是孤獨最佳的舞台。
> 四是酒：酒可能是孤獨者打開靈感的閘門之鑰。[7]

如果以這四種滋味來反思李白（西元701-762年）、鄭愁予（1933- ）的詩作，必有會心一笑之處，他們的作品竟是同樣來自深沉的孤獨心靈，迴游於書、酒、月、夜的沉思裡。

在國外，除了梭羅的《湖濱散記》以〈孤獨〉為首篇，濟慈（John Keats，1795-1821）發表的第一首詩也就叫〈「哦，孤獨」〉（*"O Solitude! If I Must with Thee Dwell"*），在在證明「孤獨感」是文學的生長酵素，可以循著這一脈絡發現文學豐美的水草。

6　科克（Philip Koch）：〈孤獨的本質〉，《孤獨》，頁40。

7　何懷碩（1941- ）：〈孤獨的滋味〉，《孤獨的滋味》（臺北市：立緒文化公司，2005年），頁328-336。此文寫於一九九七年，並以此為書名，作為懷碩三論中的《人生論》，後又增寫數節文字，援引為科克（Philip Koch）《孤獨》的序文，見於該書之頁3-10。

〈「哦，孤獨」〉（"O Solitude! If I Must with Thee Dwell"）

哦，孤獨！假若我和你必需

　　同住，可別在這層疊的一片

　　灰色建築裏，讓我們爬上山，

到大自然的觀測台去，從那裏——

山谷，晶亮的河，錦簇的草坡，

　　看來只是一搾；讓我守著你

　　在枝葉蔭蔽下，看跳縱的鹿麋

把指頂花盅裏的蜜蜂驚嚇。

不過，雖然我喜歡和你賞玩

　　這些景色，我的心靈更樂於

和純潔的心靈（她的言語

是優美情思的表象）親切會談；

　　因為我相信，人的至高的樂趣

是一對心靈避入你的港灣。[8]

濟慈在這首詩中的最後結語是：人的至高樂趣是一對心靈避入孤獨的
港灣，享受寧靜。無法達到這樣的理想，那就與孤獨同住吧！與孤獨
同住的最好方法，則是遠離灰色建築，親近山河自然，其中有草坡、
樹蔭、麋鹿、蜜蜂。如果以濟慈詩中的山河自然，樹蔭麋鹿，回頭看
待鄭愁予的詩篇，其迷人處仍然是錦簇自然、純潔心靈。甚至於有時
還拔高於山河之上、眾人之上，有著更高的視野，頗似尼采

8　濟慈（John　Keats，1795-1821）、查良錚（1918-1977）譯：〈「哦，孤獨」〉（"O
　　Solitude! If I Must with Thee Dwell"），《濟慈詩選》（Selected Poems of John Keat）（臺
　　北市：洪範書店，2002 年），頁 16-17。

（Friedrich Wilhelm Nietzsche，1844-1900）〈松與閃電〉（ *“Pine and Lightning”*1882）所寫的不勝寒的、「沒有人可以共言」的高處：

> 〈松與閃電〉
> 我高出眾人與野獸；
> 我欲說話——卻沒有人可以共言。
>
> 我太孤高，拔群獨立——
> 守候：我究竟在等候什麼出現？
>
> 我太靠近雲的席位——
> 我等待第一道閃電。[9]

「松」之拔群獨立，靠近雲與閃電，說明了尼采的詩與哲思的孤高位置。鄭愁予詩作在臺灣詩壇所顯現的孤高特質，可以用這首詩的意象清楚映現。

愛因斯坦（Albert Einstein，1879-1955）曾經這樣描述過自己：「我不屬於任何國家或任何朋友，我甚至於不屬於自己的家人。外在的人事物，我始終漠然以對。然而，我想封閉自己的願望卻與日俱增。這種孤絕的狀態，有時確實很難熬，但我從不後悔活在人群之外的邊緣世界裡。我知道自己失去了什麼，但也從中獲得了行動和思想上的獨立，不需在他人的偏見中苟延殘喘。我不會為了區區幾個脆弱的理由就放棄自己精神上的平靜。」[10]危岩上的孤松，詩壇上的愁

9　陳懷恩（1961- ）：《第七種孤獨——以尼采之名閱讀詩》（臺北市：果實出版社，2005 年），頁 103。

10　轉引自米雅斯（Juan José Millás）、范湲譯：〈孤獨，永不滅絕的瘟疫〉，《這就是孤獨》（ *This Was Solitude* ）（臺北市：圓神出版社，2005 年），頁 18。

予，其實都具有這樣的心志，這也是「孤獨美學」最優雅的身姿。愛因斯坦的描述是孤獨心靈的追求，是另一種心神專注的自我期許，是對「詩」的宗教性的虔敬。這樣的孤獨信仰，從鄭愁予寫於一九五四年的〈偈〉可以得到完全的印證：

〈偈〉

不再流浪了，我不願做空間的歌者，

　　寧願是時間的石人。

然而，我又是宇宙的遊子，

　　地球你不需留我。

這土地我一方來，

　　將八方離去。[11]

「空間的歌者」是在固定的時間裡轉移空間，作無謂的應酬，「時間的石人」則是以凝神專注的心自我省視，在變動不居的時間裡永恆而持續著。「這土地我一方來，將八方離去。」則是愛因斯坦所描述的：「我不屬於任何國家或任何朋友」，我甚至於不屬於地球。〈偈〉這首詩採用巨大的對比，首行說「不再流浪」，末行卻是「將八方離去」；「八方離去」又跟「一方來」相對；「空間」與「時間」，「歌者」與「石人」都是實質的相對，對映出行旅的巨大的孤獨感。這首詩寫於一九五四年，是鄭愁予二十二歲的作品，「孤獨美學」最剔透瑩亮的結晶，本文將循此探索鄭愁予詩作與中國傳統詩學裡古今會通

---

11 鄭愁予詩集經他自己整編為兩冊：《鄭愁予詩集Ⅰ，1951-1968》（臺北市：洪範書店，2003 年），含《夢土上》、《窗外的女奴》、《衣缽》；《鄭愁予詩集Ⅱ，1969-1986》（臺北市：洪範書店，2004 年），含《燕人行》、《雪的可能》、《刺繡的歌謠》。一九八六之後的作品則集結為《寂寞的人坐著看花》（臺北市：洪範書店，2004 年）。本文所引詩作，以此三冊為準。

的孤獨情愫，並以日本心理學家土居健郎（DOI Takeo，1920- ）的
「依愛」（amae）之說，美國馬斯洛（Abraham. H. Maslow，1908-
1970）的人本心理學，作為交疊映證，互為發明。

二　孤獨美學：古典詩學的情愫追索

科克（Philip Koch）所著《孤獨》一書的第二部為〈評價孤獨〉
（"Evaluating Solitude"）。他認為「孤獨」最常為人所熱烈頌揚的價
值是：「它可以為那些在社會生活中備受折騰蹂躪的人提供一處療傷
止痛之所。」[12]但就作者、作品、讀者三者之間的關係而言，這句話
的真正意義應該是：「作者因孤獨情境所創作出來的作品，可以為那
些在社會生活中備受折騰蹂躪的人提供一處療傷止痛之所。」鄭愁予
與瘂弦（王慶麟，1932- ）的作品，最足以證述這樣的觀念。科克指
出「孤獨」有五德（所謂「德」是指一樣事物所獨有的功能或最大的
功能）：

> 第一德：自由
> 第二德：回歸自我
> 第三德：契入自然
> 第四德：反省的態度
> 第五德：創造性[13]

這五種功能是詩人創作時心境的最佳寫照，若非進入「孤獨」之境，
無法企及。創作是在進入全然的孤獨之中，始能獲得完整的思想的自

12　科克（Philip Koch）：〈孤獨之德〉，《孤獨》，頁 139。
13　科克（Philip Koch）：〈孤獨之德〉，《孤獨》，頁 137-184。

由，不受任何干預，這時才有可能放鬆身心，回歸自我，契入自然，終而反身檢討自己，發揮創造性的能量。傅佩榮（1950- ）在〈序〉中將此歸納為「孤獨三昧」，也頗可視為創作美學的重要意涵：

> 首先，孤獨使心靈趨於寧靜。外在的安靜可以帶來內心的平靜，在平靜中可以觀照歷歷往事，明辨成敗得失，由此接受現狀，處之泰然，得到心靈的寧靜。
>
> 其次，孤獨使思想更為深刻。人的思想有三種作用，一是尋找因果關係，由此明白人情事理，二是向內考慮自身言行，以求表現通情達理，三是向上提升，以求領悟人生意義，對此，孤獨是必要的機緣。
>
> 第三，孤獨使生命恢復完整。何謂完整？完整有兩層意思：一是回到自我身上，與自己契合；二是回到自我的根源，求得身心安頓。[14]

因此，這種孤獨是創作時的孤獨，是莊子（莊周，約西元前365-前290年）〈逍遙遊〉所說的「鵬之徙於南冥也，水擊三千里，摶扶搖而上者九萬里」[15]的創作孤獨，不是劉勰《文心雕龍·知音篇》所感嘆的「音實難知，知實難逢，逢其知音，千載其一乎！」[16]的知音孤獨。雖然鄭愁予也曾慨嘆知音難逢：「一般詩評人多半流為巧俏文字的鑑賞家，鮮有能從我的氣質上感知而又在技巧上發其微者。」[17]弔詭的是：從鄭愁予的氣質上感知其詩，在技巧上發其微，這就是創作

---

14 傅佩榮（1950- ）：〈孤獨三昧〉，科克（Philip Koch）《孤獨》，頁 11-15。

15 莊子（莊周，約西元前 365-前 290 年）、王先謙（1842-1918）集解：《莊子集解》（臺北市：漢京文化公司，1988 年），頁 1。

16 劉勰（約西元 465-522 年）、范文瀾（1893-1969）註：《文心雕龍註》（臺北市：明倫出版社，1970 年），頁 713。

17 鄭愁予：《鄭愁予詩集Ⅱ》，頁 5-6。

心靈的「逆知」，這種創作心靈正是本文所要指陳的「孤獨美學」，鄭愁予對於這種「知音」難遇的惆悵，卻是後設於此的另一種孤獨。

鄭愁予詩中所鋪陳的「美學」，源自於亙古以來文學藝術所獨具的「孤獨」心靈，其與傳統詩學交疊而相映者，大約有以下五種端緒，值得抉探其微：

> 一是隱逸思想裡的孤獨情境，
> 二是邊塞風塵中的孤苦情思，
> 三是閨怨懷春時的孤寂情愛，
> 四是飄浪行旅間的孤絕情愁，
> 五是書齋神馳下的孤高情懷。

分論如次：

三　隱逸思想裡的孤獨情境

儒家思想容許在去就之際有所依違，可以在出處之間有所選擇，孔子（西元前551-前479年）說：「天下有道則現，無道則隱。」（《論語・泰伯篇》）[18]、「邦有道則仕，邦無道則可卷而懷之。」（《論語・衛靈公篇》）[19]、「隱居以求其志，行義以達其道。」（《論語・季氏篇》）[20]。孟子（西元前385-前304年）也說：「得志，與民由之；不得志，獨行其道。」（《孟子・滕文公篇下》）[21]、「得志，澤加於民；不

---

18 謝冰瑩（謝鳴崗，1906-2000）等編譯：《新譯四書讀本》（臺北市：三民書局，1983年），頁124。
19 謝冰瑩等編譯：《新譯四書讀本》，頁197。
20 謝冰瑩等編譯：《新譯四書讀本》，頁213。
21 謝冰瑩等編譯：《新譯四書讀本》，頁342。

得志，修身見於世。窮則獨善其身，達則兼善天下。」（《孟子・盡心篇下》）[22]。這些言論聽起來似乎頗為達觀理性，其實，進退仕隱的抉擇衡鑑，大部分操之於人，由不得自己快意決定。而且，天下邦國有道時少，無道時多；世間君子得志者寡，失意者眾。所以連孔子都有周遊列國之行，乘桴浮海之嘆，這種踽踽而行、落落寡歡、終歸於「隱逸」的場景，在歷史的長途裡絡繹不絕。

　　即使得意，真正的君子仍然有其操守上的堅持：「自反而縮（正直），雖千萬人，吾往矣！」（《孟子・公孫丑篇上》）[23]，這是當仁不讓、見義勇為，「有所為」的孤獨。「堂高數仞，榱題數尺，我得志弗為也；食前方丈，侍妾數百人，我得志弗為也；般樂飲酒，驅騁田獵，後車千乘，我得志弗為也。」（《孟子・盡心篇下》）[24]，這是「有所不為」的孤獨。得志而孤獨，終究會造成實質上、或心理上的「隱逸」，形成隱逸思想裡的孤獨情境。所以，儒家的「孤獨感」或許可以解釋為：「得意不忘形，失意不落魄」的一種生命情操的堅持。

　　儒家如此，道家思想以自然的追求為宗，老子要「復歸於嬰兒」、「復歸於無極」、「復歸於樸」[25]，這是人生最基本、最透徹、最完整的回歸，徹頭徹尾的隱逸之行。其後的莊子曾以低層次的寓言，嘲笑在朝當官者有如藏之廟堂之上的神龜，不如「生而曳尾塗中」；嘲笑惠子在梁國的相位就像鴟鳥口中的腐鼠，自比為「非梧桐不止，非練實不食，非醴泉不飲」的鵷鶵，是不可能去搶奪那臭腐的相位[26]。司馬遷（約西元前145-前86年）《史記・老子韓非列傳》也記載

---

22 謝冰瑩等編譯：《新譯四書讀本》，頁 479-480。

23 謝冰瑩等編譯：《新譯四書讀本》，頁 286。

24 謝冰瑩等編譯：《新譯四書讀本》，頁 516-517。

25 吳怡（1939- ）：《老子解義》（臺北市：三民書局，2002 年），頁 192-193。

26 莊子：〈秋水篇〉，《莊子集解》，頁 148。

楚威王以千金的重利，卿相的尊位，遣使迎接莊周，莊子說：「我寧
遊戲污瀆之中以自快，無為有國者所羈，終身不仕，以快吾志焉。」[27]
但在更高層次的哲學義理中，莊子超脫了這種狹隘的仕宦意識，而以
「化解生命的有限性，發現生命的獨立性，實現生命的絕對性」，達
成逍遙的生命境界，[28]超越了人世間的歸逸思想。鄭愁予的某些詩篇
其實也超脫陶淵明（陶潛，西元372-427年）、王維（西元701-761
年）的隱逸思想，接近莊子這種「生命絕對性」的逍遙境界。

　　最簡單的例子，如〈卑亞南蕃社——南湖大山輯之二〉：「我底妻
子是樹，我也是的；／而我底妻是架很好的紡織機，／松鼠的梭，紡
著縹緲的雲，／在高處，她愛紡的就是那些雲」[29]，鄭愁予所企圖衝
破的就是人與其他生物間的藩籬。如〈雨說〉：「我來了，我走得很
輕，而且溫聲細語地／我的愛心像絲縷那樣把天地織在一起／我呼喚
每一個孩子的乳名又甜又準／我來了，雷電不喧嚷，風也不擁擠」[30]。
這不僅是擬人法的使用，而是人與天象、萬化的冥合，成人之美與赤
子之心的融洽。如〈厝骨塔〉：「幽靈們靜坐於無疊蓆的冥塔的小室內
／當春風搖響鐵馬時／幽靈們默扶著小拱窗瀏覽野寺的風光／／我和
我的戰伴也在著，擠在眾多的安息者之間／也瀏覽著，而且回想最後
一役的時節」[31]，鄭愁予藉幽靈而發聲，他所撤除的就是生命裡生死
的界線。〈生命中的小立〉最後寫到墓碑上刻著「殞星美麗／笑著殞

27 司馬遷（約西元前 145-前 86 年）：〈老子韓非列傳〉，《史記》（臺北市：天工書
　　局，1985 年），卷六十三，頁 2145。

28 葉海煙（1951- ）：《莊子的生命哲學》（臺北市：東大圖書公司，1999 年），頁
　　185-210。

29 鄭愁予：〈卑亞南蕃社——南湖大山輯之二〉，《鄭愁予詩集Ⅰ》，頁 158-159。

30 鄭愁予：〈雨說〉，《鄭愁予詩集Ⅱ》，頁 234-237。

31 鄭愁予：〈厝骨塔〉，《鄭愁予詩集Ⅰ》，頁 152-153。

落的星星更美麗」，這時，「我底靈魂撫著我底墓碑小立」[32]，鄭愁予的詩衝破拘囿生命的有限肉體。甚至於〈殞石〉一詩，先寫殞石來自天上，羅列在故鄉的河邊，接著寫的是「我常走過，而且常常停留／竊聽一些我忘了的童年」，可見我也是殞石啊！「而且回憶那些沉默／那藍色天原盡頭，一間小小的茅屋／記得那母親喚我的窗外／那太空的黑與冷以及回聲的清晰與遼闊」[33]。最後一句「太空的黑與冷」、「回聲的清晰與遼闊」，正以空間、時間、溫情的遼闊與流逝，襯出巨大的孤獨感。

這些詩作，鄭愁予潛入其他生命之內，不受物種的限制，不受生死的隔絕，化解了生命的侷限性，承認眾生各有生命的獨立價值，因而可以實現生命的絕對性。所謂隱逸，鄭愁予詩作所表現的，已經不只是遠離宦場、遁隱山林而已，而是從這種生命隱逸到另一種生命，是從「人」的身分中隱逸而去！

鄭愁予曾自我檢視，縱的方位他發現：生平的第一首詩，與每次間歇之後再出發的第一首詩，都是人物，「詩中的人物都是我移情的替身，帶有我對生命一種無可奈何的悲憫。」橫的方向他發現：「無論是哪一類的素材，都隱含我自幼就懷有的一種『流逝感』。究之再三，這即是佛理中解說悟境的『無常觀』了。」[34]鄭愁予稍後認為，他的詩集之所以流傳極廣，詩中氣質所表現的「無常觀」是主因之一：「『氣質』非常近似佛經中講說的『心』；悲憫之心即是『菩提心』。據《大乘觀無量壽經》說：『菩提心』是『至誠心、深心、回向發願心』。我對詩的至誠與深注是出自自然的，然而我獨缺回向發願的心志。換言說，我之作為一個單純詩人的現實是小乘自我密封的行

---

32 鄭愁予：〈生命中的小立〉，《鄭愁予詩集Ⅰ》，頁 252-253。

33 鄭愁予：〈殞石〉，《鄭愁予詩集Ⅰ》，頁 54-55。

34 鄭愁予：〈借序〉，《鄭愁予詩集Ⅱ》，序頁 2-3。

事，只在一隅默默『修行』；自許所謂的單純詩人，原是對廣大讀者
群的背義。」[35]前段提到初發寫詩，總是源於對「人物」的悲憫，後
段卻又自責獨缺回向發願的心志，二者間的矛盾正可以用「隱逸思
想」加以解釋，因為古今中外的隱逸之士對「人」採取退避的態度，
並不妨害他的悲憫之心俯近人群。法朗士（Peter France，1935- ）
《隱士：透視孤獨》（Hermits：The Insights of Solitude）一書曾引述
隱者牟敦（Thomas Merton，1915-1968）的書 "Notes for a Philosophy
of Solitude"：

> 從人群中退隱，可以是對他們一種特殊形式的愛。那絕不應該
> 是對人類或對社會的一種否定。[36]
> 一個真正的孤獨者……會在他的孤獨中體認到孤獨是一個基本
> 而無法逃避的人類現實。因此他的孤獨會讓他對其他人產生更
> 深、更純、更柔情的通感，而不管這些其他人有沒有能夠意識
> 到自己的困境。[37]
> 沒有經歷過若干程度的孤獨，人就不會邁向成熟。除非人能夠
> 變得虛己和孤單，否則就不可能在愛中付出自己，因為沒有經
> 歷過孤獨的人是無法擁有自己的『深我』（deep self），而只有
> 擁有這個『深我』的人，才具有愛別人的能力。[38]

---

35 鄭愁予：〈借序〉，《鄭愁予詩集 II》，序頁 8。

36 Thomas Merton (1915-1968): "Notes for a Philosophy of Solitude", Disputed Questions (New York: Farrar, Straus and Giroux, 1961), pp.192-193. 轉引自法朗士（Peter France，1935- ）、梁永安譯：《隱士：透視孤獨》（Hermits: The Insights of Solitude，臺北市：立緒文化公司，2004 年），頁 338。

37 法朗士（Peter France）：《隱士：透視孤獨》（Hermits：The Insights of Solitude），頁 331。

38 法朗士（Peter France）：《隱士：透視孤獨》（Hermits：The Insights of Solitude），頁 340。

　　這種隱逸的觀念，中國詩評家沈奇（1951-　）稱之為美的逃逸，精神的「錯位」：「錯開以意識型態為中心的所謂『時代大潮』」，「逃向自然（與精神家園同構），寄情山水（與詩性生命空間同構）」，尋找本真自我[39]。他認為：「『錯位』即是『消磁』，亦即對存在之非詩非本我非詩性／神性生命部分的剝離與重構。」[40]所以，就像傳統的「隱逸詩」必定會跟「山水詩」、「田園詩」、「自然詩」全然疊合，鄭愁予的詩作也大量在山水間迴旋，早期作品如《鄭愁予詩集 I》裡的第八輯〈五嶽記〉，後期作品如《寂寞的人坐著看花》中的〈紐英崙畫卷〉、〈散詩記遊〉、〈猜想黎明的顏色〉、〈烏蘭察布盟〉、〈寂寞的人坐著看花〉等五輯詩作，腳印遍及臺灣三千公尺以上的玉山、雪山、南湖大山、大霸尖山，外國的佛芒特山、鱈魚角、華盛頓峰、阿拉斯加、瑞尼耳峰、布拉格，中國的咸陽、西安、嘉峪關、大戈壁，甚至於東臺灣、南臺灣的小品山水。不論何處山水，鄭愁予足之所履、目之所歷、心之所及，都在驗證「擁懷天地的人／有簡單的寂寞」[41]。

　　同是以攀登臺灣百岳為樂的自然寫作者劉克襄（1957-　），曾經有著比較樂觀的觀點，認為鄭愁予〈五嶽記〉諸作「唯因詩人的浪漫，這些山巒也添增了許多非寫實的璀璨色彩，瞻前顧後，現代詩從未跟臺灣的山如此纏綿過，個人相信，這一組創作會是早年自然志裡重要的文學意象，繼續承傳下去。」[42]這裡的「璀璨色彩」不是山水本然的色澤，而是指詩作在讀者心中留存的意象；此節小論最該注意

39 沈奇（1951-　）：〈美麗的錯位──鄭愁予論〉，《臺灣詩人散論》（臺北市：爾雅出版社，1996年），頁258-259。

40 沈奇：〈美麗的錯位──鄭愁予論〉，《臺灣詩人散論》，頁264。

41 鄭愁予：〈寂寞的人坐著看花〉，《寂寞的人坐著看花》（臺北市：洪範書店，2004年），頁120。

42 劉克襄（劉資愧，1957-　）：〈你所不知道的鄭愁予〉，《中國時報・人間副刊》1995年10月22日。

的，其實是「非寫實」三字，透露了詩人「心象」的寂寞，鄭愁予從
未以直接呈現的方式模山範水，往往將自己生命的原神圓圓融融化入
山水之中：

〈靜的要碎的漁港〉
我穿著白衫來
亦自覺是衣著白雲的仙者
而怎忍踏上這白色的船
她亦是白衫的比丘
正在水面禪坐著
而她出竅的原神坐在水的反面
卻更是白的真切

我也坐下　　在碼頭的木樁上
鄰次的每一木樁上
都有白衫者在坐定
我知道他們是一種白衣的鳥
他們知道我是一種白衣的人

藍天就印出這種世界
我與同座的原神都是
衣冠似雪　　而我的背景——
蓮白的屋舍　　骨白的燈塔
都是月亮的削片搭成的

港灣弱水
靜似比丘的心

偶逢一朵雲

就撞碎了[43]

鄭愁予在《聯合文學》一系列〈談自己的詩〉的專文中，以〈白是百色之地——色（一）〉為題，自承：「『刻意』用『白』來表現我『無意』間踏入的『靜』」[44]。所以用孤獨、隱逸的情境來看待這首詩，最為正確，「衣著白雲的仙者」、「白衫的比丘」、「出竅的原神」、「偶逢一朵雲」，皆非實有之境，亦非實際摹寫，而是刻意以白裝扮自己，以白設計場景，藉以逸入純白天地，隱匿其中。這種藉山水以隱逸自己，業已超脫傳統山水詩、隱逸詩只為遠離凡塵俗世而寫的作法，邁向哲理、天機的探尋。這也證明：

越是隱匿在天地更深處的人，越是有著更趨簡單的寂寞。

天地越大，白越大，——而寂寞越深。

四　邊塞風塵中的孤苦情思

自古以來即有「匈奴之北，地之邊陲」的講法，因此，所謂「邊塞」，通常是指中國陸塊的西北方向，沿長城而迤邐；所謂「邊塞詩」，是指以塞北蒼茫為背景，以征戰戍守為內容的詩作。所以，代表中國北方詩歌藝術的《詩經》，有〈采薇〉、〈六月〉這種可以視為邊塞詩類型的作品，代表中國南方詩歌藝術的《楚辭》則無。

「邊塞詩」的構成要件有二，一是邊塞，一是詩。以漢（西元前202-220年）與元（1260-1368）而言，漢朝雖武威遠播，但賦體大盛

---

43 鄭愁予：〈靜的要碎的漁港〉，《寂寞的人坐著看花》，頁 4-5。

44 鄭愁予：〈鄭愁予談自己的詩·白是百色之地——色（一）〉，《聯合文學》214 期（2002 年 8 月），頁 13-14。

而詩體格律尚未養成，邊塞之作數量不多；元朝疆域廣闊，但不重詩文，所以付之闕如。以詩重理趣、詞偏卑靡的兩宋（西元960-1279年）而言，國勢萎弱，偏安江左，自無邊塞詩可言。至乎唐朝（西元618-907年）則有所不同，內有文治，外耀武功，邊塞用兵頻仍，皇帝大力獎賞幕府，而詩風之盛達至歷朝顛峰：「甚矣！詩之盛於唐也：其體則三、四、五言，六、七、雜言，樂府、歌行，近體、絕句，靡弗備矣！其格則高卑、遠近、濃淡、淺深、巨細、精麗、巧拙、強弱，靡弗具矣！其調則飄逸、渾雄、沉深、博大、綺麗、幽閑、新奇、猥瑣，靡弗詣矣！其人則帝王、將相、朝士、布衣、童子、婦人、緇流、羽客，靡弗預矣！」[45]這樣的強國盛朝，這樣的詩風文氣，邊塞詩不能不盛於唐，唐不能不興起邊塞詩。若是，邊塞詩的定義可以歸納為三：

一、就「歷史」而言，邊塞詩的黃金時代是盛唐，特別是開元（西元413-741年）、天寶（西元742-756年）年間。

二、就「地域」而言，邊塞詩所描寫的主要是指沿長城這一長線，河西隴右這一長帶的邊塞地區。

三、就「內容」而言，邊城征戍之功，荒漠遼夐之嘆，征夫思鄉之情，思婦深閨之怨，凡此親臨實地，涉及邊塞題材，就是邊塞詩。

就這個觀點來看，地處東南海域的臺灣，發展八十年的新詩場域，當然不可能出現邊塞詩，但在鄭愁予的詩篇中，現代主義影響下的作品裡，「類」邊塞詩卻成為臺灣詩壇的異域風景。山水詩〈霸上印象──大霸尖山輯之三〉就有這樣的句子：「不能再東／怕足尖蹴

---

45 胡應麟（1551-1602）：《詩藪》（上海市：上海古籍出版社，1979 年），外編卷三，頁 163。

入初陽軟軟的腹」、「不能再前　前方是天涯」[46]，說的雖是山的尖聳、險峻，卻也是面對邊陲的那種孤獨的感覺，再踏出去是天涯、是異國，無故人、無親朋。

以「地」而言，鄭愁予詩中彷彿永遠沒有「中央」、「中心」的感覺，「邊陲意識」非常強烈。喜歡「海」，海是大地向遠方推進的邊陲；喜歡「山」，山是大地向天空逼近的邊陲；喜歡「浪子」、「情婦」，因為那是塵世生活、社會倫理的邊陲；喜歡「向晚」，那是日與夜的邊陲；喜歡「馬蹄」，農業文明的邊陲；喜歡寂寞的「城」，傳統最後的邊陲。《鄭愁予詩集Ｉ》中的這幾輯：〈邊塞組曲〉、〈山居的日子〉、〈五嶽記〉、〈草生原〉、〈燕雲集〉，都可視為「邊陲意識」的呈露，甚至於〈衣缽集〉要傳下革命的衣缽，不也是瀕臨邊陲的憂懼？[47]

〈邊塞組曲〉輯中的〈殘堡〉是邊地的殘堡，背景是沙丘一片，「怔忡而空曠的箭眼／掛過號角的鐵釘／被黃昏和望歸的靴子磨平的戍樓的石垛」，這是老了、抹上「風沙的鏽」的殘堡——荒涼的景。「這兒我黯然地卸了鞍」、「我的行囊也沒有劍」、「趁月色，我傳下悲戚的『將軍令』／自琴弦……」[48]這是沒有英雄、壯士的殘堡，沒有兵、沒有劍的將軍，而且沒有真正的號令，只有琴弦上悲戚的樂曲——蒼涼的心。〈殘堡〉不是家，是蒼老的歷史，孤獨的情境；〈野店〉也不是家，是無奈的命運，孤獨的旅程：「有寂寞含在眼裡的旅客」、「有人交換著流浪的方向……」[49]——悲涼的情。

---

46 鄭愁予：〈霸上印象——大霸尖山輯之三〉，《鄭愁予詩集Ｉ》，頁 175。

47 蕭蕭（蕭水順，1947- ）：〈情采鄭愁予〉，《國文天地》13 卷 1 期（1997 年 6 月），頁 58-65。

48 鄭愁予：〈殘堡〉，《鄭愁予詩集Ｉ》，頁 20-21。

49 鄭愁予：〈野店〉，《鄭愁予詩集Ｉ》，頁 22-23。

〈草生原〉輯中的〈邊界酒店〉「一步即成鄉愁」，那鄉愁「伸手
可觸及」[50]，不是隔著海峽、隔著墳頭、隔著船票、郵票的余光中
（1928- ）的鄉愁，鄭愁予將心的疆域推至盡頭，將新的鄉愁推至眼
前，直直逼視──那是孤獨的極致。即使〈旅程〉中曾經有親人，結
果「妻被黃昏的列車輾死了」、「嬰兒像流星那麼胎殞」，曾經夫過、
父過，仍然是孤獨走向世界的盡頭；曾經夫過、父過，就是不曾「走
到過」[51]。就像白萩（1937- ）的〈雁〉，前途：只是一條地平線，而
「地平線長久在遠處退縮地引逗著我們」，「感覺它已接近而抬眼還是
那麼遠離」[52]──那是孤獨的極至無止盡的延伸。

鄭愁予的邊塞不一定是真實的長城塞外，卻是具有臨場感的「非
寫實」的生命的荒涼。

盛唐邊塞詩人以雄奇之風取勝，以健偉之骨見長，鄭愁予的「邊
塞詩」也多風骨之作，他在受訪的紀錄中對於「婉約詩人」的稱號頗
多微辭，相反，他認為「影響我童年和青年時代的，更多的是傳統的
任俠的精神，如果提升到革命的高度，就變成烈士、刺客的精神。這
是我寫詩主要的一種內涵，從頭貫穿到底，沒有變。」「我的這種傳
統的情操，就是任俠精神，我在詩裡表現的敦厚、任俠這種情操，是
屬於傳統的。」[53]這種情操在一九五二年「軍校入伍期滿對鏡而作」
的〈武士夢〉中初步發現，在〈衣缽〉長詩裡積極發威，在邊塞類型
詩中長期發酵，即如近期詩作〈草原歌〉，任俠風骨依舊，孤獨依
舊：

---

50 鄭愁予：〈邊界酒店〉，《鄭愁予詩集 I》，頁 198-199。

51 鄭愁予：〈旅程〉，《鄭愁予詩集 I》，頁 200-201。

52 白萩：〈雁〉，《天空象徵》（臺北市：田園出版社，1969 年），頁 16-17。

53 彥火（1947- ）：〈揭開鄭愁予一串謎〉，《中報月刊》，1983 年 4 月，頁 63。

　　大戈壁沿著地表傾斜

　　有馬臥在天際昂首如山

　　忽然一顆礫石滾來腳下

　　啊　豈不就是那風化了的童年[54]

　　現代主義時期的鄭愁予總是將自己推至生命的邊緣地區思考生命，這樣的作品反而成為詩壇關注的中心。後現代主義「去中心論」的觀點，「邊緣即是中心」的論述，竟然在現代主義時期就有了先期性的驗證。

五　閨怨懷春時的孤寂情愛

　　人既是情愛動物，伴隨邊塞詩而生的必定是閨怨之作，男子邊疆戍守，女子空閨獨守，孤寂之情，總是讓人心惻，唐人作品如是，鄭愁予的重要抒情作品也以閨怨情節設計而成。邊塞與閨怨詩二者之間，因而可以互為印證。也就是說，鄭愁予的〈錯誤〉、〈媳婦〉、〈情婦〉、〈最後的春闈〉、〈騎電單車的漢子〉既可以視同唐朝的閨怨詩，則其邊塞類型詩必有盛唐邊塞詩的陽剛之氣；反之，鄭愁予的邊塞類型詩既有唐詩風骨，則其閨怨詩必不至於婉約柔弱如宋詞[55]。此種類

54　鄭愁予：〈草原歌〉，《寂寞的人坐著看花》，頁 90-91。

55　黃維樑（1947-　）、曾焯文譯：〈江晚正愁予——鄭愁予與詞〉，《中外文學》21 卷 4 期（總 244 期），1992 年 9 月，頁 88-104。此文對鄭愁予的詩與詞的婉約有頗多繫連與評比，資料豐富，但將〈錯誤〉一詩解讀為大男人沙文主義，視女子為奴為婢；在《怎樣讀新詩》（香港：學津書店，1982 年）中又說：「本詩以『我』的動作開始，以『我』的聲明作結。這個『我』君臨全詩，控制了女子感情的起伏。」引來郭鶴鳴撰文批駁：〈只有美麗，何嘗錯誤？——從文理詩情的解析談鄭愁予的《錯誤》〉，《人文及社會學科教學通訊》15 卷 4 期（2004 年 12 月），頁 92-102。

型的閨怨詩因與邊塞詩相關，鄭騫（1906-1991）特名之曰「閨怨邊塞詩」[56]。此一名稱之確立，可以為鄭愁予這一類型的詩作找到勁健的理解方向。

〈錯誤〉是這一類型詩作的代表，也是臺灣現代詩可以為全民所接受、信服的經典之作：

〈錯誤〉
我打江南走過
那等在季節裏的容顏如蓮花的開落

東風不來，三月的柳絮不飛
你底心如小小的寂寞的城
恰若青石的街道向晚
跫音不響，三月的春帷不揭
你底心是小小的窗扉緊掩

我達達的馬蹄是美麗的錯誤
我不是歸人，是個過客……[57]

〈錯誤〉，典型的現代閨怨詩，推薦、解說的專文超過百篇，均不離此論。就中以沈謙（1947-2006）將此詩與唐宋詩詞的閨怨作品相比，論其情節與技巧，最為周全：「鄭愁予〈錯誤〉所呈現的惆悵

---

56 何寄澎（1950-　）：《落日照大旗·導論》（臺北市：月房子出版社，1996 年），頁 25。文中略謂：「女子思念良人之詩通常稱為閨怨詩，但如果思念的對象在邊地，便應列入邊塞詩，它雖屬閨怨，但與一般閨怨性質又實有不同，鄭師因百名為『閨怨邊塞詩』（永嘉室札記，《書目季刊》七卷二期），至為允當。」

57 鄭愁予：〈錯誤〉，《鄭愁予詩集 I》，頁 8。

悽惋的愁情，正是唐宋詩詞中常見的閨怨：從王昌齡（西元698-757年）〈閨怨〉的『春日凝妝上翠樓』，劉禹錫（西元772-842年）〈春詞〉的『深鎖春光一院愁』，到溫庭筠（西元812-約870年）〈望江南〉的『過盡千帆皆不是』，乃至於柳永（約西元978-1053年）〈八聲甘州〉的『想佳人，妝樓顒望，誤幾回，天際識歸舟』，鄭愁予羽化出來美麗的〈錯誤〉，古今詩人的靈氣飛舞，流動在文學傳統的血脈中。至於鄭愁予的時空處理，焦點層遞的手法，其實早在兩千年前漢代〈古詩十九首〉中即已見端倪：『青青河畔草，鬱鬱園中柳，盈盈樓上女，皎皎當窗牖。』遠景、中景、近景，鏡頭的移轉，如出一轍。」[58]其後，林綠（1941- ）雖以「訊契」（傳達詩內容的記號，或稱語碼code）解讀此詩，終究回到「閨怨」與「等待」的傳統思想來：「〈錯誤〉有許多『象徵訊契』（Symbolic Code）及『文化訊契』（Cultural Code），兩者都可以帶出主題及意義格式。『閨怨』和『等待』，即是中國文化的一部分，此訊契可謂貫穿全詩，仔細讀之，當可發現。」[59]

　　沈奇〈美麗的錯位〉更將此詩當作浪漫主義與現代主義交疊，暨現代詩歌感應古典輝煌的重要徵象：「在適逢浪漫主義餘緒與現代主義發軔的紛爭之中，鄭愁予選擇了一條邊緣性的，可謂『第三條道路』的詩路進程。一方面，他守住自己率性本真的浪漫情懷，去繁縟而留絢麗，去自負而留明澈，去浮華而留清純，且加入有控制的現代知性的思之詩；另一方面，他自覺地淘洗、剝離和熔鑄古典詩美積澱

---

58 沈謙（1947-2006）：〈從何其芳到鄭愁予──比較評析《花環》與《錯誤》〉，《中國現代文學理論》第一期（1996 年 3 月），頁 57。

59 林綠（1941- ）：〈鄭愁予《錯誤》的傳統訊契〉，《國文天地》13 卷 1 期（1997 年 6 月），頁 67-68。文末註明 Symbolic Code 及 Cultural Code，參見 Robert Scholes: *Structuralism in Literature: An Introduction* (New Haven：Yale UP 1974), pp.154-155。

中有生命力的部分，經由自己的生命心象和語感體悟重新鍛造，進行
了優雅而有成效的挽回。由此生成的『愁予風』，確已成為現代詩歌
感應古典輝煌的代表形式：現代的胚體，古典的清釉；既寫出了現時
代中國人（至少是作為文化放逐者族群的中國人）的現代感，又將這
種現代感寫得如此中國化和東方意味，成為真正『中國的中國詩人』
（楊牧 [王靖獻，1940-] 語）。」[60]

　　但是，值得再進一步思索的是：「閨怨」是一個失落在古典文學
中的主題，在現代社會的生活情境裡出現這首詩，不免有突兀的感
覺，何以鄭愁予再三設計這種題材？何以二十世紀、二十一世紀的人
仍然為此而癡迷？有評者將此詩背景替作者、讀者設想為抗戰時
期[61]，有評者說這是白話的古典詩[62]，其實都不甚允當。因為，抗戰
時期會有這樣的情意，清（1644-1911）末民初、明（1368-1643）末
清初，現在或未來的世紀，也會有這樣的情意；使用的語言不論是文
言或白話，使用的體裁不論是古詩、舊詞或新詩，都會出現這樣的情
意。鄭愁予詩中與〈錯誤〉相似的情意、情節還包括〈賦別〉
（1953）、〈牧羊女〉（1951）、〈媳婦〉（1957）、〈情婦〉（1957）、〈窗
外的女奴〉（1958）、〈最後的春闈〉（1961）、〈右邊的人〉（1961）、
〈寄埋葬了的獵人〉（1955）、〈騎電單車的漢子〉（1953）等等，均勻
分布在不同時期、不同輯別的作品中，甚至於一九九三年出版《寂寞
的人坐著看花》，其中「南臺灣小品之三」的〈窗前有鳳凰木〉，仍保
有〈錯誤〉一詩的閨怨精神與飄浪特質：

---

60 沈奇：〈美麗的錯位──鄭愁予論〉，《臺灣詩人散論》，頁 251。

61 陳大為（1969- ）：〈《錯誤》的誤讀及其他〉，《明道文藝》2000 年 1 月號，頁
　 150，持此見解。

62 林綠：〈鄭愁予《錯誤》的傳統訊契〉，頁 66-68，持此見解。

鳳凰火化了　鳳凰木

餘火如花

那倚窗少女的望眼點燃了

而騎摩托的少年繞樹來

風鼓起水色的紋衫

——嶄！火花在水上開[63]

〈錯誤〉與〈窗前有鳳凰木〉顯示不同的設計：東風、柳絮圍繞下的江南古城／二十世紀的台灣府城（也是臺灣的古城）。達達的馬蹄聲／二十世紀摩托車的喧囂。冷色系統的春柳的綠、街道青石的青／暖色系統的鳳凰花的火紅。春帷不揭、窗扉緊掩（不曾出現的你）／倚窗的少女。

即使時空、色彩有著這樣巨大的轉換，但不變的，是「少女的望眼」，逐漸遠去的「達達的馬蹄」或逐漸遠去的「風鼓起的水色的紋衫」。不變的，是女性的臨窗遠望，男性的奔赴遠方。

鄭愁予這一系列的情詩所傳達的是東方人含蓄的愛，日本精神醫學專家土居健郎（Takeo Doe，1920-　）[64]曾以日語的「甘え」（amae）解釋日人的基本心性，分析日本社會與西洋社會生活模式的相異。「甘え」（amae）依其音義翻譯為「依愛」，或許正可以解釋鄭愁予這一系列的情詩何以能夠得到大家喜愛。土居健郎認為：「依愛的原型，是乳兒依稀知道媽媽和自己是個別的存在，而渴望緊緊依偎

63 鄭愁予：〈窗前有鳳凰木〉，《寂寞的人坐著看花》，頁118。

64 土居健郎（Takeo Doe，1920-　），醫學博士，一九二〇年生於東京，東京大學醫學院畢業，美國緬寧格（Menninger）精神醫學院研究，舊金山精神分析學會研究，曾任美國國立精神衛生研究所研究員，日本聖路加國際醫院神經科主任，東京大學醫學院教授，日本國際基督教大學教授，日本國立精神衛生研究所所長。著有《日本式的「愛」》、《「依愛」雜稿》、《「依愛」與社會科學》等書。

媽媽身上。」「依愛的心理可以定義為：企圖否定人類存在本來不可
分離的部分（結果卻）分離的事實，以解除分離的痛苦。」[65]這種依
愛是被動的、溫柔的一種索愛的行為，類近於撒嬌，甚至於是小狗搖
尾乞憐（憐就是愛）的動作，可見這是人類共同的行為模式，但在西
方語言系統中缺乏相對應的詞彙，更足以說明鄭愁予詩中臨窗「望
眼」的那種期盼，是含蓄的愛的表現，是東方人心中共同的盼望。鄭
愁予掌握了這種含蓄的特質，成功傳達了大家共同的心聲。那種臨窗
望著逐漸遠去的「達達的馬蹄」、逐漸遠去的「風鼓起的水色的紋
衫」，心中所升起的孤獨感，卻也是古今交相疊映、不必言說的心
情。

六　飄浪行旅間的孤絕情愁

　　就如同閨怨詩不可與邊塞詩切割一樣，閨怨詩的孤寂情愛也難以
跟飄浪行旅間的孤絕情愁分離。

> 〈留了短柬〉
> 在床上正躺著你的耳環
> 像留下的一束短柬
> 「我的家其實是我的天涯……」
> 　竟這麼淒婉的寫著
>
> 我拾起耳環放在掌心上
> 掛念你又回到無奈的地方

---

65 土居健郎、黃恒正譯：《日本式的「愛」》（《「甘え」の構造》）（臺北市：遠流出版
　公司，1986 年），頁 86。

　　　　「我把你的姐妹留在浪子的手上了⋯⋯」

　　　　對那另一隻耳環你必會這麼傷感地述說著[66]

耳環的短束在訴說：「我的家其實是我的天涯⋯⋯」，這是閨怨。你傷
感地訴說：「我把你的姐妹留在浪子的手上了⋯⋯」，那是飄浪者的自
我調侃。典型的閨怨懷春跟飄浪行旅間的短暫相聚，寫的卻是別後的
無奈與傷感。

　　鄭愁予自承「我的無常觀與詩俱來」，他說：「『無常觀』對我是
一種自識後的了悟。終於可以從我的心理歷程中覆按出原生的氣質。
從筆名、書名、時而躍然紙面的語彙和暗喻，我發現由『無常觀』衍
生的主題，涵蓋了我大多數的篇章，特別是國殤烈士的情懷。⋯⋯對
生命的悲憫，加之對大自然『仁和』的體念，使我的『山水詩』、『愛
情詩』，以及『詠懷詩』，在迥異的藝術形式背後，卻沉潛著一個由同
一氣質形成的內層世界。」[67]

　　就「筆名」而論，鄭愁予原名鄭文韜，取「愁予」為筆名，典出
二詩，其一是屈原（約西元前343-前277年）〈九歌〉中的〈湘夫
人〉：「帝子降兮北渚，目眇眇兮愁予，嫋嫋兮秋風，洞庭波兮木葉
下。」正是傳統詩學裡為國事而憂、為君王而愁的詩篇。其後又有
「沅有芷兮澧有蘭，思公子兮未敢言，慌惚兮遠望，觀流水兮潺
湲。」[68]可以視為〈錯誤〉這種遠望而未敢言的閨怨詩基型，呼應著
前節所論。其實更應注意的是《楚辭》的香草之為君子，美人之為君
主，正是鄭愁予「國殤烈士情懷」的暗喻，不僅是單純的閨房之私而
已。

66　鄭愁予：〈留了短束〉，《鄭愁予詩集II》，頁 331。

67　鄭愁予：〈借序〉，《鄭愁予詩集II》，序頁 3。

68　姚鼐（1732-1815）、王文濡評註：《古文辭類纂》（臺北市：華正書局，2004 年），
　　頁 1796。

愁予筆名之典，其二是來自辛棄疾（1140-1207）〈菩薩蠻〉（書江西造口壁）：「鬱孤台下清江水，中間多少行人淚。西北望長安，可憐無數山。　青山遮不住，畢竟東流去，江晚正愁予，山深聞鷓鴣。」[69]這闋詞之所以愁，是因為鷓鴣的鳴叫聲「行不得也哥哥」，行不得也卻仍要行，是「愁予」的緣由；而詞一開始的「清江水，行人淚」，則呼應本節的飄浪行旅，孤絕情愁。如是，「愁予」二字的典故由來，既呼應閨怨詩，又呼應行旅之作，再度證明鄭愁予所言：「迥異的藝術形式背後，沉潛著一個由同一氣質形成的內層世界。」屈原、辛棄疾兩人同為傳統詩學中具足強烈而深摯的愛國情操的詩人，「愁予」筆名典出二人之詩，其實也可以輔證鄭愁予閨怨詩、行旅詩的設計，只是「面具」的應用，不可輕忽他胸口燃燒的烈火，孤獨邁步的敻異天姿。

至於「書名」，最早的詩集《草鞋與筏子》（1949）與最近的詩集《寂寞的人坐著看花》（1993）[70]，也一樣顯豁地明示著行旅的孤獨。

焦桐（1956- ）論述《鄭愁予詩集》，說：「他的山水詩多具現為一種浪子情懷」，強調：「鄭愁予的詩有一種流浪情意結，一種被空間固著的恐懼，他的陳述者因此是永恆的浪子，到處漂泊，甚至自我放逐。」「鄭愁予詩裡的浪子雖然故作瀟灑，卻總是神色憂鬱，進行一趟又一趟的感傷之旅。他佈置的場景經常是黃昏，是海洋，是邊城，

---

69. 辛棄疾（1140-1207）、劉斯奮（1944- ）選注：《辛棄疾詞選》（臺北市：遠流出版公司，2000 年），頁 16-17。

70. 鄭愁予詩集的出版序：《草鞋與筏子》（長沙市：燕子出版社，1949 年），《夢土上》（臺北市：現代詩社，1955 年），《衣缽》（臺北市：商務印書館，1966 年），《長歌》（自印，1968 年），《窗外的女奴》（臺北市：十月出版社，1968 年），《燕人行》（臺北市：洪範書店，1980 年），《雪的可能》（臺北市：洪範書店，1985 年），《刺繡的歌謠》（臺北市：聯合文學，1987 年），《寂寞的人坐著看花》（臺北市：洪範書店，1993 年）。

是陳述者在旅途上，或準備離別、想像返回的時候。這樣的情境，不僅是單純的描山繪水，也擔負了另一層次的任務。」[71]也就是說，鄭愁予的山水詩、隱逸詩、閨怨邊塞詩，訴說的都是一方來八方去的宇宙遊子的情懷。鄭愁予認為自己的作品受古典詩詞影響的並不多，影響最深的是〈古詩十九首〉所表現的「人生的無常」，人生無常，其實就是人生從出生到死亡都在流浪，這是詩中表現的最基本精神。早期名詩〈歸航曲〉、〈夢土上〉、〈鄉音〉、〈賦別〉、〈貝勒維爾〉、〈水手刀〉、〈如霧起時〉、〈燕人行〉，近期隱逸山水之作，都是生命流浪的悲歡曲，隱約的孤獨心境。

　　無常的生命觀，漂泊的宿命論，因此成為〈古詩十九首〉之後綿綿不絕的那股動人的弦音，繼續在鄭愁予的詩作中嗡嗡作響，成為現代詩壇最美好的旋律。一九七三年楊牧即指出：「新詩運動以來，愁予是最能把握這個題材（浪子意識的變奏）的詩人。」[72]「愁予當然是浪子，……新詩人中最令人著迷的浪子。」[73]十五年後，孟樊（1959-　）讀鄭愁予的詩，仍然歸結為〈浪子意識的變奏〉：「如果鄭愁予的詩有中國傳統的古典風味的話，則流浪的美和因流浪而造成的浪漫情懷，無疑是構成此種古典風味的最重要素質。」[74]所以，哲學上佛教的無常觀，具現為飄浪行旅的孤絕情愁，就成為現代主義與古典詩學交疊的重要憑藉，長年旅居國外的鄭愁予自己就曾以美學上的

---

71 焦桐（葉振富，1956-　）：〈建構山水的異鄉人——論鄭愁予《鄭愁予詩集》〉，文建會主辦、聯合報副刊承辦「臺灣文學經典學術研討會」，1999 年，頁 1-3。

72 楊牧（王靖獻，1940-　）：〈鄭愁予傳奇〉，臺北：《幼獅文藝》38 卷 3 期（總 237 期）1973 年 9 月，頁 20。楊牧這篇論文成為論述鄭愁予詩作的經典之作，後出的論點大約都以此為中心旋生而出。

73 楊牧：〈鄭愁予傳奇〉，《幼獅文藝》38 卷 3 期（總 237 期），頁 41。

74 孟樊（陳俊榮，1959-　）：〈浪子意識的變奏：讀鄭愁予詩〉，《文訊雜誌》30 期（1987 年 6 月），頁 151。

「距離」解說這種成就好詩的因子：「『距離』是產生好詩的因子，空間變遷則又是產生『距離』的因子，詩人不遨遊，難能寫得出出色的作品來。……我所說的『宇宙的遊子』是詩人的原型，時間只是載具，居住海外易於利用這個載具，變換空間造成距離，乃能網獲豐富的詩的因子。」[75]

這種「變換空間造成距離」的漂泊感，如果有一天自己定靜下來，仍然會將萬物推向極遠的海天線，將自己置入無限大的空曠中，用以保持距離、保持孤絕：

> 畫自己走入湖水
> 蕭髮爽然如一管洗淨的彩筆

> 畫情日送客
> 白雲之消散[76]

盡褪彩衣，盡散白雲，鄭愁予的〈自畫相〉畫的不是圖「像」，而是外在情境所塑造的一種理想的實現之「相」，空白之至極，接近就中無何物的禪。

七　書齋神馳下的孤高情懷

從《燕人行》（1980）開始，鄭愁予的詩集中總會出現「書齋生活」這樣的一輯詩，好像要從飄浪行旅間穩下心思，定靜自己。其實卻更能見證出孤獨美學在鄭愁予詩中的完整演出。

---

75 鄭愁予：〈詩人生命中的距離〉，收入瘂弦編：《散文的創造（上）》（臺北市：聯經出版公司，1998 年），頁 70。
76 鄭愁予：〈自畫相〉，《寂寞的人坐著看花》，頁 153。

首先，「書齋生活」的篇章一直在不同的詩輯中進出、更換：

《燕人行》（1980）：〈書齋生活〉（內含〈易經〉等七首）、〈十月有麗日候其人至日暮未至〉、〈讀信〉，共九首。

《雪的可能》（1985）：〈excalibur〉、〈hologram〉、〈曇花〉、〈曇花再開〉等十六首。

《刺繡的歌謠》（1987）：無書齋專輯。

以上三書合集為《鄭愁予詩集 II》（2004）時，第十輯即為「書齋生活」，但此輯僅收入〈疊衫記〉、〈搬書運動〉、〈書齋生活〉（棄去第七首）、〈踏青即事〉、〈守墓人偶語〉五詩。其中〈踏青即事〉、〈守墓人偶語〉來自《燕人行》第四輯「踏青即事」；〈疊衫記〉來自《雪的可能》第二輯「窗外春」。《燕人行》、《雪的可能》中原屬「書齋生活」的僅保留〈書齋生活〉、〈搬書運動〉二詩；其他《燕人行》中的〈十月有麗日候其人至日暮未至〉、〈讀信〉，《雪的可能》裡的十五首分別散入下面三輯：「談禪與微雨」、「蒔花剎那」、「一碟兒詩話」。如此費心搬遷，或許可以承認所謂「書齋生活」其實是「書與冥想」交疊了窗外、春、踏青、禪、微雨、蒔花、詩話……。再看《寂寞的人坐著看花》（1993）第五輯仍舊保有「書齋生活」，從收入的七首詩的篇名〈淵居〉、〈棄筆〉、〈蘭亭序註〉、〈夜〉、〈推窗見塔〉、〈仙錄〉、〈火煉〉，或可證明前面所述書齋與生活的多重交疊輝映，其言不虛，又可見晚近三十年鄭愁予以書齋生活作為「不可不孤獨」的生活態勢，亦不待細數。

書齋生活自然會跟「書」相關，「多少與讀閒書有些關聯……」「書上的文字能看得進的，若不是紙上山水作喻的，便是紙上的城闕風雲，非幽邃即雄渾。」[77]不過，如果只跟書相關，就不會牽繫那麼

---

77 鄭愁予：〈鄭愁予談自己的詩·書齋生活（壹）〉，《聯合文學》222 期（2003 年 4

多相異的輯名，鄭愁予曾自言《雪的可能》這本詩集只有兩個類型：由心靈外射世界的便是「書齋生活」，由外象向內觸及心中隱藏的「戚悚或欣喜」便是「散詩記遊」[78]。如此，書只是觸媒，只是載具，甚至於，書齋只是提供玄想的平台，藉由書、書齋，心靈可以無止境地漫遊於六合之內、六合之外。若是，鄭愁予所謂「書齋生活」其實類近於莊子的「逍遙遊」、心與神的「逍遙遊」，超越形體的限制。

　　遊必有方，方必有所限，不論推及到多遠的邊陲，延續到多久的年歲，只有書齋裡的「神遊」才可以真正逍遙不墜。《莊子》內篇所提到的「遊」幾乎都是這種心的「逍遙遊」、神的「逍遙遊」：

> 若夫乘天地之正，而御六氣之辯，以遊無窮者，彼且惡乎待哉？故曰：至人無己，神人無功，聖人無名。[79]
>
> 乘雲氣，御飛龍，而遊乎四海之外。其神凝，使物不疵癘而年穀熟。[80]
>
> 乘雲氣，騎日月，而遊乎四海之外。[81]
>
> 無謂有謂，有謂無謂，而遊乎塵垢之外。[82]
>
> 自其異者視之，肝膽楚越；自其同者視之，萬物皆一也。夫若然者，且不知耳目之所宜，而遊心乎德之和。[83]

月），頁 112。

78　鄭愁予：〈鄭愁予談自己的詩・書齋生活（壹）〉，《聯合文學》222 期，頁 115。

79　莊子著、黃錦鋐註釋：〈逍遙遊〉，《新譯莊子讀本》（臺北市：三民書局，1981年），頁 52。

80　莊子：〈逍遙遊〉，《新譯莊子讀本》，頁 53。

81　莊子：〈齊物論〉，《新譯莊子讀本》，頁 65。

82　莊子：〈齊物論〉，《新譯莊子讀本》，頁 65。

83　莊子：〈德充符〉，《新譯莊子讀本》，頁 96。

　　孰能登天遊霧，撓挑無極，相忘以生，無所終窮？[84]

　　彼方且與造物者為人，而遊乎天地之一氣。[85]

　　予方將與造物者為人，厭，則又乘夫莽眇之鳥，以出六極之
　　外，而遊無何有之鄉，以處壙埌之野。[86]

　　汝遊心於淡，合氣於漠，順物自然而無容私焉。[87]

所謂「四海之外」、「塵垢之外」、「六極之外」，所謂「無何有之鄉」、「壙埌之野」，唯有書齋神馳才能達至，唯有心靈神思才能造就。所謂「合氣」，所謂「遊心」，唯有人與至人神人相會晤才能盡其興，唯有心與天地自然相感應才能暢其神。

　　〈逍遙遊〉的「遊」，徐復觀（1904-1982）認為是由具體遊戲中所呈現出的自由活動昇華上去的，以作為「精神狀態得到自由解放的象徵」[88]。「逍遙」或作「消搖」，「遊」或作「游」，徐復觀以字質詮釋法分析這三個字：「消者，消釋而無執滯，乃對理而言。搖者，隨順而無抵觸，乃對人而言。游者，象徵無所拘礙之自得自由的狀態。總括言之，即形容精神由解放得到自由活動的情形。」[89]這時的精神狀態應該是不由自主的、「不能不孤獨」的「凝神」狀態，這樣的神馳之思，是詩最動人心弦的地方，最不經意的完美境界。所以，有人以莊子〈逍遙遊〉作為「遊」意識的經典，認為〈逍遙遊〉反映出人們心靈深處對於自由的根本性、普遍性的嚮往，指出〈逍遙遊〉的原創性表現於三個方面：「一、跨越了當時文化語境的『天下』意識，

84　莊子：〈大宗師〉，《新譯莊子讀本》，頁 109。

85　莊子：〈大宗師〉，《新譯莊子讀本》，頁 109。

86　莊子：〈應帝王〉，《新譯莊子讀本》，頁 120。

87　莊子：〈應帝王〉，《新譯莊子讀本》，頁 120。

88　徐復觀（1904-1982）：《中國藝術精神》（臺北市：學生書局，1979 年），頁 64。

89　徐復觀：《中國人性論史・先秦篇》（臺中市：中央書局，1963 年），頁 393。

提出了『遊於方之外』的另類哲思。二、觸及人之存在的根本問題，『遊』作為精神性的轉化昇華，體現詩意存有的自由境界。三、創造了一種詩意道說，以意象傳移意涵，以情境體現哲思——遂輻射其影響二千餘年，成為許多知識份子精煉其世界觀和價值觀的重要支點，也在理解和詮釋之中蛻化各種新的理論型態，開展出不同的意蘊內涵。」[90]鄭愁予近三十年書齋神馳的孤高情懷，正是其前四十年「形體」之遊的轉化、昇華，以爐火純青的詩作體現莊子〈逍遙遊〉自得而無所求無所待、自由而無需依無需傍的精神境界。現以其「書齋生活」前、中、近三期的三首詩作為例證：

「書齋生活」的第一首詩是《燕人行》的〈易經〉，《易》是傳統文化二位元最原始的構圖，一切生機相互激發的源頭，這樣的巧合不是機緣的偶然，而是現代主義隱隱約約確有傳統文化的倒影顯映。

〈易經〉的遠背景是開闊、朗潤的：「雨潤過／飛白／藍天在／裱褙」，中背景是悠閒而往復的：「整張下午／柳枝老是寫著／一個燕字」，特寫的是生與死兩極共存的凡常場景：「而青蟲死命地讀／蛛網那本／　線裝的易經／生門何在／卦象平平」[91]，彷彿以遠距離在看宇宙萬象的生存鬥爭，有著了悟後的淡然。

至乎〈曇花〉，觀者是盲者，袪除五色，所以能更接近事物的本質：「此際我是盲者／聆聽妻女描述一朵曇花的細細開放／我乃向聽覺中回索／曾錄下的花瓣開啟的聲音」，甚而推向六合之外「且察得星殞的聲音／虹逝的聲音／（那朵花又突然萎謝……）／我又反覆聽見／月升月沒」。這種拔高到以聲音描述天體之星殞、虹逝、月升、月沒，已可以跟莊子〈逍遙遊〉的鯤鵬怒飛「搏扶搖而上者九萬里」

---

90 鄭雪花：《非常的行旅——〈逍遙遊〉在變世情境中的詮釋景觀》（臺南市：成功大學中國文學研究所博士論文，2005 年 6 月），頁 17。

91 鄭愁予：〈易經〉，《燕人行》（臺北市：洪範書店，1980 年），頁 81-82。

相比擬。最後，「我起身／徐徐轉動我的盲睛／追尋那潛入食花的牧神／這些事／妻女和曇花／如何知道」[92]的孤獨感，或已勝過「之二蟲又何知」的慨嘆！

　　最後以目前出版的詩集中「書齋生活」輯最末一首的〈火煉〉，欣賞鄭愁予如何以火煉火、以自己煉自己，那種龐大、虛無而絕對的孤獨：

> 焚九歌用以煉情
>
> 燃內篇據以煉性
>
> 煉性情之為劍者兩刃
>
> 而煉劍之後又如何？
>
> 就煉煉火的自己吧
>
>
> 煉自己成為容器
>
> 不再是自己而是
>
> 大實若虛
>
> 此所謂爐火純青
>
> 是容飛蛾即興闖入
>
> 過癮而不⋯⋯
>
> 焚身[93]

　　依修辭學「借代法」的原則，九歌用以指稱屈原、《楚辭》的精神，內篇則指《莊子》〈逍遙遊〉以降的思想內涵。以火煉火、以自己煉自己，最後的正果是「大實若虛」，虛空而可以容實，飛蛾撲火

---

92 鄭愁予：〈曇花〉，《雪的可能》（臺北市：洪範書店，1985 年），頁 37-38。

93 鄭愁予：〈火煉〉，《寂寞的人坐著看花》（臺北市：洪範書店，1993 年），頁 106-107。

（火已不是火）──過其癮而不焚其身。那種龐大、虛無而絕對的孤獨，實存而不存，不存而無所不存。

這三首詩都選擇了冷色系統的「青」──〈易經〉的藍天、柳枝、青蟲，〈曇花〉的盲者（臺語：盲者稱為「青冥」），〈火煉〉的爐火純青。「青」是一種遠遁而離別的顏色，一種清冷而消逝的孤獨。鄭愁予如是完成他詩中隱逸遁離的孤獨美學。

八　結語：孤獨感在臺灣詩學裡的追摹與穿梭

如果以「孤獨感」追索詩人的心路歷程，或許會發現自古以來文學正是苦悶的象徵，詩人敏銳的神經尤其容易受到震顫，怪不得古人常以「詩窮而後工」作為立論基礎。但「窮」有二義，一是曲弓其身處於穴中的窮困現象，一是屈身斗室的窮究精神，因此，所謂「孤獨感」不是單單指著「曲弓其身處於穴中」、被動的「不得不孤獨」，更應該是「屈身斗室」、主動的「不可不孤獨」。

因此，「我怕孤獨」，可以成就好詩；「我不怕孤獨」，更可以成就好詩。

歸結前面各節所論，此文將透過傳統詩人的孤獨感、國外心理學家的探索，確立臺灣詩學中孤獨美學的傑異峰極。

首先，傳統詩人的孤獨感或許可以解讀為四種情境：

（一）自然派的空間孤獨

天地至大而我至小，如柳宗元（西元773-819年）〈江雪〉：

千山鳥飛絕，萬徑人蹤滅；

孤舟簑笠翁，獨釣寒江雪。[94]

（二）社會派的時間孤獨

歷史長流萬古綿延而人生卻短暫如電光石火，代表性的作品是陳子昂（西元661-702年）〈登幽州臺歌〉，有舉世皆濁唯我獨清、眾人皆醉唯我獨醒的沈痛：

前不見古人，後不見來者。
念天地之悠悠，獨愴然而涕下。[95]

（三）抒情派的人情孤獨

眾弦俱寂，你是唯一的高音，如李白的送別詩、還鄉詩，不論憂喜，都可能外鑠為高聳的兩座青山之間一條綠水迤邐來去：

天門中斷楚江開，碧水東流至此回。
兩岸青山相對出，孤帆一片日邊來。（〈望天門山〉）[96]

朝辭白帝彩雲間，千里江陵一日還。
兩岸猿聲啼不住，輕舟已過萬重山。（〈早發白帝城〉）[97]

故人西辭黃鶴樓，煙花三月下揚州。
孤帆遠影碧空盡，惟見長江天際流。（〈黃鶴樓送孟浩然之廣

---

94 柳宗元（西元 773-819 年）：〈江雪〉，收入張淑瓊主編：《唐詩新賞》（臺北市：地球出版社，1989 年），第 10 輯，頁 209。

95 陳子昂（西元 661-819 年）：〈登幽州臺歌〉，《唐詩新賞》第 1 輯，頁 167。

96 李白（西元 701-762 年）：〈望天門山〉，《唐詩新賞》第 5 輯，頁 205。

97 李白：〈早發白帝城〉，《唐詩新賞》第 5 輯，頁 213。

陵〉）⁹⁸

（四）哲理派的意境孤獨

如王維的〈竹里館〉：「他並不想脫逃這世界，他的希望是寄託在
『大自然母親』的懷抱中。他的〈竹里館〉顯出同大自然孤獨在一起
的時候，他是多麼的舒適自在：

> 獨坐幽篁裏，彈琴復長嘯；
> 深林人不知，明月來相照。

明月能窺見他，他已是心滿意足了；他較孟浩然（西元689-740年）
更依戀大自然，單獨的時候他就彈琴自娛，像一個嬰孩在母親的膝上
嬉戲那般自得。這母親說：『看，看，我的孩子，月亮在覷著你！』
這孩子也就歡喜。」⁹⁹

臺灣新詩作者踽踽獨行的孤獨感，大約也要從這四種孤獨中描
摩、摸索。

相對於此，西方心理學家對於「孤獨」的理解，投入相當多的心
力，約略而言，可以析分為幾個不同的方向，臺灣新詩作者也有幾許
作品可以做為呼應：

1 人天交流是心境的清澈、靈魂的舒暢

信賴天人可以相互交流而獲得清明超脫，相當於古典詩人的自然
派。

---

98 李白：〈黃鶴樓送孟浩然之廣陵〉，《唐詩新賞》第 5 輯，頁 417。
99 吳經熊（1899- ）、徐誠斌（1920-1973）譯：《唐詩四季》（臺北市：洪範書店，
1980 年），頁 34-35。

　　紐約大學應用心理學系教授艾絲特・布赫茲（Ester Schaler Buchholz，1933-2004）就認為：「愛默生（Ralph Waldo Emerson，1803-1882）所講的對自然的愛好，代表一種更深入的獨處。對他及其他十九世紀二、三〇年代的超驗主義者（transcendentalist）來說，若想要獲得內在的清明超脫，與自然交流是極其重要的。池湖、原野、流水、石岩、山巒、樹林、海洋，都能給我們帶來耐心、平靜與滿足。這些開闊的空間充滿著某種神秘，人的心靈本來就是可以領悟它的。」[100]

　　自古以來強調意象創造的詩人，要以天地日月、風雨雷電、山川草木、蟲魚鳥獸，作為情感的寄託，都可以說是此一類型的服膺者。鄭愁予的山水之作、抒懷之篇，絕大多數都以自然為興懷寄情的客體，藉自然以療己之傷、止人之痛，將自然的神秘引入詩中，成為鄭詩特有的神秘，在山窮水盡的地方，看見人生的風起雲湧。以余光中（1928- ）而言，他不是臺灣的自然主義詩人，如果連他都有這種類型的作品，那就可以看出此類作品繁多而無法備載：

〈空山松子〉
──〈山中暑意七品〉之一

一粒松子落下來
沒一點預告
該派誰去接它呢？
滿地的松針或松根？
滿坡的亂石或月色？

100　赫茲（Ester Schaler Buchholz，1933-2004）、傅振焜譯：《孤獨的呼喚》（*The Call of Solitude*）（臺北市：平安文化公司，1999 年），頁 44。

　　或是過路的風聲？
　　說時遲
　　那時快
　　一粒松子落下來
　　被整座空山接住[101]

〈空山松子〉頗有王維「人閒桂花落，夜靜春山空。月出驚山鳥，時
鳴春澗中。」（〈鳥鳴澗〉）的幽趣。山之所以為空，夜之所以為靜，
不就是因為人的孤獨嗎？所以，桂花落或者松子落，月亮出或者山鳥
鳴，微細的變化都足以引起心靈的驚覺。

2　流離孤絕是歷史的衝激、文化的創傷

　　傳統詩歌的亂離、流放、邊塞、閨怨、傷逝、悼亡，都屬於這一
類型的作品。

　　美國心理分析師魏蘭-波斯頓（Joanne Wieland-Burston）在討論
孤獨之苦時指出：「另外還有一種孤絕的體驗，也是自洪荒以來便始
終是人類縈懷不去的：因貶謫或是流放而生的孤絕。」「和親朋好
友、熟悉的鄉土、文化，乖隔兩地，於人心所引發的創痛，眾所周知
是既深且鉅；所以，不論古人、今人，都喜歡以此作為嚴刑峻法。遠
古文獻裡的流放，泰半是將人驅離所屬的土地或是文化。聖經裡亞當
和夏娃被逐出伊甸園的故事，便是『存在遺棄』（existential abandon-
ment）的原型。」[102]

101　余光中（1928-　）：〈空山松子——山中暑意七品之一〉，《紫荊賦》（臺北市：洪範
　　　書店，1986 年），頁 62-63

102　魏蘭—波斯頓（Joanne Wieland-Burston）、宋偉航譯：《孤獨世紀末》（*Contemporary
　　　Solitude*）（臺北市：立緒文化公司，1999 年），頁 41。

　　一九四九年以後，臺灣詩壇湧進一群遠離母土的詩人，他們的孤絕的體驗成為臺灣現代詩最重要的衝擊力，在漂流、亂離的孤絕處，找尋「逢生」的機會，在歷史的隙縫中，聚沙為土，塑造「遺棄的存在」，要讓他人看見他們的存在。這一線孤獨的清冷，包括以鄭愁予、瘂弦為代表的現代派、藍星、創世紀詩社同仁，都流著流浪者的血液，有著異鄉人的悲愁與堅毅，因此，「創傷」的必然處偶爾也催生「創生」的或然。以辛鬱（宓世森，1933-　）的詩〈青色平原上的一個人〉第一節為例：

〈青色平原上的一個人〉
如果你們說它是一種人的聲音，就讓它像是一種人的聲音吧：

我要哭了。在沒有水草的大路上走著我是什麼東西？是貓頭鷹不屑一顧的
白晝裏那一抹一抹淡淡的煙雲呢？或者我是一行一行清泉在一張瘦乾的
臉膛上。或者我是一隻喝空了的汽水瓶，在海灘上那麼充滿哲學意味的那
麼道德的沉思？我要哭了。沒有人理睬我彷彿我是日常死去了的一些事件
一樣我是攤開的手掌一樣的貧乏。
我要哭了。
歷史在那裏呢？
有沒有迴響？
喂，擺正你的腳趾別只顧走向你自己！啊！那要說多可怕就有多可怕說多

> 髒就有多髒說多棘手就有多棘手的人的生命這種東西；這種跌
> 進時間絕谷
> 就翻不轉身來的頂頂不是東西的東西。啊，一個小紅球似的一
> 個肉質太陽
> 順著時針方向滑溜溜地滾了過來。汪汪。我哭出了這種聲音。
> 在青色平原上，汪汪汪。[103]

汪汪汪，青色平原上的一個人所哭出來的聲音，多麼無助、卑微！

鄭愁予詩中所呈現的大苦難時代裡小人物的悲歡曲、流離圖，「小說企圖」式的表達方式，久久觸動讀者的心弦，多屬於這種創傷後的沈澱。

3 靜心觀察是感覺的觸探、情意的張揚

日人土居健郎提出的「依愛」觀，說明人對情愛的依附與渴求，來自嬰兒時期和母親的共生關係。但隨著年歲增長，人們早已經掙脫子宮包覆、臍帶供養的親密關係，因此，人必須學會獨處。布赫茲（Ester Schaler Buchholz）甚至於提出「大自然將獨處列在第一順位」的說法，他說：「大自然建立了一個提醒生物睡眠／清醒的機制，稱為『晝夜生理節奏』（circadian rhythms），這種生理時鐘有助於調節我們的晝夜週期，影響我們很多行為，包括不睡眠與失眠的行為。睡眠是大自然保證我們可以獲得獨處時間的方式。」[104]因此，非睡眠時間我們也必須創造身靜、心靜，類近於睡眠的、免於受干擾的獨處時間，或私密空間。這時，我們是清醒的觀察者，詩人則從中沈

---

103 辛鬱（宓世森，1933- ）：〈青色平原上的一個人〉，《辛鬱·世紀詩選》（臺北市：爾雅出版社，2000 年），頁 36-38。

104 布赫茲（Ester Schaler Buchholz）：《孤獨的呼喚》，頁 21。

澱情緒，理清情愁，獲取意象，創造意境。

所以，近七十歲的隱地（柯青華，1937- ）從日常生活中看見一萬種寂寞：「等不到風／樹寂寞。等不到眼睛／畫寂寞。劇場沒有觀眾／椅子寂寞。思想沒有性慾／夜寂寞。書籍布滿灰塵／知識寂寞。創作者等不到欣賞者／靈魂寂寞。主人老了／鏡子寂寞。沒有光亮的顏面／歡笑寂寞。看不見船／河寂寞。等不到情人的撫摸／乳房寂寞。」[105]當然，他也看見人生的對待關係。

三十歲的李長青（1975- ）則從「落葉」的飄零看見寂寞的可能：「色澤的明滅之一／樂音的繞樑之一／思慮的雛型之一／夢想的顛倒之一。草原的恐懼之一／文句的轉品之一／天涯的想像之一／詩人的心跡。」「行旅的反覆之一／自然的傾慕之一／微風的心事之一／黃昏的布幕之一。玫瑰的相異之一／飄搖的平衡之一／歸去的憧憬之一／此生的命題。」[106]當然，他也看見詩人所追摹的孤獨是一輩子的命題。

在孤獨中，詩人更能自由張望，更敢大膽張狂。鄭愁予《寂寞的人坐著看花》「書齋生活」輯中，有幾句「又當如何」，張揚了儒者卻有飲者的狂放！如〈淵居〉詩，自比為龍在淵居，當陽光洩下有如深淵清澈，即使讀線裝書，「不裸泳又當如何」！如〈棄筆〉詩，自許為「造物者之筆」，以寫美女為樂，美女寫盡，「不棄筆又當如何」！如〈蘭亭序註〉詩，飲宴蘭亭本為雅事，但與鑑湖女俠相比，自嘲「俗如鵝輩」，雖然「俗如鵝輩」，依然是「不鵝步而去，又當如

---

105 隱地（柯青華，1937- ）：〈寂寞方程式〉，《一天裡的戲碼》（臺北市：爾雅出版社，1996 年），頁 102-104。另收入隱地、唐文俊譯：《七種隱藏‧隱地詩選》（Seven Kinds of Hiding）（臺北市：爾雅出版社，2002 年），頁 98-100。

106 李長青（1975- ）：〈落葉 27〉，《落葉集》（臺北市：爾雅出版社，2005 年），頁 64-65。這冊詩集六十四首詩都在書寫不同樣式的落葉。

何」！[107]這是情義孤獨的另一種真精神。

4 凝神冥想是人性的徹悟、智慧的增長

如果我們把詩人自我的孤獨要求，提高到宗教的情操，就可以發現偉大的宗教家都瞭解孤獨的力量，躬親實踐孤獨。他們以閉關、遁離的手段，遠避人群，期望從此得到開示、啟悟，然後再返回人群，分享智慧、福份。

英國精神醫學醫師史脫爾（Anthony Storr，1920- ）在《孤獨》（Solitude）一書中，遍舉宗教領袖從孤獨中得到智慧的經過，提醒大家惟有藉助孤獨，才能學習、思考、創新，與自己的內在世界保持接觸：「關於釋迦牟尼（Shakyamumi Buddha，566BC- 486BC）雖然有各種傳說，但是我們可以說，當他在那伊朗雅那河畔的樹下冥想，並且豁然大徹大悟時，他對人類處境的長期思考就已達到最高點，也是最終點。根據〈馬太福音〉（"Matthew"）和〈路加福音〉（"Luke"），耶穌（Jesus）在曠野裡度過四十天，並且遭受魔鬼的試探，然後才回來宣示懺悔與救世的信息。穆罕默德（Muhammed，571-632）在每一年的齋月期間，都會避隱到希拉山的洞窟裡。西恩那的聖加德琳（St. Catherine of Siena，1347-1380，羅馬天主教的聖者）開始她教書與佈道的活躍生涯之前，曾在貝寧加撒街的小房間裡隱居三年，並且在這段期間歷經一連串神秘的經驗。」[108]如此看來，詩人必要保持孤獨的心靈，才可以接納感動，經歷神秘，開啟靈智。

鄭愁予自一九四九年出版詩集《草鞋與筏子》以來，對詩有著宗教般的虔敬。六十年凝神專注於詩，交疊著傳統古典詩的空間孤獨、

---

107 鄭愁予：〈淵居〉、〈棄筆〉、〈蘭亭序註〉三詩，《寂寞的人坐著看花》，頁 94-99。
108 史脫爾（Anthony Storr，1920- ）、張嚶嚶譯：《孤獨》（Solitude）（臺北市：知英文化公司，1999 年），頁 43。

時間孤獨、人情孤獨、意境孤獨於其詩作中。他又跟臺灣其他詩人一樣，受到西學東漸的影響，隨處流露人天交流的山水情境，令人心境清澈、靈魂舒暢，特別是一九四九年的世紀大流離，造成詩人巨大的孤絕感，而〈衣缽〉一詩在歷史的衝激、文化的創傷下，仍然昂揚而行。詩人隨處靜心觀察，自在地以感覺觸探人生，自得地張揚人我共通的情意，「生為造物者之筆」，以天賦氣質，如風之流行，如雲之飄然，遊走天下，成為華語世界最讓人傾心的詩人。近三十年書齋的凝神冥想，洞澈人性，洞見智慧，彷彿從某一石窟冥思後走出的智者。這正是美國人本心理學者馬斯洛（Abraham. H. Maslow，1908-1970）所述的「自我實現者」。[109] 如果以此反思鄭愁予詩中所鋪陳的「美學」，那些源自亙古以來文學藝術所獨具的「孤獨」心靈，且與傳統詩學交疊而相映者：隱逸思想裡的孤獨情境，邊塞風塵中的孤苦情思，閨怨懷春時的孤寂情愛，飄浪行旅間的孤絕情愁，竟是馬斯洛《動機與人格》（*Motivation and Personality*）中所提到的「意動需要」（Cognitive needs）中的第三層次「歸屬與愛的需要」（Belongingness and love need）。鄭愁予詩中所配置的人物「如果這一需要得不到滿足，個體就會產生強烈的孤獨感、異化感、疏離感，產生極其痛苦的體驗。」[110] 大苦難時代下的人物，鄭愁予所悲憫的人生，或許只能在

---

109 馬斯洛（Abraham. H. Maslow，1908-1970），人本心理學之父，美國威斯康辛大學心理學博士，他擷取完形心理學的整體論與精神分析學的動力論精華，形成他著名的整體動力論（wholistic-dunamic theory），著有《動機與人格》（*Motivation and Personality*）、《人性的極致》（*The Farther Reaches of Human Nature*）等書。他所提的「自我實現」，可以參閱莊耀嘉編譯：《馬斯洛》（臺北市：桂冠圖書公司，2004 年），第三章、五章、六章。呂明、陳紅雯譯：《第三思潮：馬斯洛心理學》（臺北市：師大書苑，1992 年），第三章。

110 彭運石（1964- ）：《走向生命的顛峰——馬斯洛的人本心理學》（臺北市：貓頭鷹出版社，2001 年），頁 139。馬斯洛在《動機與人格》書中將人的需求分為三大互相重疊的類別：意動需要、認知需要、審美需要。在意動需要中他又分為由低到

「歸屬與愛的需要」、「尊重的需要」中掙扎，但在「書齋神馳下的孤高情懷」裡，鄭愁予自己早已邁向包含認知需要、審美需要的自我實現中，期待他的讀者，廣大的華語世界，也邁向更高的層次，完全實現自我。

——選自《現代新詩美學》（臺北市：爾雅出版社，2007年07月）

高的五個階層：生理的需要（Physiological need）、安全的需要（Safety need）、歸屬與愛的需要（Belongingness and love need）、尊重的需要（Esteem need）、自我實現的需要（Self-actualization need）。《走向生命的顛峰》有完整的介紹。

參考文獻

中文書目（依作者姓氏筆畫排列）

一 書籍

朱光潛 《文藝心理學》 臺北市 臺灣開明書店 1994年

吳 怡 《老子解義》 臺北市 三民書局 2002年

沈 奇 《臺灣詩人散論》 臺北市 爾雅出版社 1996年

何寄澎 《落日照大旗》 臺北市 月房子出版社 1996年

何懷碩 《孤獨的滋味》 臺北市 立緒文化公司 2005年

辛棄疾 劉斯奮選注 《辛棄疾詞選》 臺北市 遠流出版公司
　　2000年

姚鼐 王文濡評註 《古文辭類纂》 臺北市 華正書局 2004年

徐復觀 《中國藝術精神》 臺北市 學生書局 1979年

徐復觀 《中國人性論史‧先秦篇》 臺北市 臺灣商務印書館
　　1988年

莊子 黃錦鋐註釋 《新譯莊子讀本》 臺北市 三民書局 2003年

莊子 王先謙集解 《莊子集解》 臺北市 漢京文化公司 1988年

陳懷恩 《第七種孤獨——以尼采之名閱讀詩》 臺北市 果實出版
　　社 2005年

彭運石 《走向生命的顛峰——馬斯洛的人本心理學》 臺北市 貓
　　頭鷹出版社 2001年

葉海煙 《莊子的生命哲學》 臺北市 東大圖書公司 1999年

劉勰 范文瀾注 《文心雕龍》 臺北市 明倫出版社 1970年

鄭愁予 《鄭愁予詩集Ⅰ》 臺北市 洪範書店 2003年

鄭愁予　《鄭愁予詩集Ⅱ》　臺北市　洪範書店　2004年

鄭愁予　《寂寞的人坐著看花》　臺北市　洪範書店　2004年

謝冰瑩等編譯　《新譯四書讀本》　臺北市　三民書局　1983年

二　期刊論文、碩士論文

沈　謙　〈從何其芳到鄭愁予——比較評析《花環》與《錯誤》〉
　　　《中國現代文學理論》　1期　1996年3月　頁39-60

林　綠　〈鄭愁予《錯誤》的傳統訊契〉　《國文天地》　145期
　　　1997年6月　頁66-68

孟　樊　〈浪子意識的變奏：讀鄭愁予的詩〉　《文訊月刊》　30期
　　　1987年6月　頁150-163

陳大為　〈《錯誤》的誤讀及其他〉　《明道文藝》　286期　2000年
　　　1月　頁148-154

郭鶴鳴　〈只有美麗，何嘗錯誤？——從文理詩情的解析談鄭愁予的
　　　《錯誤》〉　《人文及社會學科教學通訊》　88期　2004年12月
　　　頁92-102

焦　桐　〈建構山水的異鄉人，論鄭愁予《鄭愁予詩集》〉　《幼獅
　　　文藝》　545期　1999年5月　頁35-42

黃維樑　〈江晚正愁予——鄭愁予與詞〉　《中外文學》　21卷4期
　　　1992年9月　頁88-104

楊　牧　〈鄭愁予傳奇〉　《幼獅文藝》　237期　1973年9月　頁
　　　18-42

鄭愁予　〈鄭愁予談自己的詩，色（一）白是百色之地〉　《聯合文
　　　學》　214期　2002年8月　頁10-15

鄭愁予　〈鄭愁予談自己的詩　色（二）青，是距離的色彩〉　《聯
　　　合文學》　216期　2002年10月　頁24-27

鄭愁予　〈鄭愁予談自己的詩　色（三）三色旗〉　《聯合文學》
　　216期　2002年10月　頁28-29

鄭愁予　〈鄭愁予談自己的詩　色（四）藍VS.綠〉　《聯合文學》
　　218期　2002年12月　頁10-14

鄭愁予　〈鄭愁予談自己的詩　書齋生活（1）〉　《聯合文學》
　　222期　2003年4月　頁112-116

鄭愁予　〈鄭愁予談自己的詩　書齋生活（2）〉　《聯合文學》
　　223期　2003年5月　頁86-89

鄭雪花　《非常的行旅──〈逍遙遊〉在變世情境中的詮釋景觀》，
　　臺南市　成功大學中國文學研究所博士論文　2005年6月

蕭　蕭　〈情采鄭愁予〉　《國文天地》　145期　1997年6月　頁
　　58-65

中譯書目（以原作者姓名字母為序）

Buchholz, Ester Schaler（布赫茲）著　傅振焜譯　《孤獨的呼喚》
　　（The Call of Solitude）　臺北市　平安文化公司　1999年

Doi Takeo（土居健郎）著　黃恒正譯　《日本式的「愛」》（「甘え」
　　の構造）　臺北市　遠流出版公司　1986年

France, Peter（法朗士）著　梁永安譯　《隱士　透視孤獨》（Hermits:
　　The Insights of Solitude）　臺北市　立緒文化公司　2004年

Henry David Thoreau（梭羅）著　林玫瑩選譯　《孤獨的巨人　梭羅
　　的生活哲學》　臺北市　小知堂文化公司　2002年

Keats, John（濟慈）著　查良錚譯　《濟慈詩選》（Selected Poems of
　　John Keats）　臺北市　洪範書店　2002年

Koch, Philip（科克）著　梁永安譯　《孤獨》（Solitude）　臺北市
　　立緒文化公司　2004年

Millás, Juan José（米雅斯）著　范湲譯　《這就是孤獨》（This Was Solitude）　臺北市　圓神出版社　2005年

Storr, Anthony（史脫爾）　張嚶嚶譯　《孤獨》（Solitude）　臺北市　知英文化公司　1999年

Wieland-Burston, Joanne（魏蘭—波斯頓）著　宋偉航譯　《孤獨世紀末》（Contemporary Solitude）　臺北市　立緒文化公司　1999年

依賴心理與詩意的孤獨感
—— 鄭愁予詩歌論

方環海、沈玲

> 詩雖然可以去研究它，但詩的存在目的，主要卻不是做為研究用的，是讓人傳誦、記憶的。[1]
>
> —— 鄭愁予

一 引言

鄭愁予其人其詩常給人以一種神秘感，就如瘂弦所言：「鄭愁予的名字是寫在雲上」[2]。因一些名作，像〈錯誤〉、〈水手刀〉等多以「旅人」為像，集中於流浪和漂泊的主題，充滿無定的方向感和距離感。[3]鄭愁予又慣用第一人稱或第二人稱，從而贏得了「浪子詩人」之譽。有人認為這是一個「錯誤」，一種「草率」；鄭愁予自己對「浪子詩人」的說法也不認同，他說「因為我從小是在抗戰中長大，所以我接觸到中國的苦難，人民流浪不安的生活，我把這些寫進詩裡，有

---

[1] 黃智溶：〈山水常青詩情在 —— 有使命與沒有使命的鄭愁予〉，《幼獅文藝》1995 年第 4 期。

[2] 蕭蕭：〈高中課文現代詩賞析教師學生必讀：賞析鄭愁予的〈錯誤〉〉，《中央日報：讀書周刊》1997 年 3 月 12 日。

[3] 廖祥荏：〈船長的獨步 —— 鄭愁予海洋詩評析〉，《中國語文》2001 年（總第 533 期）。

些人便叫我做『浪子』，其實影響我童年和青年時代的，更多的是傳統的仁俠的精神，如果提到革命的高度，就變成烈士、刺客的精神。這是我寫詩主要的一種內涵，從頭貫穿到底，沒有變」[4]。在鄭愁予的眼中，浪子似乎是消極的名詞，所以要用刺客、烈士代之。[5] 如果細究起來，「浪子詩人」的頭銜對鄭愁予並無不妥，因為這是一種誠實、認真的評價。這裡的「浪子」並不是沒有目標、沒有理想、沒有責任的隨性游蕩者，而是一個積極進取、永不言棄、永在跋涉的「過客」[6]。其實無論仁俠也好，浪子也罷，總而言之，都是廣泛意義上的「旅人」。

旅人是最廣泛意義上人類的生存狀態。《周易正義》云：「旅者，客寄之名，羈旅之稱；失其本居，而寄他方，謂之為旅。」《周易集解》引王弼曰：「旅者，物失其所居之時也。物失所居，咸願有所附。」張衡〈思玄賦〉云：「顝羈旅而無友兮，余安能留乎茲？」很顯然，從古到今，在人們的心目中，旅人的過客生涯都充滿孤獨與鬱悶的情調，由於缺乏依賴[7]，沒有歸屬感，在其精神或肉體上形成苦

4　彥火：〈揭開鄭愁予一串謎──海外華裔作家掠影之三〉，《中報月刊》1983 年第39 期。

5　廖祥荏：〈宇宙的游子──愁予浪子詩評析〉，《中國語文》第 520 期（2000 年）。其實鄭愁予本人對這一說法也存有態度矛盾，比如他認為自己早期的許多詩是很嚴肅的作品，但是也仍然延續了不被外人理解的「浪子情懷」──除了酒、流浪；還包括犧牲的抱負、路見不平的仗義，而革命正是一種俠義犧牲的事業。可能其他人說的「浪子」與鄭愁予本人認同的「浪子」，在內涵上怕是不對等的。見沙笛：〈〈在傳奇的舞台上〉修訂稿〉，《現代詩》復刊第 10 期（1987 年 5 月）。

6　鄭愁予的旅人與浪子形象非常相似於魯迅《過客》中那位不知前面是鮮花還是墳墓而永在跋涉的過客，什麼時候才能休息一下呢？究竟要到哪兒去呢？這些是過客永遠的問題。見土居健郎著、王煒等譯：《依賴心理的結構》（濟南市：濟南出版社，1991 年），頁 162。

7　「依賴」是為了否認人類生存過程中必然出現的分離事實，抑制分離帶來的痛苦，而產生的一種心理活動。見土居健郎著、王煒等譯：《依賴心理的結構》，頁75。

悶、衝突甚至鞭笞，但又無力解決終止它。[8]也正是由於「旅」而難「居」，在許多人包括鄭愁予的心目中，「旅」已不再侷限於狹義的「行旅」，正如同李白在〈春夜宴桃李園序〉中說的那樣，「夫天地者，萬物之逆旅」，已完全將人生、萬物視作「行旅」之事。

在鄭愁予的詩中，旅人的心態隨處可見，孤獨如影隨形。「過客」、「旅人」在他那裡已成了一種表徵，追求的是生命永恒的價值，追問的是人類生存永恒的意義。所謂的價值與意義，總是要有所附麗，不論是社會功能還是心理功能，只有如此孤獨感才會得以抒解。

在詩歌中，鄭愁予一以貫之地表達了自己作為旅人對生命歸屬的尋求，那歸屬之處在哪裡？遠離的故土？無限的親情？自然的山水？甜蜜的愛情？永恒的時間？生命的死亡？好像都是，又好像都不是。浪子意識，只是詩的一種外在表現方法，內在的所謂「無常觀」[9]實際是直指生命。[10]我們站在哲學本體的層面看，「浪子」應該說是人類對世界包括生命、存在等終極命題的最為深刻的意義表達。[11]生命的本質是孤獨的，但人是追求依賴感和歸屬感的動物，蘇格拉底說，未經省察的人生是沒有意義的。土居健郎認為，人類意識的成長，根本就是源於對父母的心理依賴，而人類走入的正是這樣一個圈子：尋找依賴－否定依賴－超越依賴，從而構成一個循環。[12]本章則力圖探討鄭愁予詩歌中獨有的一種永恒的孤獨、虛無的世界與追尋的意義。[13]

8　白靈：〈淺析鄭愁予的境界觀——中國現實與理想的藝術導向〉，《現代詩》復刊1982 年第 1 期。

9　陳姿羽：〈鄭愁予：詩心‧俠骨‧觀無常〉，《天下雜誌》2005 年（總第 325 期）。

10　林麗如：〈人道關懷的詩魂——專訪鄭愁予先生〉，《文訊月刊》2002 年（總第 205期）。

11　陳祖彥：〈山的詮釋者——詩人鄭愁予〉，《幼獅文藝》1996 年（總第 505 期）。

12　土居健郎著、王煒等譯：《依賴心理的結構》，頁 98。

13　有學者認為，浪子意識已經成為鄭愁予詩歌中的主題內容，對此我們非常贊同，

二　孤獨的詩意情緒

鄭愁予曾寫下這樣的詩句：「我在溫暖的地球已有了名姓／而我失去了舊日的旅伴，我很孤獨」[14]。旅人無伴，何其寂寞難耐！這是一聲直露的告白，也是一句無奈的呢喃，而這樣的直露與淺白在鄭愁予的詩歌中並不多見。

考「孤獨」一詞，其意義本系合成，而且歷史悠久。許慎，《說文解字》釋曰：「孤，無父也。」段玉裁注：「孟子曰：『幼而無父曰孤。』引申之，凡單獨皆曰孤。」獨，孤單之義。《說文解字》云：「羊為群，犬為獨也。」段玉裁注：「犬好鬥，好鬥則獨而不群。」《字匯》云：「獨，單也。」《詩經·小雅·正月》：「念我獨兮，憂心殷殷。」鄭玄箋：「此賢者孤特自傷也。」[15]可見，古人心目中的「孤獨」是一種由各種情感鬱積而成、帶有恒久性的心境狀態。[16]應該說孤獨就是來自於人類最為深刻的無助感。

人類的孤獨感大致可以分為人際孤獨、內心孤獨、存在主義孤獨三種形式[17]。人際孤獨和存在主義孤獨都是健康的孤獨形式，人際孤

這裡浪子已經被提到意識的層次，事實上鄭愁予通過浪子通達虛無，無就是有，有也是無，正是鄭愁予的詩句所云，「處處非家，所以，處處家」。見蕭蕭：〈情采鄭愁予〉，《國文天地》1997 年（總第 145 期）；何其芳：〈夢中道路〉，《何其芳研究專集》（成都市：四川文藝出版社，1986 年），頁 164。

14 鄭愁予：〈鄉音〉，《鄭愁予詩集 1951-1968》（I）（臺北市：洪範書店，2003 年二版），頁 12。

15 見《漢語大字典》（縮印本）（武漢市：湖北辭書出版社；成都市：四川辭書出版社，1992 年），頁 426、577。

16 榮格著、黃奇銘譯：《現代靈魂的自我拯救》（北京市：工人出版社，1987 年），頁 294。

17 三種類型孤獨的重要區別由亞隆（Yalom）提出。見亞隆、易之新譯：《存在心理

獨意味著缺乏關係或關係不合我意；存在主義孤獨是超越性孤獨，它的指向不是尋求關係，而是在一定程度上主動回避關係、渴望獨處。存在主義哲學甚至從生命的整體性方面否定了人的存在性：人的整個存在連同他對世界的全部關係都成為可疑，一切理性的知識和信仰都已崩潰，留下的只是處於絕對的孤獨和絕望之中的自我。[18]內心孤獨卻是一種病態的孤獨，它意味著自己心理有種內在的不統一，實際上已經與外在關係沒有多少牽涉。

現代心理學的看法也與此相似，認為孤獨感是在自我意識不斷增長的基礎上，因依賴的欲望不能滿足或自我受到威脅時而產生的一種心理狀態。我們每個人都是孤單的，有時我們通過愛情或感情或創造性要素來逃避孤獨，但生命的喜悅只是我們給自己造成了聚光點，道路的邊緣依舊漆黑一團；我們每個人都將孤零零地死去。在當代社會中，人們常常因為環境與人性需要之間的斷裂而感受到太多的孤獨感。無論是在精神上還是在社會上，每個人都是獨立的，但誰能夠真的給自己找到一個固定的位置呢？我們雖然也都明白那孤獨的本質，卻不得不在和他人的關係中苦苦尋覓活著和存在的意義。鄉愁、離別、情愛、死亡、自然山水中都含有孤獨的成份。人類的孤獨感既然是一種心理狀態，那就必然蘊含著多種情感，如果能夠獲得有效的藝術傳達，就會給人以撼人心魄的審美感受。

這樣看來，人類的孤獨感應該至少有兩個層次，一是情緒的孤獨，一是審美的孤獨。心理學認為，孤獨感作為一種情緒是不利於人的身心健康的，但作為審美對象的孤獨卻具有永不衰竭的藝術魅

治療》（臺北市：張老師文化事業公司，2003 年）。

18 鄭愁予承認自己曾經受到存在主義影響，而一九六六年以後，才覺得需要現實，也要面對現實。見彥火：〈揭開鄭愁予一串謎——海外華裔作家掠影之三〉，《中報月刊》1983 年（總第 39 期）。

力。[19]鄭愁予的詩既充滿了孤獨情調，又給人一種智的啟迪與力的美感，致力突破時空的圍限，憑藉既有的智慧，去對抗先天受限於時間與空間的苦悶，宣洩那份悲劇性的憤慨。[20]

三　認知的現實路徑

作為一種生理上的病症，孤獨無所謂對象，但作為對世界的一種意識，孤獨既有其對象，又有其原因，它關涉對世界的認知，具有非常明確的意向性。

人類是因為渴望突破時間、空間的局限，才採取流浪的行動。[21]但是孤獨感確實不應該是生命中的主旋律，太多的孤獨只能意味著社會存在關係網的破碎。我們對世界的意識一直都具有某種特定的內容，姑且不論這些認識的內容是多麼混亂、多麼模糊。心理學上也是如此，記憶與欲念、希望與信仰、憤怒與愛戀等，所有的一切在某種意義上都要具有自己的客體。即使是在想像的情況下，人類認識的也不是什麼想像（imagination）之物，而仍然是真實的事物。這就是說，單純討論鄭愁予詩歌的孤獨感是沒有意義的，鄭愁予單純地抒發對世界的孤獨感也是沒有意義的，他的感受必須依賴此物或彼物，愛戀某事或某人，對這一點或那一點有所認識等等。[22]

那麼詩人該如何承載這種孤獨感？在我們看來，鄭愁予既沒有像尼采那樣成為瘋子，也沒有像葉賽寧、馬雅可夫斯基那樣以死來解

---

19 尤瑟夫‧庫爾泰：《敘述與話語符號學：方法與實踐》（天津市：天津社會科學出版社，2001 年），頁 2-12。

20 鄭愁予：〈止於大限〉，《幼獅文藝》1966 年第 4 期。

21 林淑華：〈鄭愁予詩中的山水〉，《中國語文》2003 年（總第 558 期）。

22 A‧丹圖著、安延明譯：《薩特》（北京市：中國社會科學出版社，1992 年），頁 66。

脫，而是默默承受著孤獨，在這一過程中他找到了詩。在詩的世界
裡，他自由地游曳，憑藉各種手段來排遣消解這種孤獨感。動力心理
學認為，孤獨本身是欲望受到挫折的結果，因而總伴隨著痛苦的情
感。一切情緒甚至是痛苦的情緒，只要能找到正當的表現途徑，都能
最終導致快樂。[23]詩人正是憑藉詩歌來充分表現孤獨的情調，從而獲
得生命的快感、勇氣以及奮發昂揚的意義，從而推動詩人在存在意義
的追尋中向前走去。

事物的存在本身不能得到把握，我們能夠分析把握的只是認知事
物存在之外的所謂特質。我們歸屬其中，同時又置身其外。在鄭愁予
的詩裡，旅人本身就是一種存在：我是誰？我從何處來？要到何處
去？也許「我」只能是一種可能對自身是什麼作出疑問的一種存
在。[24]這樣的虛無是通過現實而存在於世的，各種價值也存在於人們
生活的世界中。

我們的民族在漫長的歷史進程中經受了太多的創傷和苦難，一種
浩茫深重的孤獨意識已經深深積澱於我們的文化心理結構之中，並成
為歷史文人進行創作的一種潛在心理動力。鄭愁予正是基於對山川故
國的眷戀，對人生際遇的傷感，對生命無常的喟嘆，再加上他對西方
現代手法和中國古典手法的嫻熟運用，使他的詩進入一種人與自然合
一的境界。縱觀鄭愁予的詩歌創作，他以主觀精神把握客觀事物，取
材大抵都是日常的生活現象，縱身到時代的大波巨瀾中擊水的情況很

---

23 所謂表現主要有兩種形式：一種是指生命力在筋肉活動中和腺活動中得到渲洩，
即機能表現；另一種是指情緒在某種藝術形象中，通過文字、聲音、色彩、線條
等象徵媒體得到體現，即藝術表現。鄭愁予在創作之前心裡先有一種圖像世界。
見丁琬：〈我達達的馬蹄——鄭愁予先生訪問記〉，《明道文藝》1984 年（總第 104
期）。

24 A・丹圖著、安延明譯：《薩特》，頁 88。

少，在文學中折射出的時代風雲也不多見。[25]但就在這瑣細裡，作者常能幻化出極為豐富的意象來。

（一）故土親情在夢中

童年時隨家輾轉各地的經歷給鄭愁予留下強烈而深刻的記憶，它幾乎影響了詩人的一生。詩人成年後所處的孤島臺灣，像棄兒似地孤懸於海中，遠離大陸，皈依無所。雖然它仍是大陸不可分割的一部分，但臺海阻隔，兩處望遠，地域上的歸屬感似乎難以找尋，處於放逐的心態或邊緣文化情緒。為了擺脫這種對鄉土眷戀而帶來的孤獨感，他曾隻身飄洋過海，試圖在另一個世界裡找到自己的精神家園，但西方社會終究不是彼岸。當詩人越過高山大海的阻隔，又回到臺灣時，「而酒客的家，是無橋可通的」，類似「移民情結」的無可奈何，[26]那種被故土拋棄的失落感與恐懼感，仍潛伏在詩人的內心深處，成了詩人心底一個永遠的痛，始終難以找到歸屬的心態。[27]那麼，詩人又是如何表現這種地域上難以歸依的孤獨情緒呢？

這時候的鄉音，已經成為全人類的鄉音。詩人面對故土親情，在傳達自己的理性思索時，往往伴隨著濃濃情感衝動，充滿邊緣感和移民情調，意象所蘊含的理念（或叫意念）經由著憂鬱情感的浸潤。沒有情緒，作者將不能進入對象裡面，沒有情緒，作者更不能把他所傳

---

25 現實與現時是不同的，現時屬於現象，屬於時間，而現實卻包容時空，它是現時的最高真實。藝術雖然不是人生，卻來自人生，只要掌握現實，一部藝術作品便不愁缺乏時代精神。見辛郁：〈柔性的戰歌——談一首被忽略的詩〈鄭愁予著春之舊曲〉〉，《中外文學》1974 年第 1 期。

26 徐望雲：〈悠悠飛越太平洋的愁予風——鄭愁予詩風初探〉，《名作欣賞》1994 年第 2 期。

27 廖祥荏：〈鄭愁予〈夢土上〉評析〉，《中國現代文學理論》1997 年第 8 期。

達的對象在形象上、感興上、主觀與客觀的融合上表現出來。[28]。「我乃有了一飲家鄉水的渴欲……／乃撥動四肢／爬上去／……（而故鄉之野仍是不可企及的）／／」不直接點明題旨，而以深情的筆調反覆抒寫「我」對「故土」的戀慕與認同。雖然故鄉之野是那麼的不可企及，但一個「渴」字貌似生理，實是心理，寫出了詩人最為真切的遊子心態，貼切的比喻，散文式的自由抒唱，使詩具有一種明麗顯豁的意境和蕩氣迴腸的力量。尤其是〈來生的事件〉：「我是十四歲的秋天，跟著部隊／離開動亂的家鄉／……是一個來生的事件／／」[29]，在詩人看來，今生是旅人，來生仍然還是流浪，這已經成為了一種宿命。

「一夜的雨露浸潤過，我夢裡的藍袈裟／已掛起在牆外高大的旅人木／……一種沁涼的膚觸，說，我即離去」[30]。通過刻畫一個久居異鄉、愁思輾轉、夜不能寐的遊子形象，把離愁，把都市人的那種孤獨感表達了出來。「啊，我們／我們將投宿，在天上，在沒有星星的那面／／」[31]，則描摹出獨自在月下徬徨的旅人，別有一番孤獨感襲上心頭的感受。正如〈客來小城〉[32]所寫：「客來小城，巷閭寂靜／客來門下，銅環的輕扣如鐘／滿天飄飛的雪絮與一階落花／／」，旅人在尋覓，而所尋覓的一切已經不在，留給旅人的是一個空空的院落，只有滿天飄飛的雪絮有一階落花。「又是雲焚日葬過了　這兒／近鄉總是情怯的／而草履已自解　長髮也已散就／啊　水酒漾漾的月下／大風動著北海岸／漁火或星的閃處／參差著諸神與我的龕席／……／

---

28 鄭愁予：〈大峽谷〉，《鄭愁予詩集》（II），頁 141。

29 鄭愁予：〈來生的事件〉，《鄭愁予詩集》（I），頁 348、350。

30 鄭愁予：〈晨〉，《鄭愁予詩集》（I），頁 94。

31 鄭愁予：〈下午〉，《鄭愁予詩集》（I），頁 95。

32 鄭愁予：〈客來小城〉，《鄭愁予詩集》（I），頁 9。

／」[33]，「且帶著屬於先知的悲憫／穿上滿鞋家園的荒涼／開始走著
走著　悟著宇宙　悟著死／然而　所有的橋梁都跨過了／／從這一異
端　渡向　彼一異端／／」[34]，就在這故鄉的山光水色裡，孕育、表
現著詩人對故鄉綿長的思戀。

　　詩人寫到親情，讓我們感受到了人世間尚存的、不變的、永恒的
溫暖，如：「暮鴉突然鼓噪疑是黃昏了／而末班車來的時候卻一切都
是岑寂的」[35]；「該有一個人倚門等我／等我帶來的新書，和修理好了
的琴／而我只帶來一壺酒／因等我的人早已離去」[36]；「如果，我去
了，將帶著我的笛杖／那時我是牧童而你是小羊」[37]；「啊，你已陌生
了的人，今夜你同風雨來／我心的廢廈已張起四角的飛檐／／」[38]。
這些詩歌單純、親切，但在單純、親切的背後，作者也時常嵌入一些
孤獨的意象，如「暮鴉」、「廢廈」、「風雨」等。

　　由對故土親情轉而對人生的苦思冥想，在探索中溢滿了困惑和苦
楚。一如〈隕石〉所寫：「這些稀有的宇宙客人們／在河邊拘謹地坐
著，冷冷地談著往事／……自然，我常走過，而且常常停留／……記
得那母親喚我的窗外／那太空的黑與冷以及回聲的清晰與遼闊／
／」[39]作者由外轉內的渴望、思考和體驗，能夠產生這種對「存在」
的思考。只要不停下手中的筆，只要不斷地對人性進行思考，即使是
宇宙的匆匆客人，但靈魂深處的宇宙會因為詩歌的寫作，變得更加明
晰。

---

33 鄭愁予：〈野柳岬歸省〉，《鄭愁予詩集》（Ⅰ），頁 282。
34 鄭愁予：〈衣缽〉，《鄭愁予詩集》（Ⅰ），頁 294。
35 鄭愁予：〈夢回懷友〉，《鄭愁予詩集》（Ⅱ），頁 299。
36 鄭愁予：〈夢土上〉，《鄭愁予詩集》（Ⅰ），頁 10。
37 鄭愁予：〈小小的島〉，《鄭愁予詩集》（Ⅰ），頁 69。
38 鄭愁予：〈度牒〉，《鄭愁予詩集》（Ⅰ），頁 112-113。
39 鄭愁予：〈隕石〉，《鄭愁予詩集》（Ⅰ），頁 54-55。

正如詩人所寫：「也許什麼都比不了一個對飲的時刻」[40]，這是對人生的一種遊戲式的虛無態度，是看透人生後對生命的一種對抗與反彈。故土是如此的不可企及，詩人情感的寄托與選擇還能是什麼？孤獨的旅人，好像永遠也沒有歸宿，沒有任何目的地，甚至也忘記了他的根源。故鄉只在恍惚的夢中浮現，隨著歲月的消逝，和他愈離愈遠，而日復一日，他卻和孤獨愈來愈近。故鄉的陌生和孤獨的熟悉，被歲月劃成兩個不相連屬的時空，旅人成了浪子，而浪子只是個過客，不是歸人。[41]

（二）空靈的自然山水

「人時常處於漂流狀態，人在異地帶著探險的心和一種尋幽訪勝追求美的意念，充滿了無限開拓的可能性，這是一種突破空間的企圖；另外，人在異鄉、身處異地總不可避免地充滿懷舊、鄉思，這則是突破時間企圖。古代詩人的作品多數是在異地完成的，所以漂泊之域總不以為是絕地。」[42]鄭愁予的很多詩歌都涉及到異地的自然山水意象。當他面對雲彩或雷電沉思冥想時，大自然的美和神秘在他心中孕育了寫詩的欲望，無論是在空曠之地，還是在喧鬧都市，也無論是在山谷，還是在海濱，詩人都在俯首閉目默思，省察個人的靈明。[43]

無論是觀察自然、體驗自然，詩人追求的是能夠達到人與自然合一的境界。在自然之外再締造自然，在觀念的絕地再開闢觀念，[44]同

---

40 鄭愁予：〈欣聞楊牧推出〈吳鳳〉詩劇有贈〉，《鄭愁予詩集》（II），頁 89。

41 孟樊：〈浪子意識的變奏：讀鄭愁予的詩〉，《文訊月刊》1987 年（總第 30 期）。

42 林淑華：〈鄭愁予詩中的山水〉，《中國語文》2003 年（總第 558 期）。

43 朱西寧：〈「長歌」的和聲——介紹鄭愁予的新詩集〉，《幼獅文藝》1967 年第 1 期。

44 鄭愁予：〈止於大限〉，《幼獅文藝》1966 年第 4 期。

時在物我冥合的境界中，體現對宇宙生命的感悟。[45]詩人對世界終極
意義的思考、情感和敘述一起流動，意象的質樸、語言的簡潔和沉靜
的表達方式，實現了其「我思，我寫，我快樂」的詩歌理想。他的許
多描寫自然山水風情的短詩語句簡練，意象具有極強的張力，許多平
凡常見的意象一旦進入他的詩中，就遠遠超出了人們想像的空間。他
也特別善於捕捉剎那間的感受，把深刻的理性精神濃縮為詩篇。[46]
如：「我從海上來，帶回航海的二十二顆星／……赤道是一痕潤紅的
線，你笑時不見／子午線是一串暗藍的珍珠／當你思念時即為時間的
分隔而滴落／／」[47]。鄭愁予詩中出發前的抒情想像多於歸來後的滄
桑書寫，流露出隨時準備離去的態度。「春／春唱到五更已使夜蒼老
／流過她魚肚色的皺紋／灰髮樣的黎明像淚那麼流／那麼波動／那麼
波動後的無助／那麼樂著病死／／」[48]，在山水的深處，隨著你思
考、冥想的深入，不可解的東西越來越多，這種自然的神秘是賦予人
類的特別恩施。如「曾被旋轉地撫愛像一具／風車（那些風，留下些
情話就下坡去了。）／無奈的一刻卻是雨後的小立／是不欲涉想收獲
的／女性的玉米／／」[49]；「當轉身／驀見在客廳的立燈下／正危坐著
一個唐代雍容的女子／……她神馳地告訴我　一面起座／衣帶飛天地
探看東窗的外頭／是不是還有哥哥說的搗衣的月色／／」[50]。

　　這山水的神秘，只是外在的徵象，看鄭愁予在〈爬梯及雜物〉[51]
中寫道：「一庭銀閃閃飛墜的光芒，／是射向虛無的天空又彈回來達

45 商瑜容：〈鄭愁予旅美前詩作研究〉，《文與哲》2002 年第 1 期。

46 楊牧：〈鄭愁予傳奇〉，《幼獅文藝》1973 年（總第 237 期）。

47 鄭愁予：〈如霧起時〉，《鄭愁予詩集》(I)，頁 76。

48 鄭愁予：〈草生原〉，《鄭愁予詩集》(I)，頁 210。

49 鄭愁予：〈玉米田〉，《鄭愁予詩集》(II)，頁 154-155。

50 鄭愁予：〈寧馨如此〉，《鄭愁予詩集》(II)，頁 2-3。

51 鄭愁予：〈爬梯及雜物〉，《鄭愁予詩集》(II)，頁 312。

到箭矢嗎？／／」；[52]「那些桃花都魂化仙去了麼？／那一畝菱塘本是倩女的／容鏡，一架秋千就占了／十畝荒園……／／」；[53]「一手扶著虹　將髻兒絲絲的拆落／而行行漸遠了　而行行漸渺了／……漂泊之女　花嫁於高寒的部落／朝夕的風將她的仙思挑動／於是　涉過清淺的銀河／順著虹　一片雲從此飄飄滑逝／／」。詩人往往選擇某一具體形象如「箭矢」、「菱塘」、「秋千」、「荒園」等來托物寄情，既不實寫，也不直抒胸臆，而是常通過聯想、隱喻、幻覺、暗示等來營造出朦朧、神秘的色彩，以表現人生的幻滅感和孤獨感。詩人雖大量採用象徵意象，但因貼近主觀情緒，所以詩意曲折、朦朧卻並不過於晦澀。[54]

中國文學源遠流長。在幾千年的發展過程中，中國古典詩詞對國人產生了潛移默化的影響。比如，以「菊」、「松」、「梅」、「竹」這些古詩詞中常出現的意象來比喻節操的高潔。古詩詞對新詩的影響是潛在的、自然而然的，這就不難理解鄭愁予詩歌中所出現的許多似乎與主題無關的自然意象，它們是詩人為讀者精心構建的精神家園——大自然的美麗幻象，只可意會，不必執著去索解。詩人自己真正地溶於自然、遊於自然時，如夢如幻的天空、月亮、大地，這些才是詩人想看到的：「土地公公，讓我們躲一躲吧，在這小小的土地祠／外面有

---

52 鄭愁予：〈舊港〉，《鄭愁予詩集》（II），頁 42。

53 鄭愁予：〈風城〉，《鄭愁予詩集》（I），頁 190。

54 在五四文學革命中，當新詩衝破舊詩的樊籬，占領中國詩壇的時候，世界文學中洶湧著三股詩潮：現實主義、浪漫主義和現代主義，其中現代主義處於主導地位。一九四九年後，現代主義在大陸沉寂了三十年，而臺灣卻形成了以「現代詩社」、「藍星詩社」和「創世紀詩社」為主的臺灣現代派，彌補了大陸詩壇的不足。見沈謙：〈從何其芳到鄭愁予——比較評析〈花環〉與〈錯誤〉〉，《中國現代文學理論》1996 年第 1 期。

追趕我們的暴風雨／……我是不能回家轉了／／」[55]；「再無更高的峰
頂可攀緣，我們乃坐下／飲酒，等待落日之西垂／突然，阿德朗黛山
發出／淒厲之一聲紅徹天地的呼嘯／此即是時間之灼痛／／」[56]；「白
塔喲／像紙幡兒般／在濃夜上挑著／／」[57]。

　　〈北京北京〉中的白塔，是「像紙幡兒般」這樣的意象，看來詩
人用的「眼睛」肯定與常人不同，只有萬物皆如死般虛無的「眼睛」
才能夠看到這樣的獨特風景。[58]在自然山水的吟詠中，詩人這時的
「自我」已經不是經驗現實中的自我，而是立足於萬物基礎上的永恒
自我，它與世界本體打成一片，從存在的深淵裡發出呼叫，說出了生
命的原始痛苦。所以，鄭愁予的詩很少歌唱純粹個人的悲歡，它們的
主題是孤獨感、理想和超越、對永恒的憧憬這一類所謂本體論的情緒
狀態，生命的意義自然而然地成了他思考的中心，熱愛人生，竭力去
追究人生背後的所謂終極意義。

　　正因如此，詩人才在撫摸自然、感受自然中，源源不斷地寫出關
於自己熟悉的存在空間的詩歌，看不到一點點的浮華和憤怒，看不到
外界給詩人造成的焦慮和曲折，有的只是風雨過後隱隱的痛：「星星
中，她是牧者／雨落後不久，虹是濕了的小路／羊的足跡深深，她的
足跡深深／便攜著那束畫卷兒／慢慢步遠……湖上的星群／／」[59]。
「白雲是悠然的，如往常那樣／和平地坐下了不知憤怒的修墓人／坐
下，想著，能從祈禱中／得來什麼樣的新信息／鳥聲是清亮的／祝詞

55　鄭愁予：〈土地公公，請讓我們躲一躲〉，《鄭愁予詩集》（II），頁 230。

56　鄭愁予：〈落日〉，《鄭愁予詩集》（II），頁 198。

57　鄭愁予：〈北京北京〉，《鄭愁予詩集》（I），頁 284。

58　現代詩歌是一個多棱鏡，各個角度有各個角度的感受，但是必須以詩之本體為依
　　據，見銀髮：〈現代詩初探──試簡釋鄭愁予的錯誤〉，《創世紀讀刊》1974 年（總
　　第 37 期）。

59　鄭愁予：〈牧羊星〉，《鄭愁予詩集》（I），頁 162-163。

的喃喃是綿長的／／」[60]，詩中描繪的是一幅江南的行吟圖：在晨曦與暮靄中，隨著微風與細雨，一個可傷可憐的旅人走來，就在一瞬間，詩人產生了一種神秘的感覺。

詩人拒絕對現實生活進行直接觀照而寄情於自然，這並非是對人世的絕望，就如加繆所陳述的那樣：「沒有生活之絕望，就不會有對生活的愛」。[61]鄭愁予晚期的詩歌即有物化山水中、天人合一的傾向，人類已物化為虛無天地的一個部分。[62]

（三）愛到濃時亦近無

愛情是生命發展的強大動力，使人可以放棄一切，包括生命與宇宙，從而求得這份永恒。[63]《新約·哥林多前書》中說，「愛是恒久忍耐，又有恩慈」。但愛情是什麼？當注定了那唯一的相屬後，又怎能沒有表白沒有追問？當時於愛情的描述一次又一次的從純粹降格而變得世俗化之後，也許我們應該領悟，孤獨的靈魂乃是愛情的悲劇，孤獨之於愛，何異於南轅北轍。「我們將相遇／相遇，如兩朵雲無聲的撞擊／欣然而冷漠……／／」[64]。在鄭愁予筆下，愛情都帶有一種孤獨感，甚至絕望感。那麼，愛情中的孤獨呢？辛棄疾說，「少年不識愁滋味，為賦新詞強說愁；而今識盡愁滋味，欲說還休，欲說還休，卻道天涼好個秋。」鄭愁予也在詩中說「鴛鴦的一隻挽著一個男孩的手／鴛鴦的另隻挽著一個女孩的手／在一片紅霞的毯上／……兩對清

---

60 鄭愁予：〈獨樹屯〉，《鄭愁予詩集》（II），頁 180。

61 余凌：〈陽光、苦難、激情〉，《讀書》1991 年第 10 期。

62 林淑華：〈鄭愁予詩中的山水〉，《中國語文》2003 年（總第 558 期）。

63 廖祥荏：〈一分鐘的星蝕——鄭愁予愛情詩評析〉，《中國語文》2001 年（總第 532 期）。

64 鄭愁予：〈採貝〉，《鄭愁予詩集》（I），頁 100。

淺的影子　各自地流開了／初夜卻在影間立一道光牆像銀河／／」。⁶⁵

　　詩人書寫愛情的歡樂與痛苦，生命的悲劇意識和死亡意識，描繪自然景色和由自然引發的一種「新的顫慄」：「當晚景的情愁因燭火的冥滅而凝於眼底／此刻，我是這樣油然地記取，那年少的時光／……哎，那時光，愛情的走過一如西風的走過／／」⁶⁶，愛情像一陣風，沒有歸屬地，滿貯著哀傷與悲苦，卻沒有人理解「我」的悲哀與憂戚，一顆孤寂而痛苦的心只好在空蕩的山谷裡「往返」。

　　「我們的戀啊，像雨絲／斜斜地，斜斜地織成淡的記憶／而是否淡的記憶／就永留於星斗之間呢／如今已是捧碎的珍珠／」⁶⁷，一連串灑脫自然疊加的意象，呈現給大家的卻是一幅破碎的畫面；愛情的結局只是「捧碎的珍珠」。淒美的故事，感傷的詩情！在輕輕絮語中，雖感傷卻不悲愴，雖淒美卻不絕望，從而鑄成了一種耐人回味、讓人流連的詩情美。

　　詩人以自己淳樸的心靈來寫詩，形成了「沒有詞藻」的散文美風格⁶⁸。具有這種詩情美與散文美的作品還有：「你來贈我一百零八顆舍利子／說是前生火化的相思骨／又用菩提樹年輪的心線／串成時間綿替的念珠／莫是今生要邀我共同坐化／在一險峰清寂的洞府／一陰一陽兩尊肉身／默數著念珠對坐千古／／而我的心魔日歸夜遁你如何知道／當我拈花是那心魔在微笑／每朝手寫一百零八個痴字／恐怕情孽如九牛而修持如一毛／而你來只要停留一個時辰／那舍利子已化入我臟腑心魂／菩提樹已同我的性命合一／我看不見我　也看不見你　只

65 鄭愁予：〈初月〉，《鄭愁予詩集》（II），頁 32-33。
66 鄭愁予：〈當西風走過〉，《鄭愁予詩集》（I），頁 109。
67 鄭愁予：〈雨絲〉，《鄭愁予詩集》（I），頁 2-3。
68 Guy Cook, *Discourse and Literature*, Oxford: Oxford University Press, 1994, pp.169-173.

覺得／我唇上印了一記涼如清露的吻／／」，[69]看到詩人走在夜空中的
腳印，體驗詩人時而絕望時而自信的背影，感知詩人為生存疲憊奔波
的同時，為「存在」的孤寂而苦苦思索，思想的小小燭光始終照耀詩
人自己無限的靈魂空間。[70]

　　最為人們稱賞的〈錯誤〉這樣寫道：「我打江南走過／那等在季
節裡的容顏如蓮花的開落／東風不來，三月的柳絮不飛／你底心如小
小寂寞的城／恰若青石的街道向晚／跫音不響，三月的春帷不揭／你
底心是小小的窗扉緊掩／我達達的馬蹄是美麗的錯誤／我不是歸人，
是個過客……／」。[71]整首詩結構完整，格調深沉，內在意旨深厚，作
者緊緊圍繞詩題做足了文章。「你們不知道／當你們自己閉上眼的時
候還有一種藍是／思念愛人的色彩麼？／有時是思念家鄉的色彩哩／
有時／是一支曲子從教堂中飄出／徐緩著／糅合年輕的憂傷飄入無際
的藍色的時間中／……我在眼瞳的埋葬中／禁不住地興起幻想來
了，……孩子們說的藍其實是母親長袍子的色彩呢／與這樣的藍訣別
／不正是／很淒然的而很幸福的麼？／／」[72]藍色的色調，與純潔愛
情的顏色相仿。這種歷經滄桑後提煉的純潔在鄭愁予的詩中並不鮮
見，相較之下，現代浮躁的填充物、強烈物欲的表徵在他的詩歌中卻
很少看到。

---

69 鄭愁予：〈佛外緣〉，《鄭愁予詩集》（II），頁 12-13。

70 語感是詩的有意味的形式，符號學的出現，也恰證明了詞在藝術作品中的重要
　性。詩具備在結構、語感、意象、內容、意義多方面的成熟，這才能夠經得起分
　析。見海德格爾：《荷爾德林與詩的本質》，收入伍蠡甫編：《西方文藝理論名著選
　編》（北京市：北京大學出版社，1987 年），下冊，頁 578 頁。羅蘭・巴特：《符號
　學美學》（瀋陽市：遼寧人民出版社，1987 年），頁 34-35。鄭愁予也認為，中國新
　詩人的詩，語言上的缺憾是最大的一個缺憾，見彥火：〈揭開鄭愁予一串謎──海
　外華裔作家掠影之三〉，《中報月刊》1983 年總第 39 期。

71 鄭愁予：〈錯誤〉，《鄭愁予詩集》（I），頁 8。

72 鄭愁予：〈藍眼的同事〉，《鄭愁予詩集》（II），頁 159-161。

威‧庫‧威姆薩特和門‧比爾茲利在《傳情說的謬誤》中曾說：
「一首詩引起的感情越是敘述得具體入微，它越會接近關於產生這些
感情的原因之敘述，也更有把握成為這首詩可能在其他熟悉情況的讀
者心中引起的感情的敘述。事實上，這將會提供那種使讀者對這首詩
能有所反應的情況知識。」[73]

鄭愁予的愛情詩凸現了對愛情觀念的顛覆性質疑和辯證式的拷問
與思索，使他的詩不僅在藝術上，更在人生觀念與審美意識上具有經
典價值。詩人心靈的反結與拷問，為愛情詩注入了前所罕見的思辨性
質與內在張力，在張揚現代理性的同時，努力克服過度沉抑甚至絕望
的情緒，竭力以完美的現代詩藝形式，消弭其晦澀難解的負面作用。

（四）拷問時間永恆

作為一個沐浴過歐風美雨的現代詩人，鄭愁予的詩歌觸角已伸到
人類靈魂的最深處：生命本體。如果說詩歌描寫的具象是生命的現實
存在，那麼對人生的體悟則是生命的意識存在。

生命始終伴隨著自我意識的不斷增長，當這種意識從自在狀態上
升到自為狀態時，自我就能感受和體味到這種生命本身的痛苦。浪子
存在的虛無意識如果只是由空間的漂泊感呈現，似乎不夠完全與徹
底，畢竟空間的流離須加上時間流逝的無情，虛無的旅人情懷才更為
深刻。[74]「時間的臉是黝洞一樣不可究測嗎？／淚聲還是泉聲這麼滴
還滴達的吐字／一千年的長在不是人生——那泉聲不是／一分鐘的分
別才是——那是淚聲／」[75]。生命本是一種處於永恆展開的時間序

---

73 威‧庫‧威姆薩特、門‧比爾茲利：《傳情說的謬誤》，收入戴維編：《二十世紀文
　　學評論》（上海市：上海譯文出版社，1987 年），上冊，頁 608。

74 廖祥荏：〈鄭愁予〈夢土上〉評析〉，《中國現代文學理論》1997 年第 8 期。

75 鄭愁予：〈鐘的問候〉，《鄭愁予詩集》（II），頁 31。

列，是一個由低到高進化發展的無窮延展過程，其間必然伴之以自強不息的生命追求。然而，這種崇高的生命追求又必然要受到生命本身（終極意義上）的阻遏，產生最具永恆意義的深刻的生命悲涼感。在鄭愁予的孤獨裡，生命的悲涼感已經成為一種難以抹去的情感底色。生命的理想境界是存在的，但必須用自己的灰白去襯映，〈偈〉：「不再流浪了，我不願做空間的歌者／寧願是時間的石人／然而，我又是宇宙的遊子／地球你不需要我／／」[76]，詩人在這裡告訴我們，生命只不過是永恆的時間之犁軛下的一頭牛，它的盡頭便是頹然地倒下，表現出一種與生俱來的生命淒涼感以及對宇宙生命的終極拷問。

「我將使時間在我的生命裡退役／對諸神或是魔鬼我將宣布和平了／……對星天，或是對海，對一往的恨事兒，我瞑目／宇宙也遺忘我，遣去一切，靜靜地／我更長於永恆，小於一粒微塵我將使時間在我的生命裡退役／對諸神或是魔鬼我將宣布和平了／……對星天，或是對海，對一往的恨事兒，我瞑目／宇宙也遺忘我，遣去一切，靜靜地／我更長於永恆，小於一粒微塵／／」[77]此時詩人卻體悟到了生命的永恆歸宿，這種痛苦的生命體驗，與俄國詩人馬雅可夫斯基自殺前的體驗有相似之處。馬雅可夫斯基的自殺並不是來自世俗生活的痛苦，而是源於生命內在的意志衝突所產生的本源性痛苦，而且這種痛苦已經超出了詩人的承受限度。「星期一的岑寂／星期二的岑寂／星期三的重岑寂／」[78]，時間的力量是多麼強大與永久，而個體生命在它面前顯得如此脆弱和短暫，再加之以外在的戰爭、疾病和各種自然災害對生命的摧殘，使對生命的悲嘆久久地回蕩在詩人的心靈深處。

對詩人而言，意象就是其藝術思維的語言，詩人的情感必須借助

---

76 鄭愁予：〈偈〉，《鄭愁予詩集》（I），頁 6。
77 鄭愁予：〈定〉，《鄭愁予詩集》（I），頁 7。
78 鄭愁予：〈網〉，《鄭愁予詩集》（II），頁 270。

意象這一語言載體才能獲得充分有效的藝術傳達。[79]鄭愁予非常善於
用意象的反差來傳達複雜的憂鬱情調,因為那種單色調的意象,或意
象與情感間單一的對應模式,已經無法傳達處於交織狀態下的生命悲
哀,而不同甚至對立的意象組合在一起,便可形成意象間闊大的藝術
空間,用以容納或承載創作主體豐富的情感流量,從而獲得特有的效
果。「酉時起程的篷車,將春秋雙塔移入薄暮/季節對訴,以顛簸,
以流浪的感觸/這是一段久久的沉寂/……久久的沉寂之後,心中便
孕了/黎明的鐘聲,因那是一小小的驛站/……那時間的弦擺戛然止
住/頃刻,心中便響起了,黎明的悲聲一片//」[80],這種對立的意
象組合,不僅表達了詩人在追隨時間過程中所引發的生命悲涼感,同
時意象間形成了強大的情感張力場,使詩的內部蘊含了震撼人心的生
命力感,增加了情感含量,獲得了極強的審美效果。值得注意的是,
此類結構在鄭愁予的詩中並非個別現象,而是詩人的自覺追求。

　　詩人傳遞的憂鬱情調幽深曲折:「果真你的聲音,能傳出十里
麼?/與乎你的圖畫,能留住時間麼?/……你當悟到,隱隱地悟到
/時間是由你無限的開始/一切的聲色,不過是有限的玩具//」[81],
錯落有致、長短不一的詩句,從時間序列上保證了詩人情感的充分鬱
積和表達。「我們,已被寫進賣身契了/當然,他們已支付了他們的
年華/春的質料是時間,永遠兌換,絕不給予/春神,這一等狠心的
神//」[82]。這種心靈孤獨感使鄭愁予的詩充滿痛苦、焦灼、掙扎、
難以平衡的矛盾心態,使他詩中的抒情主人公往往不完整、不穩定。

79 斯拉文斯基:《關於詩歌語言理論》,收入波利亞科夫編,佟景韓譯:《結構——符
　　號學文藝學》(北京市:文化藝術出版社,1994 年),頁 247-252。
80 鄭愁予:〈左營〉,《鄭愁予詩集》(I),頁 107。
81 鄭愁予:〈崖上〉,《鄭愁予詩集》(I),頁 42-43。
82 鄭愁予:〈神曲〉,《鄭愁予詩集》(I),頁 248。

他的詩特別強調自我的變幻和破碎，表現出對既有價值的懷疑、否定，乃至不斷放棄當前的自己，反省自身，再不斷地毀滅自己。

無疑，這一主題只能出現在不可逆轉的時間觀念之中，也只能作為對終極永恒批判的出現。現在的人們不可能依賴過去，而只能與痛切的孤獨同在。生命對於時間永恒的意義是二重的，因此，鄭愁予的詩涉及到生死分別的模糊性。「死還是生」、「死也是生」乃至「生中之死，死中之生」等，都是現代人的絕望和孤獨之情的藝術再現。

在這個循環的虛無世界中，詩人得到了與無限交往的豐富立體空間，但又給人們「豐富的痛苦」的存在，即那種由個體生存反省和懷疑帶來的孤獨和痛苦。

（五）死亡：生命的不歸路

鄭愁予的詩歌在題材上一個比較突出的特點就是對生命極限的關注，涉及到死亡的篇什很多。死亡與我們同在，我們永遠揮之不去，也是最後能夠看到的目標，在我們接觸的一刹那，一切都消失。關注死亡，其實是在關注生命、關注人類。

人與生命一旦隔絕，死亡的法則便進入人間，死神的降臨一定是無聲無息的。「小教堂的鐘／安詳地響起／穿白衣歸家的牧師／安詳地擦著汗／我們默默地聽著，看著／安詳地等著……／終有一次鐘聲裡／總有一個月份／也把我們靜靜地接了去……／／」[83]。這首詩寫得安詳而又平和，靜靜地接受死亡的降臨，語調出奇的冷靜，更加顯出孤獨之濃烈，這可以說是生命醒悟的一大境界。[84]人是永遠無法看清自己的命運，無論迷惘地抗爭，還是清醒地抗爭，在求生存的過程

---

83 鄭愁予：〈鐘聲〉，《鄭愁予詩集》（I），頁 90-91。

84 商瑜容：〈鄭愁予旅美前詩作研究〉，《文與哲》2002 年第 1 期。

中未必能求得生存；追求生存的過程，或許就是走向死亡的過程。正
如〈生命〉所詠嘆的：「滑落過長空的下坡，我是熄了燈的流星／正
乘夜雨的微涼，趕一程赴賭的路／⋯⋯夠了，生命如此的短，竟短得
如此的華美！／⋯⋯算了，生命如此之速，竟速得如此之寧靜！／
／」[85]時間飛逝，人生是永遠的賭博，結局已經確定，肯定是輸局，
但唯有時間是永恒，境界似乎與泰戈爾的〈飛鳥集〉相似：「生如夏
花之絢爛，死如秋葉之靜美」。再看〈甬廊〉：「禁門喲／深鎖／在空
寂的四限之內／光在充滿／這光／這麼適於一嬰兒的獨泳／當我凝神
當惟我的石門寸寸自啟／生命脫出　如脫繭的絲逐漸／抽長／而終將
抽盡／我亦看見死亡蜷伏的／　蛹的原始／／」[86]。

　　詩人自己說：我面向長的甬道，感覺時間沿廊而逝，惶然不知所
以⋯⋯有限與無限契合，這不正像教徒的肉身與聖靈契合而驟現得救
的歡喜嗎？

　　人類不是從消極意義上看待自己的生命，而是以積極的態度審視
它，超越它，以發掘它的意義。詩人面對死亡，心中的痛苦是難以言
表的。正如叔本華所說，面對痛苦的人生，只有三條路可供選擇：自
殺，出家，審美。詩人就是將自己美麗的人生理想、人格意志和執著
堅定的生命信念寄予在詩歌中，在審美中完成對現世的超脫。「一株
樹已死／⋯⋯有一巨靈的嬰體今夜誕生／步著／卻是靈魂的腳步／躑
躅地登上輪迴⋯⋯一株樹茁生／／」[87]。

　　因詩而更加寂寞，因寂寞而更加苦苦思考，用心去體驗「存在」
的一切。在黑黑的世界裡，只有擁有一顆博大的詩心才會讓寫者永久

85　鄭愁予：〈生命〉，《鄭愁予詩集》（I），頁 111。
86　鄭愁予：〈甬廊〉，《鄭愁予詩集》（II），頁 38-39。
87　鄭愁予：〈耶誕之樹──我是那樹〉，《鄭愁予詩集》（II），頁 256-257。

走下去。「我走出自己的葬禮／伸出手，誰來跟我握一握／／」[88]，作者與意象保持一段距離，顯示黑色幽默的色調，並折射出生命的寒光。

對生命的關注隨著鄭愁予的寫作歷程顯出了豐富性和複雜性。「不能窗展／隕石赴死的光明／⋯⋯而仍需傳宗的我們／親親／就像鼠之外的生靈／只得穿起／永白的喪服／／」[89]。這首詩也可以說是特別具有內省精神的現代主義作品，強調自我的破碎和變換，顯示內察的探索。詩歌中的主人公，有時扮演著「每個人」，有時出現詩人本身的「我」和另一個虛構的「我」的互相交織，有時甚至在詩中被省略。主人公的不確定性，顯示出詩人從自我破碎和對自身的反思到絕望的歷程，只剩下不斷的質疑，「我活著嗎？我活著嗎？我活著為什麼？」這個世界不再是我們的家鄉，正因為我們的家鄉在別處。

四　虛無的存在本質

「鄭愁予幼年時期跟隨父親四處轉戰，長年的軍旅生活在他潛意識裡形成一種不安定感。逃難、流浪的經驗，深深烙印在他純真童稚的心靈」，「在抗戰中度過的幼年，遭遇到中國巨大的破壞和災難，在我心裡留下很深的印象」[90]。他的詩歌處處流露出淡淡的哀愁和蒼茫，滿紙的流浪與漂泊精神。鄭愁予的心靈活動是超現實而富於感性的，常透過某種自然現象或現實的人、事、物，經過縱的演繹和橫的

88　鄭愁予：〈落馬洲〉，《鄭愁予詩集》（II），頁 40。

89　鄭愁予：〈鼠年餘寒──悼亡是不得已的〉，《鄭愁予詩集》（II），頁 254-255。

90　宋裕、李冀燕：〈現代詩壇的謫仙──鄭愁予〉，《明道文藝》1999 年（總第 275 期）。

聯想，從他特有的情感和抒情的筆觸，揮灑出一種虛無的美。[91]詩重意象、重情緒，含蓄而至於朦朧，關注民生，揭示生活本質，選取生活細節，抒發真情實感，具備極強的哲學批判意識，便成為基本特色。「如果我漫行／倒影獨行於無塵的／深處。……看來一切都是一個／無／／」，這是鄭愁予在〈冬——悼芥昱〉[92]中的宣言，全詩以「無」貫穿，潛藏於天地萬物中的「無」最後一筆勾出，[93]常集中、也特別顯著地說明了主人公「我」作為一個旅人對世界、生命等「現實存在」（conscious being）的看法，揭示追求的最終都是「虛無」（Nothingness）的旨歸，偽著泳裝的遊客都是冒瀆了靈魂的。[94]

存在主義告訴我們，虛無作為一個哲學範疇，與「有意識的存在」具有非常密切的關係，「有意識的存在」通過其自身的虛無，進入到我們關於世界的表述中。[95]虛無並不是某種特殊的事物，它甚至不是一種事物。真正能夠將虛無展示在我們面前的，不是那種普遍的體驗，而是日常生活中真切存在的一些瑣細的體驗。[96]將生命中最關注的細節凝聚起來，繽紛的色彩使物象游走離位變換形貌，產生超現實的意義。[97]這裡的否定不同於懷疑和空虛感，也不是一種精神狀態。在這一意義上說，虛無並不是一種絕對的空缺，一種無內容的烏有，而是一個及物的烏有。[98]

---

91 世堯：〈欲擲的頭顱——〈燕人行〉印象〉，《現代詩》復刊 1983 年第 5 期。

92 鄭愁予：〈冬—悼芥昱〉，《鄭愁予詩集》（II），頁 303。

93 鴻鴻：〈顏色與形式——試讀鄭愁予近作〉，《現代詩》復刊 1992 年（總第 18 期）。

94 黃粱：〈裸的先知〉，《國文天地》1997 年第 10 期。

95 A·丹圖著、安延明譯：《薩特》，頁 65。

96 A·丹圖著、安延明譯：《薩特》，頁 94-95。

97 鄭愁予：〈鄭愁予談自己的詩：色（四）藍 VS.綠〉，《聯合文學》2002 年（總第 218 期）。

98 A·丹圖著、安延明譯：《薩特》，頁 101。

在現實與本體之間，如缺乏必要的中介，沒有主體情感的介入就無法形成一個有機的藝術整體，也就不會具有藝術審美價值。[99]有研究者認為，鄭愁予的詩歌創作有三境界，也就是三個層次：個人自我、社會民族、天地宇宙。究其實，也就是一般所說的個人、自然、社會三層關係。古來寫詩者大都從第一層次進入第二層次，作者卻直接進入第三層次，由個人自我而推演為天地宇宙。[100]在我們看來，作為一種現實存在，鄭愁予詩中的孤獨感是一種多層次聚合的結構形態，至少可有三個層面：存在的歸屬感、自我的孤獨感和生命的悲涼感。其中，生命的悲涼感處於顯性狀態，也最為引人注目；存在的歸屬感處於隱性狀態，最易為人們所忽視；而處於這兩者之間的自我孤獨感，則成為聯繫存在的歸屬感與生命的悲涼感的中介和紐帶：

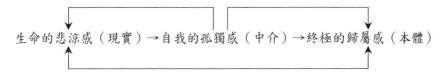

生命的悲涼感（現實）→ 自我的孤獨感（中介）→ 終極的歸屬感（本體）

「潛積於思維中屬於生命的或美感的經驗，提出總是處於一種朦朧未察的狀態中，而瞬間受到點擊，如同火鏈將黑暗擦亮造成頓悟那樣的光明」，「潛積的生命感慨與美感經驗便閃耀而出」[101]。生命悲涼的現實存在和終極歸屬的本體存在都具有客觀意義，不以人的意志為轉移。當作為一個個不同的生命個體去體驗與感受這些客觀而又抽象的痛苦時，便會產生巨大的差異，因為這與個體生命的性格、氣質、生活經歷、文化修養和審美情趣等具有密切關係。正是這種個性色彩

---

99 瑞恰茲著、楊自伍譯：《文學批評原理》（南昌市：百花洲文藝出版社，1992 年），頁 101-118。

100 白靈：〈淺析鄭愁予的境界觀──中國現實與理想的藝術導向〉，《現代詩》復刊 1982 年第 1 期。

101 鄭愁予：〈「即興」使用點擊的手法以攫取永恒──煙火是戰火的女兒，金門的詩〉，《聯合文學》2003 年（總第 228 期）。

相當濃厚的主體自我情感對生活存在實用層面的滲透與投入，使詩人的孤獨成為一個有機藝術整體，超越了抒情而具有知性力量，[102]獲得了巨大的審美價值。

在詩歌裡，我們可以看到「永恒浪子」孤獨的化身，預示著詩人所經歷的生活（或經驗）是曖昧的、複雜的，甚至是分裂的、自我放逐的。詩歌本身所關注和尋求的，則是人的內心世界，建構一個與現實的生存世界相對抗的詩的世界，穿過種種有限的、暫時性的因素的掩蓋、束縛，去尋找人的靈魂的歸屬和位置，使人的靈性得到發揮，人的心靈自由得到確立，使生存個體從暫時性的生存體制中得到解脫。對現實生命悲涼的不斷探索，不斷的被否定，不斷的拷問，寧靜中回味酸甜苦辣，寧靜後更多的是思考，還必須繼續趕路，這就是旅人的狀態。始終詢問「我們向著什麼方向走呢？我們是不是必須無休止地走下去呢？我們是否在無限之中徘徊呢？我們不是感到了虛空的空間的氣息了嗎？」[103]，這就是「上窮碧落下黃泉，兩處茫茫皆不見」的悲哀，也是「路漫漫其修遠兮，吾將上下而求索」的執著。

詩人是這個世界的觀察者、認知者、表達者和領引者，我們一直相信詩歌不是指向當下的，而是形而上的；詩歌可以涉及當下事物，但永遠是朝向不為常人所知的領域。詩人的私密經驗所引爆的詩意，引領我們更貼近人類情感的普遍性。[104]鄭愁予不斷地進行思考，在他的心靈深處、在生命的黑夜裡翱翔，體驗生命與存在的極致。在不斷的飛翔中，對終極存在的拷問越來越強烈，對內在神秘的世界越來越

---

102 鄭愁予：〈鄭愁予談自己的詩：色（一）白是百色之地〉，《聯合文學》2002 年第 214 期。

103 土居健郎著、王煒等譯：《依賴心理的結構》，頁 174。

104 施靜宜：〈當那魅誘蠱惑如此巨大如此逼臨自身——鄭愁予〈邊界酒店〉評析，《笠詩刊》2005 年（總第 245 期）。

接近，但神秘的世界也越來越大，孤身置於這個如宇宙般的孤獨世界裡，只有旅人頑強的生命才會溫暖日日夜夜。他的詩歌側重內心世界的思考。鄭愁予說：「在我寫詩的時代，正是存在主義最流行的時候，有些人寫詩很明顯可以看出是用知性構成，以刻意表現『存在』的意識」。人生的短暫、生活的無奈及深處邊緣地帶而引起的敏感，他用一些時代特徵的意象，也是為了表達生存的孤獨和生命體驗的需要。正是由於生命短暫而又充滿風險，所以更顯得珍貴，生命更是痛苦與孤獨的昇華，其本質就是抽象存在的本質。

詩人從自己的生存經驗出發，堅持精神的獨立，充分體味孤獨個體的生存處境，並自覺吸納來自外部世界的種種複雜、多樣性的生活現象，把它們熔鑄成真正的詩歌。在這裡，「生活」與「活著」完全不同，從人類生命的本體來說，「生活」無非是寄附在「活著」這一物理運行中的現象，而在物理之外，「生活」尚具有人文意義的「生機活動」[105]。在另一意義上，對時代與現實的孤獨感還可能意味著詩人對詩人、詩歌和時代關係的獨立見解，反映出作為人的體驗，展示了人類存在的最深層的法則。有依賴，才會產生自我；沒有依賴，就會失去存在的自我。

五　結語

尼古拉·庫薩（Nicholaus Cusanus）曾經指出，西方上帝（theos）這個名稱來自希臘文的 "theoro"，即「我在觀看」和「我在奔跑」，[106]

105　鄭愁予：〈書齋生活（2）〉，《聯合文學》19 卷 7 期（2003 年 7 月）。

106　尼古拉·庫薩著，李秋零譯：《論隱秘的上帝》（北京市：三聯書店，1996 年），頁 14-15；K. J. 庫舍爾《神學與文學——十二位著名德語作家談宗教與文學》，收入紀斯·昆伯爾等著、徐菲等譯：《神學與當代文藝思想》（北京市：三聯書店，

這個名稱中包含著某種尋覓的途徑。人們沿著這一途徑能夠找到所謂的上帝。[107]與其說在於「找到」，不如說在於「尋求」。這使人們產生無窮無盡的孤獨感和絕望感。因此，超越處於異化狀態的自我的孤獨感，而渴望曾經與自己隔離的對象的重新「融合」，是人的生存的最為迫切的欲求。[108]這個「屬於存在」和「不屬於存在」的二重矛盾使人類擺動於兩者之間，選擇了死亡的終極歸屬，這種選擇多少還有些被迫的意味。[109]我們永遠不過是世界的旅客，我們的歸屬並不在此世。生命是感覺的載體，凡是熱愛生命者不能、也不可能拒絕孤獨，歸屬感勝過痛苦[110]，鄭愁予寧願在詩裡以清醒的感知去面對生命歷程中的榮與枯，寧願報孤獨以灑脫，報痛苦以微笑。

家國無處，彭殤俱往，愛情風逝，虛山空水，四顧唯我。這是何等的孤獨之態！在絕望的深淵裡，激起人們無限的共鳴。[111]在這樣尋找生命終極歸屬意義的過程中，過客、旅人的腳步始終沒有停止，同時詩人的腳步也沒有停駐。可以說，鄭愁予是一個勇於探索、不斷創新的詩人，這種藝術探險的精神本身就彌足珍貴，而他在新詩創作上的成功實踐，特別是對中、西兩種藝術源流的調和與整合所獲得的成功，典型地反映了臺灣詩壇三十多年的基本走向：縱向繼承，橫向移

1995 年），頁 55。

107 海德格爾曾經在〈荷爾德林與詩的本質〉一文中說過，這是一個舊的神祇紛紛離去，而新的上帝尚未露面的時代。這是一個需求的時代，因為它陷入雙重的空泛，雙重的困境；即神祇離去不再來，將來臨的上帝還沒有出現。

108 陳敬介：〈一個著人議論的靈魂──鄭愁予〈浪子麻沁〉探析〉，《中國現代文學理論》1997 年第 7 期。

109 蒂利希著：《存在與上帝》，楊德友等譯，劉小楓編：《二十世紀西方宗教哲學文選》（北京市：三聯書店，1991 年），頁 826。

110 土居健郎著、王煒等譯：《依賴心理的結構》，頁 147。

111 吳當：〈是錯誤，但並不美麗──〈錯誤〉賞析〉，《書評》1993 年第 7 期。

植，為新詩發展開闢道路。[112]這種努力與自覺不僅確立了他在中國現代詩歌史上的重要地位，而且對當下中國漢詩寫作也具有重要的啟示作用和借鑒價值，這或許就是鄭愁予詩歌的重要意義之所在。

——選自《詩意的視界》（上海市：學林出版社，2012年5月）

---

112 林路：〈在「橫的移植」和「縱的繼承」的交點上——臺灣詩人鄭愁予的創作道路及風格論〉，《上海師範大學學報》1988 年第 1 期。

國家圖書館出版品預行編目(CIP)資料

愁予的傳奇：鄭愁予詩學論集 3/ 蕭蕭 白靈
　　羅文玲編著. -- 初版. -- 臺北市：萬卷
　　樓，2013.05
　　面 ；　公分. --（文學研究叢書）
　ISBN 978-957-739-806-2(平裝)
　1.新詩 2.詩評

　　　　　820.9108　　　　　102009115

愁予的傳奇

2012 年 05 月 初版 平裝

ISBN 978-957-739-806-2　　　　　　定價：新台幣 420 元

編　　著	蕭蕭	出　版　者	萬卷樓圖書股份有限公司
	白靈	編輯部地址	106 臺北市羅斯福路二段 41 號 9 樓之 4
	羅文玲	電話	02-23216565
發 行 人	陳滿銘	傳真	02-23218698
總 編 輯	陳滿銘	電郵	editor@wanjuan.com.tw
副總編輯	張晏瑞	發行所地址	106 臺北市羅斯福路二段 41 號 6 樓之 3
編　　輯	吳家嘉	電話	02-23216565
編　　輯	游依玲	傳真	02-23944113
封面設計	斐類設計	印　刷　者	百通科技股份有限公司

版權所有・翻印必究　　　　　新聞局出版事業登記證局版臺業字第 5655 號

如有缺頁、破損、倒裝　　　網 路 書 店　www.wanjuan.com.tw
請寄回更換　　　　　　　劃 撥 帳 號　15624015